Jean d'Aillon est né en 1948 et vit à Aix-en-Provence

Docteur d'État en sciences économiques, il a fait une grande partie de sa carrière à l'université en tant qu'enseignant en histoire économique et en macro-économie, puis dans l'administration des Finances.

Il a été responsable durant plusieurs années de projets de recherche en économie, en statistique et en intelligence artificielle au sein de la Commission européenne.

Il a publié une vingtaine de romans historiques autour d'intrigues criminelles. Il a démissionné de l'administration des Finances en 2007 pour se consacrer à l'écriture.

Ses romans sont traduits en tchèque, en russe et en espagnol.

Du même auteur

Aux Éditions le Grand-Châtelet
La Devineresse
Le Duc d'Otrante et les Compagnons du Soleil
Juliette et les Cézanne

Aux Éditions Le Masque
Attentat à Aquae Sextiae
Le complot des Sarmates
L'Archiprêtre et la Cité des Tours
Nostradamus et le dragon de Raphaël
Le Mystère de la Chambre bleue
La Conjuration des Importants
La Lettre volée
L'Exécuteur de la Haute Justice
L'Énigme du Clos Mazarin
L'Enlèvement de Louis XIV
Le Dernier Secret de Richelieu
Le Vie de Louis Fronsac
L'obscure mort des ducs
Marius Granet et le trésor du Palais Comtal

Aux Éditions Jean-Claude Lattès
La Conjecture de Fermat
Le Captif au masque de Fer
Les Ferrets de la reine
L'Homme aux rubans noirs
La guerre des trois Henri
Les Rapines du duc de Guise
La Guerre des amoureuses
La ville qui n'aimait pas son roi

Aux Éditions J'ai lu
Les aventures de Guilhem d'Ussel, chevalier troubadour
Paris, 1199

Les aventures de Guilhem d'Ussel, chevalier troubadour

Marseille, 1198

JEAN

d'AILLON

Les aventures de Guilhem d'Ussel, chevalier troubadour

Marseille, 1198

ROMAN

J'AI LU

In Amédée Boudin, *Histoire de Marseille*, 1852. © BnF.

Chapitre 1

Avril 1198

Depuis un siècle, Marseille était le port des croisés.

Fondée bien avant Rome, la ville avait tant connu d'invasions, d'occupations, de passages, qu'au fil des siècles sa population était devenue un métissage des peuples méditerranéens. Avec les croisades, ce brassage s'était étendu à toutes les nations d'Europe.

En cette fin de siècle, on entendait toutes sortes de dialectes dans l'antique cité phocéenne, on y voyait des vêtements extravagants, on rencontrait sur les quais et dans les auberges aussi bien des chevaliers et des troubadours que des pèlerins ou des religieux. Ils attendaient d'embarquer pour la Palestine, ou ils en revenaient.

Les croisades avaient enrichi la ville. Non seulement les croisés payaient leur passage sur des navires phocéens, mais ils dépensaient beaucoup durant les semaines précédant leur embarquement, ou à leur retour. De plus, pour récompenser les chevaliers marseillais qui s'étaient bien battus en Palestine, le royaume de Jérusalem leur avait accordés des comptoirs dans les ports du Levant et le droit de commercer sans payer de taxes.

Même après la perte de Saint-Jean-d'Acre et la fin du royaume franc de Palestine, Marseille avait continué de commercer avec l'Orient. Le négoce maritime était devenu la principale activité de la ville et avait changé les mentalités. Le destin des Marseillais était désormais sur les mers et ils se désintéressaient des conflits qui déchiraient l'Europe. En quoi étaient-ils concernés par les querelles entre le roi de France, Philippe Auguste[1], et son vassal le duc d'Aquitaine, Richard Cœur de Lion, roi d'Angleterre[2] ? Que leur importait que le comte de Toulouse soit menacé par Richard et le comte de Barcelone ? Pourquoi devraient-ils prendre parti dans le conflit entre les Guelfes et les Gibelins allemands ?

Non seulement Marseille ne cherchait plus à se mêler de ces conflits mais les négociants voulaient aussi s'affranchir des tutelles féodales. Comme ceux des communes italiennes, ils voulaient commercer et s'enrichir sans contraintes.

C'est à cela que songeait le viguier Hugues de Fer en sortant de sa maison, une tour carrée de quatre étages accolée à un corps de logis construit sur de massives arcades en plein cintre, à quelques pas de l'église *Nostra Donna de las Accoas*[3], ainsi nommée parce qu'elle était bâtie en arc.

De petite taille, râblé, sombre de peau avec des cheveux frisés bruns et courts, le viguier affichait perpétuellement une expression sévère, renforcée par une épaisse moustache noire qui couvrait sa lèvre supérieure et descendait jusqu'à son menton.

---

1. On commençait à appeler Philippe II Philippe Auguste.
2. Aliénor d'Aquitaine avait épousé le père de Philippe II. Répudiée, elle s'était remariée avec Henri II Plantagenêt, roi d'Angleterre (père de Richard Cœur de Lion), apportant en dot l'Aquitaine et le Poitou, qui restaient pourtant sous la suzeraineté du roi de France.
3. Notre-Dame des Accoules.

En ce début d'avril glacial, il était enveloppé dans un manteau brun doublé de rouge, à col de martre et passements dorés s'arrêtant aux genoux. Comme ce vêtement n'était pas attaché par ses aiguillettes, on apercevait dessous une tunique de laine, piquée et rembourrée comme un gambison[1], des hauts-de-chausses rouge cinabre et des bottines dont les éperons – simples piques de cuivre – témoignaient de son rang de chevalier. Le haut de sa tunique était protégé d'un camail. Ce chaperon de mailles de fer lui couvrait les épaules sans pour autant cacher la croix bleue brodée sur sa poitrine.

Dix ans plus tôt, après que Saladin se fut emparé de Jérusalem et de Saint-Jean-d'Acre, le pape Grégoire VIII avait appelé la chrétienté à une nouvelle croisade pour délivrer la Terre sainte. Les rois de France et d'Angleterre avaient mis de côté leurs différends pour y participer. Philippe II était parti de Boulogne avec des navires italiens, tandis que Richard Cœur de Lion avait embarqué sur la flotte anglaise, à Marseille. Comme bien des nobles marseillais, Hugues de Fer avait aussi pris le large pour la Terre sainte en compagnie de milliers d'Anglais, de Français, de Flamands, d'Allemands et de Catalans.

Pour identifier l'origine des croisés, des capitaines leur avaient demandé de porter des croix de couleurs différentes. La croix de gueules[2] sur fond d'argent fut attribuée aux Français, la croix d'argent sur fond de gueules aux Anglais, et la croix d'or sur fond azur aux Flamands. Marseille avait choisi le blason d'argent à la croix d'azur. Plus tard, Hugues de Fer avait gardé cette croix qui était devenue les armes de la ville.

1. Le gambison était un justaucorps rembourré de filasse que l'on portait sous la cotte de mailles.
2. Rouge.

Avec une armée si nombreuse, les chrétiens avaient repris Saint-Jean-d'Acre, mais peu après, Philippe Auguste, malade de la suette, était rentré en France. À cause de son absence, les croisés avaient échoué devant Jérusalem.

Hugues de Fer n'avait pas participé à cette dernière campagne, car il était alors prisonnier des Sarrasins. Revenu à Acre après sa libération, Gui de Lusignan[1] lui avait accordé, comme à d'autres preux, le droit de commercer sans payer de taxes dans tout le royaume de Chypre. Rentré à Marseille, Hugues de Fer avait donc armé navires et galères et, désormais, il fournissait les comptoirs du Levant en huile, en drap, et même en armes fabriquées dans la rue de la Lancerie. Riche, réputé pour sa probité et sa vaillance, il avait reçu du vicomte de Marseille la charge de viguier, c'est-à-dire l'administration, la police et la justice de la ville et du port.

Les vicomtes de Marseille n'étaient que des lieutenants du comte de Provence, mais, au fil du temps, ils avaient imposé leur souveraineté sur la ville. S'ils avaient été longtemps tout-puissants, ils s'étaient ruinés durant les croisades, alors que les négociants s'enrichissaient. Peu à peu, un nouvel équilibre des pouvoirs s'était établi. Les négociants avaient imposé leurs représentants : les consuls, et le vicomte avait délégué ses droits à un viguier.

C'est le vicomte Raymond Geoffroi, appelé aussi Barral, car il portait une barrique sur ses armes, qui avait demandé à son ami Hugues de Fer de devenir viguier. Depuis, Raymond Geoffroi était mort et c'est son frère, Roncelin, un ancien moine, qui avait repris la charge. Roncelin, homme faible et jouisseur, avait confirmé Hugues de Fer dans sa charge. Proche des consuls par son activité de négociant et

1. Le roi de Jérusalem.

premier magistrat, Hugues de Fer était désormais le maître de Marseille.

Comme tous les matins, suivi de ses esclaves[1] sarrasins dont l'un portait son bassinet et sa lance, et l'autre son glaive à double tranchant, Hugues traversait le sixtain des Accoules[2] pour se rendre au port. Là-bas, il vérifierait soigneusement la garde des fortifications et l'état du dépôt d'armes de la tour Malbert. Il s'assurerait aussi que les entrepôts étaient bien surveillés et que la police du port encaissait les droits de passage des voyageurs et des marchandises sans fraudes ni malversations. Plus tard, de retour chez lui, dans la grande salle de son logis, il prendrait connaissance des crimes et des délits commis durant la nuit dans le fief marseillais et jugerait les voleurs et les pillards pris en flagrant délit. Tant d'étrangers, tant de richesses attiraient immanquablement les malfaiteurs. La nuit, il n'était pas rare qu'une maison mal protégée soit mise à sac. Quant aux campagnes, elles étaient encore moins sûres depuis que des écorcheurs y sévissaient.

Évitant les ornières boueuses, il passa non loin du *Palatium Tolonei*, la grosse tour carrée seigneuriale où se réunissaient les consuls et où étaient entreposés les poids et les mesures des marchands. Un peu plus loin, en se signant, il jeta un regard au pilori où un blasphémateur, couvert de boue et de crachats, avait été fouetté la veille avant qu'on ne lui

1. Si les esclaves (*servi*) étaient nombreux en Angleterre et en Germanie, ils l'étaient moins en Provence où la plupart des gens étaient des hommes libres. L'esclavage concernait les Maures (capturés) et les Slaves païens vendus par Venise.

2. La ville était divisée en six quartiers appelés sixtains : Saint-Jean, les Accoules, la Draperie, Saint-Jacques, Saint-Martin et la Calade.

coupe la langue. Par contre, il n'accorda aucune attention aux deux potences où pendaient les corps d'une femme et d'un enfant, des voleurs pris en flagrant délit.

En s'approchant du port, la populace devint plus nombreuse et pressante, et un de ses esclaves se mit devant lui pour dégager le chemin, car le passage se resserrait de plus en plus à cause des étals des marchands. L'étroite et obscure ruelle qui descendait vers la mer était ravinée depuis les dernières grosses pluies d'automne et les déjections des hommes et des animaux s'accumulaient dans les ornières. Constatant ce désordre, Hugues de Fer décida de convoquer le chef du quartier pour exiger un rapide nettoyage, car à la prochaine pluie tous ces déchets iraient dans le port dont le curetage coûtait déjà assez cher. Il aurait voulu que les rues les plus fréquentées soient pavées de galets ou de dalles, comme le roi Philippe Auguste l'avait décidé à Paris, mais les marchands s'y opposaient, jugeant inutiles de telles dépenses.

Les effluves des épices provenant du port commençaient à couvrir la puanteur des détritus et des excréments quand le viguier arriva à la muraille. C'était une haute et large enceinte qui entourait à la fois la ville vicomtale où se trouvait le port, et la ville haute soumise à l'autorité de l'évêque. Toutes sortes de constructions s'y adossaient : des maisons érigées sur des arcades en plein cintre, des tours de défense, et surtout des entrepôts aux grandes ouvertures protégées par des grilles qui les faisaient ressembler à des grottes ; c'était d'ailleurs le nom qu'on leur donnait. La nuit, ces magasins solidement fermés étaient surveillés par des sergents et des archers. Les fabricants de savon, une industrie qui, selon Pline, avait été créée à Marseille, y entreposaient leurs produits avant qu'ils ne partent en

Orient ; les tanneurs y rangeaient les cuirs préparés dans les tanneries pour qu'ils soient embarqués vers l'Espagne ou l'Italie, et les juifs, qui possédaient le privilège de la teinture, y laissaient les draps colorés qu'ils vendaient autour de la Méditerranée. Mais ces magasins servaient surtout à entreposer papyrus d'Égypte, poivre, safran, cannelle et sucre, armes de Damas, cuirs de Cordoue, vins de Palestine, miroirs de Byzance, fourrures du Levant et soieries de Perse, c'est-à-dire toutes ces marchandises raffinées qui débarquaient à Marseille avant de partir vers le nord de l'Europe.

Hugues pénétra dans un étroit couloir voûté, barré de grilles et de portes cloutées. Ce tunnel sous la muraille permettait un passage rapide vers le port. Large à peine d'une demi-canne[1], une seule personne pouvait y marcher de front et les archères installées tout au long auraient permis d'exterminer ceux qui seraient entrés de force.

Il déboucha sur le rivage qui s'arrêtait à quelques toises des murailles. Tout au long, des quais de bois, construits sur des poteaux, facilitaient le débarquement des bateaux. Ne subsistait de l'antique port grec qu'une petite portion en pierre servant d'appui à des pontons reposant sur des pieux et se prolongeant profondément dans la rade.

Malgré l'heure matinale, l'endroit était envahi de négociants de toutes origines surveillés par des arbalétriers vigilants. Tous les navires étaient acceptés à Marseille pour autant qu'ils acquittent les taxes exigées et qu'ils n'aient pas de maladie à bord. La rade était donc encombrée de gabares, de galiotes, de polacres, de barquettes, de felouques et même de deux grosses nefs d'où débarquaient des croisés rentrant de Palestine. Les coques et les voiles étaient

1. La canne faisait environ deux mètres, comme la toise.

multicolores. Le bleu dominait chez les navires marseillais, ceux des Maures ou des Sarrasins étaient souvent verts tandis que les Génois préféraient le rouge.

Toujours précédé de son esclave qui lui ouvrait un chemin au milieu des ballots, des paquets, des cages et des animaux, Hugues de Fer s'approcha de la rive et balaya le port des yeux. En ce matin d'avril, il espérait voir arriver une de ses galères, partie pour le Levant deux mois plus tôt. Mais elle n'était pas là.

Contrarié et déçu, il fit quelques pas au milieu de la foule. Aux vêtements des négociants, des capitaines et des marins, il pouvait reconnaître les Lombards, les Syriens, les Maures, les Grecs, les Catalans, les Anglais, les Pisans ou les Génois. Il y avait des robes longues, des tuniques et des grègues, des sayons de gros drap, des capuchons et des chaperons, tous de couleurs différentes. Peu étaient armés, sinon d'un simple coutelas, car les armes étaient interdites aux étrangers, sauf aux chevaliers. Le bruit était infernal. Non seulement on déchargeait et on embarquait hommes, animaux et marchandises mais on faisait aussi des affaires, on marchandait, souvent en criant et en s'injuriant, même si ce n'était que comédie. Les premières ventes, les plus intéressantes, se faisaient à cette heure, car beaucoup de capitaines étaient pressés de repartir au plus vite avant que leur équipage ne les abandonne.

En circulant, le viguier prêtait l'oreille. Il comprenait les dialectes italiens et catalans et parlait bien l'arabe depuis son séjour dans les prisons de Damas. Le port était une exceptionnelle source d'informations sur ce qui se passait autour de la Méditerranée.

Il se rapprocha des commis d'écriture qui encaissaient les taxes sur les marchandises. Comme on le connaissait, on s'écartait devant lui et il apprécia que personne ne se plaigne, cela signifiait que chacun était satisfait. Son attention fut soudain attirée par les avertissements d'un chevalier de haute taille au visage recouvert d'une épaisse barbe, qui surveillait le débarquement de chevaux d'une grosse nef amarrée au milieu du port. Les animaux effrayés, engagés sur une longue et instable passerelle, refusaient d'avancer.

— Attention ! cria le chevalier au jeune Maure qui tirait de toutes ses forces sur le licol d'un palefroi rétif. Cet animal m'a coûté cinquante bezans de Jérusalem !

Il s'exprimait en langue d'oc, ce qui surprit Fer qui aurait juré qu'il était saxon ou normand, car la nef était anglaise. Piqué de curiosité, le viguier l'observa un moment. Le chevalier portait un grand manteau sur un haubert de mailles descendant à mi-cuisse et brandissait un épais bâton de sept ou huit pieds. En l'examinant mieux, Hugues de Fer remarqua que les extrémités du bois étaient effilées. Ce n'était pas un bâton, mais un arc auquel on avait ôté la corde. Même durant la croisade, il n'avait jamais vu un arc de cette taille, si long et si large. Il devait falloir une force herculéenne pour le bander. Mais pourquoi ce chevalier avait-il un arc ? Les chevaliers n'étaient pas des archers, bien que ceux qui rentraient de Palestine aient parfois acquis là-bas de surprenantes habitudes.

Finalement, le cheval arriva à bon port et l'écuyer du chevalier, un jeune homme au visage boutonneux qui tenait l'épée et le casque de son maître, s'empressa d'aider le jeune Maure.

Songeant de nouveau à sa galère, Fer abandonna ses observations pour se rendre à la tour de Malbert d'où partait la chaîne qui fermait le port quand elle était tendue jusqu'à la tour Saint-Nicolas, sur l'autre rive. De là, il découvrirait peut-être son navire, sinon il en profiterait pour vérifier les arbalètes et les carreaux entreposés dans la tour.

Arrivé à l'extrémité du port, il grimpa sur le chemin de ronde et parcourut la mer du regard. Son bateau n'était pas là, mais une sagette[1] attendait à l'entrée de la passe, là où un officier de la ville vérifiait qu'il n'y avait aucun malade à bord des embarcations. Les sagettes étaient des navires à rames et à voiles très rapides utilisés par les Pisans, mais aussi par les pirates maures. Ce n'étaient pas des bateaux de commerce, aussi cette présence intrigua le viguier.

Sans trop savoir pourquoi, il décida d'aller voir ce que la sagette transportait. Après tout, pourquoi ne serait-ce pas un courrier le concernant ? Toujours suivi de ses esclaves, il revint sur le quai et en surveilla l'approche. Le navire portait une vingtaine de rameurs et le capitaine commandait la manœuvre. À la poupe, un homme âgé en manteau de laine ocre, barbe blanche au vent et grand turban enroulé sur la tête, regardait avec inquiétude les hautes tours du château Babon.

Cette silhouette réveilla un souvenir oublié. Le cœur battant, il s'approcha quand les rames furent levées. La sagette accosta. Un marin sauta sur le quai pour attacher un cordage à l'anneau scellé dans la pierre, puis jeta une planche sur le ponton. Fer monta aussitôt à bord suivi par le regard surpris du capitaine maure.

— *Assalamo alaykom*, Seigneur…, commença l'infidèle, en baissant humblement la tête tant il s'inquiétait d'un contrôle.

Fer l'ignora. Il s'approcha du vieillard et leurs regards se croisèrent.

---

1. Qu'on appelait aussi une saëttie.

— Hugues de Fer ! s'exclama le vieil homme au turban, les yeux brillant de surprise et de joie.

— Ibn Rushd !

Tous deux s'étreignirent longuement avec un plaisir non dissimulé.

— Ibn Rushd, mon vieil ami ! Que viens-tu faire à Marseille ? Je te croyais cadi à Marrakech, s'étonna le viguier, relâchant le premier son étreinte.

— J'y étais, mais cette vie est terminée. Je suis venu ici en espérant te trouver, répondit simplement le vieil homme.

Fer recula pour l'examiner. Son ami avait toujours la longue barbe à deux pointes qu'il portait déjà le jour où il l'avait rencontré. Simplement, elle était maintenant entièrement blanche. Son front était toujours aussi haut et son regard aussi doux, mais pour la première fois, il y vit une tristesse infinie. Il devina qu'Ibn Rushd avait des ennuis.

— Me trouver ? s'enquit-il.

— Je suis en fuite, et tu es le seul ami qui me reste.

— N'en dis pas plus ! Je laisse ici un de mes esclaves qui s'occupera de porter tes bagages chez moi. Tu es mon hôte aussi longtemps que tu le veux. Nous avons tant de souvenirs à échanger !

Le visage du vieillard s'éclaira d'un sourire triste mais rassuré.

Chapitre 2

Hugues de Fer avait débarqué à Saint-Jean-d'Acre en juillet 1191. Déjà Philippe II était à pied d'œuvre et faisait construire des balistes et des mangonneaux. Avec ces machines de guerre, la garnison des infidèles avait rapidement capitulé, mais les croisés s'étaient retrouvés à leur tour pris au piège, harcelés par Saladin et ses troupes, dès qu'ils sortaient de la ville.

Désœuvrés, les Francs, comme les appelaient les infidèles, avaient transformé Saint-Jean-d'Acre en une autre Gomorrhe :

Dans la ville était tant laidure,
Et tant péché et tant luxure
Que prudhommes honte avaient
De ce que les autres faisaient

chantonnait-on.

Avec la promiscuité, la saleté et la chaleur, les épidémies avaient décimé les chrétiens et le roi de France, atteint de la suette, était rentré en France. Hugues, comme la plupart des croisés marseillais, était resté, mais il voulait quitter la ville et ses épidémies, aussi, malgré les dangers, il avait demandé à faire partie d'une armée qui se rendait à la palmeraie d'Arsouf avec Richard Cœur de Lion. Seulement, en chemin, leur troupe était tombée dans une embuscade et si Richard en avait réchappé, beaucoup de ses gens avaient été tués. Laissé pour mort avec une flèche qui avait percée son haubert, Fer avait été recueilli par la caravane de pillards qui suivait Saladin. Bien que la plupart des blessés aient été achevés, on l'avait gardé en vie quand il avait fait comprendre qu'il pourrait payer rançon. Ensuite, il avait déliré durant plusieurs jours, puis avait été emprisonné avec d'autres captifs chrétiens.

C'est là qu'il avait appris qu'il était à Damas.

Ils étaient une dizaine d'esclaves, venant de plusieurs pays, dormant sur la paille souillée d'un cachot, livrés à la vermine. Sitôt rétabli, Hugues avait dû travailler aux champs, après avoir écrit à ses amis à Saint-Jean-d'Acre. Certains jours, ils cueillaient du coton sur des arbustes, d'autres fois, ils ramassaient une poussière jaunâtre au goût de miel sur de grands roseaux que les infidèles appelaient zucar. Ils en faisaient une mélasse cuite en pains blancs que les médecins utilisaient comme médicament. C'était un travail exténuant, dans une salle surchauffée, avec comme seule espérance l'occasion de ramasser quelques débris qu'ils croquaient pour calmer leur faim.

Une fois, on vint leur proposer la liberté à condition de s'installer à Damas et d'adopter la religion du Prophète. Seul un prisonnier accepta mais le régime de détention fut ensuite plus sévère pour les autres.

Le temps s'écoulait lentement pour Hugues qui n'avait pas de nouvelles de ses amis quant au paiement de sa rançon. Peut-être que son courrier n'était jamais arrivé. Bien que désespéré, il ne cherchait pas à s'évader, car ceux qui s'y risquaient étaient toujours rattrapés et châtiés de façon effroyable. Pour l'exemple, on leur coupait les mains, la langue, le nez et les oreilles, puis on leur crevait les yeux avant de les renvoyer à Saint-Jean-d'Acre.

Il était captif depuis plusieurs mois quand éclata une épidémie. Tous les prisonniers furent malades, sauf lui. Ce fut sans doute pour cette raison qu'un matin il eut la visite d'Ibn Rushd.

Le même Ibn Rushd qu'il accompagnait chez lui, sauf qu'à cette époque il avait encore des cheveux et une barbe noir.

— C'est lui qui n'a pas la peste ? avait-il demandé à l'un des geôliers avec un sourire pétillant.

Fer avait compris, car il parlait désormais l'arabe.

Le visiteur l'avait examiné, vérifiant qu'il n'avait pas de bubons, avant de s'occuper de trois de ses compagnons qui étaient au plus mal. Alors qu'il aurait pu les laisser mourir, il leur avait donné un onguent pour les soulager. Un geste de miséricorde qui avait profondément touché Hugues de Fer.

Puis Ibn Rushd s'était adressé aux gardiens en le désignant.

— Je l'emmène comme convenu avec le gouverneur. Un homme qui résiste à la peste me sera précieux.

C'est ainsi qu'il avait quitté sa geôle.

Son nouveau maître était médecin. Il l'avait vêtu d'habits propres et avait soigné la gale qui le couvrait. Hugues de Fer lui avait alors demandé pourquoi il agissait ainsi.

— Celui qui soulage la détresse d'un autre, Allah le soulagera dans ce bas monde et dans l'au-delà, avait répondu le médecin en souriant gravement.

Mis en confiance, Fer lui avait raconté qu'il était chevalier, qu'il venait de Marseille et comment il avait été fait prisonnier. Ibn Rushd avait été surpris de découvrir que son esclave parlait latin et connaissait même un peu le grec. Au fil des jours, une certaine estime s'était installée entre eux.

Le médecin lui avait expliqué être en mission pour le calife du Maroc, mais que son ambassade tirait à sa fin et qu'il allait rentrer. Aussi s'occupait-il à acheter des pains de sucre, des philtres et des potions pour les revendre à Marrakech à son retour.

En l'accompagnant dans les souks, Hugues de Fer découvrit toutes sortes de produits et d'épices qu'il ne connaissait pas. Mais parfois c'est lui qui apprenait quelque chose à son maître. Ainsi, un jour où Ibn Rushd marchandait du savon d'Alep, fabriqué avec des huiles d'olive et de laurier, il lui avait donné la recette du savon de Marseille et cette confidence avait encore resserré leur relation.

Le soir, Ibn Rushd recevait des amis et Fer était invité à rester avec eux. Maîtrisant désormais la langue arabe, il les écoutait parler des auteurs grecs, comme Aristote, et découvrait qu'ils en savaient plus que lui dans bien des domaines. Dès lors, les infidèles ne lui apparurent plus comme des ennemis.

Tout séparait le jeune chevalier chrétien issu d'une famille noble et marchande et le médecin âgé, juriste et musulman. Pourtant l'estime qui régnait entre eux se changea vite en amitié. L'ambassadeur du calife lui raconta sa vie. Son père, juge réputé, lui avait enseigné la jurisprudence musulmane, l'art de soigner et les mathématiques. Très jeune, déjà médecin et juriste, Ibn Rushd avait été convoqué à la cour de Marrakech afin de réformer la législation en la rendant compatible avec le Coran. Il était ensuite devenu grand cadi de Cordoue, puis médecin personnel du calife pour qui il avait traduit Aristote. C'est le calife qui l'avait envoyé à Damas pour conduire des négociations politiques et commerciales avec Saladin.

Le jour où ils embarquaient pour Marrakech, Ibn Rushd avait annoncé à son esclave qu'il le laisserait dans une crique, près de Saint-Jean-d'Acre. C'est ainsi que Hugues de Fer avait recouvré la liberté.

Quand il était arrivé à Acre, il avait appris que Richard Cœur de Lion était retourné en Angleterre. N'étant plus capable de se battre contre les musulmans, Hugues de Fer était rentré à Marseille. Il n'avait pas pour autant oublié son ami et, depuis dix ans, ils s'écrivaient régulièrement. Nombreux étaient les navires qui faisaient le voyage entre Marseille et le Maroc, ou avec l'Espagne musulmane. Pourtant, depuis trois ans, Fer n'avait plus reçu de lettres. Il s'était renseigné et avait appris que son ami était tombé en disgrâce, qu'on avait brûlé ses livres et qu'il ne vivait plus à Marrakech. Il en avait été profondément attristé, et sans nouvelles, il en avait déduit qu'Ibn Rushd était mort.

La maison de Hugues de Fer était formée d'une tour quadrangulaire, avec mâchicoulis et archères, et d'un corps de logis attenant, construit sur des arcades, qui abritaient celliers, four à pain, moulin à huile, cuisine et écurie.

Dans les grandes chambres de la tour logeaient ses hommes d'armes, son écuyer, son bayle[1], son commis d'écriture et la plupart de ses serviteurs qui s'entassaient la nuit, sur des paillasses, avec leur famille. Ces pièces, cloisonnées par des tentures, communiquaient par des échelles. Seule celle du premier étage permettait un passage de plain-pied avec la grande salle du corps de logis.

C'est là que toute la maisonnée prenait ses repas et que le viguier recevait et rendait la justice. C'était une longue pièce à trois travées en arcs d'ogive, soutenue par de gros piliers, et pavée de grandes dalles

1. Intendant.

couvertes de paille. Perpétuellement sombre, malgré d'étroites fenêtres géminées à colonnettes, elle était aussi continuellement enfumée par la cheminée et les falots à chandelles de suif.

L'ameublement se limitait à de grands bancs à dossier reposant sur des coffres et à la haute chaise sur laquelle Hugues de Fer rendait la justice. Une immense table sur tréteaux était rangée contre le mur opposé à la cheminée. Un mur était orné d'une tapisserie, les autres étant simplement garnis d'épées, de haches, de piques, de fléaux et d'arbalètes. Des armes que l'on pouvait saisir rapidement en cas de besoin. À l'intérieur de la cheminée, de gros chenets soutenaient des bûches qui se consumaient lentement et, quand il n'y avait plus que des braises, on pouvait s'asseoir dans l'âtre, sur des bancs de pierre.

En découvrant cet intérieur si fruste, Ibn Rushd ne put s'empêcher de le comparer avec sa belle demeure de Cordoue, lumineuse et ouverte sur des jardins emplis de fleurs parfumées et de fraîches fontaines. Mais il ne devait plus y songer, se dit-il. Cette vie était terminée pour lui.

— C'est ici que je règle les affaires de la ville et que je rends la justice, expliqua Fer.

Il désigna la chaise à haut dossier garnie de bras latéraux sculptés.

— Mon bayle fera monter tes bagages. Il y a des chambres en haut.

Hugues de Fer présenta ensuite son ami à son épouse. C'est elle qui conduisit le médecin à l'étage pour s'occuper de son installation. Quand il redescendit pour le dîner, la famille et les serviteurs du viguier étaient déjà tous dans la grande salle. Hugues de Fer leur raconta comment il avait connu le cadi de Marrakech, et comment celui-ci l'avait libéré. Il lui devait tout, leur dit-il, et il entendait qu'il soit traité avec honneur.

Ce n'est qu'après le dîner, confortablement installé sur les coussins d'une banquette, qu'Ibn Rushd raconta enfin à Hugues et à son épouse pourquoi il était en fuite. Anselme, l'aîné des fils du viguier, ainsi que son écuyer restèrent pour l'écouter.

— En raison de ma proximité avec le calife et de la confiance dont il m'honorait, j'étais sans cesse en butte à la jalousie des religieux. Après des mois d'attaques sournoises, ils parvinrent à faire brûler mes livres et le calife fut contraint de m'envoyer en Espagne. Craignant mon retour, mes ennemis s'acharnèrent et me firent exiler à Lucena où il n'y avait que des juifs convertis. Ils firent alors circuler la rumeur que j'étais devenu juif et, il y a quelques semaines, j'appris que j'allais être arrêté et exécuté comme apostat. Je décidai donc de fuir et parvins à trouver un marin qui, contre quelques bezans d'or, accepta de me prendre à son bord. Mais pour aller où ? C'est alors que je pensai à toi. Tu m'avais dit que les Marseillais étaient tolérants, que dans ta cité ni les juifs ni les mahométans n'étaient persécutés. Et puis j'avais envie de te revoir, car je sais qu'il ne me reste plus longtemps à vivre…

— Je devrais bénir tes ennemis de m'avoir permis de te retrouver, mon ami. Tu peux rester ici autant de temps que tu le souhaites.

— Je songeais à exercer ma médecine. Crois-tu que ce sera possible ? suggéra Ibn Rushd.

— Certainement ! lui promit Fer. Il n'y a jamais suffisamment de médecins, et ta réputation est telle que tu seras bien vite le plus recherché !

Ils évoquèrent ensuite des souvenirs des croisades. Fer expliqua à son ami qu'il faisait désormais venir ce fameux sucre de Damas dont, jusqu'à présent, Venise avait le monopole. Il le vendait fort cher dans le nord de l'Europe.

— Le destin est étrange, dit-il en riant. Si je n'avais pas été prisonnier à Damas, je n'aurais jamais connu cet aliment qui a fait ma fortune !

— Et moi, je ne t'aurais jamais rencontré, mon ami, et à cette heure je croupirais certainement au fond d'un cachot !

Ils furent interrompus par un serviteur qui arrivait des cuisines. Hugues l'interrogea du regard.

— L'intendant du seigneur Roncelin vient de se présenter, seigneur. Il souhaite vous voir. C'est grave, a-t-il insisté.

— Arnoux ? Fais-le monter !

L'intendant était un homme replet d'une quarantaine d'années tonsuré comme un clerc. Blême, il paraissait mort de peur. À peine entré dans la pièce, il se jeta à genoux. Hugues le considéra avec surprise. Il le connaissait bien et ne l'avait jamais vu dans cet état.

— Très haut et gracieux seigneur viguier, loué soit Jésus-Christ, balbutia l'intendant.

— À jamais soit-il, répondit Hugues. Mais qu'as-tu, Arnoux, que se passe-t-il ?

— C'est... le seigneur Roncelin, seigneur viguier.

— Il est arrivé malheur au vicomte ? demanda Hugues en se levant brusquement de sa chaise haute.

— Je... je ne sais pas... Je le crains...

— Explique-toi ! lança Fer avec une brusque inquiétude.

— Le seigneur est parti hier pour sa maison de Porte Galle...

Fer fit signe qu'il connaissait l'endroit, une ancienne tour de vigie face à la mer.

— Il avait avec lui seulement deux esclaves...

— Qu'allait-il faire là-bas, avec ce froid ?

— Je... Il devait retrouver une dame, seigneur, déglutit l'intendant.

Fer grimaça.

— Une dame ? Tu la connais ?

— N... Non, seigneur... mais habituellement, il conduisait là-bas des femmes... du port.

Des bagasses ! C'était bien de Roncelin !

— Et alors ?

— Il m'avait dit que les esclaves porteraient le souper et la literie, qu'il passerait la nuit là-bas et ne rentrerait que ce matin. Or, il devait dîner avec l'évêque aujourd'hui... mais il n'était pas là. L'évêque a envoyé un clerc pour savoir pourquoi il ne venait pas. Je ne savais que faire... je suis allé à Porte Galle avec ma mule...

Le serviteur tremblait tellement qu'Ibn Rushd se leva pour lui servir une coupe de vin avec la cruche posée sur un coffre.

— Buvez, lui dit-il doucement.

L'intendant regarda le viguier avec inquiétude, comme pour solliciter son autorisation, puis, observant son hochement de tête, il vida la coupe d'un seul coup. Cela parut lui donner un peu plus d'assurance.

— La cour devant la tour était vide. L'échelle était en place et la porte ouverte. Je suis monté... Il y avait du sang partout...

— Du sang ?

— Ils sont tous morts, messire !

Chapitre 3

— Mort ? Le seigneur Roncelin est mort ! tonna Fer, incrédule.

Le regard d'Ibn Rushd glissa de l'intendant à son ami. Hugues restait pétrifié et le serviteur paraissait à la fois terrorisé et accablé par la perte de son maître.

— Je… je ne sais pas, seigneur… je n'ai pas vu son corps, bredouilla-t-il.

— Racontez-nous ce que vous avez vu, proposa l'ancien cadi de Marrakech d'une voix apaisante.

L'intendant parut se calmer.

— La maison du seigneur Roncelin est une tour de défense près de la mer, seigneur, fit-il en s'adressant à Ibn Rushd. Quand je suis entré dans la salle basse, il n'y avait que les corps des esclaves et celui d'une femme.

— Et Roncelin ? demanda à nouveau Hugues de Fer qui avait recouvré son sang-froid.

— Je ne l'ai pas vu, seigneur, déglutit l'intendant. J'ai appelé, mais le silence régnait, c'était le silence de la mort, et je me suis enfui.

— Il s'était peut-être caché dans un étage, grimaça Ibn Rushd.

— Peut-être, seigneur, mais l'échelle était en place… s'il s'était caché, il l'aurait tirée derrière lui…

— Peut-être pas, s'il était blessé... remarqua Hugues. Tu as reconnu la femme ?

— Je... je n'ai pas vu son visage, seigneur...

Devant l'air surpris de Hugues et du médecin, il précisa :

— Elle avait son bliaut... relevé depuis la taille sur sa figure, je n'ai rien touché.

— J'y vais ! décida Fer, qui avait compris ce qui était arrivé à celle qui avait accompagné le vicomte.

Il se tourna vers Ibn Rushd :

— Tu m'excuseras, mon ami, mais cette affaire est si grave que je dois m'en occuper sans attendre.

— J'aimerais t'accompagner, proposa Ibn Rushd.

— Ce ne sera pas un spectacle plaisant.

— Tu oublies que je suis médecin. Tu pourrais avoir besoin de moi si ce Roncelin est blessé. J'étais aussi cadi, j'ai jugé de nombreux crimes et conduit des enquêtes à Cordoue et à Marrakech. J'ai une certaine expérience de ces choses-là.

— Je crains qu'une enquête ne soit inutile. Soit ce sont des pirates barbaresques, car la tour de Roncelin est au bord de la mer, soit ce sont les écorcheurs qui sévissent dans les campagnes. Dans les deux cas, je ne retrouverai pas facilement les assassins. Roncelin a été insensé d'aller là-bas sans escorte.

— Des barbaresques auraient emmené la femme pour la revendre un bon prix, à moins qu'elle ne soit très laide et que personne n'en veuille. Mais tu ne m'as pas dit qui est exactement Roncelin, sinon qu'il est vicomte. Je devine que c'est un important seigneur ici...

— Roncelin est le vicomte de Marseille. S'il est mort, je perdrai ma charge et la ville sa liberté.

Ils quittèrent la maison du viguier immédiatement après le récit de l'intendant. L'écuyer de Fer demanda à trois gardes de les accompagner et fit préparer des chevaux, ainsi qu'une mule pour Ibn Rushd.

Ils suivaient maintenant un chemin qui montait sur une butte couverte de vignes.

— Pour aller jusqu'à la tour de Roncelin, nous traverserons la ville haute qui est le fief de l'évêque, expliqua Fer.

Les hommes d'armes en broigne maclée, porteurs de haches et de masses, les précédaient. L'écuyer à cheval et l'intendant sur sa mule fermaient la marche. Le viguier avait exigé le silence total sur les crimes et la disparition du vicomte Roncelin.

Hugues avait revêtu son haubert et s'était coiffé de son bassinet. Sa lourde épée était attachée à sa selle ainsi qu'une hache d'arme et une rondache. Ignorant si ceux qui avaient massacré les gens de Roncelin étaient partis, il s'était préparé à un rude affrontement.

— Qui sont ces écorcheurs que tu sembles craindre ? demanda Ibn Rushd comme ils passaient sous un porche fortifié.

— Des miséreux chassés de la ville. Jusqu'à présent, ils survivaient en vendant aux corroyeurs des peaux de loups, de sangliers ou d'autres bêtes sauvages qu'ils tuaient et écorchaient, bien que ce soit interdit.

— Pourquoi ?

— Les tanneurs ne peuvent acheter leurs peaux qu'aux bouchers de la ville. J'ai longtemps été tolérant envers les écorcheurs, car ils nous débarrassaient des loups, mais les bouchers se sont plaints. J'ai donc dû mettre à l'amende les tanneurs qui commerçaient avec eux et le trafic a cessé. Mais, sans ressources, les écorcheurs sont devenus des voleurs et s'attaquent aux voyageurs. Pourtant, jusqu'ici, ils n'avaient jamais tué personne.

— En quoi consiste exactement la charge de viguier ? demanda encore Ibn Rushd qui était d'un naturel curieux. Est-elle différente de celle de cadi ?

— Je ne sais pas, répondit Fer en se forçant à sourire. Il faudrait que tu me dises en quoi consiste la charge de cadi ! En ce qui me concerne, j'exerce la justice seigneuriale, mais surtout je collecte les droits domaniaux de la vicomté, c'est-à-dire les leides et les trézains[1].

— Ce sont de grosses sommes ?

— Oui-da ! Les leides sont les droits sur tout ce qui peut être pesé, comme les tissus, les aromates, les herbes, les cuirs ou les fers. En résumé tout ce qui se vend sur un marché. Les trézains sont des cens versés lors des ventes de maisons ou de terres. Bien sûr, ces droits ne concernent pas seulement la ville basse, mais toute la vicomté qui s'étend de Fos à Fréjus. Seule la ville haute que nous traversons y échappe.

D'un geste, Hugues de Fer désigna les vignes qui les entouraient et les moulins dressés sur les rochers. Tout était calme. On n'entendait que le pépiement des oiseaux, les crissements lancinants des meules et les claquements des ailes qui tournaient. Plus loin, dans un potager, des moines et des journaliers bêchaient, taillaient ou ramassaient des pois. Quel contraste avec la tumultueuse activité du port ! songea Ibn Rushd.

— La ville est partagée entre le vicomte et l'évêque ? demanda-t-il.

— Pendant longtemps la famille des vicomtes a possédé la ville, l'aîné étant vicomte et le cadet évêque. Mais, il y a trente ans, Rome a rejeté cet arran-

1. Treizième partie du prix d'une vente.

gement ; aussi le dernier évêque a partagé la ville avec son frère. Le port et la ville basse sont restés aux vicomtes, tandis que l'évêque recevait cette partie plus pauvre que nous traversons. À part l'évêché et la cathédrale qui bordent la mer, il n'y a ici que des cultures, des moulins et quelques maisons de pêcheurs ainsi que le vieux port gaulois, *Portus Gallicus*[1], où nous nous rendons. Comme viguier, je n'ai aucun droit ici, sauf celui de veiller au bon état des fortifications.

— L'évêché a aussi un viguier pour faire respecter l'ordre ?

— Non, le chapitre de la cathédrale a un prévôt et l'évêché un juge épiscopal. C'est ce juge qui administre la justice de la ville haute et qui encaisse les amendes.

— Tu as seul l'administration de la ville basse ?

— Je la partage avec les consuls. Les marchands, qui payent les droits seigneuriaux, exigent en contrepartie la sécurité, de bons chemins, et des approvisionnements réguliers. L'entente doit donc régner entre le vicomte, dont je suis le représentant, et les consuls. C'est pour cela que j'ai été choisi à mon retour de Saint-Jean-d'Acre. Quand le vicomte Raymond Geoffroi m'a proposé d'être viguier, il savait que je serais accepté des consuls, car j'étais à la fois chevalier et marchand. Nous partagions tous le même dessein : faire de Marseille la plus riche cité de la Méditerranée. L'Europe achète cher ce qui arrive d'Orient, mais pour satisfaire cette demande, il faut toujours plus de comptoirs en Orient, en Grèce, en Italie et en Espagne. Et surtout il nous faut la paix.

— On ne peut qu'approuver de telles intentions, remarqua Ibn Rushd en souriant, tandis qu'ils

1. La Joliette.

approchaient de l'enceinte fortifiée et d'une haute tour qui la bordait.

— J'aimerais que tu aies raison, mais tout le monde ne veut pas la paix, dit le viguier en faisant signe à son écuyer de passer devant. Laisse-moi t'expliquer : chez nous, les droits seigneuriaux restent en indivision dans les successions. Il y a trente ans, à la mort d'un de nos vicomtes, trois de ses fils se partagèrent les droits de leur père sur le fief marseillais. L'aîné, Guillaume, fut le premier vicomte et, à sa mort, c'est son frère, Raymond Geoffroi, qui lui a succédé. C'est lui qui m'a choisi comme viguier. Le dernier frère, Roncelin, avait renoncé à l'héritage en devenant moine à Saint-Victor, car les religieux sont exclus des successions seigneuriales.

» Quand Raymond Geoffroi est mort, sa part a été transmise à sa fille Baralle, épouse de Hugues des Baux. Hugues des Baux est le chef de la plus puissante famille de Provence. Depuis toujours, les Baussenques, comme on les appelle, revendiquent le comté de Provence. Comme Baralle disposait de la moitié du fief marseillais, son mari a demandé à être nommé vicomte. La richesse de la vicomté de Marseille lui aurait donné les moyens de s'attaquer au comte de Provence, c'est-à-dire à la maison de Barcelone et d'Aragon. Mais les négociants marseillais, refusant d'être entraînés dans un conflit, y étaient opposés. J'ai donc proposé de faire sortir Roncelin du monastère de Saint-Victor et de lui remettre la charge vicomtale.

— C'est donc si facile de quitter la robe ? ironisa Ibn Rushd.

— Non ! Le prieur de Saint-Victor a refusé le retour de Roncelin à la vie laïque, aussi suis-je allé le chercher avec mes archers.

— Roncelin a accepté… n'avait-il pas la foi ?

— Roncelin est faible de caractère. De plus, il est d'un tempérament galant et n'attendait qu'une occasion pour quitter le couvent. Mais ses défauts importent peu puisqu'il me laisse diriger la ville.

— Tout de même, si Baralle avait la majorité de l'indivision, comment a-t-il pu devenir vicomte ?

— Baralle a dû partager sa part avec lui, mais elle n'était pas la seule légataire de la vicomté. Le frère aîné de Raymond Geoffroi, Guillaume, avait eu une fille, Mabile, qui est l'épouse d'Adhémar, seigneur de Montélimar. Il y a aussi une troisième héritière de la vicomté, Alice[1], issue d'une branche aînée. Alice est ma pupille et n'a que dix ans. Elle est promise à un autre seigneur des Baux et possède les droits féodaux sur le quart de la ville basse, mais, même mariée, elle ne pourra les exercer, car son père les a gagés auprès de deux banquiers de mes amis à une époque où, prisonnier, il a dû payer rançon. Sa dette se monte à vingt mille sous.

» En résumé, outre Roncelin, j'avais le soutien d'Adhémar et de Mabile, et je suis tuteur d'Alice dont les droits sont en gage chez mes amis, le consul Guillaume Vivaud et le banquier juif Botin. J'ai donc pu manœuvrer pour écarter Hugues des Baux.

— Comment Hugues des Baux a-t-il pris la chose ? s'amusa Ibn Rushd. C'était lui le grand perdant !

— Très mal. Il a convaincu le comte de Provence Alphonse d'Aragon, dont il brigue pourtant la place, de lever une armée pour faire le siège de notre ville. Depuis toujours nous refusons la suzeraineté de la maison d'Aragon et Hugues des Baux s'était engagé à la reconnaître s'il devenait vicomte. Mais même s'il s'en cachait, tout le monde connaissait sa véritable ambition. Cette coalition contre nature a trouvé en face nos bonnes murailles et notre peuple

1. Son nom provençal était Alasacie ou Adalasie

décidé à défendre ses libertés. Finalement, Alphonse d'Aragon n'a pas insisté et Roncelin est resté vicomte de Marseille.

— Mais si Roncelin est mort, tout sera remis en cause...

— Tout, conclut simplement Hugues.

L'épaisse muraille devant laquelle ils arrivaient était percée d'un passage voûté en plein cintre qui remontait à l'époque romaine. On l'appelait la Porte Galle et on disait que c'était par là que Jules César était entré dans Massilia. Les gardes du viguier, son écuyer et l'intendant du vicomte les attendaient en discutant avec les arbalétriers de la prévôté.

— Qui de vous était là, hier ? leur demanda Fer.

— Nous y étions tous, seigneur viguier.

— Notre vénéré seigneur Roncelin est-il passé ?

— Oui, seigneur, un peu avant midi, avec deux esclaves.

— Personne d'autre avec lui ?

— Personne, noble seigneur, répondit le garde, inquiet du ton dubitatif du viguier.

Hugues hésita à parler de la femme dont l'intendant avait vu le cadavre dans la tour, puis il jugea prudent de rester discret tant qu'il ne savait pas qui elle était.

— À quelle heure notre vicomte est-il rentré en ville ?

— Il n'est pas revenu, seigneur, ou alors il a pris une autre porte.

À ces inquiétantes paroles, le cœur de Hugues de Fer se serra un peu plus.

— Avez-vous vu des navires ? demanda-t-il.

— Quelques barques sont entrées dans le port, et on a aperçu des galères au large.

— Rien d'anormal ? Pas de bandes de ribauds ? Pas de voiles sarrasines ?

— Non, seigneur, sinon le guetteur aurait lancé le signal avec sa trompe.

Il désigna la tour construite contre la muraille.

— Qui d'autre est sorti de la ville ?

— Beaucoup de monde, seigneur. Il y a toujours du passage ici, surtout les marchands qui ont affaire au port.

Le viguier hocha du chef et fit signe à ses hommes de franchir la porte. Il n'apprendrait rien de plus et il était inutile de donner l'éveil par des questions trop précises.

Un chemin descendait vers une anse où quelques bateaux étaient à l'ancre le long d'un ponton de bois.

— *Portus Gallicus* est le port de la ville prévôtale, expliqua Hugues à son ami.

Quand ils furent hors de portée d'oreille des gardes de la porte, le médecin demanda :

— S'il n'y avait aucune femme avec le seigneur Roncelin, qui donc était celle que l'intendant a vue ? D'où pouvait-elle venir ?

— Nous allons le savoir, fit sombrement Hugues. Cette affaire semble plus compliquée que je ne le pensais.

Ils longèrent la grève un moment avant d'emprunter un raidillon qui grimpait vers une tour carrée dont on ne voyait que le sommet crénelé. Elle ne paraissait pas avoir d'ouverture.

— C'est la maison de Roncelin ? demanda encore Ibn Rushd.

— Oui, une ancienne tour pour surveiller les navires sarrasins qui n'est plus utilisée depuis qu'on a édifié la grande tour de l'enceinte.

— Il y a toujours du danger ?

— Toujours. Des pirates sarrasins ont pris Toulon, il y a deux ans.

Après un faux plat et plusieurs coudes du chemin, ils débouchèrent sur une esplanade dominant la mer. La tour avait de gros contreforts à chacun des angles et ses seules ouvertures étaient d'étroites archères et une porte à deux cannes du sol. On y accédait par une échelle.

Le chemin se poursuivait vers le nord. Le viguier demanda à son écuyer de le suivre quelques dizaines de cannes pour vérifier qu'il n'y ait personne. Après quoi, il sauta au sol, ordonna à ses hommes d'armes de rester vigilants et se rendit à la tour.

Ibn Rushd descendit aussi de sa mule et regarda un moment la mer, cherchant une voile sarrasine. En entendant Hugues de Fer appeler à plusieurs reprises : « Seigneur Roncelin ! », il se retourna. Le viguier grimpait l'échelle de la tour, l'intendant derrière lui.

L'endroit était d'un calme parfait. Ibn Rushd comprenait pourquoi Roncelin aimait y venir. Il refit alors à pied une portion du chemin par où ils étaient arrivés. Bordé de romarins et de cistes, le sentier était encore humide d'une récente pluie. Beaucoup de chevaux étaient passés, constata-t-il devant les traces des fers, mais on ne pouvait déterminer de quand dataient les plus anciennes.

Il revenait vers la tour à l'instant où Fer l'appelait. Abandonnant ses observations, il grimpa à l'échelle. L'entrée était rectangulaire avec une épaisse porte cloutée ouvrant vers l'intérieur. Il pénétra dans une salle voûtée éclairée par deux archères au fond de profondes embrasures. Trois cadavres gisaient devant lui : une femme dénudée des pieds à la poitrine et deux hommes, l'un le dos tranché de l'épaule à la taille, l'autre le ventre ouvert et les entrailles visibles. La femme avait été égorgée. L'odeur du sang et des excréments le prit à la gorge.

Chapitre 4

— Arnoux est en haut pour vérifier, mais j'ai l'impression qu'il n'y a personne de vivant ici, dit Fer en montrant l'échelle intérieure.

Ibn Rushd s'approcha des corps pour les examiner. L'homme le plus près de l'échelle avait reçu un coup de hache de combat, sans doute en tentant de fuir. L'autre avait été tué d'un coup d'estoc. C'était la blessure d'une épée de chevalier, pas d'un couteau sarrasin.

— Ce ne sont pas des pirates qui ont fait ça, dit-il.

— Je sais, fit sombrement Fer. Celui-là a été tué avec une bardiche[1]. D'ailleurs, on aurait vu leur navire depuis la Porte Galle.

Il montra la table, de simples planches sur tréteaux, sur laquelle se trouvaient les reliefs d'un repas : des restes de galettes de pain, des os de volaille, deux gobelets de verre brisés, un cruchon renversé.

— Ils avaient mangé. Il y a une paillasse à l'étage, mais pas de literie. Tout ce qu'ils avaient apporté a dû être volé.

— Ils n'ont pas volé sa robe ! remarqua Ibn Rushd en désignant la femme. Tu la connais ?

Hugues hocha du chef.

1. Hache au long fer arrondi.

— Madeleine Mont Laurier, veuve d'un tanneur, une des femmes les plus riches de la ville, dit-il. Il y a cinq ou six semaines, elle est venue me demander l'autorisation de faire venir des peaux d'Arles et d'Aguensi[1] car la demande est si forte pour les cuirs tannés à Marseille qu'elle manquait de peaux. Mais le syndic des bouchers y était opposé, parce que cela aurait fait baisser le prix auquel ils vendent les cuirs.

Rushd s'accroupit pour l'examiner. Elle devait avoir trente ans. Un visage dur aux pommettes saillantes et aux traits marqués, un nez aquilin, des lèvres fines, des cheveux noirs serrés en tresses, constata-t-il en se penchant sur elle. Une de ses mains était posée sur son ventre. Il la toucha, c'était la main calleuse d'une femme qui travaillait dur.

— A-t-elle été… demanda Hugues.

— Oui, dit le médecin en regardant son ventre dénudé et meurtri. Ils l'ont battue et elle s'est défendue. Ses vêtements sont déchirés à plusieurs endroits, c'est pour cela qu'ils les lui ont laissés. Ils lui ont aussi brisé le poignet et pour finir lui ont coupé la gorge.

La tête était presque séparée du cou. Il souleva un bras raide et remarqua qu'elle avait la gale.

— Le sang est coagulé, très sec, ils sont venus sans doute hier, après dîner.

— Des rôdeurs ? Des écorcheurs ?

— Non, ce sont des coups d'épée, ce seraient plutôt des hommes d'armes, des routiers.

— Il y a des bandes conduites par le comte de Forcalquier autour d'Aguensi. Ils ont pu arriver par le chemin sans qu'on les voie.

— Possible…

1. Aix.

Ibn Rushd continua d'examiner la femme. On lui avait arraché ses chausses et déchiré non seulement son bliaut mais aussi sa robe de dessous. Sa peau blanche était ensanglantée. Ils s'étaient acharnés sur elle.

Elle avait mis une jolie robe pour mourir, remarqua tristement le médecin. Une robe cramoisie en laine épaisse à manches étroites. Il la rabattit sur son ventre. Elle ne portait pas de ceinture, mais peut-être en avait-elle eu une en cuir serti d'or ou d'argent comme les riches bourgeoises, et ils l'en avaient dépouillée. D'ailleurs, elle n'avait plus d'escarcelle ni d'aumônière. Il remarqua alors qu'une main tenait serré un morceau d'étoffe. Peut-être une coiffe. Il tenta de détacher le tissu, mais les doigts de la morte s'étaient agrippés autour comme des serres.

— Hugues, aide-moi. Je voudrais regarder la coiffe qu'elle tient.

Le viguier s'accroupit et parvint à écarter les phalanges. Il prit l'étoffe et la déploya. Ce n'était pas une coiffe, juste un morceau de tissu avec une étoile aux rayons brodés en fils d'or. Ibn Rushd compta seize rayons et interrogea son ami du regard.

Hugues de Fer s'était redressé, pâle comme un trépassé, les yeux fixés sur l'étoile.

— C'est une toile épaisse et le tissage est bien grossier pour un morceau de vêtement de femme, remarqua le médecin.

— C'est un pan de tunique ou de surcot. Regarde, on voit la bordure du col. Elle l'a arraché en se défendant.

— Que signifie cette étoile ?

Hugues montra la croix bleue cousue sur son haubert.

— Cette croix, mon ami, ce sont mes armes. J'ai la même sur ma tunique.

Il donna l'étoffe à Ibn Rushd en expliquant :

— Cette étoile à rayons, ce sont les armes de l'assassin.

— Tu les connais ?

— Ce sont les seigneurs des Baux. Cette étoile, c'est la comète de Balthazar.

— Le roi mage ? s'étonna Ibn Rushd.

— Les seigneurs des Baux disent descendre de lui…

— Tu m'as parlé de Hugues des Baux tout à l'heure…

— C'est Hugues qui est venu ici, affirma le viguier, le visage contracté par la haine. C'est lui et ses brigands qui se sont acharnés sur Madeleine. Ils payeront ce crime, j'en fais serment.

— Il aurait aussi tué Roncelin ?

— Je ne crois pas. Roncelin mort, il y aurait dispute pour savoir à qui irait sa part de la vicomté, et il a peut-être fait un testament. Non, Hugues des Baux a dû l'emmener pour lui faire signer l'abandon de ses droits devant un notaire.

— Que se passera-t-il s'il y parvient ?

— Hugues des Baux aura Marseille, et Marseille aura la guerre.

Le ton de son ami semblait si désespéré qu'Ibn Rushd lui lança un long regard inquiet.

— Même si Hugues des Baux entraîne Marseille dans une guerre, votre ville est riche et capable de vaincre.

— Sans doute, mais je sais trop ce qu'est la guerre. Ce n'est pas Hugues des Baux que je crains, c'est le désordre qu'il provoquera. Par des marchands, je sais ce qui se passe en Poitou, en Auvergne et en Périgord. Philippe Auguste, le roi de France, lance ses compagnies de routiers sur les villes et les châteaux, et Richard riposte avec ses Brabançons. Ces hordes sauvages détruisent et ruinent les campagnes. Si la guerre commence, les Brabançons et les Cottereaux[1] viendront ici. Le pays sera ravagé. Il ne restera rien après leur passage.

Le silence s'installa un instant. Le viguier restait immobile, le visage fermé, comme perdu dans ses pensées mais Ibn Rushd remarqua que ses lèvres bougeaient. Il murmurait sans doute une prière pour cette pauvre femme. L'ancien cadi se sentait mal à l'aise d'être arrivé à un si mauvais moment, puis il se dit qu'il pourrait peut-être aider son ami. Il s'approcha d'une archère pour examiner la pièce d'étoffe à la lumière. Les brins de laine mélangés à du chanvre étaient rêches et résistants. Comment avait-elle pu arracher ce morceau de tissu ? Il tira sur la toile sans parvenir à la déchirer, c'est alors qu'il remarqua l'entaille franche au niveau de la bordure. On avait coupé la toile avec une lame.

Fer sortit de ses réflexions, ou de ses prières, en voyant l'intendant descendre de l'étage supérieur.

— Je suis monté jusqu'en haut, seigneur, et je n'ai rien découvert, dit Arnoux.

— Il n'y a rien de plus à faire. Vous préviendrez un prêtre de la Major. Les esclaves seront ensevelis dans le cimetière musulman.

— Et elle ? A-t-elle une famille ? demanda Ibn Rushd.

— Oui, une sœur. Je vais la prévenir. Mon écuyer ramènera son corps.

— Comment est-elle venue jusqu'ici puisque les gardes de la porte ne l'ont pas vue...

— Elle a dû emprunter un autre chemin.

— Une femme de sa condition se déplace seule ?

— Non, mon ami... Tu as raison... Il aurait dû y avoir une servante... Sans doute les Baussenques l'ont-ils emmenée comme esclave.

---

1. Mercenaires féroces venant du Brabant. Les Cottereaux étaient surnommés ainsi à cause de leurs couteaux à écorcher.

Comme ils s'apprêtaient à sortir, Ibn Rushd demanda encore :

— Comment Hugues des Baux savait-il que Roncelin était là ?

— C'est vrai... je n'y avais pas songé, peut-être sa troupe est-elle arrivée par hasard...

— Tu y crois ?

Il n'obtint pas de réponse.

Une fois dehors, Ibn Rushd se fit indiquer le chemin qui s'éloignait de la tour, celui que les Baussenques avaient dû prendre pour repartir. Hugues l'accompagna pendant que les hommes d'armes sortaient les cadavres. Le sol était marqué des sabots d'une dizaine de montures passées dans un sens, puis dans l'autre.

— Ça a dû être une coïncidence malheureuse, décida le viguier. Peut-être Hugues des Baux avait-il prévu de passer la nuit dans cette tour.

— Dans quel but ? N'est-il pas votre ennemi depuis qu'il a assiégé votre ville ? Il aurait décidé de dormir dans cette tour, si près de votre enceinte au risque d'être surpris ? De plus, par un incroyable hasard, il aurait découvert ici le vicomte qui a dépossédé sa femme de ses droits ? Quel étonnant concours de circonstances ! Reconnais-le, il est évident que Hugues des Baux savait que Roncelin était là ! De plus il savait que votre vicomte serait sans escorte, puisqu'il est venu avec seulement quelques hommes. Combien de temps faut-il d'ici pour aller aux Baux ?

Hugues ne répondit pas tout de suite, contrarié par ce que les déductions de son ami impliquaient. Mais il devinait qu'il avait raison.

— Deux, trois jours, parfois plus, mais un messager avec un bon cheval, et une monture de rechange, peut faire le voyage dans la journée s'il n'est pas arrêté en route, lâcha-t-il enfin.

Ils revinrent à la tour. Hugues donna des instructions à son écuyer puis ils se remirent en selle.

— J'ai du mal à comprendre où veut en venir Hugues des Baux, fit Ibn Rushd tandis qu'ils se dirigeaient vers la Porte Galle. Même avec Roncelin, il lui sera difficile de faire valoir ses droits. Est-il si puissant que ça ?

— La famille des Baux est la plus considérable de Provence, avec une dizaine de châteaux et des centaines d'hommes d'armes. Le grand-père de Hugues s'est opposé à la maison de Barcelone et l'a payé cher, mais Hugues a reconstitué la puissance de sa famille et brûle d'avoir sa revanche. Avec Marseille, il disposera d'un avantage considérable pour prendre le comté de Provence.

— Que s'est-il passé avec son grand-père ?

— Tout a commencé, il y a... quatre-vingts ans ! Le comté était alors sous la suzeraineté du comte de Toulouse. Le comte de Barcelone Raymond Béranger avait épousé Douce, une fille de la comtesse de Provence. À la mort de la comtesse, il a revendiqué le titre de comte, ce qui a provoqué une guerre avec Toulouse qui refusait la mainmise de Barcelone sur la Provence. Au bout de douze ans d'escarmouches, les deux maisons ont finalement convenu d'un accord : le nord de la Durance resterait sous la suzeraineté de Toulouse, le sud serait sous celle de Barcelone. À la mort de Raymond Béranger, son cadet devint comte à son tour, mais fut tué en laissant un jeune fils.

» Or, Douce avait une sœur cadette, Étiennette, qui avait épousé Raymond des Baux. À la mort de Raymond Béranger, Étiennette, c'est-à-dire à travers elle Raymond des Baux, avait fait valoir ses droits sur le comté, droits soutenus par le comte de

Toulouse et par l'empereur Conrad III[1]. Pour défendre les intérêts de son jeune neveu, le comte de Barcelone demanda et obtint le soutien des États de Provence[2]. La guerre éclata donc entre les familles des Baux et de Barcelone. Mais le comte de Toulouse étant parti aux croisades, Raymond des Baux fut écrasé par Barcelone.

» C'était il y a cinquante ans. Le vaincu dut faire un humiliant voyage jusqu'à Barcelone pour demander la paix et renoncer à tous les droits qu'il prétendait avoir sur la Provence. Il dut même faire hommage au comte. Malgré cela, cinq ans plus tard, une nouvelle fois allié au comte de Toulouse, son fils Hugues obtint confirmation des droits de sa famille par l'empereur Frédéric. De nouveau, ce fut la guerre. Cette fois le comte de Barcelone s'empara du château des Baux et le mit à bas.

» À la mort du comte de Barcelone, le comte de Toulouse, Raymond V, entra en Provence pour reprendre la lutte, mais il fut aussi battu par le nouveau comte de Barcelone, Alphonse. Depuis, les seigneurs des Baux ont reconnu leur allégeance à la maison de Barcelone tandis que Toulouse a renoncé à ses prétentions. Seulement, en trente ans, les seigneurs des Baux ont reconstruit leur château et ont étendu leur influence. De surcroît Hugues des Baux est habile. S'il obtient Marseille et sa richesse, il sera en position de force. Plus encore si Toulouse l'aide à nouveau.

» Mais nous, nous ne voulons pas de cette guerre.

---

1. L'empire germanique avait la suzeraineté sur le comté de Provence.
2. L'assemblée des communautés provençales.

Chapitre 5

Le cavalier avait arrêté son palefroi roux et blanc à une vingtaine de cannes du prieuré Saint-Martin, non loin du chemin d'Arles. À quelque distance de la chapelle, le long de l'Arcoule, se serraient des corps de bâtiments disparates ne laissant apercevoir que leur toiture et un mur d'enceinte en pierres sèches percé d'archères. Beaucoup plus loin, sur une éminence de la barre rocheuse, se dressait un château bas et massif avec des tours rondes à chaque angle et une tour carrée en façade. C'était un castella grossier, sans ouverture apparente, difficile d'accès avec les marais alentour[1].

De l'autre côté du chemin d'Arles, au nord, des rochers blancs escarpés et dentelés barraient l'horizon. Pour arriver au château des Baux, on lui avait dit de suivre la rivière jusqu'à une grande table rocheuse d'où dépasserait une tour crénelée. Il hésitait. Le ciel était sombre. Dans une heure, il ferait nuit. Peut-être neigerait-il. Si on ne le recevait pas au château, il devrait passer la nuit dehors, avec les loups. Il n'en avait aucune envie.

C'est alors qu'il vit un prêtre sortir du prieuré, marquer un instant sa surprise en le découvrant, puis rester immobile, l'observant avec une sourde

1. Il n'en reste que trois tours en ruine et un mur d'enceinte.

inquiétude. Les voyageurs isolés n'étaient pas fréquents. Il n'avait rencontré personne depuis Arles.

Il sourit pour rassurer le prêtre et donna un léger coup de talon à son cheval pour le faire avancer. La bête, fatiguée, obéit avec réticence.

— *Bonjorn, pare* ! Loué soit Jésus-Christ ! Savez-vous où je pourrais passer la nuit ? lança-t-il avec chaleur, en langue d'oc.

Le religieux ne répondit pas tout de suite, ne cachant pas sa méfiance. C'était un petit homme tout fripé, en hérigaud à capuchon, qui savait que les voyageurs n'apportaient que le malheur. Ceux qui étaient seuls n'étaient souvent que des maraudeurs à la recherche d'une picorée. Celui-là, il ne parvenait pas à deviner quel genre d'homme il était. Ce n'était pas un marchand, car ils voyageaient en mule avec leurs marchandises, et rarement seuls ; ce n'était pas un pèlerin, car ils allaient à pied ; ce n'était pas plus un religieux, puisqu'une lourde épée, au pommeau épais et à la large garde, pendait à l'arçon de sa selle.

En vérité, avec son gambison en cuir treillissé sur une étoffe rouge rembourrée, comme en portaient sous leur haubert les hommes d'armes et les chevaliers, il avait tout du guerrier sauf qu'il ne portait ni broigne, ni haubert, ni bassinet, ni hache de guerre. Sa casaque, fermée par des aiguillettes, descendait jusqu'à mi-cuisse et, dessous, ses trousses étaient écarlates. Il avait des heuses de cuir rouge, serrées par des boucles de fer, qui lui montaient aux genoux et un hoqueton de laine grise, sans manches mais à capuchon.

Le regard du prêtre s'égara sur les bagages du voyageur : deux grosses sacoches attachées sur la croupe du cheval par des sangles et une boîte de chêne ciselée, serrée contre la bâte arrière de la selle par des lanières de cuir. La selle elle-même était en bois couverte de cuir, avec des bâtes hautes d'où pendaient de larges étriers. Ce n'était pas une selle de chevalier, plutôt un siège confortable fait pour de longs voyages.

— Ainsi soit-il ! répondit enfin le prêtre en ajoutant : D'où venez vous ?

— D'un peu partout, *pare*, d'où on veut de moi et de ma musique. Le Quercy… Limoges, répondit évasivement le cavalier. Je ne suis qu'un troubadour.

Le curé désigna la boîte.

— La musique ?

— C'est le coffret de ma vielle à roue.

— Mais vous jouez aussi de l'épée ? ironisa le prêtre.

— À cause des loups et des brigands, *pare* ! sourit le troubadour.

Quel âge pouvait-il avoir ? Avec son épaisse barbe, c'était difficile à dire. Il était jeune, mais paraissait bien sûr de lui pour son âge. Ses yeux noirs, vifs et perçants, de part et d'autre d'un nez fortement busqué, lui donnaient un vague air d'oiseau de proie et racontaient toute une histoire de dangers affrontés et vaincus. Sa taille était moyenne et ses cheveux très courts, noir bleuté sous un bonnet sombre, témoignaient de son origine méridionale. Le regard du prêtre s'attarda un instant sur ses mains, mais l'homme portait des gants de cuir.

Une fine cicatrice lui barrait le front jusqu'au cuir chevelu et lui donnait un air féroce tempéré pourtant par un sourire chaleureux. Un coup d'épée ? Il se dégageait de lui une sorte de hardiesse tranquille, de force mais aussi de douceur. Jamais homme n'avait si peu ressemblé à un baladin, songea le prêtre, mais les hommes n'étaient jamais ce qu'ils paraissaient être. Et si celui-là avait vraiment une vielle à roue, peut-être disait-il vrai.

Voyant sa défiance, le prétendu troubadour se tourna vers le dossier de sa selle et, défaisant adroitement les lanières, ouvrit son coffret et en sortit une vielle. Il appuya le corps bombé de l'instrument sur le pommeau de son siège, fit tourner la manivelle et commença d'une voix grave et profonde :

Amors, vostra mantenensa
Perdetz a guiza d'enfan

Après quelques notes, il considéra le prêtre d'un regard interrogateur, comme pour lui demander s'il était convaincu.

— Où allez-vous ? s'enquit le religieux, maintenant moins méfiant.

— Peut-être au château des Baux si on veut de moi, à moins que je ne me rende à Marseille où je prendrai la croix si les femmes des infidèles sont aussi jolies qu'on le dit ! plaisanta le voyageur.

Le prêtre se signa. C'était blasphémer que de vouloir se croiser uniquement pour forniquer avec des mahométanes à la peau sombre.

— Êtes-vous chevalier ?

Il savait que souvent les troubadours étaient des seigneurs en quête de l'accomplissement d'un vœu.

— *Trop parlar fay desmentir, pare,* sourit à nouveau le cavalier en lançant un accord avec sa vielle.

C'était le refrain d'une chanson. Il ne fit aucun effet au religieux qui hocha la tête, le visage fermé.

— Le château, là-bas… (Le troubadour désigna le castella trapu), ils me logeraient pour la nuit contre quelques chansons ?

L'autre secoua négativement la tête.

— Le seigneur Rostang n'est pas là, et il n'aime ni les troubadours ni les voyageurs.

— Rostang ?

— Rostang de Castillon, le cousin de Hugues des Baux, notre seigneur. Son château est dans cette direction.

Le voyageur désigna les Alpilles.

— Lui m'offrirait l'hospitalité ?

— Je ne sais pas, car il est malade. Allez plutôt chez Antoine (il désigna le pâté de maisons fortifié), c'est mon frère, il vous donnera une botte de foin dans la grange. C'est quoi votre nom ?

— Guilhem, Guilhem d'Ussel.

— Venez avec moi, c'est bientôt l'heure de la soupe.

Le curé prit un sentier. Le troubadour le suivit en chantonnant :

— ... *Qu'ieu, car fas vostre coman...*

Après trois semaines de voyage, il était donc enfin arrivé là où Raymond l'avait envoyé, songeait Guilhem d'Ussel avec une pointe de soulagement. Mais quelle idée avait le comte de Toulouse de s'intéresser à un endroit pareil ? Il se sentait effroyablement déçu. Passé Arles, ce n'étaient que marécages. Le climat était malsain, humide, le brouillard épais. La route serpentait entre des étangs, des marécages, de maigres cultures d'oliviers ou d'épeautre. Pas d'habitations, peu d'animaux sauf des moutons et des chèvres qui rongeaient les rares plantes parvenues à pousser entre les cailloux. Encore moins d'habitants. Quant aux montagnes du nord, elles paraissaient peu giboyeuses, sauvages et hostiles.

À Arles, il avait facilement trouvé à loger, mais c'est ici que les difficultés allaient commencer. Comment être accepté dans un pays où il passait si peu de voyageurs isolés ?

Le mur d'enceinte du hameau était percé d'un porche voûté au portail de bois clouté dont les battants étaient ouverts. Ils entrèrent dans une cour boueuse entourée de corps de bâtiment très bas : une grange, une étable, une longue bergerie et une habitation. Devant un puits, deux vieilles femmes cessèrent leur conversation en les voyant. Un homme d'une quarantaine d'années, roux et barbu, couvert d'une casaque en peau de mouton avec des braies de laine, sortit de la bergerie. Il s'approcha, agressif, brandissant une fourche comme une arme.

— Qui c'est ? s'enquit-il rudement à l'intention du prêtre.

— Un troubadour, Antoine, répondit le curé. Il demande une botte de foin pour la nuit et une soupe. En échange, il chantera des ballades.

Curieuses, les deux femmes s'approchèrent. Sous un manteau sans manches entrouvert, elles ne portaient qu'un rugueux bliaut de laine grossièrement tissé et des sandales de bois à lanières. Une aumônière de cuir bouilli pendait à la taille de l'une d'elles, l'autre n'avait qu'une cordelette tissée comme ceinture. Leurs cheveux étaient serrés dans des coiffes qui couvraient leurs oreilles et passaient sous leur menton, ne laissant visible que leur visage.

— Vous jouez de la musique ? demanda l'une, les yeux brillants.

— Oui, gentilles dames. De la vielle.

— Je le veux pas ici, c'est trop dangereux ! intervint l'homme en levant sa fourche. Et s'il est d'une bande de routiers ? Les troubadours ne voyagent pas à cheval !

— Moi, un routier ? Avec une vielle ? questionna Guilhem en simulant l'étonnement.

— Et ça ?

Le fermier désigna l'épée attachée à la selle.

— Je voyage de Flandres en Aquitaine et de Bretagne en Auvergne. Les routes sont si peu sûres, l'ami. Mon cheval est toute ma fortune, aussi je dois le défendre. Je ne demande qu'un endroit au sec. Je vous laisserai mon épée, si vous voulez, et je jouerai de la vielle pour payer mon souper. Je suis fatigué, ajouta-t-il d'un ton las. Vous ne pouvez pas laisser un chrétien dehors avec la neige qui vient.

— Accepte, Antoine ! implora l'une des femmes, ça fait si longtemps qu'on n'a pas entendu la vielle !

— C'est bon ! grommela l'autre. Mais vous ne dormirez pas avec nous, vous irez avec les moutons, là-bas dans la bergerie. Laissez votre cheval à l'écurie. On mange avant le coucher du soleil, il n'y aura que de la bouillie d'épeautre et du fromage.

Il ajouta, bourru, comme Guilhem le remerciait :

— N'oubliez pas la vielle, et vous laisserez votre épée !

— Je vais au château prévenir qu'il y a un étranger, dit le curé. Loger un étranger sans le faire savoir au seigneur est puni de mort.

Guilhem le regarda s'éloigner, puis conduisit sa monture à l'écurie. Il y avait une mule et deux bœufs à l'intérieur. Il dessella le cheval, le brossa et vérifia qu'il avait du fourrage et de l'eau dans un seau de bois. Ensuite il prit les deux sacoches de la selle, la boîte à vielle, son outre de cuir, l'épaisse couverture brodée attachée au bât et enfin son épée serrée dans des lanières de cuir. Chargé ainsi, il se rendit dans la bergerie. Vide d'animaux, l'endroit puait. Il y avait une sorte d'étage en planches où était entreposé du foin. Il grimpa par l'échelle qui y conduisait et s'installa. Après avoir étalé la couverture sur la paille, il but une longue gorgée du vin de son outre, puis s'allongea, posant sous sa tête la seconde sacoche qui contenait son haubert de mailles et son bassinet.

Ayant fermé les yeux, il détendit ses muscles endoloris et, comme tous les soirs, il songea à Toulouse et à la cour de Raymond à Saint-Gilles.

Trois ans plus tôt, le roi Richard d'Angleterre, après avoir été emprisonné en Autriche en rentrant de croisade, était revenu en Aquitaine et avait fait valoir ses prétentions sur Toulouse. Par sa mère, dame Aliénor, Richard Cœur de Lion était duc d'Aquitaine et suzerain du Poitou, du Limousin et du Quercy. S'il obtenait l'allégeance de Toulouse, il n'aurait plus que le Languedoc à saisir pour accéder à la Méditerranée et offrir à l'Angleterre des ports vers l'Orient, ce que son père Henri II n'était jamais parvenu à faire.

Mais le comté de Toulouse était aussi convoité par le comte de Catalogne, la puissante maison de Barcelone qui venait de s'agrandir du royaume d'Aragon. Déjà, en 1159, alliés avec les Anglais, les Catalans avaient assiégé Toulouse. Pourquoi n'auraient-ils pas recommencé pour partager ensuite le comté ?

Le comte de Toulouse craignait cela. Il n'avait comme allié que Philippe II – Philippe Auguste – mais c'était un allié encombrant, car le roi de France ne dissimulait guère son désir de rattacher le comté à son petit royaume d'Île-de-France et prendre ainsi en tenaille le Poitou et le Périgord.

Avec des voisins si puissants, le rapport de force n'était pas en faveur du comte toulousain, aussi, pour se protéger de ces prédateurs, il avait fait appel à des mercenaires. Des grandes compagnies, comme disaient les paysans avec terreur.

À l'origine, ces compagnies n'étaient que des bandes de soldats sans emploi, des vauriens de tous âges et de toutes nations uniquement amoureux de la rapine et du butin. Les plus redoutés étaient les Cottereaux et les Brabançons qui venaient d'Écosse et de Flandres pour piller les villages et les monastères. Devant l'inertie de leurs seigneurs, les paysans s'étaient organisés en milices. La plus puissante avait été les Capuchonnés, des laboureurs mystiques armés par Philippe II qui avaient écrasé les Cottereaux, avant de se mettre eux aussi à piller. Peu à peu, ces bandes s'étaient rassemblées en véritables armées, trouvant finalement plus rentable de louer leur force à ceux qui les payaient. On les appelait les routiers ou les ribauds.

Le roi de France avait à sa solde plusieurs de ces troupes mercenaires dont la plus importante était commandée par Lambert de Cadoc qu'il payait mille livres par an. Richard Cœur de Lion louait aussi des compagnies de Brabançons dont la plus redoutée était celle de Mercadier, un Provençal devenu baron de Périgord. Mercadier était le plus cruel de ces chefs de guerre, car il écorchait vif ses prisonniers quand les autres se contentaient de leur crever les yeux et de leur couper les mains. Douze ans plus tôt, il avait conduit les troupes anglaises dans le comté de Toulouse et ravagé une vingtaine de châteaux. L'Église l'avait qualifié d'ennemi du genre humain pour s'être placé en dehors des lois humaines et divines.

Quel que soit le roi auquel ils accordaient leur fidélité, les routiers ne vivaient que pour le pillage. Avec la plus sauvage barbarie, ils couvraient les campagnes de sang et de ruines, massacrant sans distinction et sans pitié, femmes, enfants et vieillards. Ils inspiraient même la terreur aux chevaliers de l'ost[1] par leurs vêtements colorés, leurs armes déroutantes et leurs gonfanons surmontés de figures d'animaux fantastiques ou mystiques.

Guilhem essayait toujours de chasser les souvenirs de sa vie passée, mais il savait qu'il ne pourrait jamais y parvenir. Orphelin à treize ans, il était parti sur les routes. Il avait d'abord volé pour survivre.

---

1. L'ost était le service armé que les vassaux devaient à leur suzerain.

Arrivé en Limousin, il avait rejoint des Cottereaux avant d'être accepté comme homme d'armes chez Mercadier, provençal comme lui. Guilhem était pourtant différent des autres routiers. Il avait appris à lire à la petite école de sa paroisse, il savait écrire le Pater, l'Ave et les psaumes de pénitence, il connaissait même des rudiments de latin. À une époque où seules la force et la violence comptaient et où l'on se battait sans plan ni préparation, il proposait des ruses pour vaincre, limitant ainsi les pertes humaines. Surtout, il n'était pas inutilement cruel, bien qu'il soit capable d'être aussi féroce que les autres quand il s'agissait de se battre.

Mercadier l'appréciait et l'avait armé chevalier. Malgré cela, Guilhem avait fini par ne plus supporter sa sauvagerie. Il l'avait donc quitté pour rejoindre la compagnie franche de Lambert de Cadoc, l'homme lige du roi de France. Avide et opportuniste, mais moins cruel que Mercadier, Cadoc était surtout un capitaine habile et audacieux. Il était le seul à être parvenu à blesser Richard Cœur de Lion en lui logeant une flèche dans l'épaule, le contraignant à lever le siège du château de Gaillon.

Guilhem aurait pu rester auprès de lui si le capitaine routier n'avait reçu le messager du comte de Toulouse lui demandant des mercenaires. Lambert de Cadoc avait proposé à Guilhem de s'y rendre. Pour Philippe Auguste, ce serait un avantage d'avoir des hommes à lui dans le comté, et pour Guilhem c'était l'opportunité de devenir capitaine d'une compagnie.

Il était parti avec douze lances. La lance était un groupe de quatre ou cinq hommes d'armes : un chevalier et son écuyer, un archer ou un arbalétrier, et un ou deux valets combattant à pied. Ses hommes venaient de Flandres et de Picardie, certains n'étaient que des ribauds et des truands. Comme tous les routiers, ils pillaient les campagnes pour se nourrir. En traversant le Quercy, ils avaient été pris dans une embuscade conduite par des paysans et avaient subi de lourdes pertes. Ils étaient arrivés moitié moins nombreux à Toulouse.

Sur place, Guilhem avait appris la mort de celui qui les avait appelés. Son fils, le nouveau comte, avait trente-huit ans[1]. Souple et calculateur plutôt que belliqueux, Raymond de Saint-Gilles avait répudié son épouse et négocié son mariage avec Jeanne, la sœur de Richard Cœur de Lion, en échange d'une alliance et du Quercy en dot. Bien que n'ayant plus besoin des mercenaires, il les avait quand même gardés pour l'escorter à Rouen où avait eu lieu son mariage, en novembre 1196.

Entre le capitaine des routiers et le jeune comte, le long voyage en Normandie, en plein hiver, avait fait naître une franche camaraderie qui s'était peu à peu changée en estime et en amitié. Le mercenaire était bien plus jeune que Raymond, mais il avait parcouru l'Europe et il avait une grande expérience de l'art de la guerre qui fascinait le comte, homme plus temporisateur que guerrier. Quant à Guilhem, il avait découvert à la cour de Saint-Gilles un monde de courtoisie auquel il s'était facilement adapté. Il avait une belle voix et jouait déjà de la viole quand il était soldat, le soir dans les veillées. Qui mieux que lui aurait pu chanter les prouesses guerrières et les valeurs héroïques ? La rencontre à Rouen des troubadours de la cour de Richard Cœur de Lion lui avait appris les règles de l'amour courtois. Il avait raboté ses rudes manières et découvert qu'il était capable de composer des ballades où il évoquait des

1. Raymond V meurt en décembre 1194. Son fils fut intronisé le 6 janvier 1195.

sentiments délicats. Son instrument de prédilection était devenu une vielle à roue.

Pendant quinze ans, il n'avait cherché qu'à survivre dans un monde féroce, aussi, quand Raymond de Saint-Gilles lui avait demandé de rester à son service, il avait accepté, désirant oublier Mercadier, Lambert de Cadoc et son ancienne vie. Près de Raymond de Saint-Gilles, Guilhem était tout à la fois un conseiller, un ami et un garde du corps.

Sous une apparence souple et accommodante, le nouveau comte dissimulait une grande ambition et rêvait de restaurer la puissance du comté de Toulouse, perdue par son père. Habile, il était parvenu à être associé au traité de Gaillon, signé en janvier 1196 entre Richard et Philippe, dans lequel les deux princes se promettaient la paix[1]. Dans ce pacte, les rois de France et d'Angleterre s'engageaient aussi à ne lui faire *ni tort ni guerre*.

Désormais déchargé de toute crainte du côté de ses nouveaux alliés, Raymond envisageait de rappeler les droits de sa famille sur la Provence. Si la plupart des seigneurs du Languedoc étaient ses vassaux, les liens qu'ils avaient avec lui étaient souples et il ne voulait pas prendre le risque d'une nouvelle guerre avec la maison de Barcelone. Il hésitait donc à rassembler une armée quand, au début de l'année, il avait reçu en tête à tête un mystérieux messager. Ce n'est qu'après plusieurs jours de réflexion qu'il avait parlé de cette visite à Guilhem.

— Que sais-tu des seigneurs des Baux ? lui avait-il demandé.

— Il y a quatre ou cinq ans, j'avais un engagement à Forcalquier, seigneur. C'est là que j'ai entendu parler de Hugues des Baux. Pas du seigneur actuel, mais de son grand-père, celui qui avait été vaincu par la

1. Cette paix ne durera que quelques mois.

maison de Barcelone. Sa réputation de vaillant capitaine était encore dans toutes les mémoires.

Le comte de Toulouse avait soupiré.

— Le père de ce Hugues des Baux et Raymond Béranger de Barcelone avaient épousé les deux sœurs héritières du comté de Provence. À la mort de Béranger, Raymond des Baux avait affirmé ses droits sur le comté de Provence. Toulouse et l'empereur l'ont soutenu. Mais les armes en ont décidé autrement. Raymond des Baux battu, notre maison le fut avec lui. Son fils Hugues, le grand-père du Hugues actuel, a ensuite repris les revendications de sa famille. Fidèle à ses alliances, mon père l'a aidé, mais a aussi été battu. Finalement, c'est nous, les comtes de Toulouse, qui avons le plus perdu dans cette guerre puisque nous avons été chassés de la basse Provence. De surcroît, la maison de Barcelone a acquis ainsi une puissance considérable qu'elle pourrait tourner contre moi.

Guilhem l'avait écouté sans l'interrompre, se demandant où il voulait en venir.

— Tu t'en souviens, l'année dernière, quand j'étais à Beaucaire, où mon fils est né, pour faire le siège de ce château rebelle, j'ai entendu dire que Hugues des Baux engageait des chevaliers et des hommes d'armes, poursuivit Raymond de Saint-Gilles. On m'avait dit qu'il aurait même commencé la construction d'un donjon imprenable dans son nid d'aigle près d'Arles.

— Croyez-vous qu'il prépare une revanche ? Espère-t-il vaincre la maison de Barcelone et le royaume d'Aragon réunis ? avait demandé Guilhem sans cacher son scepticisme.

— Il m'a envoyé un messager. Hugues est marié avec la fille du vicomte de Marseille. À la mort du vicomte, il aurait dû prendre sa place si, par un honteux stratagème, les consuls marseillais, dominés par le viguier, n'étaient pas allés chercher un moine défroqué, frère du comte décédé, pour le remplacer. Hugues me fait savoir que cet imposteur, qui se nomme Roncelin, est désormais d'accord pour lui céder ses droits. Confortée par la richesse de Marseille, la famille des Baux ferait puissance égale avec le comte de Provence.

— Il vous demande votre aide ?

— Pas directement, mais il souhaite connaître ma position si un conflit éclatait. En échange de mon soutien, il reconnaîtrait ma suzeraineté sur la Provence une fois qu'il aurait chassé la maison de Barcelone, ce qui me mettrait dans une position de force. Toulouse s'étendrait alors sur tout le Midi.

— Sans doute… mais vous pourriez aussi perdre beaucoup si Barcelone se retournait contre vous.

— Je le sais. C'est pour cela que je t'en parle. Il y a peut-être une opportunité pour que je retrouve les droits de ma famille sur la Provence, mais je n'ai aucun désir d'entrer en guerre contre Barcelone. Ce sera à Hugues de se battre, s'il y a querelle. Seulement, a-t-il les moyens de ses ambitions ? C'est ce que j'ai besoin de savoir. Je veux que tu partes là-bas, que tu observes, que tu te renseignes. Je n'ai personne ici capable de faire ça.

— Ça me plairait, avait souri Guilhem d'Ussel. Je me rouille à Saint-Gilles. Peut-être aurai-je aussi l'occasion de revoir Marseille.

Il n'avait pas ajouté qu'il voulait aussi s'éloigner de sa maîtresse, Amicie de Villemur. Riche héritière, Amicie le menait à sa guise en lui faisant miroiter un mariage, mais il avait appris qu'elle avait accepté d'épouser un proche de son père et qu'elle n'avait jamais envisagé une mésalliance avec un chevalier errant.

C'est ainsi qu'il était parti, se faisant passer pour un troubadour.

Chapitre 6

Guilhem fut tiré de ses souvenirs par le bruit sourd d'une cavalcade. Une troupe approchait. Un hennissement lointain retentit. Saisissant son épée, il descendit l'échelle et sortit.

Antoine était devant le portail de la ferme avec le prêtre et une femme. Ils ne paraissaient pas inquiets.

— Qui arrive ? demanda Guilhem en s'approchant.

— Notre seigneur, ou plutôt son cousin Rostang de Castillon. J'ai vu passer le messager chargé de prévenir les gens du château pour qu'on baisse le pont-levis.

Dans un assourdissant fracas de sabots, une troupe de cavaliers déboucha du coin du prieuré Saint-Martin. Pressés de rentrer, ils faisaient avancer leurs bêtes à grand train.

— Mon frère est avec eux ! déclara fièrement Antoine, désignant du doigt un cavalier.

Suivis de quelques chevaux chargés de bagages, ils étaient une grosse douzaine, revêtus de broignes de peau ou de toile avec des maillons de fer cousus. Peu étaient protégés de camail et de cervelière. Le seul qui portait un haubert avait aussi un bassinet qui cachait ses traits et une bardiche était pendue à sa selle. Ce devait être leur chef, le seigneur Rostang de Castillon. Un écuyer le précédait, tenant haut son guidon sur lequel Guilhem eut juste le temps de lire la devise : *A l'Azard Beautezard !* Il portait aussi le pavois de son maître sur lequel était peinte une comète. À côté d'eux chevauchait un troisième homme n'ayant ni haubert, ni casque, ni arme de selle. Un épais et lourd manteau de laine turquoise avec un chaperon lui couvrait la tête. Guilhem ne put distinguer ses traits.

Quand ils passèrent devant la porte, un homme d'armes coiffé d'un chapel, un fauchard en main et une arbalète attachée à sa selle, leur fit un signe amical.

Guilhem étudiait la force de la troupe comme le capitaine de routiers qu'il avait été. Équipés de fléaux, de marteaux d'arme et de haches, ses membres ressemblaient plus à des ribauds et des pillards qu'à des soldats. Les rares épées n'étaient que de courtes lames, des couteaux de boucher. Deux avaient de lourdes arbalètes, mais aucun n'avait d'arc. C'étaient des bandouliers, capables de massacrer et de piller mais qui ne tiendraient jamais devant des combattants éprouvés et disciplinés. Hugues des Baux voulait-il bouter de la Provence la maison de Barcelone avec ce genre de guerriers ?

Comme la bande s'éloignait, il eut l'impression que l'un des derniers cavaliers était attaché au pommeau de sa selle. Celui-là ne portait pas d'arme. Était-ce un prisonnier ? Mais déjà son attention était attirée par un troupeau de moutons et de chèvres qui suivait la troupe. Le jeune berger qui le conduisait était difforme et boitait. Sa tête, deux fois plus grosse que la normale, remuait sans cesse de façon saccadée.

— Rentrons, on va servir la table ! décida le fermier après avoir regardé le ciel assombri par de gros nuages de neige. D'ailleurs voilà les cousins…

Suivis de quelques chiens, deux hommes arrivaient, en guêtres et pèlerine à capuchon, poussant devant eux six cochons bien gras qu'ils avaient dû conduire dans les bois. Guilhem vit aussi revenir de l'Arcoule deux jeunes femmes en cotte de laine portant des houes et des paniers emplis de chardons, de carottes et de choux.

Il rentra dans la cour, revint jusqu'à la bergerie et prit la boîte contenant sa vielle, tout en gardant son épée. Il se rendit ensuite au corps de logis principal, tandis que les moutons entraient en bêlant.

Devant la porte, il trempa ses mains dans un tonneau empli d'eau de pluie en songeant qu'il aurait dû prendre le temps d'aller jusqu'à la rivière pour se laver.

La sombre pièce basse dans laquelle il pénétra était tout en longueur et enfumée. Des feuilles de roseaux étaient répandues sur le sol en terre battue. Une femme remuait lentement le contenu d'une grosse marmite de fer pendue à une crémaillère, dans la cheminée, sur un feu de sarments. Deux autres posaient des bols de terre sur une longue table de planche. Trois ou quatre molosses se dressèrent et vinrent à sa rencontre en grognant.

— Pax ! lança une des femmes.

Les chiens ne devaient attendre que ça, car ils se recouchèrent et l'ignorèrent.

Il salua les femmes et s'avança. Au-delà de la cheminée, une autre femme âgée filait de la laine avec une quenouille. Plus loin encore, il vit des paillasses serrées sur de grands cadres de bois. Sur le plus grand lit, de petits enfants jouaient avec une jeune fille aux pieds nus qui tressait des joncs en panier. Elle le regarda avec surprise. Il lui sourit et revint vers la table.

— C'est vous le troubadour ? demanda celle qui posait les bols.

Elle devait avoir vingt ans mais ses cheveux en chignon, sous un voile, étaient déjà gris. Les traits de son visage étaient tirés, creusés. Sa peau était rêche et sale.

— C'est moi, gente damoiselle.

Elle sourit.

— Pourquoi cette épée ?

— Comment s'en passer en voyage ? Il y a tant de larrons.

Trois hommes entrèrent avec Antoine. Guilhem posa la boîte à vielle et le fourreau contenant son épée sur une huche vermoulue, tandis qu'ils s'asseyaient sur les bancs. Le prêtre arriva en marmonnant une bénédiction pendant qu'Antoine présentait Guilhem à ses compagnons. Après quoi d'autres femmes, d'autres hommes et des jeunes gens les rejoignirent. Finalement, ils se retrouvèrent une grosse vingtaine autour de la table.

Pendant le bénédicité, Guilhem poursuivit ses observations. Devant lui, deux haches étaient accrochées au mur. Un peu plus loin, c'étaient des fourches, des houes, une échelle, des serpes et des faucilles. Dans un recoin, il vit des paniers d'osier pleins de grains d'épeautre, ainsi qu'un moulin à main. À une poutre, des canards étaient pendus par les pattes et sentaient déjà fort.

On lui servit une épaisse bouillie grisâtre. Il n'y avait pas de cuillères pour tout le monde. Il mangea donc le gruau avec sa main, comme les enfants. La pâte était épaisse, fétide, un peu amère. Il distingua pourtant le goût du seigle et du chou qu'on y avait mélangé pour en améliorer la saveur. La bouillie était cependant moins mauvaise qu'il ne le craignait, car on l'avait fait cuire dans une graisse de porc. Il y avait deux cruches sur la table et des pots de terre à partager à deux ou trois. Il prit celui de son voisin et le remplit. C'était une piquette de vin aigre coupée d'eau, à peine buvable.

Les hommes commentaient leur journée de travail, parlaient des moutons et des porcs, des clôtures et des labours. Le fermier interrogea le jeune berger sur les pâturages. Il lui répondit qu'il n'y avait plus beaucoup d'herbe, puis ils en vinrent à la troupe qui était passée devant la ferme. Guilhem, dont la faim était apaisée par le lourd gruau, prêta attention à ce qu'ils disaient.

— Je suis soulagé d'avoir vu Pierre de retour, dit le fermier. Après les malheurs de cet automne, je prie chaque jour saint Martin pour qu'il nous protège.

— Il le fera, mon frère, assura le prêtre en se signant. J'ai mis une chandelle pour lui dans la chapelle et le diable a eu plus que sa part. Et puis, que pouvait-il arriver à Pierre à Marseille, avec notre seigneur ?

En remarquant que Guilhem écoutait, la vieille femme en face de lui murmura :

— L'année dernière, la peste a emporté mon plus jeune fils, deux neveux et mes deux belles-filles, sans compter les enfançons.

Le visage décomposé à ce souvenir, elle se leva et se rendit dans une petite pièce dont l'entrée était masquée par une toile grossière. Elle revint avec un grand panier plat sur lequel étaient posés des fromages. Guilhem vit qu'elle essuyait une larme. Les hommes sortirent leur couteau. Il fit de même. On lui donna un gros fromage à l'odeur aigre qu'il coupa en deux.

— Vous allez jouer pour nous ? demanda, les yeux brillants, l'adolescente assise à côté de celle qui avait porté les fromages.

Guilhem avait remarqué sa beauté et sa fraîcheur. Il lui sourit en hochant la tête, puis lança un regard interrogateur au fermier qui opina à son tour. Il avala la dernière bouchée du fromage de chèvre, se leva, prit sa boîte, sortit la vielle, puis s'installa sur une escabelle près de la cheminée, à quelques pas de la table.

La vielle posée sur les genoux, il saisit la manivelle de la roue de la main droite et la fit tourner deux fois comme pour en vérifier le son. Les chanterelles stridulèrent et le silence devint total. Les chiens dressèrent leurs oreilles. Les doigts de la main gauche sur le petit clavier, il lança alors quelques notes avant de dire d'une voix chaude et douce en s'adressant aux femmes :

— C'est l'histoire d'un jeune homme qui attend une jeune fille qu'il n'a vue qu'une fois. Il se languit d'elle toute sa vie, finit par la rencontrer, mais c'est pour mourir dans ses bras, car il ne pourra trouver plus de bonheur.

Il commença, d'une voix doucement rythmée par les rauques accents de la vielle.

Ben chantera si m'estes ben d'Amor,
Pois aissi chan, desamatz, finamen,
Que so dizon tuich li bon trobador :
Ben chanta mieills cui Amors ten gauzen...

Soudain la porte s'ouvrit. Une bourrasque de froid entra avec un homme en broigne qui s'arrêta en découvrant l'inconnu assis avec une vielle. Il posa la main sur le coutelas à la ceinture, prêt à en découdre.

— Pierre ! fit la vieille femme en se levant. Mon fils !

— Qui est-ce ? gronda le soldat en désignant Guilhem d'un signe de tête.

La trentaine passée, le front bombé, le nez cassé, une barbe de plusieurs jours et des cheveux longs d'un noir brillant qui dépassaient de sa cervelière lui donnaient une expression farouche.

— Un troubadour, Pierre. Il passe la nuit ici et repartira demain, répondit son frère aîné, le fermier.

Le nommé Pierre se détendit et s'approcha. Il fit le tour de la table et embrassa chacun, s'arrêtant un peu plus longuement au jeune berger à l'air débile. Il lui passa même affectueusement la main dans les cheveux. Quand il eut terminé, il s'assit devant Guilhem pour lui dire :

— Moi, c'est Pierre, je suis le frère d'Antoine. J'ai quitté la ferme pour rejoindre le seigneur, car j'ai le coup d'œil pour viser. Je suis son meilleur arbalétrier.

Il se tourna vers sa famille.

— J'aime pas cultiver la terre et écorcher les moutons ! J'ai jamais aimé ! (Il serra les poings et les dressa.) Je préfère utiliser ça, fit-il en faisant le faraud.

Son regard se posa un instant sur le jeune berger avant de se détourner et de revenir vers le visiteur.

— Je m'appelle Guilhem, Guilhem d'Ussel, dit le troubadour qui n'avait rien perdu du comportement du soldat et avait remarqué le regard d'adoration du jeune berger.

Était-ce son fils ?

— Il a une épée, laissa tomber le fermier, comme pour mettre en garde son frère.

Le nommé Pierre fronça légèrement le front. Une épée ? Cet homme était quoi ? Un brigand, un routier, un chevalier errant ?

Guilhem leva une main apaisante en devinant ce qui lui traversait l'esprit.

— Juste un troubadour, j'arrive de Saint-Gilles où j'ai joué devant le comte Raymond. Avant, j'étais à Limoges.

— Vous avez vu du pays ! répliqua Pierre avec une moue d'envie.

Toute défiance avait disparu de son visage.

— Plus que je ne le souhaitais. J'ai connu la Bretagne, les Flandres, la Normandie, le Périgord et le Languedoc, mais j'ai surtout connu la guerre, la mort et la misère.

— Moi, je suis juste allé à Marseille, et encore, c'était la première fois. J'en reviens ce soir.

— Acheter des armes, des marchandises ? demanda Guilhem d'un ton indifférent, comme par politesse. On vend de tout là-bas. On dit même qu'on peut y acheter de belles esclaves sarrasines !

Les hommes se donnèrent des coups de coude en s'esclaffant.

— Non, répliqua Pierre. Le seigneur devait rencontrer quelqu'un, mais en chemin on a fait un prisonnier.

Guilhem fut soudain en éveil. Que s'était-il passé à Marseille ? Qui était ce prisonnier ?

— Vous vous êtes battus ? demanda-t-il.

— On était plus nombreux qu'eux, répliqua simplement Pierre en haussant les épaules.

— Il y a eu des morts ? demanda le prêtre.

— Oui. Ce n'était pas beau à voir. Mais assez caqueté ! Si tu continuais ta ballade, compère !

Guilhem sourit et joua quelques accords sur le clavier avant de reprendre le couplet interrompu.

Il chanta et joua ainsi une heure environ, déclenchant souvent les rires de l'assistance qui reprenait en chœur les passages des ritournelles les plus connues. Pendant ce temps, les femmes remettaient des fagots dans le feu et le fermier faisait circuler une cruche d'alcool que les hommes vidaient par le col, à tour de rôle. Entre deux chants, Guilhem posait des questions. Il apprit que le prieuré s'appelait Saint-Martin de Castillon, ou Saint-Martin en

Félaurie, qui était le nom de la montagne proche. Il demanda s'il pourrait aller jouer aux Baux et Pierre lui répondit que le seigneur était malade et qu'il ne le recevrait peut-être pas. Il lui dit aussi que le château de Castillon avait été construit par des Aragonais venant d'un endroit nommé Castellon, qui avait donné le nom à leur ferme. Il ajouta que son seigneur cherchait des gens d'armes et qu'il pourrait l'engager s'il prêtait hommage, puisqu'il savait tenir une épée.

— Pour l'instant, je préfère rester libre, répondit Guilhem, mais un jour, pourquoi pas ? Le seigneur Rostang est le frère de Hugues des Baux ?

— C'est son demi-frère. Je ne devrais pas le dire, mais c'est un bâtard. Sa mère était une esclave sarrasine. Ça ne l'empêche pas d'être un bon maître, ardent à la bataille, et qui sait nous récompenser.

— Sur le guidon, j'ai vu écrit *A l'Azard Beautezard*...

— Au hasard Balthazar ! lança solennellement Pierre d'une voix de stentor en levant son pot de vin. Nos seigneurs descendent du roi mage. Ils sont choisis par Dieu et seront bientôt maîtres de la Provence.

— L'Arcoule va jusqu'au château des Baux ? On m'a dit que c'est un nid d'aigle...

— Plus que ça, c'est imprenable ! Mais si vous y allez par l'Arcoule, on vous apercevra de loin et les gens du château sont sans pitié. Le long du chemin vous verrez quelques vagabonds suspendus aux branches, des gens à qui le seigneur a appris à faire la giguedouille parce qu'ils traversaient ses terres sans son autorisation.

Les hommes s'esclaffèrent et Guilhem sourit.

— Si votre prisonnier est un soldat, pourquoi votre seigneur ne le garde-t-il pas dans sa troupe ?

— C'est le seigneur Hugues qui décidera de son sort. Demain on le conduira aux Baux. Il est possible qu'il devienne soldat, sinon il sera pendu, car il s'est battu contre nous. Il y a une potence devant le château pour éloigner les rôdeurs et les gens de mauvaise vie.

Guilhem n'osa questionner plus pour ne pas éveiller les soupçons, se demandant qui pouvait être ce prisonnier. Il fit quelques tours de manivelle, jouant une courte mélodie sur le clavier, avant de poser une ultime question.

— Quand je repartirai demain, le grand chemin me conduira au castrum de Sallone, m'a-t-on dit, mais si je suis l'Arcoule et que je traverse la montagne, jusqu'où irai-je ?

— Au monastère de Saint-Paul du Mausolée et à son bourg[1]. Où voulez-vous vous rendre ?

Il haussa les épaules.

— Je suis celui de la chanson, sourit-il aux femmes. Je cherche celle que j'aimerai, mais quand je l'aurai trouvée, je n'aurai plus qu'à mourir.

Il lança un dernier accord avec sa vielle et ajouta :

— Seulement, je ne suis pas pressé.

Quand il partit le lendemain, il retrouva le jeune berger et son troupeau sur la grand-route. Accompagné d'un petit âne bien chargé. Le gamin lui expliqua dans un patois presque incompréhensible qu'il allait à la bergerie où les moutons resteraient une bonne semaine, s'il y avait suffisamment d'herbe. Ils firent chemin ensemble et dînèrent derrière un rocher à l'abri de la bise. Guilhem proposa le pain qu'il avait acheté à Arles et sa flasque de vin. Il posa aussi beaucoup de questions avant de laisser le jeune berger devant le sentier qui conduisait aux pâturages.

1. Saint-Rémy.

On avait conseillé à Robert de Locksley l'auberge du Grand-Puits, dans la rue du même nom, face à l'église de Saint-Martin. L'eau y était pure, lui avait-on répondu alors qu'il cherchait une écurie dont les abreuvoirs n'empoisonneraient pas ses chevaux sarrasins.

La chambre n'était pas très grande et il partagerait le lit avec son écuyer et son valet d'armes. Le jeune esclave dormirait à l'écurie.

En cette fin d'après-midi, Locksley était seul à l'auberge, surveillant ses armes et ses bagages, tandis que Cédric, son écuyer, était parti avec le valet d'armes acheter des mules pour transporter les bagages rapportés de Palestine. Demain, il engagerait une vingtaine d'hommes d'armes, bien équipés et montés. Pour rejoindre Richard en Aquitaine, il avait besoin d'une troupe solide afin d'écarter les mauvaises rencontres. Surtout, il voulait se présenter en chevalier devant Richard, avec au moins quatre lances qu'il mettrait à sa disposition. Peut-être aurait-il la chance de mourir à son service.

Le passé lui revint par vagues douloureuses qui lui étreignirent la poitrine, comme à chaque fois qu'il se trouvait seul avec ses souvenirs.

Quand Richard était parti à la croisade, son frère Jean, comte de Mortain, à qui il avait confié le royaume d'Angleterre en son absence, avait mis le pays en coupe réglée. Les Saxons fortunés avaient été les premiers dépouillés. Le père de Robert de Locksley, le riche comte de Huntington, avait ainsi été dépossédé de ses terres et quand Robert était parvenu à l'âge adulte, il avait été déclaré hors-la-loi pour s'être opposé au shérif de Nottingham. C'est ainsi qu'il était devenu Robin Hood, Robert au Capuchon, chef d'une redoutable bande de *yeomen* saxons, tous fins tireurs à l'arc qui se cachaient dans la verte forêt de Sherwood pour dépouiller les riches Normands qui la traversaient.

Enfin Richard était revenu de la croisade. Mais trahi et capturé par le duc d'Autriche, il avait été livré à l'empereur d'Allemagne. Le roi de France Philippe Auguste et le prince Jean s'étaient alors entendus pour que l'empereur demande une rançon vertigineuse. Ils l'avaient même payé pour ça. Ainsi le roi de France avait-il eu les mains libres pour s'approprier un morceau de la Normandie.

Aliénor d'Aquitaine, la mère de Richard, avait pourtant réussi à rassembler la rançon de cent cinquante mille marcs d'argent exigée par l'empereur et Richard Cœur de Lion était enfin rentré en Angleterre pour faire cesser les agissements de son frère.

Le prince Jean, qui redoutait, avec raison, d'être puni, avait cherché refuge derrière les murs du château de Nottingham. Son frère avait marché contre lui, mais n'aurait pu emporter la place s'il n'avait reçu l'aide de Robin au Capuchon et de ses archers, pourtant voleurs de grand chemin.

Richard Cœur de Lion avait alors voulu rencontrer Robin Hood, un hors-la-loi qui était pourtant un des rares Anglais à lui être restés fidèles. Il s'était rendu dans la forêt de Sherwood avec quelques chevaliers et là, il avait appris que ce chef de yeomen était comte de Huntington. Après avoir écouté ses griefs, il l'avait jugé digne de retrouver ses titres.

Les paroles qu'il avait prononcées résonnaient encore aux oreilles de Robert de Locksley.

— Tu parles et tu agis en honnête homme, Robin, aussi j'accorde grâce pleine et entière aux joyeux hommes de la forêt de Sherwood. Tu as eu entre les mains un bien grand pouvoir, celui de faire le mal, et tu n'as pas mis en œuvre cette dangereuse puissance. J'excuse tes fautes et je proclame la fin de ta proscription. Je te rends, à toi et à tous ceux qui ont partagé ton aventureuse existence, les droits et les privilèges d'un homme libre. Redeviens comte de Huntington.

Tout cela s'était passé quatre ans plus tôt, songeait Locksley dans sa chambre de l'hôtellerie du Grand-Puits, et pourtant il avait l'impression qu'une éternité s'était écoulée.

Il avait alors épousé Marianne, la sœur de son vieil ami Will Scarlett, et espérait vivre désormais en paix. Mais quelques mois plus tard, une fièvre pernicieuse s'était répandue dans le pays et Marianne était morte après une douloureuse agonie.

À ce souvenir, les larmes lui vinrent aux yeux. Il avait cru mourir de douleur. Après plusieurs semaines de désespoir, il avait laissé ses biens à Will et était parti avec Little John. Ils avaient pris la croix. Il voulait mourir en Palestine.

Mais la mort n'avait pas voulu de lui, seulement de Little John.

C'est alors qu'il avait compris qu'il ne trouverait pas la sérénité en se battant contre les infidèles. Marianne était perdue pour toujours. En revanche, il avait appris que le roi de France menait la vie dure à Richard en Normandie et en Aquitaine. Son roi avait besoin de lui, aussi avait-il décidé de rentrer.

La nuit tombait. Il frissonna malgré le feu dans la cheminée. Pourquoi son écuyer Cédric n'était-il pas encore revenu ?

Chapitre 7

Ibn Rushd et Hugues de Fer traversèrent la ville jusqu'au port sans échanger beaucoup de paroles. Ayant encore à l'esprit l'image du triple crime, ils restaient plongés dans leurs pensées. Le viguier s'interrogeait sur ce qu'il allait raconter à Constance quand elle voudrait savoir comment était morte sa sœur. Savait-elle que Madeleine devait rencontrer le vicomte Roncelin ? Si elle l'ignorait, devait-il le lui dire ? Il jugea que non. Pour l'instant, on ne pouvait faire que des conjectures sur sa disparition, et il était inutile que les Marseillais l'apprennent trop tôt. Il lui dirait donc seulement qu'on avait découvert sa sœur assassinée, mais il serait difficile d'éluder ses questions.

Quant à Ibn Rushd, il ne parvenait pas à trouver de réponses satisfaisantes aux deux questions qu'il se posait. Pourquoi avoir laissé dans les mains de cette femme un morceau d'étoffe permettant d'identifier facilement ceux qui l'avaient tuée ? Et comment ces assassins avaient-ils été prévenus de la présence de Roncelin dans sa tour ?

Au port, comme leurs montures longeaient les quais de bois, Hugues de Fer expliqua à Ibn Rushd qu'ils avaient fait un détour. Ils auraient pu rejoindre plus rapidement le quartier des cuiratiers, mais il était impatient de savoir si sa galère était arrivée.

Elle n'était pas là.

À l'extrémité des quais, ils empruntèrent un couloir voûté qui traversait l'enceinte pour déboucher sur une place où se dressait une porte de la ville, un passage flanqué de deux tours et protégé par une barbacane.

— C'est la porte de la Calade, qu'on appelle aussi la porte Fourmiguier, expliqua le viguier en la désignant. Ici l'endroit est envahi de fourmis, car juste de l'autre côté les navires déchargent les blés.

Ils traversèrent la place pour s'engager dans un chemin défoncé d'ornières et de trous puants. Devant eux, dépassait le sommet d'un donjon crénelé.

— C'est la tour des seigneurs de l'hôpital, dit Hugues de Fer en la montrant du doigt. Elle marque le début du quartier des cuiratiers.

— Et celle-là ? demanda Ibn Rushd en désignant les mâchicoulis en encorbellement d'une grosse construction carrée plus haute que les toits des maisons.

— Le Tholoneum. C'est l'ancien palais vicomtal où on conserve les étalons des poids et mesures. C'est là que travaillent les clercs chargés de l'encaissement des taxes portuaires et que se réunissent les consuls.

Ils s'approchèrent de l'enceinte fortifiée qui remontait vers le nord. Près de la tour des seigneurs de l'hôpital, un fossé empli d'eau putride traversait la muraille sous une voûte fermée par une double grille.

— Ce ruisseau coule dans le quartier des corroyeurs. Comme l'eau est pleine de déchets après avoir traité les cuirs, elle ne peut se vider dans le port qu'elle finirait par envaser. On l'a donc détournée pour arroser des jardins, au pied de l'abbaye Saint-Victor.

Ils remontèrent un chemin raviné qui longeait le petit cours d'eau jusqu'à une longue esplanade bordée de maisons et de magasins. On y voyait des dizaines de cuves en bois de toutes tailles, certaines enterrées comme des fosses. Une odeur âcre et prenante, mélange de pourriture et de tanin, rendait l'air presque irrespirable. Un peu partout, sur des cadres en branches à peine dégrossies, séchaient des peaux. Des dizaines d'hommes, de femmes et d'enfants s'activaient, transportant jusqu'aux cuves des seaux d'eau puisés dans le ruisseau, ou allant y vider l'eau salie. D'autres déchargeaient de gros chariots d'écorces qui seraient finement broyées dans de petits moulins, d'autres encore étendaient les peaux sorties des cuves pour les sécher ou transportaient des cuirs écorchés sanguinolents arrivant juste des boucheries.

Ibn Rushd avait vécu suffisamment à Cordoue pour connaître l'art de la tannerie et son usage[1], mais la manière marseillaise de traiter les peaux, dont on disait qu'elle avait été apportée par les Grecs, était différente de celle de l'Andalousie, aussi était-il curieux de l'observer.

— Transformer le cuir rêche en une peau fine douce comme du velours est une opération qui prend des semaines, expliqua le viguier. Les peaux sont d'abord trempées dans des fosses d'eau et de chaux pour enlever la chair et le poil, puis on les fait macérer dans des cuves contenant de l'écorce d'un chêne qu'on appelle la garrouille[2]. Cette écorce est écrasée avec des meules (il en désigna une). Il faut beaucoup d'eau et de bois, car l'eau est chauffée pour donner de la souplesse au cuir. Les bains se succèdent pendant des semaines, avec chaque fois

1. Cordoue a donné le mot cordonnier et Maroc, le maroquin.
2. Chêne kermès.

un peu plus d'écorce, et aussi des traitements dont les corroyeurs gardent précieusement le secret.

— Sans ce ruisseau, vous n'auriez pas de tannerie, remarqua Ibn Rushd. C'est une chance pour les tanneurs.

— Ce sont les moines de Saint-Victor qui l'ont dérivé depuis une rivière qui va jusqu'à la mer. À l'origine, c'était pour arroser leurs jardins, mais les tanneries rapportent de tels bénéfices qu'ils leur en ont laissé l'usage.

Le viguier s'arrêta de parler pour s'approcher d'une cuve. S'il avait plusieurs fois rencontré Madeleine Mont Laurier, il ne connaissait pas sa sœur. Avisant un homme de petite taille à la bouche lippue et aux boucles graisseuses, qui sortait des peaux du baquet, il lui demanda :

— Je cherche dame Constance Mont Laurier.

L'autre le reconnut et s'inclina servilement.

— Elle est là-bas, seigneur viguier, à la maison aux deux fenêtres. Je vais vous conduire.

Ils le suivirent au bout de l'esplanade jusqu'à une construction de pierre à un étage contre laquelle poussait une vigne formant une tonnelle. La maison, dont la porte et les fenêtres étaient voûtées en cintre, était adossée à une vaste remise. Par son double vantail ouvert, on apercevait à l'intérieur plusieurs cuves de chêne d'une demi-canne de hauteur. Une dizaine d'ouvriers, en tunique de toile et en grèges, s'affairaient, qui à les remplir, qui à y mettre des écorces broyées, qui à sortir des peaux pour les tendre sur des treillis de bois. Une jeune femme, dont les longs cheveux noir bleuté et les yeux foncés contrastaient avec sa peau ivoirine, parlait avec autorité à deux hommes. En s'approchant, Hugues de Fer comprit qu'elle leur reprochait de ne pas être suffisamment exigeants avec les ouvriers. Le plus jeune, trapu, aux bras nus et aux muscles puissants, se justifiait en disant que s'il était trop dur, ils partiraient chez d'autres tanneurs, car le travail ne manquait pas. L'autre plus âgé, avec un visage ridé et parcheminé, approuvait en hochant de la tête.

Elle interrompit la discussion en découvrant le viguier.

— Constance Mont Laurier ? lui demanda Fer d'un ton égal.

— Oui-da, vous êtes notre seigneur viguier... Je vous ai vu à la messe... Vous me cherchiez ? demanda-t-elle, étonnée que quelqu'un d'aussi important soit venu jusque-là.

— Pouvons-nous parler ?

En même temps, il descendit de sa monture, laissant la longe à l'homme âgé.

— Étienne, occupe-toi des cuves, qu'ils ne mettent pas trop de chaux, et toi, Aicart, vérifie tous les ballots qui partiront demain... Viens me voir après. Ma maison est là, poursuivit-elle à l'intention du viguier.

Elle portait un bliaut en drap couleur paille étroitement lacé sur sa poitrine, avec une ceinture d'argent à laquelle était attachée une escarcelle de soie. Le manteau de laine finement tissée qu'elle avait sur les épaules était fermé au cou par une agrafe d'or sarrasine. Ibn Rushd remarqua ses souliers de cuir de Cordoue. Les Mont Laurier étaient fortunés.

Elle se dirigea vers la maison et ne se retourna que devant la porte, vérifiant du regard que personne ne pouvait l'entendre.

— C'est ma sœur, n'est-ce pas ? demanda-t-elle d'une voix rauque où perçait l'inquiétude.

C'était une affirmation, car elle n'écouta pas la réponse, monta les trois marches du seuil et poussa la porte.

Ils entrèrent dans une longue pièce au centre de laquelle brûlait un petit feu de fagots dans une cheminée entourée de bancs de pierre sur lesquels étaient posés une grosse marmite à trois pieds et des récipients en bronze et en cuivre. Une crémaillère à landiers pendait dans l'âtre avec une autre marmite qui répandait une bonne odeur de soupe aux poireaux et au lard. Le plafond était en branches écorcées dont les interstices étaient emplis de chaux. Quelques bécasses pendaient, attachées par les pattes à un gros anneau de fer et, autour de l'âtre, des jambons fumés et des chapelets de saucisses étaient suspendus.

Le sol était en grosses dalles inégales. Il y avait deux grands coffres en olivier sculpté, un dressoir en noyer, deux bancs à dossier avec des accoudoirs et des coffres dessous et enfin les tréteaux d'une table dont le plateau était poussé contre un mur. De l'autre côté du foyer central, on apercevait des paillasses, sans doute pour les serviteurs. La chambre des femmes Mont Laurier devait être à l'étage. C'était un intérieur opulent pour de simples négociants.

Devant l'âtre, sur une escabelle, une servante triait de la toison de laine tandis qu'une autre la filait, une quenouille dans une main et un fuseau dans l'autre. Une troisième femme surveillait la cuisson dans la marmite et un valet rangeait du bois dans un huchet. Constance leur fit signe de s'éloigner, puis détacha l'agrafe de son manteau. Ibn Rushd observa que, comme chez sa sœur, les manches du bliaut étaient lacées. Ses cheveux et son corps exhalaient une agréable odeur piquante de romarin, ce qui était loin d'être le cas des autres Marseillaises qu'il avait croisées.

La salle était obscure, à peine éclairée par les fenêtres sur les châssis desquelles était tendu du parchemin de porc huilé, translucide. Elle les fit asseoir sur le plus grand des bancs avant de s'approcher du dressoir sur lequel étaient posés des flacons et des gobelets de terre cuite. Ayant servi du vin, elle leur porta deux gobelets pleins.

— Madeleine m'avait dit qu'elle passerait la nuit dehors, poursuivit-elle, le visage défait, et elle n'est pas rentrée. Je suis morte d'inquiétude depuis ce matin. Elle aurait dû être là pour vérifier les peaux qui partent aujourd'hui en Italie.

— Avec qui devait-elle passer la nuit ? demanda Hugues de Fer.

Elle se mordilla la lèvre inférieure, hésitant à répondre.

— Il est inutile de me le cacher, fit-il en haussant les épaules. C'était le vicomte Roncelin.

— Qu'est-il arrivé, seigneur ? demanda-t-elle d'une voix brusquement aiguë.

Fer ne savait plus comment poursuivre.

— Elle est morte, damoiselle, annonça simplement Ibn Rushd.

Jusqu'à présent, Constance n'avait pas fait attention à lui et elle le considéra avec un mélange de surprise et d'incrédulité. Soudain l'horreur s'afficha sur son visage. Elle porta la main à sa bouche, ne put retenir ses larmes et s'assit sur l'escabelle.

— Où est-elle ? balbutia-t-elle en s'essuyant une joue avec sa manche.

— Dans une maison du vicomte, la tour près du *Portus Gallicus*.

— Que faisait-elle là ? C'est… c'est lui… qui…

— Non, ce n'est pas lui. Nous avons pensé à des pirates sarrasins… il semble qu'on les ait surpris, fit le viguier, embarrassé.

Mais déjà Constance s'était ressaisie. C'était une jeune fille forte, sans doute dure comme sa sœur. Les corroyeurs ne devaient-ils pas avoir le cœur aussi bien tanné que les peaux qu'ils traitaient ?

— Je vais la chercher ! décida-t-elle en se levant.

— C'est inutile, mon écuyer va l'amener ici.

— Qui a commis ce crime, seigneur viguier ?

— Pour l'instant, je n'en sais rien, Constance.

— Comment est-elle… morte ? demanda-t-elle d'une voix sourde.

Fer hésita une fois de plus. Le voyant indécis, elle devina une affreuse vérité et se tourna vers Ibn Rushd qui avait trempé ses lèvres dans le vin.

— C'est vous qui l'avez trouvée ?

— Non, gente damoiselle, je ne suis qu'un médecin. C'est le bayle du seigneur Roncelin qui nous a prévenus.

— Vous êtes médecin ? Alors dites-moi comment elle est morte !

La voix était brusquement devenue un murmure. Fer remarqua que les servantes, au bout de la salle, les regardaient. Elles avaient dû comprendre qu'il se passait quelque chose de grave pour que le viguier vienne chez eux.

— Un coup de lame. On lui a tranché la gorge.

— Mais Roncelin était là, avec ses gens ! Pourquoi ne l'ont-ils pas défendue ? bredouilla-t-elle.

— Il y avait des esclaves, ils ont tous été tués.

— Et le seigneur Roncelin ?

— Il a disparu, avoua Fer à voix basse. Mais je vous en prie, Constance, personne ne doit le savoir pour l'instant.

— Des Sarrasins auraient tué ma sœur et enlevé notre vicomte ? Cela n'a pas de sens ! martela-t-elle.

— Ce n'étaient pas des Sarrasins, intervint Ibn Rushd. C'était une troupe d'hommes d'armes. Des cavaliers qui arrivaient du nord.

C'est alors qu'elle comprit. Des ennemis de Roncelin étaient venus pour l'enlever, sans doute pour réclamer une rançon, et ils avaient tué sa sœur.

— Qui étaient-ils ? s'enquit-elle.

— Je ne sais rien de plus, avoua le viguier. Mais je ferai tout pour les retrouver, je vous le jure.

— Ces assassins... l'ont-ils...

Elle s'arrêta de parler, comme si elle hésitait à aller plus loin.

— Ils l'ont violentée, oui.

— C'est moi qui les trouverai, dit-elle, le visage crispé. J'y perdrai toute ma fortune s'il le faut, mais je les retrouverai, même s'ils se cachent au bout du monde... et je ferai tanner leurs peaux. Je prends Notre Seigneur à témoin que je le ferai.

Le silence s'installa un long moment, jusqu'à ce que le viguier demande :

— Depuis quand votre sœur connaissait-elle le noble Roncelin ?

— Deux... trois mois, je ne sais pas exactement.

— Il lui avait promis quelque chose ?

Elle haussa les épaules.

— Bien sûr ! De l'épouser ! Cette folle le croyait ! J'ai essayé de lui faire comprendre que Roncelin ne voulait que coucher avec elle, qu'il en avait déjà séduit d'autres, mais elle était amoureuse... et surtout aveuglée par ce qu'elle espérait : devenir vicomtesse !

Elle soupira, les yeux pleins de larmes.

— Quand votre sœur vous a-t-elle dit qu'elle allait le rejoindre ?

— Avant-hier peut-être, je ne suis pas certaine, en tout cas, il n'y a pas plus de trois jours. Mais... j'y pense, quand elle est partie, Garcine était avec elle. Comme chaque fois, elle l'accompagnait au château Babon.

— Qui est Garcine ?

— La servante de ma sœur. Garcine, viens ici !

Elle s'était adressée à la femme au fuseau. Celle-ci laissa son travail et s'approcha lentement, les yeux baissés. Elle devait avoir une vingtaine d'années et portait un bliaut de laine rêche, mais Ibn

Rushd remarqua son collier d'argent. Comment une servante pouvait-elle posséder un tel collier ?

— Tu as bien laissé Madeleine au palais du comte, hier matin ?

— Oui, maîtresse. Je vous l'ai dit, elle n'a pas voulu que je reste et m'a dit que le comte la ferait raccompagner.

Fer planta ses yeux dans les siens.

— Vous mentez !

— Non, seigneur ! fit-elle, affolée.

— Vous mentez ! Vous allez m'accompagner au palais et nous verrons bien si on se souvient de vous !

— Pitié, seigneur !

Elle tomba à genoux.

— Je n'ai fait qu'obéir à ma dame, sanglota-t-elle.

— Je veux la vérité ! gronda Fer.

— Dame Madeleine rencontrait toujours le comte à sa maison de la Porte Galle, jamais à son château.

— Le comte lui envoyait un serviteur pour la prévenir ?

— Je... je crois. Elle m'en avait parlé, il y a trois jours, car j'allais toujours avec elle. Mais cette fois elle n'a pas voulu que je reste.

— Vous l'avez quand même accompagnée ?

— Oui, elle montait la mule et un ouvrier nous escortait.

— Je vous ai vues partir, confirma Constance. Mais j'étais persuadée que vous alliez au château Babon.

— Non, maîtresse, balbutia Garcine. Comme la dernière fois, on est sorties par la porte de l'Annone[1] et on a longé le faubourg des Bœufs jusqu'à la Porte Galle, puis on s'est rendues à la tour du seigneur Roncelin. Quand dame Madeleine a vu qu'il y avait un cheval et un esclave du vicomte qui attendaient devant, elle nous a ordonné de rentrer, assurant

1. La porte d'Aix.

qu'elle reviendrait le lendemain et nous faisant promettre de ne rien dire, même à vous, maîtresse.

De nouveau, elle s'étouffa dans un sanglot.

Constance la considérait d'un regard mauvais. Cette fille méritait le fouet, et elle allait le lui donner elle-même. Elle lui arracherait la peau du dos pour sa punition.

— Soyez indulgente, damoiselle, intervint Ibn Rushd. Garcine a été loyale envers votre sœur. Elle ne pouvait savoir ce qui allait arriver... Si vous lui aviez donné de tels ordres, vous auriez exigé la même fidélité...

— Si j'avais su plus tôt...

— Vous n'auriez rien pu faire, intervint Fer. Ils sont venus après dîner. Si Garcine vous avait prévenue, vous seriez tombée entre leurs mains et vous ne seriez pas là maintenant.

Constance resta silencieuse un long moment, puis fit signe à la servante de retourner avec les autres.

— Qu'allez-vous devenir ? demanda Fer. Avez-vous un voisin ou un ami pour vous aider ?

— Que faire d'autre que continuer à assouplir les cuirs ? lança-t-elle avec agressivité. Madeleine avait repris la tannerie de son mari. Elle avait acheté un second atelier au bout de la rue. Je ne vais pas abandonner ! Je l'aidais déjà depuis deux ans et nous avons tant de clients à satisfaire en Espagne et en Italie.

Brusquement elle se couvrit les yeux et sanglota.

— Mais je vais surtout les trouver... Je vais tout faire pour les trouver... Et je ferai tanner leurs peaux ! répéta-t-elle.

— Je reviendrai vous voir, Constance, promit Fer. N'hésitez pas à venir chez moi, si vous avez besoin d'aide...

Elle hocha la tête, comme indifférente. Ibn Rushd comprit qu'elle n'en ferait rien. Elle allait consacrer son énergie à venger sa sœur.

Chapitre 8

Ayant repris leurs montures, ils revinrent vers la Grand-Rue. En poursuivant tout droit, ils arriveraient au château Babon où demeurait le vicomte, expliqua le viguier à son ami. Face à la mer, *Castrum Baboni* était une vieille citadelle construite trois siècles plus tôt par le comte évêque Babon sur l'antique acropole romaine. C'était une petite cité fortifiée érigée pour servir de refuge à la population lors des incursions de pirates sarrasins, mais ses antiques murailles, devenues inutiles, étaient à l'abandon et n'entouraient plus que des maisons, une église et un moulin. La plus grande construction restait le donjon avec sa grande salle basse construite par le vicomte Barral, le frère aîné de Roncelin.

— Si Garcine savait depuis trois jours que sa maîtresse passerait la nuit avec Roncelin, d'autres ont pu l'apprendre et prévenir Hugues des Baux, dit Hugues de Fer. Je vais interroger son intendant et le clerc qui lui servait de secrétaire.

— Il faut aussi que tu examines l'étoffe que Madeleine a déchirée, Hugues, dit Ibn Rushd qui avait jusqu'à présent hésité à s'exprimer. Je ne crois pas qu'elle aurait pu y parvenir, tant l'ourlet brodé était épais. Le tissu a été coupé par une lame. Je crois que ce n'était qu'un simulacre…

— Je ne comprends pas.

— On a mis cette étoffe dans la main de Madeleine pour faire croire que les agresseurs étaient les gens des Baux. Pour les accuser. Mais c'est quelqu'un d'autre qui a commis le crime.

— On l'aurait violée pour nous attirer dans une mauvaise direction ? répliqua Fer sans cacher son incrédulité.

— Pourquoi pas ? L'aveugle se détourne de la fosse où le clairvoyant se laisse tomber.

— Où veux-tu en venir, mon ami ?

— Et si Constance nous mentait ? suggéra Ibn Rushd. Peut-être savait-elle où Madeleine retrouvait Roncelin. Que savons-nous des sentiments qu'elles éprouvaient l'une pour l'autre… et si tout cela n'était qu'un crime crapuleux, ou de jalousie ?

— C'est une hypothèse monstrueuse ! s'insurgea Fer.

— J'ai connu pire dans ma vie de magistrat, soupira le musulman. Je suis persuadé qu'on a placé cette étoffe volontairement pour vous égarer… Alors pourquoi pas sa sœur ? Surtout si elle hérite des tanneries. Cicéron n'a-t-il pas suggéré *Cui bono*, pour connaître les raisons d'un crime ?

Fer ne répondit pas. Il n'avait pas l'habitude des enquêtes criminelles et avait du mal à imaginer la jeune et jolie Constance en meurtrière.

— Je n'y crois pas un instant, dit-il enfin, car si elle avait voulu tuer sa sœur, elle l'aurait simplement fait assassiner par des truands…

— C'est ce qu'elle a peut-être fait, mais si on l'avait tuée dans une rue, tu aurais conduit une enquête, tandis qu'avec cette étoffe, tu es persuadé que c'est Hugues des Baux.

— Je te l'accorde, mon ami. Mais pourquoi serait-ce sa sœur ? Cela pourrait être n'importe qui voulant se défaire ou se venger de Madeleine. Pourquoi pas un amant éconduit ?

— Je te l'accorde à mon tour, approuva l'ancien cadi. Il faut donc savoir si Roncelin est oui ou non entre les mains de Hugues des Baux avant de poursuivre des investigations.

Ils étaient arrivés sur une place[1]. Devant eux s'étendait une haute muraille ponctuée de tours carrées[2] d'où dépassait un donjon rectangulaire crénelé. Hors les archères, la seule ouverture était une porte fortifiée précédée d'un pont dormant qui surplombait un fossé en partie comblé dans lequel poussait un grand figuier.

De l'autre côté, à gauche, une ruelle bordée de petites maisons descendait vers une église. Face à eux, la muraille se dressait devant la mer. Fer fit avancer son cheval jusqu'à une écurie avec une forge où travaillait un maréchal-ferrant. Descendu de sa monture, il désigna l'enceinte face à la mer.

— Le castrum a une autre entrée de ce côté-ci, mais on ne peut l'aborder qu'en barque.

Il désigna ensuite la ruelle qui conduisait à l'église.

— Ma pupille Alice habite cette grande maison ocre, juste avant l'église Saint-Laurent. Nous irons chez elle tout à l'heure.

Ils se dirigèrent vers la tour rectangulaire au sommet de laquelle flottait un étendard aux armes de Marseille. Les deux grands battants ferrés du porche d'entrée voûté en ogive étaient ouverts. Ils passèrent dans un petit corps de garde où se tenaient cinq hommes, en casaque bleue et haubergeon, puis pénétrèrent dans une grande salle sombre d'une dizaine de cannes de côté, éclairée seulement par

1. Qui est devenu la place de Lenche.
2. Située entre l'esplanade de la Tourette et la rue Saint-Laurent.

deux flambeaux de résine et un foyer dans une grossière cheminée. Quatre gros piliers soutenaient des voûtes en arc d'ogive. La haute cheminée laissait échapper une telle quantité de fumée que l'air était à peine respirable. Le plafond des voûtes était couvert d'une épaisse couche de suie graisseuse, tout comme les armes et les écus de bois et de fer pendus sur les murs.

Un long banc à dossier courait sur tout un mur. Sur le sol en terre battue couvert de paille dormaient de gros molosses, tête serrée dans leurs pattes avant.

Dès que son regard se fut habitué à la semi-obscurité, Ibn Rushd reconnut l'intendant qui parlait avec un couple de jeunes gens. Aussitôt que celui-ci les vit entrer, il mit fin à sa conversation et se précipita vers eux en trottinant.

— Seigneur viguier, dit-il en s'inclinant, j'ai trouvé ces jongleurs à mon retour. Ils veulent parler au vicomte et refusent de me dire pourquoi. Sachant que vous alliez venir, je leur ai dit d'attendre. Peut-être leur venue a-t-elle un rapport avec... ce qui s'est passé.

— Vous avez bien fait.

Fer s'approcha du couple. Un homme et une femme qui n'avaient pas la vingtaine. Le garçon était petit, mais bâti en athlète avec un visage imberbe très expressif. Il avait un teint olivâtre et un nez en marmite, des yeux sombres mais rieurs, des cheveux noirs frisés comme les mahométans et des lèvres épaisses. Celle de dessus, perpétuellement relevée, lui donnait une expression comique. Ibn Rushd remarqua ses mains fortes et noueuses qu'il serrait sans cesse l'une contre l'autre, comme pour calmer une sourde inquiétude. Sous un mantelet à capuchon descendant aux genoux, il portait une casaque matelassée de couleur turquoise et des grègues sombres.

Elle, plus grande que lui, rousse, une gorge opulente sous un bliaut vert pomme lacé sous les bras, avec des manches amples, fendues aux entournures, laissant apparaître une robe de lin claire. Son front était large, ses pommettes hautes, son nez fin et ses yeux curieusement inquisiteurs sous de longs cils. Une petite bouche aux lèvres incarnates et une charmante fossette au menton éclairaient son sourire.

Ils ne se ressemblaient pas. À leur vêture, ce n'étaient pas de pauvres gens. Fer jugea qu'ils venaient peut-être d'Italie et quand le garçon parla, après une profonde inclination du torse, il sut qu'il avait vu juste.

— Bartolomeo Ubaldi, et ma sœur Anna Maria, seigneur, dit-il en latin.

Sa sœur ? Il avait de prime abord songé à un couple de mari et femme.

— Savez-vous qui je suis ?

— L'intendant du très haut et gracieux seigneur Roncelin vient de nous le dire, noble viguier.

— Qui êtes-vous ? Pourquoi voulez-vous voir le seigneur Roncelin ?

— Nous sommes des jongleurs… des ménestrels… des musiciens aussi, noble seigneur. Nous arrivons de Rome en barque et nous venions proposer nos services au très haut et gracieux seigneur vicomte avant de poursuivre notre voyage jusqu'à Paris.

— L'avez-vous déjà rencontré ?

— Non, seigneur.

— Pensiez-vous qu'il allait vous recevoir et vous engager sur votre bonne mine ? s'étonna Fer.

— Bien sûr, seigneur ! À Rome, nous sommes reçus dans les plus nobles familles. Nous avons apporté des lettres d'introduction. Nous espérons bien que le roi de France nous demandera de jouer pour lui, sinon nous proposerons nos services à Richard, le duc de Normandie. Aussi ce serait dommage pour le noble seigneur vicomte de ne pas nous faire jouer ici...

Hugues sourit devant son audace.

— Je crains que vous ne puissiez rencontrer le vicomte, mon garçon. Il est souffrant et se repose dans une de ses maisons de campagne.

Le jeune homme parut interloqué, ne s'attendant pas à cette réponse.

— Nous pourrions nous rendre là où il se trouve. Nous sommes capables de le guérir uniquement par notre spectacle ! intervint la jeune femme. Nous avons déjà soigné ainsi des grands seigneurs, des princes et même des cardinaux.

— Son médecin ne le lui permet pas, répliqua sèchement Fer, pour faire comprendre que l'entretien était terminé.

Ibn Rushd le prit alors par le bras et l'entraîna à l'écart pour lui parler.

— Ces jeunes gens pourraient nous être utiles, Hugues...

— Comment cela ?

— Nous ignorons où est Roncelin, et ils le cherchent aussi. Pourquoi n'iraient-ils pas aux Baux jongler, chanter et se renseigner à cette occasion. Ils pourraient facilement apprendre si on y a conduit récemment un prisonnier. C'est peut-être la seule chance que nous ayons de savoir si Roncelin est là-bas au fond d'un cachot.

Fer ne répondit pas tout de suite, évaluant les difficultés et les conséquences d'une telle proposition.

— Il faudra leur dire la vérité, objecta-t-il.

— Il faudra la révéler tôt ou tard. Et comme ils partiront sitôt que tu leur auras parlé, la rumeur ne se répandra pas.

— Mais s'ils refusent ?

— Ce sont des jongleurs ! Contre un sou d'or, ils accepteraient n'importe quoi !

Le viguier hocha du chef et revint vers les Italiens.

— Savez-vous tenir votre langue ?

— Nous sommes invités dans les plus importantes familles, seigneur ! Tout ce que nous voyons et entendons, nous l'oublions, s'offusqua la femme.

— Peut-être, mais si le bruit se répand, je saurai que c'est vous... (Il inspira profondément et parla un ton plus bas.) Personne ne le sait... Le vicomte Roncelin a disparu, il pourrait avoir été enlevé.

Les deux jeunes gens parurent décontenancés.

— Cela s'est produit hier.

— Tant pis pour nous ! fit Bartolomeo en haussant les épaules et écartant les mains.

— Son ravisseur pourrait être un seigneur hostile à Marseille, Hugues des Baux. Accepteriez-vous de vous rendre à son château et de jouer là-bas ? C'est à trois jours d'ici.

— Pourquoi ?

— Vous pourriez découvrir que Roncelin est prisonnier, et revenir me le dire.

— Cette affaire ne nous regarde pas, seigneur, répondit Bartolomeo d'un ton froid.

— Je vous payerai, bien sûr.

— Que ferons-nous de votre argent si on découvre qu'on est des espions ? On nous pendra, c'est tout ce que nous aurons gagné ! rétorqua l'Italien.

— Vous n'êtes pas des espions ! Vous venez de me dire que vous alliez à Paris. Vous n'avez qu'à vous arrêter en chemin au château des Baux et à ouvrir l'œil. Si vous n'apprenez rien, ne revenez pas ici. Au contraire, si vous découvrez que Roncelin est là-bas, revenez me le dire et je vous donnerai trois sous d'or. Vous ne prenez aucun risque.

Bartolomeo regarda sa sœur qui restait impavide. Il connaissait cette expression, elle n'était pas d'accord avec lui.

— Nous devons en parler entre nous, proposa-t-il, conciliant. Nous viendrons vous trouver pour vous dire ce que nous avons décidé.

Fer ravala sa contrariété et les laissa partir. Quant à Ibn Rushd, il trouvait étrange que ces comédiens n'aient pas accepté tout de suite. Mais tout n'était-il pas étrange dans la disparition de Roncelin ?

Chapitre 9

Sortis du château Babon, les deux jongleurs italiens se dirigèrent vers leur auberge, un peu plus loin dans la Grand-Rue.

— C'est toi qui prends les décisions puisque tu es l'aîné, Bartolomeo, mais nous aurions dû accepter, lui reprocha-t-elle.

— Pour nous retrouver à faire la giguedouille au bout d'une corde ? Nous avons une lettre à donner, et rien d'autre !

— La donner à qui ? s'irrita-t-elle. Il ne nous reste qu'à rentrer à Rome, mais crois-tu qu'on va nous récompenser si nous revenons sans avoir rien fait ? Le saint pontife pourrait bien nous jeter au fond d'un cachot du château Saint-Ange pour avoir échoué.

Il lui jeta un regard inquiet, puis resta boudeur et silencieux durant un long moment, ne sachant que proposer. Comme il voyait qu'elle faisait semblant de l'ignorer, il ironisa :

— Quand bien même nous irions au château du seigneur des Baux et que nous y découvrions Roncelin, qu'est-ce que ça changerait ? Irons-nous lui donner la lettre dans son cachot ?

Elle ne répondit pas, non parce qu'elle était fâchée, mais parce qu'elle n'avait pas de réponse.

— Et si on demandait conseil au juge ecclésiastique de l'évêché, puisque c'est le pape qui l'a envoyé à Marseille ? suggéra-t-il en lui prenant la main.

— Le Saint-Père nous a fait jurer de ne rien dire à personne ! répliqua-t-elle en se dégageant avec brusquerie.

— Il n'avait pas prévu ce qui nous arrive, et le *camerarius* nous a dit que ce juge avait toute sa confiance, ronchonna Bartolomeo.

Le mois de février peut être glacial à Rome, c'était le cas cette année où le vent du nord pénétrait partout. Le Tibre même avait gelé et Bartolomeo et sa sœur Anna Maria avaient perdu leur protecteur. Ils vivaient chez le cardinal Ubaldi depuis la mort de leur mère qui avait été la maîtresse du saint homme. Ne disait-on pas qu'ils en étaient les enfants, bien qu'ils lui ressemblassent si peu ?

Certes Ubaldi les avait couchés sur son héritage et leur avait laissé un peu d'argent, mais ils avaient dû trouver à se loger. Vivre à Rome coûtait cher, même pour des jongleurs réputés comme eux.

Bartolomeo avait vingt ans et sa sœur un de moins. C'est leur mère qui leur avait appris le métier de jongleur. Comme les troubadours, les jongleurs chantaient et jouaient de la musique, mais faisaient aussi des tours de magie, du mime et des acrobaties. Beaucoup ne cherchaient qu'à faire rire en utilisant les moyens les plus vulgaires, plus rares étaient ceux qui voulaient élever l'âme de leur public, comme leur mère.

Elle jouait de la harpe en contant des chansons de geste et la vie des saints dans les cours seigneuriales de Rome où elle était respectée et admirée. Enfants, Bartolomeo et Anna Maria jonglaient et faisaient mille grimaces auprès d'elle. À sa mort, ils avaient continué en reprenant son répertoire d'histoires saintes qu'Anna Maria chantait au son d'un psaltérion[1], plus facile à transporter que la harpe, tandis que son frère faisait des tours d'adresse et des jongleries assortis de mimiques qui auraient déridé un mort.

Leur spectacle était éblouissant, aussi les invitait-on dans les plus grandes cours où ils restaient souvent une semaine, surtout l'hiver où les soirées étaient si longues. Quand ils partaient, on leur offrait des robes, des pelisses et parfois des bijoux. Depuis quelques mois, ils avaient modifié leur répertoire en jouant des Mystères de la Passion. Ils obtenaient désormais un succès encore plus vif en représentant des saynètes qu'Anna Maria inventait et qui s'intitulaient : « *Le Seigneur riant avec sa mère en mangeant des pommes* », « *La décollation de saint Jean-Baptiste* », ou encore « *L'enfer noir et puant dans lequel tombait une mauvaise femme saisie par un diable* ». Entre ces fables, ils dansaient et chantaient, et Bartolomeo faisait le ventriloque en imitant les voix des convives.

On les avait invités à Milan, mais comme les chemins étaient impraticables tant il avait neigé, ils étaient restés à Rome. Seulement, depuis la mort du pape et le deuil qui avait suivi, personne n'avait fait appel à eux. En ce mois de février, ils avaient dépensé presque tout ce que leur avait laissé le cardinal Ubaldi.

Alors qu'ils s'inquiétaient pour l'avenir, Bartolomeo avait eu une visite dans la pauvre auberge où ils avaient élu domicile. Un homme aussi fripé qu'une vieille pomme, aux lèvres fines et à l'expression perpétuellement maussade s'était présenté comme un notaire. Pas n'importe quel notaire, un notaire

1. Le psaltérion était une cithare dont la caisse avait la forme d'un trapèze et dont les cordes étaient faites en boyaux.

proche de Mgr Piaggo, *camerarius*[1] d'Innocent III, le nouveau pape qui venait d'être intronisé.

Avant sa mort, le cardinal Ubaldi avait parlé d'eux à Sa Sainteté, avait expliqué le notaire, et le pontife souhaitait les rencontrer. Il les conviait à présenter leur spectacle au palais du Latran contre un cachet appréciable.

Enfin dame Chance leur souriait ! Ils avaient dansé, jonglé, joué de la musique devant un aréopage d'hommes d'Église. Ils avaient été éblouissants et incroyablement applaudis. Après quoi, on les avait conduits dans une salle auprès du pontife pour recevoir leurs gages. Celui-ci était avec son *camerarius* et deux cardinaux qu'ils ne connaissaient pas.

Le nouveau pape, Lotario Seigni, qui avait pris le nom d'Innocent III, était un jeune homme au visage énergique et au regard autoritaire. Bartolomeo et Anna Maria savaient qu'il n'était pas prêtre, que sa famille était l'une des plus puissantes d'Italie et qu'il était très imbu de sa charge et de sa lignée. En robe rouge, coiffé d'une tiare à triple couronne, il ne les autorisa pas à se lever après qu'ils se furent agenouillés devant lui, les laissant dans cette position soumise.

À ses côtés sur de hautes chaises, plus petites cependant que le siège papal, étaient assis les deux cardinaux, des jeunes gens au regard dur et ambitieux. Sur un faux esteuil, à l'écart, se tenait le *camerarius*, homme de petite taille, replet et souriant.

C'est lui qui avait parlé le premier.

— Le cardinal Ubaldi nous a souvent loué votre talent, jeunes gens, et il avait raison. Sa Sainteté a apprécié votre spectacle.

Innocent III était resté impavide.

---

1. Le camerlingue.

— Le cardinal nous avait aussi loué votre foi et votre amour pour Rome… Sa Sainteté désirerait les mettre à l'épreuve.

Ils avaient attendu la suite avec inquiétude, satisfaits quand même d'avoir été distingués par l'homme le plus puissant du monde.

— Sa Sainteté observe que les princes ne respectent pas les exigences que Notre Seigneur leur a imposées. L'empereur, le roi de France, le roi d'Angleterre tentent de s'affranchir de l'autorité de Rome qui détient pourtant la seule souveraineté, celle que Notre Seigneur lui a confiée. Il est temps que la papauté rappelle ces princes à l'ordre.

Le *camerarius* avait attendu qu'ils approuvent du chef avant de poursuivre.

— La Provence, que Toulouse et Barcelone se disputent, et dont l'empereur prétend être suzerain, est pourtant une terre conquise par Rome. Nos droits anciens et légitimes sont oubliés ou écartés. Or, nous avons une opportunité de les rappeler. La cité la plus riche de Provence est Marseille, qui s'est affranchie de la tutelle du comte. La ville haute appartient à l'évêque, et la ville basse est un port de marchands sous l'autorité d'un vicomte. L'attitude de ces marchands déplaît fortement à Sa Sainteté, car s'ils ont transporté les croisés en Terre sainte, ils ne l'ont fait que contre pécunes. Les Marseillais songent plus à l'argent qu'à leur salut. Ils commercent avec les infidèles, qu'ils acceptent même dans leur ville. Ils considèrent les juifs comme des citoyens, oubliant ce que leur peuple a fait à Notre Seigneur.

— Il est temps que cela change ! était intervenu fermement un des cardinaux.

— Mais Rome n'a pas d'armée, avait souri le *camerarius*. Nous ne pouvons donc imposer notre volonté par la force. En revanche, nous avons du talent, et quelques richesses... Bien utiles parfois. Nous avons appris par l'évêché que le vicomte en titre, un ancien moine défroqué, est couvert de dettes. Il serait prêt à vendre ses droits sur la vicomté contre vingt mille sous d'or. Acheter ces droits nous permettrait de réunir la ville basse et la ville haute sous notre autorité. Posséder la plus grande ville de Provence serait un atout considérable face à l'empereur et au roi de France. Seulement d'autres acheteurs sont sur les rangs et nous ne voulons pas nous découvrir. Nous devons donc transmettre notre proposition au vicomte sans qu'on démasque notre messager, car s'il était repéré, nos adversaires le feraient disparaître. Nous avions pensé à prendre langue avec un marchand, ou un religieux. Mais les marchands font des affaires avec les Marseillais et le risque d'indiscrétion est grand ; quant aux religieux de Marseille, ils sont souvent en querelle entre eux, et avec nous.

» C'est pourquoi nous avons pensé à vous. Le vicomte organise souvent des fêtes et des banquets. Il recevra naturellement des jongleurs sans que personne n'imagine qu'ils viennent de Rome.

Il s'était tu. Comme le silence s'éternisait, Bartolomeo et Anna Maria ne sachant que dire, le cardinal qui avait parlé avait sèchement demandé :

— Avez-vous des questions ?

Bartolomeo avait dégluti, les yeux baissés.

— Nous ne sommes que des comédiens, seigneurs, malhabiles pour une ambassade.

Il avait peur, c'était visible. Sa sœur gardait un visage distant, laissant entendre qu'elle n'avait pas plus envie que lui d'aller à Marseille jouer à l'espionne.

— Vous ne risquerez rien, votre réputation de jongleurs vous aura précédés, et vous n'aurez qu'une lettre à remettre. Mais comme nous ne pouvons vous forcer, il y aura une récompense si vous acceptez. Mgr Ubaldi nous a fait part de ses relations avec votre mère et de votre filiation. Elle pourrait être reconnue par Sa Sainteté, ce qui vous donnerait une part de son héritage, et surtout un nom. Monseigneur Ubaldi était noble…

Bartolomeo et sa sœur s'étaient regardés, interloqués. Anna Maria avait été la première à comprendre qu'elle ne pouvait laisser passer une telle chance. On leur proposait de devenir des Ubaldi ? Une autre vie s'ouvrirait alors devant eux !

— Il n'y aura qu'une lettre à remettre ? avait-elle demandé.

— Oui. Vous n'aurez qu'à la dissimuler quelque part. Si le vicomte a des questions, nous vous communiquerons les réponses à lui donner. Ensuite vous reviendrez à Rome nous faire part de ce qu'il a décidé. Si la vente a lieu, vous deviendrez des Ubaldi.

— Nous acceptons ! avait-elle dit avant que son frère ait pu répondre.

Innocent III s'était levé avec majesté, serrant son pallium autour de lui.

— Je compte sur vous, avait-il déclaré, le visage grave.

Il leur avait tendu sa bague à baiser et était sorti, suivi des deux cardinaux.

Le *camerarius* était resté avec eux.

— Maintenant, écoutez-moi attentivement, je vais vous expliquer les grandes lignes de notre dessein. La lettre que vous remettrez au vicomte Roncelin est déjà écrite. Avant tout, avez-vous un moyen de la dissimuler ?

— Dans mon psaltérion, avait décidé Anna Maria. C'est là que je range nos papiers importants.

— Une barque vous attend. Vous partirez demain matin. Nous ferons venir vos bagages de votre auberge. Le plus grand secret entoure cette affaire.

Vous ne rencontrerez plus personne avant votre départ. À Marseille, il vous sera interdit de parler de nous à quiconque, sous peine de mort. Je vais vous expliquer plus complètement la situation dans ce port, quels seront ceux dont vous devrez vous méfier, et ceux qui seront vos amis. En ce qui concerne le vicomte, il se nomme Roncelin. Je vous l'ai dit, il veut vingt mille sous d'or pour sa part de la vicomté, mais vous pourrez aller jusqu'à trente mille au cas où il aurait accepté un autre engagement. Vous lui direz aussi que s'il refuse, il sera excommunié pour avoir quitté la robe. En revanche, s'il accepte, il devra revenir dans l'Église et obtiendra l'évêché de Béziers quand son frère le quittera[1]. Les actes de cession seront signés ici, en présence du Saint-Père. Il devra donc vous accompagner quand vous reviendrez. Le capitaine de la barque vous attendra.

» À Marseille, il n'y a qu'une personne à qui vous pourrez faire confiance : Michel de Castellaire, le nouveau juge ecclésiastique de l'évêché. Le Saint-Père vient de l'envoyer comme commissaire pontifical chargé de lutter contre l'hérésie. Évitez de rencontrer l'évêque. Mgr Rainier est un ancien chanoine de l'église de Marseille. C'est un homme pieux mais trop accommodant envers les dérives des Marseillais. L'Église ne tolérera plus les complaisances coupables faites aux juifs, aux Sarrasins, aux sorciers et aux hérétiques.

Au château Babon, l'intendant et le secrétaire de Roncelin n'apprirent rien à Hugues de Fer. Il fouilla la chambre du vicomte, y trouva des chartes et des documents notariaux, mais aucun document ayant

1. Geoffroi était évêque de Béziers.

un rapport avec son déplacement à sa maison de *Portus Gallicus*.

Fer repartit donc bredouille. De retour à l'écurie, il expliqua à Ibn Rushd qu'il voulait se rendre chez son ami, le consul Guillaume Vivaud, pour le prévenir et lui demander de réunir le conseil de la ville.

— Guillaume est plus jeune que moi, dit-il tandis qu'ils reprenaient la Grand-Rue, et nos familles se connaissent depuis très longtemps. La sienne, qui a fait fortune dans le commerce des draps, vient de Gênes. Guillaume continue à vendre des draps du Languedoc en Italie et à acheter de la soie en pays sarrasin, mais il participe surtout à des *societates*. Tu le sais, chez nous catholiques, l'usure est interdite. Seuls les prêts gratuits et amicaux sont autorisés, mais à ces conditions, personne ne veut prêter son argent ! Or, même les plus prospères négociants ont besoin de financer leurs affaires, car souvent leur fortune est immobilisée en terres, en fiefs ou en maisons. Moi le premier. Vivaud propose donc d'apporter un capital, tandis que son associé apporte son expérience, sa clientèle et son matériel. Il y a ensuite partage des bénéfices.

— Son gain paye son risque, c'est cela ?

— Oui et non. Il s'agit quand même d'un prêt déguisé, car en cas de perte sur l'affaire, l'autre associé remboursera tout ou partie de la somme avancée. Tout cela est bien sûr détaillé dans un contrat devant notaire, mais en n'utilisant jamais le mot de prêt.

— Pourtant les juifs peuvent faire des prêts…

— En effet, à des taux d'intérêt au denier six, et même quelquefois au denier deux[1]. Seulement les prêteurs juifs ont par moments besoin d'argent, aussi pratiquent-ils des associations de même

1. Quinze à cinquante pour cent.

nature avec quelques négociants, pour des entreprises uniquement financières. C'est ainsi que Vivaud est associé avec Samuel Botin, que nous verrons demain, car j'ai besoin d'un prêt en attendant le retour de ma galère. C'est leur société qui a pris en gage, pour vingt mille sous, les droits féodaux du père d'Alice, ma pupille. Vivaud se comporte aussi en banquier quand il fait crédit en vendant du drap, car le payement différé est autorisé par l'Église. Mais il se fera alors payer vingt-cinq sous pour une aune qu'il aurait vendue dix si le paiement avait été immédiat.

Les hommes cherchaient toujours à tromper les lois que Dieu leur imposait, persuadés que le Grand Miséricordieux ne s'en apercevrait pas, songea Ibn Rushd avec une triste ironie.

— Pourquoi faire appel à ce Botin si tu as besoin d'argent ? Ton ami Vivaud ne pourrait-il pas t'avancer la somme ?

— Il y a quelques mois, j'ai prêté à Guillaume deux mille sous d'or pour acheter un fief près de Hyères, car tout son argent était immobilisé. Or, nous sommes associés dans plusieurs entreprises, en particulier, il a une part de ma galère. Comme moi, il attend donc son retour, car il ne conserve que ce qu'il lui faut pour sa dépense. Il n'y a donc que Botin qui peut me prêter ce qui m'est nécessaire, c'est-à-dire de quoi payer les marchandises et les gages de l'équipage d'une de mes tartanes qui part dans quelques jours.

— Et si ta galère ne rentre pas ?

— Ce sera plus que fâcheux... Je serai contraint de vendre des terres. Il me faudra aussi financer une autre galère, mais ce sont des risques acceptables au regard des bénéfices que j'en tire.

Ils s'arrêtèrent devant une écurie accolée à la muraille du port où ils laissèrent leurs montures. Fer désigna la maison de Vivaud, à quelques pas : une grande construction de pierre, élevée sur des voûtes en cintre, avec un bel escalier et une petite terrasse pour accéder à la porte. Plusieurs doubles fenêtres ogivales à colonnettes ouvraient sur la façade. Une des voûtes formait la boutique du drapier.

Ils frappèrent. Un intendant vint leur ouvrir et les fit entrer dans la grande salle. Un homme de petite taille, légèrement voûté, en hérigaud vert foncé, était devant une cheminée, tandis que des femmes dressaient une table pour le souper.

L'homme en vert se tourna vers les visiteurs et un sourire illumina son visage.

— Hugues ! Quelle heureuse surprise !

— Guillaume, voici mon ami Ibn Rushd dont je t'ai souvent parlé. Tu dois t'en souvenir. Je l'ai connu durant la croisade et il habite chez moi en ce moment. Je suis embarrassé de venir si tard, mais il fallait que je te voie. C'est grave…

Vivaud fit un signe aux femmes qui, après s'être inclinées, sortirent par une porte dissimulée sous une draperie.

— Asseyez-vous, je vais faire porter du vin chaud.

— Inutile ! Nous n'allons pas rester.

Discrètement, Ibn Rushd balayait la pièce des yeux. Le sol était en carreaux de terre cuite. Face à la cheminée, le mur n'était qu'une immense armoire aux vantaux peints. Devant, un banc servait de siège pour la table à tréteaux. Deux grandes huches, ciselées en bas-relief représentant des hommes d'armes et des animaux, se dressaient sur un autre mur auquel était suspendue une tapisserie. En face s'accumulaient de beaux coffres, une armoire et une crédence qui exposait plats, aiguières et bassins en argent. Un gros candélabre à plusieurs branches avec des bougies de cire avait été placé près de la table. Tout l'intérieur de Guillaume Vivaud révélait la prospérité du négociant.

Il s'approcha de la crédence, saisit un drageoir contenant des fruits confits et le leur tendit pour qu'ils se servent.

— Roncelin a disparu… On l'a enlevé, lâcha Fer, en choisissant un abricot.

Vivaud fut si stupéfait qu'il posa le drageoir. Ibn Rushd observa que sa main tremblait et que son visage s'affaissait. Hugues lui avait dit que le drapier était plus jeune que lui, pourtant il ne le paraissait pas. Un menton fuyant, un nez bossu, une bouche lippue au milieu d'un visage sanguin aux lourdes poches sous les yeux le rendaient à la fois laid et maladif. La bouche ouverte de saisissement, il eut un mouvement d'horreur quand Fer décrivit ce qui était arrivé à Madeleine Mont Laurier et il resta les yeux écarquillés quand on lui montra la pièce d'étoffe à l'étoile.

— … Il faut réunir les consuls, dès demain, conclut le viguier.

— Je m'en occupe, dit lentement Vivaud après avoir dégluti. Nous serons tous au Tholoneum… Mais j'ai du mal à croire à la culpabilité d'Hugues des Baux…

— Qui d'autre ? La pièce de tissu avec la comète est une preuve irréfutable… N'oublie pas que c'est lui qui nous a assiégés, il y a quatre ans ! Cependant, avant que j'arrive au Tholoneum, ne parle ni de la disparition de Roncelin ni de l'implication des Baussenques.

Vivaud lui lança un regard interrogateur.

— Comment Hugues des Baux a-t-il su qu'il trouverait notre vicomte à cet endroit et à cette heure ? demanda Fer. Un complice l'a forcément prévenu. Je veux observer les réactions du conseil demain.

Vivaud se frotta le menton avec perplexité.

— Tu penses à un consul ?

— Tout est possible.

— Je ne comprends pas pourquoi Hugues des Baux aurait fait ça, dit alors Vivaud.

— C'est évident ! Forcer Roncelin à lui vendre sa part pour prendre possession de Marseille !

— Mais ce crime ! L'assassinat de Madeleine... Il sera poursuivi...

— Il niera ! Il n'y a pas de témoin... Il pourra toujours dire que c'est nous qui avons tout inventé pour le discréditer... Que Roncelin est venu de son plein gré...

— Il n'empêche, cette pièce de tissu... Et si Roncelin confirme qu'il a été enlevé, l'affaire ira jusqu'à Rome... Cela vaudra l'excommunication à Hugues des Baux.

— Je connais Roncelin, toi aussi. Il est suffisamment malléable pour accepter la domination des Baussenques et faire ce qu'ils exigent de lui. Il vendra la part de la vicomté et Hugues prendra possession de la ville. Si nous nous opposons à lui, si nous l'accusons, il dira que c'est un complot de notre part. L'empereur le soutiendra, le comte de Provence ne bougera pas et Rome s'inclinera. Nous serons seuls et nous n'aurons qu'à céder ou à partir.

— Ce n'est pas possible ! se lamenta Vivaud. La première chose que fera Hugues sera de taxer nos marchandises pour payer des Cottereaux. Il fera à nouveau valoir ses droits sur la Provence et nous entraînera dans la guerre. Ce sera la ruine pour nous !

— Nous en reparlerons demain, grimaça Fer. La nuit porte conseil. Tu sais aussi que ma galère n'est pas rentrée... J'ai besoin d'argent, tout de suite. Botin me prêtera ce qui m'est nécessaire pour payer ma tartane qui appareille dans trois jours... Mais si la galère tarde trop, ou si elle ne revient pas – Dieu nous en garde – j'aurai besoin de ce que je t'ai prêté pour affréter de nouveaux navires. Quand pourras-tu me le rendre ?

— Je vais recevoir plusieurs paiements qui ne sauraient tarder... répondit Vivaud, mal à l'aise.

— Je compte sur toi, fit Fer en l'accolant. Nous nous verrons au Tholoneum, demain matin.

Chapitre 10

Le lendemain, aux aurores, des flocons épars voletaient et commençaient à blanchir la boue des rues quand Hugues de Fer reçut le prêteur juif Samuel Botin qu'il avait fait prévenir la veille par un serviteur.

À Marseille, la puissante communauté juive était respectée et faisait partie de la bourgeoisie négociante. Il en avait été de même à Paris durant le règne de Louis VII, le père de Philippe II, mais arrivé sur le trône, le jeune roi avait confisqué les biens des juifs avant de les expulser de France. Il avait même fait abolir les dettes envers eux, pour autant que les débiteurs en versent un cinquième à son trésor. C'était une œuvre pieuse, s'était-il justifié, en obtenant l'aval de l'Église pour avoir transformé les synagogues en églises.

Ces persécutions n'étaient pourtant que peu de choses comparées à celles du prince Jean en Angleterre. On racontait qu'il avait fait arracher, chaque jour, une dent à un juif jusqu'à ce qu'il paye une énorme rançon. Cela expliquait pourquoi les juifs marseillais étaient particulièrement dévoués à leur ville.

Samuel Botin était certainement celui qui avait tissé les plus solides liens de confiance avec la bourgeoisie. Moyennant un faible taux d'intérêt, les négociants lui confiaient une partie de leur trésorerie et Botin prêtait cet argent à des taux supérieurs, mais en prenant tous les risques. Il finançait ainsi la construction, l'armement et l'affrètement de navires, sans compter les nombreuses associations commerciales auxquelles il participait, généralement avec Guillaume Vivaud. Bien qu'il ne soit pas consul, il avait un rôle politique de premier plan. Ainsi, quand les Sarrasins avaient menacé Marseille, il avait armé à ses frais une galère de guerre pour défendre la cité.

Fer le reçut dans sa grande salle et lui présenta son ami Ibn Rushd. Botin était un vieil homme ridé et édenté qui ne faisait jamais étalage de sa fortune. Quel que soit le jour de la semaine, quand il n'était pas chez lui, il portait un bonnet carré et un manteau de drap grossier avec un col de fourrure mité sous lequel on distinguait une tunique de laine à la couleur passée. Seules concessions à son confort, de larges bottes fourrées et une belle ceinture en argent à laquelle il accrochait un étui contenant son nécessaire d'écriture.

Empreint de curiosité, le juif questionna l'ancien cadi de Marrakech sur la communauté juive en Espagne et Ibn Rushd s'intéressa aux opérations de financement du prêteur. En parlant ainsi, ils découvrirent qu'ils avaient des amis communs à Cordoue et si Fer les avait laissés seuls, ils auraient passé la journée à caqueter. Mais le viguier devait se rendre à la réunion des consuls, aussi les interrompit-il pour aborder ses soucis financiers. Après avoir informé le prêteur du retard de sa galère, il lui confia qu'il avait besoin d'un prêt jusqu'à ce que son navire arrive ou que Vivaud lui rembourse les deux mille sous qu'il lui devait.

Inquiet, Botin l'interrogea, car il avait aussi une part dans les bénéfices de la galère à travers son association avec Vivaud. Hugues de Fer lui raconta ce qu'il savait : le navire rapportait le produit de ventes de savon et de draps faites à Chypre. On lui avait appris qu'il avait quitté l'île depuis plusieurs semaines. Son capitaine avait-il pris le chemin du retour et le navire avait-il été attaqué par des pirates ? Auquel cas il était perdu. Mais son capitaine pouvait aussi avoir acheté de nouvelles marchandises à des prix avantageux pour les revendre ailleurs. Tout était possible.

Botin connaissait la fortune du viguier dont les entrepôts regorgeaient de sucre et de soie. Il détacha son écritoire, s'installa à une table et prépara un rapide contrat.

— Combien voulez-vous, seigneur chevalier ?

— Disons deux cents sous d'or, ou plutôt trois cents, si Vivaud tarde à me rembourser.

Le juif termina le document et le laissa sur la table pour que Fer y appose son sceau.

— Je vous ferai porter la somme dans la journée, dit-il.

— J'irai plutôt la chercher, mais je ne vous ai pas fait venir uniquement pour cela. Je pars au conseil dans un instant pour une grave affaire. Notre noble vicomte Roncelin a disparu…

— Disparu ?

— Hier, mais tout le monde l'ignore, et je souhaite que cela ne s'ébruite pas. Voici ce qui s'est passé…

À mesure que le viguier racontait ce qu'il savait, Ibn Rushd voyait le visage de Botin s'affaisser et se décomposer. Et quand Hugues de Fer parla du tissu à l'étoile aux seize branches, le juif l'interrompit sans même se rendre compte de sa hardiesse, tant il paraissait foudroyé par cette nouvelle.

— Les Baussenques ? Ce sont eux qui l'auraient enlevé ? balbutia-t-il.

— Je le crains.

— Saint Dieu d'Abraham ! s'écria Botin en élevant ses mains tachées de vieillesse. Me voici désormais réduit à la misère de Lazare !

Devant l'air surpris de Hugues, le prêteur s'expliqua avec un regard hagard :

— J'ai prêté à Roncelin près de cinq mille sous d'or ! Je ne les retrouverai jamais, puisqu'il ne reviendra pas ici vivant...

Fer allait lui répondre quand un terrible fracas retentit venant de la pièce en dessous, puis ce furent des cris d'alerte et tout un vacarme de bousculade. Hugues se saisit d'une épée et s'approcha de la cage d'escalier tandis que son écuyer accourait de la tour, une hache à la main.

Un homme surgit en haut des marches, repoussant des pieds et des mains les serviteurs qui tentaient de le retenir.

— Seigneur, je n'ai pu l'arrêter ! se défendit l'un d'eux.

— C'est donc vous le viguier de cette ville de voleurs ! cria l'inconnu en se ruant dans la salle et en se calant contre un mur pour ne pas être pris à revers.

C'était un homme de haute taille, très brun, sans doute d'origine celte, imberbe, revêtu d'une cotte ajustée vert olive avec un lourd baudrier d'où pendait une épée à large garde. Il tenait une grande perche à la main et un carquois était attaché à sa taille.

— Êtes-vous venu ici pour m'insulter ? Auquel cas nous pouvons régler cela dans la cour à la hache ou à l'épée ! gronda Hugues en le menaçant de son arme.

— Je suis venu demander justice ! N'êtes-vous pas le seigneur viguier ?

— Je le suis ! Expliquez-vous !

— Je me nomme Robert de Locksley, je suis saxon et comte de Huntington. Je suis arrivé hier de

Palestine, où j'avais pris la croix, et j'ai été volé, dans cette ville !

La colère de Fer s'effaça à ces paroles.

— C'est impossible, fit-il, un ton plus bas, personne n'est plus honnête qu'un Marseillais, mais s'il s'avérait que vous ayez raison, je vous jure sur la croix que votre voleur aura pieds et mains coupés devant le Tholoneum.

Il s'arrêta de parler quand son regard tomba sur la perche. Une image lui revint. Celle du chevalier à l'épaisse barbe qu'il avait aperçu la veille sur le port. Celui qui demandait avec véhémence qu'on fasse attention à son cheval qui lui avait coûté cinquante bezans de Jérusalem. Ce n'était pas une perche qu'il brandissait, mais un arc sans sa corde.

— N'aviez-vous pas une barbe, hier ?

— Oui, j'avais juré de la couper en revenant en terre chrétienne et je l'ai fait. Vous m'avez vu ?

— Je vous ai vu. Prenez un siège, noble comte, et expliquez-moi ce qui vous est arrivé.

Locksley considéra à tour de rôle le viguier, son écuyer et le Sarrasin au turban puis, rasséréné, il fit quelques pas vers un banc.

— J'avais pris chambre à l'auberge du Grand-Puits, en face de l'église de Saint-Martin. Hier après-midi, je suis resté seul à garder mes armes et mes bagages pendant que Cédric, mon écuyer, partait recruter des hommes d'armes et des cavaliers. Je dois rejoindre Richard, mon roi, en Aquitaine et je veux arriver en chevalier banneret.

Un chevalier banneret commandait quatre à six lances.

— Cela vous coûtera cher.

— J'ai ce qu'il faut pour cette levée d'hommes, ou en réalité je l'avais. La soirée approchant, surpris de ne pas voir revenir mon écuyer, je suis allé l'attendre dans la salle commune, puis, comme il n'arrivait toujours pas, je me suis rendu à l'écurie interroger mon valet d'armes et l'esclave sarrasin qui gardaient mes chevaux et mes autres bagages. Il n'y avait personne. Tout avait disparu ! J'ai couru vers l'aubergiste qui m'a dit que mon écuyer était revenu et qu'il l'avait vu transporter des affaires. Je suis monté dans ma chambre où tout ce qui avait de la valeur avait été vidé, en particulier une cassette contenant cinq cents pièces d'or, tout mon butin !

— Votre écuyer avait-il la clef ? demanda Ibn Rushd.

— Bien sûr que non ! La clef était à mon cou !

Il montra la chaîne d'un signe de la main.

— Qui a ouvert, alors ?

— J'y ai réfléchi, mon esclave sarrasin était fort adroit de ses mains, ce ne peut être que lui.

— Qu'avez-vous fait ?

— J'avais encore mon escarcelle avec quelques pièces (il frappa dessus), j'ai acheté un cheval à l'aubergiste et je suis parti à leur poursuite. Ils n'avaient même pas une heure d'avance. À la première porte, je crois que vous l'appelez la porte de La Calade, personne n'avait vu de cavaliers leur ressemblant. J'ai un peu perdu de temps à suivre les lices pour me rendre aux autres portes, finalement j'ai découvert qu'ils étaient sortis par la porte de l'Annone. Je suis parti sur leur trace.

— Quelle heure était-il ?

— Je l'ignore, mais la nuit tombait. J'étais pourtant certain de les rattraper et de les tailler en pièces, mais j'ai assez vite perdu leur trace, ils avaient dû prendre un sentier sans que je m'en rende compte, ou s'être cachés. Bref, quand l'obscurité a été totale, je m'étais égaré. J'ai passé la nuit dehors et suis revenu à Marseille à l'ouverture des portes. Je suis rentré à l'auberge et un valet m'a accompagné jusqu'ici. Vous devez envoyer des gens à leur recherche !

Fer se tourna vers son écuyer.

— Tu as entendu. Rassemble une dizaine d'archers et rattrape-les. Ils ne peuvent être loin. Combien sont-ils ? demanda-t-il au comte saxon.

— Trois. Avec six chevaux et mes bagages, ils ne peuvent avancer rapidement.

Le Tholoneum, ancien palais des vicomtes, était une construction massive en forme de tour avec une façade bombée, à peu près à mi-chemin entre l'église des Accoules et la porte du Marché. À son sommet flottait l'étendard de la ville : une croix d'azur sur champ d'argent.

Au niveau de la rue, la tour n'était qu'une grande voûte où se retrouvaient les marchands du quartier, bouchers, fruitiers et tripiers pour parler des taxes et des approvisionnements. Un escalier de pierre permettait d'accéder au bureau de la douane et, encore au-dessus, à la grande salle où se réunissait le conseil consulaire.

Les consuls étaient élus par les marchands et leur élection proclamée par les cloches de Notre-Dame-des-Accoules. Ils avaient en charge les affaires de la ville basse, sauf la justice dévolue au viguier. C'étaient eux qui décidaient des droits de douane pour l'entretien des remparts et du port, ainsi que des gages des arbalétriers génois. Comme ils se chargeaient aussi de l'encaissement des droits féodaux, le viguier, représentant du vicomte, participait à leurs délibérations.

Quand Hugues de Fer entra dans la salle éclairée seulement par deux torches de résine (deux archères au fond de profondes embrasures faisaient à peine entrer un rayon de lumière), ils étaient tous présents, autour d'une lourde table. À la mine sombre des participants, on devinait que Guillaume Vivaud les avait prévenus que le viguier allait leur annoncer une bien mauvaise nouvelle.

Fer salua chacun gravement. À droite de son ami Vivaud était assis Raymond Sarraset, le plus important fabricant de savon et vendeur d'huile de la ville. Son hérigaud cramoisi au col en fourrure de renard avait la même couleur que son visage sanguin. On disait que s'il portait une épaisse moustache et des cheveux longs, c'était pour dissimuler ses traits grossiers et ses oreilles pendantes.

Sur le même banc, de l'autre côté de Vivaud, se tenait Benoît Aurélien, syndic de la corporation des tanneurs et gros vendeur de cuir vers l'Espagne. Comme toujours lors des réunions municipales, sa tête de furet était penchée en avant tandis qu'il égrenait les perles de son chapelet en remuant silencieusement les lèvres.

En face de Vivaud, le riche négociant de drap Pierre Barthélemy, qui avait des comptoirs chez les Lombards, les Pisans, les Génois et les Syriens, était un homme corpulent aux yeux sombres et au regard lointain qui ne laissait jamais rien paraître de ce qu'il pensait. Il était à côté de son ami Grégoire Ratoneau, importateur d'épices et d'armes de Damas. Ratoneau avait la peau mate et le nez busqué. Large d'épaules, hardi et pénétrant, c'était un homme d'un tempérament cruel et violent. On disait qu'il pratiquait facilement la piraterie. Il était redouté des pêcheurs barbaresques qu'il faisait fouetter à mort, tant il haïssait les infidèles, peut-être à cause de son origine orientale.

Enfin le dernier consul était Antoine Ansaldi, le procurateur de la confrérie du Saint-Esprit, petit homme vigoureux au visage osseux, très imbu de son importance de prêtre, de chef de l'hôpital de la ville et de noble chevalier.

La confrérie du Saint-Esprit était un ordre à la fois religieux et laïc fondé en 1180 par un Templier, fils du comte de Montpellier. Si c'était un ordre charitable qui avait pour but de construire des hôpitaux et de soulager la maladie, c'était aussi une organisation quasi militaire, peu différente de celle des chevaliers de Saint-Jean ou des Templiers. Le Saint-Esprit rassemblait à la fois des frères et des sœurs religieux, des clercs, des oblats et des notables. Au sommet de l'ordre se trouvaient les chevaliers et chaque hôpital était dirigé par un procurateur, prêtre et chevalier. On les reconnaissait à la double croix blanche sur leur écu et leur manteau : une croix à huit branches, comme les hospitaliers, mais dont les deux parties supérieures étaient remplacées par une seconde croix plus petite.

Partout où l'ordre s'installait, son essor était immédiat, car il proposait le salut éternel à ceux qui lui faisaient des donations ou lui accordaient des privilèges. À Marseille, où elle s'était établie dix ans plus tôt, la confrérie du Saint-Esprit avait construit son hôpital sur une butte derrière le cimetière des Accoules. Le vicomte Barral lui avait accordé l'exemption de toutes servitudes. En quelques années, l'hôpital était devenu si riche, grâce aux aumônes et aux dons, que le conseil de la ville avait décidé de le contrôler. Chaque année, deux consuls, qu'on appelait les recteurs du Saint-Esprit, étaient désignés pour vérifier ses comptes.

L'ingérence du conseil communal dans le fonctionnement de l'hôpital, et donc indirectement dans la confrérie, avait fortement déplu à la maison mère qui avait nommé Antoine Ansaldi comme procurateur afin d'y remédier.

Ansaldi était le cadet d'une famille noble de Montpellier qui avait pris la croix avant de rejoindre l'ordre. Homme énergique, bon administrateur ne s'embarrassant guère de scrupules quand il s'agissait des intérêts du Saint-Esprit, il avait très vite été membre du conseil supérieur de la confrérie. Depuis qu'il dirigeait l'hôpital de Marseille, il était parvenu à modifier radicalement les rapports entre la maison marseillaise et les consuls. Dans une politique d'ouverture, il avait reçu beaucoup de bourgeois comme membres laïcs de l'ordre. Le consul Benoît Aurélien, qui était recteur, donc chargé de la vérification des comptes, l'avait rejoint et, l'année précédente, Antoine Ansaldi s'était lui-même fait élire consul grâce à ses soutiens dans la bourgeoisie marchande. Tout naturellement, il avait lui aussi reçu la charge de recteur.

Ainsi c'étaient deux membres de la confrérie qui étaient chargés de la surveiller, et l'un d'eux en était le procurateur ! Cette situation déplaisait à Hugues de Fer, mais il n'avait pu s'y opposer. Antoine Vivaud en avait aussi perçu les dangers. Les desseins de l'ordre du Saint-Esprit n'étaient pas ceux des marchands et des armateurs pour qui les échanges avec l'Orient étaient source d'enrichissement. La confrérie visait à sauver les hommes et leur âme. Régulièrement, elle désapprouvait le commerce avec les Sarrasins et la liberté dont jouissaient les juifs dans la ville, aussi les affrontements entre Ansaldi et le viguier étaient-ils continuels.

Hugues s'installa au bout de la table et garda son manteau tant la pièce était glaciale, car il n'y avait ni cheminée ni foyer. Il se servit un gobelet de vin chaud au miel que Vivaud avait fait porter de l'auberge voisine, puis il résuma ce qui s'était passé la veille, comment il avait découvert Madeleine Mont Laurier et la disparition de Roncelin.

Le viol et la mort d'une des bourgeoises les plus respectées de la ville provoquèrent un long brouhaha, mélange de menaces contre les infidèles, principalement de la part de l'armateur Ratoneau et d'Ansaldi, et d'inquiétudes, surtout du côté de Sarraset et de Barthélemy. Ce coup de main pourrait bien être le prélude d'une attaque plus importante des infidèles, ce qui signifierait à la fois un arrêt du commerce et des dépenses vertigineuses pour renforcer les défenses de la ville.

Aurélien n'avait rien dit et Fer, étonné de son silence, lui lança un regard appuyé.

— Constance, ma voisine, m'a appris hier soir la mort de sa sœur, déclara le syndic de la corporation des tanneurs en réponse à la question non exprimée. Elle ne m'a rien dit d'autre, mais j'ai deviné que la réunion de ce matin était en rapport avec ça, aussi j'ai demandé à un de mes domestiques de se renseigner et il m'a rapporté qu'elle avait été égorgée...

En parlant d'une voix calme, il égrenait son chapelet.

— ... Mais j'ignorais pour Roncelin. Croyez-vous qu'il soit mort lui aussi, ou que ces pirates vont demander une rançon ?

Le viguier n'avait pas parlé du morceau d'étoffe à l'étoile, voulant observer les réactions de chacun, mais ne constatant aucune attitude singulière, il reprit la parole.

— Vous ne savez pas tout. Ce ne sont pas les Sarrasins qui ont enlevé Roncelin et violé Madeleine...

Il posa sur la table la pièce d'étoffe.

— ... C'est Hugues des Baux. Elle tenait à la main ce morceau de tissu qu'elle avait arraché.

Chapitre 11

Ce fut un immense murmure de stupeur, puis le silence retomba, chacun essayant d'évaluer en son for intérieur les conséquences de cette allégation.

— Les Baussenques ? s'enquit enfin Ansaldi, incrédule.

Sa voix était curieusement haut perchée.

Fer posa son regard sur lui.

— Quelqu'un a informé les Baussenques que Roncelin serait hier à sa maison de la Porte Galle, fit-il. Hugues des Baux est arrivé avec une troupe de gens d'armes et a emmené notre vicomte après avoir tué Madeleine et les deux esclaves. J'ignore qui l'a prévenu, mais je le trouverai.

— Pourquoi ne pas nous l'avoir dit plus tôt ? lança avec agressivité l'armateur Ratoneau.

— J'en suis désolé, Guillaume, mais je voulais m'assurer qu'aucun de vous ne savait pour Hugues des Baux.

— Vous nous soupçonnez ? s'insurgea Barthélemy.

— Quelqu'un l'a bien prévenu !

— La présence de ce tissu est incroyable, intervint alors Raymond Sarraset. Je conçois que Madeleine l'ait arraché à son agresseur, mais pourquoi l'a-t-il laissé dans sa main ? C'est une preuve qui se retourne contre lui.

— Je me suis aussi posé la question, approuva Fer d'un hochement de tête. Je pense qu'ils ont été surpris et qu'ils ont dû partir précipitamment... mais en ce qui concerne la preuve, je doute qu'elle soit acceptable...

Il développa ce qu'il avait dit à Vivaud la veille pendant que Barthélemy, le négociant de drap, prenait l'étoffe pour l'examiner à son tour.

— Ce tissu n'a pas été arraché, dit-il lentement. Il est trop épais ! Une femme n'aurait jamais eu la force nécessaire. De plus, il y a des traces de coupure.

Il y eut un nouveau brouhaha que Vivaud fit cesser d'un geste de la main. En même temps, il demandait à voir l'étoffe.

— J'ai fait la même réflexion que vous, opina Fer à regret, ou plus exactement c'est celui qui était avec moi qui l'a faite. Mais je ne suis pas convaincu. La coupure pouvait être plus ancienne et celui qui défend sa vie est capable d'une force incroyable. Madeleine travaillait de ses mains et était vigoureuse. Et surtout... pourquoi aurait-on laissé ce tissu ? Pour faire accuser les Baussenques ?

— Peut-être... dit Vivaud en tendant l'étoffe à l'armateur Ratoneau qui demanda :

— Qui donc était avec vous ?

— Un vieil ami, Ibn Rushd, le médecin du calife du Marrakech. Il habite chez moi.

— Un infidèle... remarqua Ansaldi avec mépris.

— Envers Notre Seigneur, peut-être. Envers moi, non, répliqua gravement Hugues de Fer. Il m'a sauvé de la prison à Damas.

Il ajouta plus sèchement :

— N'oubliez pas que nos statuts communaux nous donnent le droit de commercer avec les Sarrasins. C'est la raison même de notre prospérité.

Un silence hostile s'installa tandis que Ratoneau passait l'étoffe à son voisin. Sarraset vendait son savon et ses huiles en Orient, Barthélemy son drap et Ratoneau achetait ses armes à Damas. Tous trois commerçaient avec les infidèles, et si Ratoneau et Aurélien ne les aimaient pas, ce n'était pas le cas de Sarraset et de Barthélemy qui faisaient des affaires avec eux et parlaient leur langue.

— Votre ami le Sarrasin a donc remarqué cette coupure, qu'en pensait-il ? demanda Vivaud.

— Il a émis l'idée que l'assassin aurait mis ce tissu dans la main de Madeleine pour faire accuser les Baussenques et que le crime ne serait que crapuleux...

— Absurde ! s'exclama le procurateur Ansaldi. C'est bien la pensée diabolique d'un infidèle ! Je crois au contraire qu'il est inutile d'accuser le renard quand le loup est passé !

— Ce n'est pas si absurde que cela, père Ansaldi, mais le crime pourrait aussi ne pas être crapuleux, ironisa Ratoneau. N'oubliez pas combien Madeleine était belle, et ce qu'on lui a fait. Et si c'était un amant éconduit ?

— Mais dans les deux cas, où serait Roncelin ? répliqua Hugues de Fer. Seuls les Baussenques avaient intérêt à l'enlever.

Ansaldi approuva d'un mouvement de tête.

— Avez-vous fouillé les environs ? Peut-être que son cadavre est caché dans un fourré ou sous des pierres, suggéra Ratoneau.

— Mon écuyer l'a fait et n'a rien trouvé. Et puis pourquoi aurait-on caché son corps quand on a laissé visibles les trois autres cadavres ?

— Pour renforcer l'accusation contre les Baussenques ! affirma Raymond Sarraset.

— C'est bien possible, reconnut Vivaud après un silence. Il faudrait être certain que Roncelin est prisonnier de Hugues des Baux avant de décider quoi que ce soit.

— C'est ce que je pense, approuva le viguier.

Il parla alors des jongleurs qu'il avait rencontrés au château Babon et de la proposition qu'il leur avait faite :

— ... J'aurai leur réponse aujourd'hui. S'ils acceptent d'aller aux Baux, et s'ils parviennent à découvrir qu'un prisonnier est enfermé depuis quelques jours, nous pourrions savoir ce qu'il en est d'ici une dizaine de jours.

Vivaud inclina la tête en signe d'adhésion.

— Roncelin peut être enfermé ailleurs qu'aux Baux, remarqua Barthélemy.

— Tout cela est bien hypothétique ! soupira le procurateur de l'hôpital du Saint-Esprit en secouant négativement la tête. D'abord quelle confiance peut-on faire à ces jongleurs ? Ils diront n'importe quoi pour de l'argent ! Ensuite Roncelin se doit de recevoir chaque jour des amis, des religieux, des ambassadeurs. Il y a aussi la justice à rendre, qu'il doit présider... Qu'allons-nous dire aux Marseillais ?

— Je ferai savoir que notre vicomte est malade, proposa Vivaud. Pendant ce temps, Hugues assurera sa charge.

— Cela ne peut durer que deux ou trois jours ! protesta rageusement Ansaldi. Il faut trouver rapidement une autre solution ! Pourquoi ne pas demander à Adhémar d'assurer la charge de vicomte, dès maintenant ?

Le visage de Hugues de Fer se ferma de contrariété tant il ne s'attendait pas à cette proposition.

Gérard Adhémar, seigneur de Montélimar, avait épousé Mabile, nièce de Roncelin. Par sa femme, Adhémar disposait de presque un cinquième des droits seigneuriaux sur la vicomté, mais il ne les exerçait pas, se contentant d'encaisser les leides. C'était un homme faible, très religieux, et surtout membre laïc de la confrérie du Saint-Esprit. S'il devenait vicomte, il serait sous l'influence d'Ansaldi et il choisirait un nouveau viguier qui consacrerait la domination de l'ordre sur la ville.

Vivaud, aussi surpris que Hugues de Fer, s'éclaircit la gorge.

— Adhémar a toujours refusé d'être vicomte, objecta-t-il.

Un soupçon de satisfaction traversa le visage du procurateur de la confrérie du Saint-Esprit.

— La situation est différente. Si Roncelin est mort, ou plus certainement s'il est aux mains de Hugues des Baux, Adhémar acceptera, je m'y engage. D'ailleurs la confrérie sera là pour l'assister…

— Imaginons que Roncelin vende sa part au seigneur des Baux, ce dernier possédera presque la moitié de la vicomté de Marseille, et Adhémar ne pourra rester vicomte… remarqua Fer.

— Pas si votre pupille Alice entre à Saint-Sauveur…

Cette déclaration fit l'effet d'un coup de tonnerre.

Depuis sa naissance, Alice, héritière de la branche vicomtale aînée, était promise à Raymond des Baux, le neveu de Hugues des Baux. Cette alliance devait enfin rapprocher Marseille et les Baussenques, même si Bertrand des Baux, le père du jeune Raymond, n'avait pas le pouvoir et la richesse de son aîné Hugues. C'était aussi une union avantageuse pour la ville, puisque le père d'Alice ayant gagé ses droits seigneuriaux auprès de Vivaud et de Botin, Bertrand des Baux ne pourrait les exercer.

La proposition du procurateur changeait tout. Saint-Sauveur était l'un des deux couvents marseillais fondés au Ve siècle par Jean Cassien, l'autre étant Saint-Victor. Les religieuses de Saint-Sauveur vivaient dans l'enclos de Notre-Dame des Accoules et étaient particulièrement vénérées à Marseille depuis la prise de la ville par les Sarrasins quelques siècles plus tôt. En effet, pour échapper à la lubricité des vainqueurs, les moniales et leur abbesse Eusébie s'étaient coupé le nez. Ce qui n'avait pas empêché les soudards de les violer.

— Comment cela se pourrait-il ? s'enquit sèchement Hugues de Fer. Alice est promise à Raymond des Baux !

— Les circonstances provoquent des changements, répliqua le procurateur avec un vague geste de la main. Alice au couvent, ses biens seront administrés par l'abbesse. Ses droits et ceux d'Adhémar pèseront alors autant que ceux de Hugues des Baux et Roncelin.

— Vous oubliez que j'ai les droits d'Alice en gage, avec Botin, fit Vivaud.

— La confrérie est prête à vous les racheter, répliqua Ansaldi.

Pris de court, Vivaud considéra chacun des membres du conseil et comprit combien la proposition d'Ansaldi les séduisait. Sous l'autorité du vicomte Barral – le frère de Roncelin – le conseil s'occupait de l'administration et du négoce au mieux de ses intérêts, et le vicomte gardait la justice et la défense. Depuis que Roncelin était vicomte, c'était le viguier et les consuls qui gouvernaient la cité, puisque Roncelin ne s'occupait de rien. Tout changerait si Hugues des Baux devenait vicomte, ils perdraient leur liberté et leur richesse. Certes, avec Ansaldi et Adhémar, les négociants tomberaient sous la coupe du pouvoir ecclésiastique et perdraient leur autonomie, mais ils ne seraient pas ruinés. Autour de la table, ils voulaient tous la paix, quel qu'en soit le prix.

— Si tout le monde est d'accord, je propose que cette décision fasse l'objet d'un acte à conserver dans les registres de délibération de la commune, ajouta Ansaldi avec un sourire venimeux à l'intention de Hugues de Fer.

Il y avait sur la table des feuilles de papier de coton fabriquées à Marseille, ainsi qu'un encrier et des plumes d'oie. Il s'en saisit et proposa un texte que Hugues de Fer et Guillaume Vivaud amendèrent comme ils le purent. Il en ressortait que si le vicomte Roncelin disparaissait ou vendait ses droits sur la ville, il serait demandé à Adhémar, seigneur de Montélimar, de prendre la charge de vicomte et à Hugues de Fer d'accepter la rupture de la promesse de mariage de sa filleule avec Raymond des Baux. Vivaud s'engageant alors à vendre à la confrérie du Saint-Esprit les gages qu'il tenait du père d'Alice.

Fer obtint pourtant qu'il ne soit pas fait mention de l'entrée d'Alice au couvent de Saint-Sauveur, cette décision ne dépendant que d'elle et de sa foi.

Comme pour toutes les réunions des consuls, quand une décision importante était prise, Guillaume Vivaud fit appeler Guillaume Imbert, le notaire, qui, au premier étage, archivait et recopiait les chartes et les actes de la ville. Il arriva avec les sceaux, accompagné d'un clerc qui portait un réchaud à sceller et la cire.

Ansaldi leur donna l'acte qu'ils recopièrent en trois exemplaires, puis chacun le parapha et le notaire ajouta la formule consacrée :

« ... ai assisté à toutes ces choses et y ai apposé ma signature. En foi de quoi, et pour son plus grand maintien perpétuel, cet acte a été fortifié des sceaux des présents et de la bulle de plomb de la commune de Marseille. »

Chacun porta son sceau, et Guillaume Imbert scella du plomb de la ville avant d'emporter les actes.

Quand tout fut terminé, Antoine Ansaldi salua l'assemblée avec un grand sourire épanoui et partit en compagnie d'Aurélien et de Sarraset. Dans la rue, en attendant leurs mules que leurs serviteurs étaient allés chercher, les trois hommes s'entretinrent un instant, les deux marchands assurant Ansaldi de leur fidélité à l'ordre. Depuis des mois, Ansaldi poussait Raymond Sarraset à les rejoindre et il sentit que le fabricant de savon était maintenant décidé. Jusqu'à présent Sarraset avait toujours suivi Fer et Vivaud, mais c'était un de ces hommes qui préféraient être du côté de ceux qui tenaient le pouvoir. Et le pouvoir allait tomber dans les mains de la confrérie du Saint-Esprit.

Les mules arrivèrent et le procurateur monta sur la sienne après avoir béni les deux consuls. Guidé par le valet qui tenait sa monture, Ansaldi laissa ses pensées vagabonder tandis qu'ils remontaient une ruelle boueuse et puante. L'hôpital du Saint-Esprit était situé derrière l'église des Accoules, sur la butte, à la limite de l'enceinte de la ville haute.

Le procurateur était particulièrement satisfait de sa matinée. La disparition de Roncelin renforçait sa position. Ratoneau et Barthélemy resteraient neutres, et il savait qu'il pouvait toujours manœuvrer le marchand d'armes en faisant état des infâmes amitiés entre le viguier et les Sarrasins. Par une confidence obtenue en confession, il savait que la mère de Ratoneau avait été violée par des barbaresques et que l'armateur était le fruit de ces violences ; ce qui expliquait la haine qu'il avait envers les mahométans, même s'il parlait leur langue et commerçait avec eux.

Restaient Vivaud et Fer. Vivaud avait des amis juifs, comme bon nombre de notables marseillais, mais quand la confrérie dirigerait la ville, cela ne saurait durer. Il lui ferait facilement comprendre qu'il ne pourrait continuer à faire des affaires qu'en cessant de prêter avec usure. Quant aux juifs, ils seraient désormais cantonnés dans leur quartier que l'on clôturerait à nouveau, comme partout en Europe.

Fer serait un adversaire plus coriace. Le procurateur devinait qu'il ferait tout pour s'opposer à la confrérie du Saint-Esprit. Il savait que le viguier avait des soucis d'argent. Sans doute serait-il possible de le ruiner ? Cette solution serait peut-être à envisager, se dit-il, si les autres moyens échouaient.

La mule entra dans la cour de l'hôpital pavoisée de la double croix, les armes de la confrérie. Aidé de son valet, le procurateur mit pied à terre et se rendit à son appartement. Là, il prévint son intendant d'aller inviter l'abbesse de Saint-Sauveur à souper avec lui. Il devait lui parler d'Alice. Il envoya aussi un valet prévenir Adhémar et son épouse qu'il viendrait les voir dans l'après-midi. Plus tard, il rencontrerait Aurélien.

Après le départ d'Ansaldi, Hugues de Fer resta seul. Ratoneau et Barthélemy avaient rejoint Vivaud et ils parlaient ensemble à mi-voix. Il n'avait pas envie de se joindre à eux. Il se sentait douloureusement trahi. La façon dont Ansaldi avait retourné le conseil en sa faveur, sa proposition de mettre en avant Adhémar, un homme encore moins capable de diriger la cité que Roncelin, et sa suggestion de manquer à la parole donnée à Bertrand des Baux, le mortifiaient.

Il avait conscience d'avoir perdu une bataille sans même l'avoir livrée. Constatant que la discussion entre Vivaud et les deux autres s'éternisait, il choisit d'aller jusqu'au port pour savoir si sa galère était arrivée. La marche lui ferait du bien.

Il retrouva ses esclaves dans la salle de la douane. En la traversant, il vérifia que les différentes mesures de la ville, longueur, contenance et poids, étaient bien exposées sur les tables de manière que chaque marchand puisse vérifier que ses propres mesures étaient identiques. Ensuite il fit signe à ses hommes, dont l'un gardait son épée, et sortit.

En allant au port, il s'efforça d'examiner avec sang-froid la proposition du procurateur. Elle n'avait pas que des inconvénients pour lui, car si Hugues des Baux devenait le maître de Marseille, il serait contraint à l'exil. Mais sous la coupe d'Ansaldi, l'avenir de la ville marchande serait sinistre. Le commerce serait plus durement réglementé, les juifs surveillés et l'Église toute-puissante.

Pouvait-il envisager une autre solution ?

Il songea alors que le procurateur de la confrérie du Saint-Esprit avait bien vite trouvé un moyen pour remplacer Roncelin. D'ailleurs il n'avait pas paru s'inquiéter de son sort. Et si Ibn Rushd avait raison ? Si l'étoffe trouvée dans les mains de Madeleine n'était qu'un stratagème ? Pouvait-il imaginer qu'Ansaldi ait tout organisé ? C'était difficile à croire. Il n'aurait pu agir seul, et où aurait-il trouvé des complices ? Il concevait difficilement que les chevaliers de l'ordre aient participé au massacre et au viol. Quant aux autres membres de la confrérie, ce n'étaient que des clercs et des religieux qui consacraient leur vie à aider les malades et à soulager la misère.

C'était impossible.

Au port, sa galère n'était toujours pas là. Il revint vers la porte du Marché, à l'extrémité de la Grand-rue, et à travers des rues défoncées et boueuses, il se dirigea vers le portalet qui marquait l'entrée du quartier juif qui s'étendait jusqu'à la porte de l'Annone.

Cent ans plus tôt, ce quartier se trouvait hors de l'enceinte, car les juifs n'étaient pas autorisés à vivre dans la commune. Mais lors d'un agrandissement de la ville, la muraille avait été déplacée et le quartier juif s'était retrouvé dans la cité. Il avait même été coupé en deux quand Marseille avait été séparée en ville haute et ville basse. Depuis, il avait gardé l'enceinte qui le ceinturait et son portail, mais celui-ci n'était jamais fermé.

Les rues étaient étroites. Il passa devant le bain des femmes et une école, puis tourna près de la synagogue dans la *Carreria Judeorum*. Botin habitait une maison de pierre sans aucune ouverture en façade sinon deux hauts fenestrons protégés d'épaisses grilles et, bien sûr, d'une porte bardée de fer et hérissée de clous à dos carrés.

L'un des esclaves de Hugues tira la chaîne de la cloche placée dans une niche du mur et on l'interrogea à travers un judas grillagé. Ayant reconnu le viguier, le portier s'empressa d'ouvrir.

Hugues connaissait la maison. Laissant les esclaves dans une sombre antichambre meublée seulement d'une table couverte d'un tapis – là où Botin recevait ses clients –, le concierge le fit entrer dans la salle d'apparat ouverte sur un grand jardin entouré de murs élevés.

Botin était avec ses deux filles, Rachel et Myriam, ainsi que trois de ses petits-enfants. Voyant entrer son ami, il leur demanda aussitôt de se retirer.

La pièce était lumineuse, avec trois belles fenêtres en plein cintre qui possédaient des carreaux de verres de Venise sertis dans du plomb, un luxe rare que Fer ne s'était offert que pour un fenestron de sa chambre.

Chaque fois qu'il entrait chez Botin, Hugues avait l'impression de se retrouver en Orient. Les murs étaient tendus de tapisseries de soie brodées avec des fils d'or et, tout autour de la salle, courait une banquette de bois de rose couverte de coussins de toutes tailles et de toutes couleurs.

Sur une table basse étaient posées deux lampes de bronze garnies d'huile parfumée et un grand candélabre d'argent à sept branches, une menora, supportait de grands cierges de cire, tous allumés.

Le banquier juif le fit asseoir et rappela une de ses filles pour qu'elle serve à boire, ensuite le viguier raconta la réunion du conseil.

— Que la lèpre d'Égypte ronge Ansaldi ! s'exclama le prêteur juif. Cet homme n'apportera que le malheur dans cette ville ! Il veut reconstruire les barrières, séparer les hommes de bonne volonté uniquement à cause de leur religion ! Il a déjà décidé d'un nouveau vicomte alors même que Roncelin est toujours vivant !

— Je l'espère... Mais il propose la sécurité. Les marchands préféreront son joug plutôt que celui de Hugues des Baux.

— Notre peuple n'a jamais connu la sécurité, et nous survivons toujours ! s'exclama Botin. Mais parlons rond, croyez-vous que Roncelin soit prisonnier aux Baux ?

— Je ne sais pas si je devrais l'espérer ! ironisa Hugues, mais je préférerais le savoir dans le nid d'aigle que mort dans un fossé. J'ai demandé à des jongleurs de se rendre aux Baux et de se renseigner. S'ils acceptent, d'ici dix jours, je le saurai.

— C'est une excellente idée ! J'ai ici vos trois cents sous d'or. Je vous donnerai aussi pour eux une bourse bien garnie. Cela les incitera peut-être à accepter.

Il se tut un instant et considéra le viguier avec un air chafouin.

— Voyez-vous, seigneur Fer, j'ai pensé à une autre solution... Si Roncelin est vraiment prisonnier... Pourquoi ne pas le faire évader ?

— Une évasion des Baux ? Vous plaisantez, maître Botin ! Qui pourrait y parvenir ?

— Tout est possible avec des gens capables.

— Et qui trouvera ces gens capables ?

— Vous ! Je vous l'ai dit, Roncelin me doit cinq mille sous d'or. Je suis prêt à céder un treizan de cette somme à ceux qui le ramèneront.

— Six cent cinquante sous ? C'est énorme !

— Ce n'est rien en comparaison de ce que je perdrais s'il vendait ses droits, car j'aurais perdu toute garantie de me faire rembourser. Accepterez-vous ?

— À folle demande il ne faut point de réponse, répondit Fer en se levant.

Chapitre 12

Pendant que se déroulait le conseil de la ville, les deux jongleurs italiens se rendaient chez l'évêque.

Bartolomeo et Anna Maria s'étaient querellés toute la soirée et avaient recommencé à peine réveillés, mais ce n'était pas la première fois qu'ils se chamaillaient ainsi. Bartolomeo était d'un caractère indécis, comme l'avait été son père le cardinal Ubaldi, tandis qu'Anna Maria avait le tempérament fougueux et énergique de sa mère. Quand le *camerarius* leur avait proposé cette mission à Marseille, elle en avait tout de suite vu les avantages et avait donné son accord sans même attendre l'avis de son frère, ce qu'il n'avait cessé de lui reprocher depuis.

Anna Maria aimait Bartolomeo plus que n'importe qui d'autre mais ne pouvait supporter sa pusillanimité et ses atermoiements interminables. Ce n'était pas qu'il manquât de volonté, bien au contraire, car si on exigeait de lui quelque tâche particulièrement difficile, il la réalisait avec une opiniâtreté incroyable. Seulement il avait besoin d'être sous les ordres d'un maître. Il avait toujours obéi à sa mère, et après sa disparition, il avait naturellement accepté que sa sœur la remplace. Cette inaptitude à s'occuper de sa vie angoissait profondément Anna Maria. Elle savait qu'elle ne serait pas éternellement auprès de lui, et que le jour où Bartolomeo serait seul, il ne saurait plus où diriger ses pas. La proposition papale lui offrait enfin un moyen de mettre son frère à l'abri de l'incertitude. Récompensés, anoblis, enrichis de l'héritage de leur père, ce serait la fin de la vie d'errance qu'ils connaissaient. Elle pourrait enfin s'occuper d'elle-même et lui aurait les moyens de subvenir à ses besoins. Tout cela pour un travail de peu d'importance : juste une lettre à porter !

Seulement Bartolomeo n'était pas seulement indolent, il était aussi craintif. Il ne reprochait pas à sa sœur d'avoir arbitré à sa place, il lui reprochait d'avoir pris une décision qui pouvait mettre leur vie en danger. Lui voulait seulement continuer à vivre la douce vie qu'il menait, persuadé que sa sœur serait toujours là.

Déjà, sur la barque qui les avait transportés, Anna Maria avait dû le convaincre de la facilité avec laquelle ils réaliseraient leur mission. Dès la lettre remise, lui avait-elle promis, ils reviendraient à Rome. Cela l'avait rassuré jusqu'à ce qu'il apprenne la disparition de Roncelin qui l'avait laissé désemparé. Il se trouvait dans un pays qu'il ne connaissait pas, sans savoir ce qu'il devait faire, et ce viguier menaçant lui proposait de devenir un espion avec le risque de finir pendu, ou pire. Brusquement, il avait pris conscience que sa sœur l'avait entraîné dans une aventure insensée et il ne voulait plus l'écouter. Seule la crainte de se retrouver au fond d'un cachot l'avait dissuadé de ne pas rentrer à Rome. Aller chercher ses ordres auprès du juge ecclésiastique de l'évêché, un prêtre envoyé par le Saint-Père comme commissaire pontifical chargé de lutter contre l'hérésie, lui était apparu comme le plus raisonnable.

On l'a vu, Anna Maria y était opposée, mais incapable de proposer autre chose, elle avait préféré l'accompagner pour l'empêcher de faire une sottise.

La première difficulté était qu'ils ignoraient où trouver le juge ecclésiastique. Anna Maria ne voulait pas qu'ils se renseignent ouvertement, car très vite on se serait posé des questions sur eux, aussi suggéra-t-elle qu'ils aillent à l'évêché. Cela n'attirerait pas l'attention, car beaucoup de voyageurs s'y rendaient. Là-bas, ils pourraient demander discrètement où trouver le juge Michel de Castellaire.

C'est leur aubergiste qui leur indiqua le chemin. Ils n'avaient qu'à contourner l'hôpital du Saint-Esprit et à suivre la vieille enceinte qui séparait la ville basse de la ville épiscopale, jusqu'à un portique bordé de plusieurs hautes tours, leur dit-il. On appelait d'ailleurs l'évêché l'*Episcopalis turrium*. Anna Maria profita de l'obligeance du cabaretier pour lui poser quelques questions faussement naïves. Ils apprirent ainsi que si l'évêque était très aimé des Marseillais, il n'en était pas de même du nouveau juge qui venait de Rome pour réprimer les crimes d'hérésie, d'apostasie ou de démonialité. Des broutilles que les Marseillais ne considéraient pas comme des sacrilèges.

Ayant suivi les indications données, ils arrivèrent au portique et pénétrèrent dans une cour pavée, devant une grande tour accolée à un corps de logis aux fenêtres en demi-cintre. Un moine les accompagna à un corps de garde où ils expliquèrent au clerc portier qu'ils arrivaient de Rome et voulaient rencontrer Michel de Castellaire. Sans poser de questions, le clerc les fit conduire dans une antichambre, petite salle sans fenêtre hormis une archère, avec un banc de pierre qui courait sur chaque mur. Plusieurs moines attendaient déjà, ainsi qu'une religieuse de Saint-Sauveur et deux pêcheurs aux pieds nus.

Ils s'installèrent en silence l'un à côté de l'autre, un peu angoissés par ce qu'ils devraient dire. De temps en temps, un religieux en hérigaud venait chercher quelqu'un. D'autres les remplaçaient, mais ce n'était jamais leur tour. Finalement, Anna Maria s'impatienta. Elle était sur le point de décider de partir quand un moine les appela. Par une galerie en arcs d'ogive, il les conduisit dans une chambre où se tenait, sur une cathèdre, un religieux tonsuré au visage cauteleux et émacié. Un autre moine, à une table devant une tablette de cire, paraissait être là pour noter ce qu'ils allaient dire.

— Qui êtes-vous et pourquoi voulez-vous voir le juge ecclésiastique ? demanda en latin le prêtre.

Il ajouta que c'était lui qui enregistrait les dénonciations. Apparemment, personne ne lui avait dit qu'ils arrivaient de Rome.

Bartolomeo répondit dans la même langue, qu'il parlait bien, puis s'emmêla dans ses explications et, sans doute à cause de l'émotion, brusquement se fâcha :

— Nous voulions voir le juge Michel de Castellaire, mais puisque ce n'est pas possible, nous partons ! Nous rentrons à Rome et le ferons savoir à Mgr Piaggo !

— Vous connaissez le *camerarius* ? demanda le jeune homme en levant des sourcils de surprise.

— Nous l'avons rencontré en présence du Saint-Père lui-même ! fanfaronna Bartolomeo.

Anna Maria ferma les yeux, consternée. Toute la ville allait savoir qu'ils étaient des envoyés du pape et leur mission serait un échec.

Seulement le religieux ne parut pas croire l'affirmation de Bartolomeo, tant elle était invraisemblable. Il resta un instant silencieux à se ronger un ongle, puis il se leva et sortit en leur ordonnant d'attendre.

— Avais-tu besoin de parler du pape ? souffla Anna Maria à son frère avec aigreur.

— C'est moi qui décide ! répliqua-t-il vertement.

En réalité, il n'en menait pas large et regrettait déjà sa fanfaronnade.

Dans la salle verte, l'évêque Rainier était en discussion avec Michel de Castellaire et l'intendant de l'archevêché au sujet de la construction d'une nouvelle écurie quand le jeune prêtre cauteleux entra. Ils s'interrompirent, tandis que l'évêque l'interrogeait du regard.

— Mon père, fit le prêtre en baissant la tête, mais en s'adressant au juge ecclésiastique, deux jeunes gens sont là qui veulent vous parler. Ils disent venir de Rome et avoir vu le *camerarius*… ainsi que notre Saint-Père.

— Le Saint-Père ? s'étonna l'évêque. C'est impossible !

— Sans doute mentent-ils, monseigneur, suggéra le jeune prêtre avec un regard mielleux.

— Faites-les venir ! décida Rainier.

Michel de Castellaire n'avait pas ouvert la bouche. Maudissant intérieurement le prêtre d'avoir parlé ainsi devant l'évêque. Sur un signe de lui, le religieux s'inclina et sortit, suivi par l'intendant.

Les rapports entre l'évêque et le juge n'étaient pas au beau fixe. Mgr Rainier avait une grande expérience du monde marseillais, ayant toujours vécu dans la ville. Il connaissait les familles de négociants et savait qu'il devait composer entre les souhaits de Rome et la réalité locale. Mais Michel de Castellaire était autrement intransigeant. C'était à Rome d'imposer ses décisions, avait-il décidé, et l'Église ne devait pas céder d'un pouce sur l'hérésie et les infidèles.

Anna Maria et Bartolomeo s'impatientaient quand le prêtre revint et leur ordonna de l'accompagner. Ils passèrent par un scriptorium voûté aux fenêtres à vitraux où travaillaient des clercs, puis traversèrent un petit cloître aux colonnes de marbre octogonales érigé dans la plus grande tour. De là, ils entrèrent dans une vaste salle lambrissée dont les boiseries et les plafonds étaient peints en vert, couleur de la vie et de l'espérance. Le long des deux plus grands murs s'étendaient des bancs à hauts dossiers et, à l'extrémité, sur une estrade surmontée d'une croix verte, un homme corpulent, au visage épais et aux sourcils noirs et broussailleux, les observait, assis sur une haute chaise. À la lourde chape en étoffe brodée retraçant la vie du Seigneur et à la tiare à la croix verte qu'il portait, ils comprirent avec inquiétude qu'ils se trouvaient en présence de l'évêque Rainier. Debout près de lui se tenait un second religieux dont l'aube blanche et la chape écarlate contrastaient avec la magnificence des vêtements de l'évêque. À son chapeau rouge en pointe, ils surent qu'il s'agissait du juge ecclésiastique.

Ils s'agenouillèrent à six pas, embarrassés. Bartolomeo lança un bref regard à sa sœur pour lui demander de l'aide. Il n'avait pas envisagé que l'évêque assiste à l'entretien.

— Qui êtes-vous ? demanda Rainier d'une voix grave.

— Des jongleurs, monseigneur.

Il y eut un silence. L'évêque attendait la suite. Comme cela s'éternisait, il demanda fort sèchement :

— Pourquoi avez-vous dit que vous avez rencontré notre saint pontife ?

Le frère et la sœur se regardèrent, pris au piège.

— Nous sommes envoyés par Sa Sainteté, balbutia finalement Bartolomeo.

— Expliquez-vous ou je vous fais jeter dans un cachot de la prison !

— Nous... nous avions une commission à faire, murmura Anna Maria.

— À qui ?

— Au seigneur vicomte Roncelin...

— Si je dois vous arracher les mots un à un, je préfère que ce soit le bourreau qui le fasse, menaça l'évêque tandis que le juge bouillait de rage en devinant qu'ils allaient dévoiler quelque chose d'important.

— Nous sommes allés chez le vicomte hier, monseigneur, mais il n'était pas là... expliqua Anna Maria. Nous avions une proposition à lui transmettre de la part du Saint-Père.

— Une lettre ?

— Non ! Une commission verbale.

Elle planta alors ses yeux dans les siens.

— Avec beaucoup de respect, monseigneur, Sa Sainteté Innocent III nous a fait jurer de n'en parler à personne.

— Vous voulez me faire croire que le pape vous a reçus ? Des gens comme vous ?

— Notre père était le cardinal Ubaldi. Le souverain pontife a confiance en nous.

L'évêque jeta un regard de surprise au juge qui hocha lentement la tête.

— Je ne vous crois pas, vous allez recevoir le fouet, décida finalement Rainier.

— Pourquoi serions-nous venus ici, monseigneur ? Pour recevoir le fouet ? cria-t-elle, morte de peur.

— Pourquoi m'avoir demandé ? s'enquit le juge ecclésiastique.

C'étaient ses premières paroles.

— Le *camerarius* nous a dit de venir vous trouver si nous étions dans l'embarras.

— Et vous y êtes ? demanda l'évêque.

Mentalement, elle soupira de soulagement. Elle venait de les conduire où elle voulait en attirant leur intérêt. Son frère était resté silencieux et elle était parvenue à ne rien révéler d'important. Quant à la suite de ce qu'elle allait dire, ils l'apprendraient assez vite.

— Oui, monseigneur. Le vicomte Roncelin a disparu.

— Quoi ?

— Nous venons de l'apprendre du viguier. Il aurait été enlevé.

Le silence tomba. L'évêque regarda le juge les yeux exorbités, tandis que Castellaire paraissait effaré.

— Qui aurait enlevé le vicomte ? demanda-t-il.

— On nous a parlé d'un seigneur des Baux.

L'évêque s'était ressaisi. Cette histoire n'avait aucun sens, cependant il attendait hier Roncelin... et il n'était pas venu.

— Si vous mentez..., menaça-t-il.

— Pourquoi mentirions-nous ? Vous allez l'apprendre bientôt, fit-elle en haussant imperceptiblement les épaules.

— Admettons ! Mais pourquoi venir me voir ? demanda le juge.

— Nous ne savons que faire, expliqua Anna Maria, en écartant les mains... À part revenir à Rome. Et le *camerarius* nous avait conseillé de vous demander conseil en cas de difficulté...

L'évêque se tourna vers Castellaire, lui lançant un regard interrogateur sans cacher son mécontentement.

— Je connais effectivement le *camerarius*, dit Castellaire. Mais il ne peut s'agir que d'une affaire de peu d'intérêt, et sans doute a-t-il jugé qu'il était inutile de vous déranger, monseigneur.

— Que deviez-vous dire à Roncelin ? demanda à nouveau l'évêque.

— Nous avons juré de n'en parler à personne. Vous pouvez nous faire donner la question, mais nous ne révélerons rien.

Elle parlait d'une voix d'autant plus assurée qu'elle était désormais certaine qu'on ne les emprisonnerait pas. L'évêque paraissait convaincu qu'ils venaient de Rome, et il n'allait pas emprisonner ou torturer des émissaires du pape.

— Je ne vois pas en quoi je peux vous aider, laissa alors tomber Rainier en faisant un geste pour qu'ils se retirent.

— Le viguier nous a demandé d'aller au château des Baux tenter de vérifier si Roncelin est prisonnier, lâcha Anna Maria. Devons-nous le faire ?

— Donc le viguier n'est pas certain que Roncelin soit prisonnier ?

— Je vous ai dit tout ce que nous savons, monseigneur.

Le silence se fit une nouvelle fois.

Rainier avait gravi tous les échelons ecclésiastiques : prêtre, chanoine, prieur et maintenant évêque. Il était loin d'être sot et connaissait parfaitement la situation à Marseille. Il savait Roncelin endetté, il connaissait le précédent du père d'Alice qui avait mis ses droits féodaux en gage. Il devinait que, d'une manière ou d'une autre, le nouveau pape, qui possédait une immense fortune, voulait acheter les droits du vicomte. C'était une occasion unique de réunifier Marseille et d'en faire une ville ecclésiastique. Comme il était l'évêque, lui, Rainier, en serait le maître. Il devait donc protéger et aider ces deux-là.

Le juge ecclésiastique était parvenu aux mêmes conclusions.

— Vous devez accepter la proposition du viguier, décida l'évêque.

— Nous risquons gros, monseigneur, intervint pour la première fois Bartolomeo, les larmes aux yeux. Ce n'est pas ce que le Saint-Père nous a demandé. Si on nous prend, nous serons pendus !

— Pourquoi vous pendrait-on ? s'enquit le juge avec un sourire rassurant. Vous êtes des jongleurs ! Faites votre numéro, et laissez traîner vos oreilles. Tout ce que vous apprendrez sera utile au viguier.

— Nous n'avons pas les moyens de faire ce voyage, annonça sa sœur, plus terre à terre. Nous sommes arrivés en barque, sans bagages.

— Je suppose que le viguier s'occupera de tout. Mais vous avez raison, je ferai porter à votre auberge dix sous d'or. En échange, vous reviendrez nous dire ce que vous aurez appris, et surtout ce que Hugues de Fer aura décidé.

Ainsi nous espionnerons tout le monde ! se dit Anna Maria avec cynisme.

L'évêque fit tinter une clochette. Un clerc entra.

— Frère Benoît, ces jeunes gens vont vous dire dans quelle auberge ils logent.

Il tendit sa main et ils s'approchèrent pour la baiser, puis ils sortirent à reculons.

— Qu'en pensez-vous, mon fils ? demanda l'évêque au juge quand ils furent seuls.

— Je crois que notre nouveau pape a pris la mesure de l'importance de cette ville, noble évêque.

— C'est vous qui l'avez informé sur Roncelin ?

— Je l'avoue, mon père. J'ai eu connaissance de ses besoins d'argent.

— D'autres auraient pu l'apprendre ?

— Je ne pense pas, mais tout est possible.

L'évêque le considéra avec dureté.

— Pourquoi ne m'avez-vous rien dit ? Pensez-vous pouvoir mener votre politique à votre guise ? Ou prendre ma place ?

— J'ai eu tort, je le reconnais, monseigneur.

— Je n'admettrai plus de telles ingérences ! Cette ville est difficile et violente, vous l'apprendrez assez tôt.

Le juge inclina la tête en signe de contrition avant d'ajouter, comme pour sceller une réconciliation :

— Ce qui m'étonne, c'est que j'ai entendu dire que Hugues des Baux était malade, comment aurait-il pu enlever Roncelin ?

— Renseignez-vous ! répliqua l'évêque.

Castellaire opina avant de se retirer. Il n'était nullement convaincu que Hugues des Baux soit responsable de la disparition de Roncelin. Pourtant, il trouvait étrange cette absence du comte au moment où ces deux jongleurs arrivaient à Marseille. Il décida de se rendre à l'hôpital du Saint-Esprit pour poser quelques questions.

Chapitre 13

Quand Hugues de Fer arriva chez lui, les jongleurs l'attendaient dans la grande salle en présence d'Ibn Rushd qui lisait un rouleau de parchemin à la lumière d'une chandelle. Ils s'étaient à nouveau querellés tout au long du chemin. Bartolomeo n'avait pas envisagé qu'on lui conseille d'aller aux Baux. Il était furieux contre sa sœur, contre l'évêque et contre le pape. Elle avait tenté de le calmer avant d'entrer dans la demeure du viguier.

— Là-bas, nous jouerons comme nous l'avons toujours fait, Bartolomeo. Le viguier nous payera et l'évêque nous fait porter dix sous d'or. De retour des Baux, nous rentrerons à Rome en ayant fait tout ce qui était possible. Même si le pape ne nous récompense pas, il ne nous sanctionnera pas, et avec l'argent rapporté, nous pourrons vivre tranquilles quelques mois.

— Qu'avez-vous décidé ? s'enquit Hugues de Fer, ôtant sa lourde pelisse.

— Nous irons, seigneur, répondit Anna Maria.

— Tant mieux ! Je ne serai pas un ingrat.

— Mais nous n'avons rien pour voyager, poursuivit-elle. Nous espérions jouer chez le vicomte Roncelin pour pouvoir nous équiper.

— Je vous prêterai trois mules, deux pour vous et une pour vos bagages et vos instruments. Et pour que vous voyagiez au plus vite et sans risque, je vous ferai escorter par quatre archers de la ville jusqu'à Sallone de Crau où ils vous attendront au castrum. Vous n'aurez que la dernière journée à faire seuls.

Il s'adressa à Bartolomeo.

— Savez-vous tenir une épée ?

— Un peu, répliqua l'Italien, maussade.

— Une arbalète ?

— Aussi.

— Je vous équiperai. D'autres personnes ici souhaitent le retour de Roncelin. L'une d'elles m'a remis cinq sous d'or que vous aurez quand vous reviendrez, car je vous interrogerai à votre retour pour savoir ce que vous avez appris, même si vous n'avez pas découvert de prisonnier.

— Nous ferons selon vos désirs, seigneur, accepta Anna Maria en s'inclinant.

Malgré sa surprise, Ibn Rushd se força à rester impassible.

— Pouvez-vous partir demain ?

— Oui, seigneur.

— Soyez ici à l'aube.

— Dans une semaine, j'en saurai plus, mon ami, dit Fer en s'installant à côté d'Ibn Rushd. Mais serais-je toujours viguier à ce moment-là ?

Le médecin musulman lui lança un long regard interrogateur.

— La matinée s'est fort mal passée… poursuivit le viguier.

Il raconta la séance du conseil et la proposition du procurateur du Saint-Esprit.

— Je n'ai pensé qu'à ça en revenant. La suggestion d'Ansaldi arrive comme mars en carême… Il aurait organisé l'enlèvement de Roncelin qu'il ne s'y serait pas pris autrement.

Ibn Rushd eut un sourire approbateur.

— Tout est étrange dans cette affaire. L'attitude de ces jongleurs ne t'a pas étonné ?

— Ma foi, non.

— Pourquoi ont-ils consenti à revenir ici s'ils ne découvrent rien ? À leur place, j'aurais gardé les mules et poursuivi ma route jusqu'à Paris. Revenir leur fera perdre du temps.

— L'argent, les cinq sous d'or... C'est cela qui les a décidés ! La fille a la tête près du bonnet !

— Ils auraient pu discuter, or ils ont facilement accepté... comme si cela leur convenait de revenir.

Fer ne répondit pas. Il n'avait pas envie de penser à ce nouveau problème. Ibn Rushd se posait toujours trop de questions et pour l'instant il avait d'autres préoccupations : sa galère, Ansaldi, sa filleule et surtout : Roncelin.

Le silence s'installa, ponctué par le crépitement du feu dans la cheminée. Le viguier ferma les yeux un moment, réfléchissant à ce qu'il dirait à Alice.

— Après ton départ au conseil, dit soudain l'ancien cadi, Samuel Botin est resté un moment à parler avec moi. Il m'a dit que Roncelin était ruiné, que de toutes parts ses créanciers le harcelaient, aussi je me demande s'il n'aurait pas disparu volontairement.

Fer écarquilla les yeux.

— Je ne comprends pas, dit-il.

— Et si c'était lui qui avait écrit à Hugues des Baux pour lui annoncer le jour où il serait à sa maison de Porte Galle.

— Pourquoi aurait-il fait ça ?

— Pour faire croire qu'il avait été contraint de quitter Marseille et décharger sa responsabilité.

Peut-être y a-t-il un accord entre lui et Hugues des Baux afin qu'il lui cède sa part de la vicomté.

— Et Madeleine, il aurait voulu sa mort ?

— Les choses ne se sont peut-être pas déroulées comme il le souhaitait.

— Madeleine aurait donc bien déchiré l'étoffe qu'elle avait à la main. Cette hypothèse infirme celle que tu suggérais jusqu'à présent.

— Pas forcément. Roncelin voulait peut-être que l'on sache qu'il était contraint d'obéir à Hugues des Baux.

Fer fit la moue en secouant la tête.

— C'est encore plus retors que d'imaginer Constance coupable. Je connais Roncelin, il est incapable d'une telle manœuvre.

— Quelqu'un a prévenu Hugues des Baux au moins trois jours avant, et Roncelin était bien endetté, alors pourquoi pas lui ?

— Il y a tellement d'autres explications auxquelles nous n'avons pas songé ! Attendons que les jongleurs reviennent.

Le pont-levis baissé, la troupe de cavaliers entra dans la première cour par l'étroit raidillon. Pierre descendit de son cheval pour s'occuper du prisonnier, tandis que Rostang de Castillon s'adressait à Arsac, un des quatre chevaliers du château, cousin éloigné du seigneur des Baux.

— Comment va mon frère ?

— Un peu mieux… Tout s'est bien passé ?

— Il est là, non ? fanfaronna Castillon, en montrant l'homme au manteau pastel qui descendait de cheval. Nous avons même un prisonnier, et un beau butin !

Il désigna l'homme attaché, puis ôta sa barbute pour la tendre à un valet d'armes. Rostang de

Castillon était un homme robuste, large d'épaules, à peine dans la trentaine mais avec déjà un bel embonpoint. Son crâne presque rasé, son nez busqué et son visage anguleux aux yeux noirs, profondément enfoncés sous un large front, lui donnaient un aspect à la fois violent et calculateur.

— Pierre, jette le prisonnier dans un cachot ! Mon frère l'interrogera plus tard.

Un esclave vint l'aider à descendre, car il portait un long haubert, particulièrement lourd, ainsi qu'un camail. Au sol, il se saisit de son épée attachée à la selle et s'approcha de l'homme au manteau pastel. Celui-ci, plus grand que Castillon, gardait un maintien affecté et aristocratique. Il serra sa houppelande finement tissée en réprimant un frisson de froid ou d'inquiétude. Entouré d'une chevelure longue et bouclée, son visage ovale aux pommettes saillantes, à la bouche gracieuse et à la denture parfaite en faisait un homme séduisant. Seules ses lèvres pleines, mais amollies, traduisaient peut-être une nature faible.

— Viens avec moi ! ordonna Castillon en lui parlant sans ménagement.

Il se dirigea vers une triple arcade et s'engouffra dans un étroit passage percé dans la roche. L'homme au manteau pastel le suivit avec une sorte d'indifférence dédaigneuse. Ignorant un escalier sur leur gauche, ils traversèrent une cave emplie de jarres, creusée dans la roche et seulement éclairée par un petit flambeau de résine. Ils poursuivirent jusqu'à une seconde salle, plus vaste, dans laquelle étaient empilés des coffres de bois et d'osier ainsi que des paillasses. C'étaient les réserves du château aussi utilisées comme dortoir par des domestiques ou des esclaves. Deux gros falots contenant de la graisse de suif étaient pendus par des chaînes et noircissaient la voûte. Un maigre orifice assurait une ventilation vers l'extérieur, sans évacuer beaucoup la fumée graisseuse. Un raide et étroit escalier de pierre grimpait. Ils l'empruntèrent pour déboucher dans une grande pièce voûtée dont les arcs en ogive reposaient sur d'élégants entablements représentant des têtes de saints. La construction était neuve, à peine meublée de bancs, de coffres et d'une table. Tout un côté n'était que la roche qu'on avait en partie masquée par des tentures. Les seules ouvertures étaient des archères dans les embrasures du mur extérieur sur lequel était dressée une cheminée entourée d'armes et d'écus. Ils prirent un escalier de bois qui conduisait à la salle du dessus, une grande chambre au plafond de bois et au sol en carreaux émaillés.

Elle était éclairée par deux belles fenêtres, l'une à la profonde embrasure en voûte donnait sur l'extérieur, la seconde, en face, plus petite et voûtée en demi-cintre, ouvrait sur la cour du château. Toutes deux étaient vitrées par des carreaux en losanges sertis dans des fils de plomb. Des fagots crépitaient dans une large cheminée arrondie. Le seigneur du château était assis dans un lit à piliers, à la custode couleur lie-de-vin. Autour se tenaient deux servantes, un prêtre et Baralle. Le cœur de l'homme au manteau pastel se mit à battre un peu plus vite en la découvrant. Quant à l'épouse de Hugues des Baux, submergée par un flot d'émotions irrépressibles elle blêmit légèrement en voyant entrer celui qu'elle aurait aimé épouser.

Castillon, lui, s'efforça de rester impavide. Pourtant le désir inassouvi qu'il éprouvait toujours devant l'épouse de son frère l'avait une nouvelle fois submergé. Il s'approcha lentement de Hugues et s'agenouilla, prenant la main tendue et lui baisant le pouce, lui rendant ainsi hommage comme à chaque rencontre.

— Martial m'a dit que tu allais mieux...

— Un peu, j'ai pu me lever, grâce aux soins de Baralle et du père Basile. (Il leva les yeux vers l'homme au manteau pastel.) J'espère que vous avez fait bon voyage...

— Aurait-il pu en être autrement ? répliqua énigmatiquement le visiteur.

Il y eut un pénible silence durant lequel il considéra Hugues des Baux en s'efforçant de rester indifférent. Le chef des Baussenques avait les traits creusés, un nez large et aplati, presque un mufle de lion, des yeux perçants, de grandes oreilles. Malgré sa maigreur apparente, on le sentait brutal et coléreux. Puis le regard de l'homme au manteau pastel glissa sur le prêtre qu'on ne lui avait pas présenté. Un individu de complexion rondouillarde au teint cendré, au visage grêlé par la petite vérole et aux petits yeux sournois. Il réprima son dégoût. Il avait connu ce genre de religieux au couvent de Saint-Victor. Des êtres nauséabonds prêts à toutes les lâchetés pour des faveurs.

— Vos appartements sont dans la pièce d'à côté, reprit sèchement Hugues des Baux. Pour entrer ou sortir, vous passerez devant moi. Pour l'instant, vous resterez enfermé. On vous portera vos repas. Un de mes hommes restera tout le temps avec vous. Si vous avez besoin de femmes, on vous donnera des esclaves.

L'homme au manteau pastel s'inclina légèrement.

— Monteil va vous accompagner.

Le visiteur se tourna d'un quart en sentant une présence sur sa gauche et eut un mouvement de recul. Un être de plus de huit pieds de haut était sorti de l'ombre d'une embrasure de porte. Il portait une robe longue serrée à la taille protégée par une cuirasse maclée. Une épée de plus de trois pieds était suspendue à son baudrier. Sa peau était mate, sombre même. Une peau d'Africain confirmée par des cheveux noirs courts et crépus. Il pouvait avoir vingt ans.

— Monteil est le fils d'une esclave sarrasine que mon frère Bertrand m'a donné. C'est un homme loyal à ceux de la comète. Soyez prudent et respectueux avec lui, il pourrait vous tuer d'une seule main.

Hugues des Baux fit signe à Monteil qui se dirigea vers la porte de gauche. L'homme au manteau pastel le suivit.

— Tu te nourris, au moins ? s'inquiéta Castillon quand ils eurent disparu.

— Hugues ne prend plus que du lait de chèvre que je trais moi-même, intervint Baralle. Il est venu un autre médecin d'Arles et tous ses symptômes sont ceux d'un empoisonnement, a-t-il confirmé.

— Je n'en crois rien ! dit Hugues. Personne n'oserait, ici, et depuis que je bois du lait, rien n'a changé. N'est-ce pas, père Basile ?

— Les symptômes sont en effet toujours les mêmes, fit gravement le prêtre. Une pesanteur autour de l'estomac, un déchirement dans les entrailles, des démangeaisons dans le corps et du sang dans les selles. Mais les maladies disparaissent souvent aussi rapidement qu'elles sont venues. Il suffit de repos et de temps pour les vaincre.

— Pourquoi continuer ce régime de petit-lait ? s'insurgea Castillon. Il ne fait que t'affaiblir.

— Le médecin le recommande, répliqua froidement Baralle. Seul le lait ne peut être empoisonné quand il sort du pis de la chèvre.

Castillon la considéra en réprimant le frisson qui le parcourait. Qu'elle était belle ! Ses rondeurs généreuses paraissaient déborder de sa cotte. Sa taille souple invitait à toutes les passions. Son visage sombre, ses yeux profonds, ses lèvres lourdes et ses cheveux bruns, à peine dissimulés sous sa coiffe, la rendaient si désirable. Il eut un bref souvenir de la violente étreinte qu'il avait eue avec la femme dans la tour de Roncelin. Baralle lui ressemblait. Elle se défendrait sûrement de la même façon, se dit-il en s'efforçant de cacher son désir. Son regard croisa le sien. Il y devina le mépris mais aussi la peur et en ressentit un profond plaisir.

— Nous avons fait un prisonnier, Hugues, dit-il d'une voix égale.

— Qui donc ?

— Il vaut mieux que tu l'interroges. Il s'est défendu et on a tué ses compagnons. Je t'apporte un joli butin.

— Fais-le venir.

Le repas eut lieu dans la pièce au-dessous et réunit tous les chevaliers, leurs dames, les écuyers et les plus importants serviteurs du châtelain, tandis que les gens d'armes et les domestiques soupaient dans la grande salle à manger, à côté de la maison du four, au pied du rempart oriental.

Avant le souper, Castillon avait rencontré le père Basile dans la minuscule chapelle érigée près des arcades de la cour. Basile était le chapelain du château. C'est lui qui l'avait élevé.

Le souper fut morose, sans jongleur ou troubadour pour égayer les convives. Hugues des Baux était présent, mais son visage amaigri et livide inquiétait tout le monde. Baralle resta silencieuse. Seul Castillon parut de bonne humeur, racontant à ses voisins de tablée, les chevaliers Martial d'Arsac, Foulque Chabrand, Raimbaud de Cavaillon et Arnaud de Coutignac, son expédition, ses faits d'armes et la bataille avec le prisonnier qu'il avait ramené. À la fin du repas, déjà ivre, il donna même force détails truculents sur la femme qu'ils avaient violée, contraignant Sibille de Coutignac et Dulceline de Cavaillon à se retirer. Puis ce fut le tour de Basile et de Hugues, escorté par le géant Monteil.

Baralle était partie depuis un moment, prétextant une brusque fatigue. Une fois dans sa chambre, elle avait dit à sa servante de l'attendre avant de retourner dans la chambre son mari. Dans un coffret, elle avait pris une clef et était allée ouvrir la pièce où se trouvait le prisonnier au manteau pastel.

Elle le trouva assis sur son lit de bois. Sur une table se trouvaient les reliefs du repas qu'on lui avait porté. Du bouillon et du pain de seigle.

Il resta stupéfait en la voyant entrer.

— Hugues va revenir, dit-elle, je n'ai que peu de temps. Comment es-tu arrivé là ?

Il le lui dit.

— Es-tu marié ?

— Je dois épouser la fille du roi d'Aragon. (Il parut embarrassé.) Enfin... peut-être. Si un jour je reviens... Je ne crois pas que ton mari me laissera en vie. (Il sourit tristement.) Et toi ? Es-tu heureuse ?

— Non, répondit Baralle d'une voix lasse.

— Je n'ai pas peur de la mort, poursuivit-il, songeur. Je suis las de cette vie où je ne suis qu'un instrument pour les uns et les autres. Mais je m'inquiète pour toi... J'ai remarqué les regards que te lançait Castillon.

— Le porc ! cracha-t-elle. J'ai tout fait pour que Hugues le chasse, mais il n'en a plus la force.

— Qu'a ton mari ?

— Il se meurt, et à sa mort son frère me prendra comme épouse, ou comme esclave.

On entendit des bruits et elle sortit, refermant la porte à clef.

Chapitre 14

Deux jours plus tard, à son auberge, le Saxon Robert de Locksley reçut la visite de Hugues de Fer et de son écuyer. Il y avait une foire ce jour-là et la taverne était pleine. Les affaires avaient été bonnes et les tisserands, drapiers, marchands d'huile et tanneurs buvaient et chantaient pour fêter leur prospérité. Prévenu de l'arrivée du viguier par une fille de salle, le chevalier anglais fit monter les visiteurs dans sa chambre et leur fit servir le meilleur vin de l'auberge, sans s'interroger sur la façon dont il le payerait, sa bourse étant de plus en plus plate.

L'écuyer expliqua tout de suite qu'il n'avait pas retrouvé les voleurs. Avec des archers, ils avaient suivi leurs traces sur la route d'Aguensi, puis ils semblaient avoir disparu sans être entrés dans la ville comtale ni dans la ville épiscopale. Pensant qu'ils avaient pu prendre la voie aurélienne, ils étaient même allés jusqu'à Sallone de Crau sans rien découvrir. Les trois serviteurs de Locksley semblaient s'être volatilisés, mais il y avait tant de routes qu'ils auraient pu emprunter ! Peut-être s'étaient-ils dirigés vers les Alpes ou l'Italie, suggéra-t-il.

Malgré cette fâcheuse nouvelle, Locksley garda une belle ironie.

— Je suis certain qu'ils sont en route pour l'Angleterre ou la Normandie. J'ai eu tort de ne pas vous accompagner, car c'est moi qui ai appris à Cédric à se dissimuler et j'aurais certainement repéré ses traces.

Fer prit la réflexion comme un reproche et fronça les sourcils, mais Locksley l'apaisa d'un geste de la main, comme si cet échec n'avait aucune importance.

— Je ne blâme personne sinon moi-même, noble viguier, dit-il dans un sourire. Voyez-vous, ayant été voleur, je connais mille moyens pour égarer des poursuivants. Cela m'a sauvé plusieurs fois la vie en Palestine et m'a permis de réussir quelques évasions de compagnons emprisonnés. Si Cédric a été à bonne école, je ne dois m'en prendre qu'à moi-même.

— Vous ? Un voleur ? se raidit Fer.

— Oui, dans la forêt de Sherwood et autour de la ville de Nottingham. On me connaissait sous le nom de Robin au Capuchon, le prince des voleurs.

— Vous m'aviez dit que vous étiez comte de Huntington, lui reprocha sèchement le viguier.

— Je le suis, rassurez-vous ! répliqua Locksley, amusé par l'expression ahurie de l'écuyer de Hugues de Fer. Mais ma vie passée a été si étonnante que si je vous la racontais, vous ne me croiriez pas !

À l'instant où le Saxon avait parlé d'évasion, la phrase qu'avait prononcée Botin quelques jours plus tôt : « Imaginons qu'il soit prisonnier... Pourquoi ne pas le faire évader ? » avait surgi dans la mémoire de Hugues de Fer.

— Vous avez réussi des évasions ?

— Plusieurs. L'une des premières a été la libération du frère de celle qui est devenue ma femme, Marianne, paix à son âme.

— Vous avez perdu votre épouse ?

— Une fièvre pernicieuse, répliqua sombrement Locksley. C'est la raison pour laquelle je me suis croisé.

— Viendriez-vous souper ce soir chez moi, seigneur comte ? J'aimerais mieux vous connaître et je suis certain que votre vie nous passionnera.

C'est ainsi que Robert de Locksley raconta à la table du viguier l'histoire de son père, dépouillé de son héritage par les infâmes calculs d'un oncle félon. Comment il était né dans une modeste chaumière de la forêt de Sherwood ; comment il avait pris la défense des pauvres gens contre le seigneur de Nottingham ; comment il était devenu Robin Hood, Robin au Capuchon, et comment il avait réuni autour de lui une bande de joyaux *yeomen*.

Saxon, il s'opposait aussi à la domination normande jusqu'au jour où il avait rencontré Richard, son roi, qui avait accordé une grâce pleine et entière à lui et à ses hommes. Ce roi qu'il aimait tendrement bien qu'il soit issu de la famille de Guillaume le Normand[1].

Sur les questions insistantes de Fer, le Saxon raconta quelques anecdotes du temps où, voleur, il conduisait des coups de main contre le shérif de Nottingham ainsi que quelques entreprises réussies durant la croisade.

À la fin du souper, Locksley prit une nouvelle coupe de vin qu'un serviteur venait de lui remplir. L'avalant d'un trait, il lança :

— Vive Richard Cœur de Lion ! Je lui appartiens corps et âme !

Après un instant de silence, grisé par le vin qu'il avait bu, il ajouta avec tristesse.

1. Richard était l'arrière-arrière-petit-fils de Guillaume le Conquérant. Le jugement que Locksley avait envers le roi d'Angleterre était évidemment faussé par la rencontre qu'il avait eue avec lui et par la grâce qu'il lui avait accordée, car déjà à cette époque chacun savait à quel point Richard était un mauvais roi, oppressif et cruel, même s'il était un chevaleresque guerrier et un fameux troubadour.

— Je dois le rejoindre, mais puis-je arriver chez lui sans armes, sans soldats et sans argent ?

— Vous pourriez recevoir de l'argent d'Angleterre, suggéra Ibn Rushd.

— Vous croyez ?

— Allons voir Botin demain, proposa Fer. Il a certainement des amis banquiers dans votre pays. D'une façon ou d'une autre, il pourra vous prêter ce dont vous avez besoin.

Le lendemain, Fer accompagna donc Locksley chez Botin, en compagnie d'Ibn Rushd dqui souhaitait revoir le prêteur juif. Après avoir vérifié qui ils étaient par le guichet de la porte d'entrée, un esclave noir les fit passer dans une antichambre éclairée par une petite lampe d'argent, puis dans la grande salle, toute parfumée de myrte et d'aloès, où Botin était seul, consultant un registre, debout devant un lutrin. Après chaque passage, l'esclave avait soigneusement refermé derrière eux les portes aux verrous, comme s'il les conduisait au fond d'une prison.

— Que la bénédiction de Jacob descende sur vous ! lança le juif quand Hugues de Fer lui eut présenté Locksley.

— Mon ami a besoin d'acheter un haubert, des chevaux, et d'équiper une vingtaine d'hommes dont la moitié de cavaliers. Il est comte en Angleterre, et riche, mais on l'a volé, il y a quelques jours. Pouvez-vous l'aider par un prêt ? demanda le viguier.

— C'est possible, mais ce sera long, répondit Botin après un instant de réflexion. Vous comprenez que j'ai besoin de garanties. Où sont vos terres ?

— Huntington est aux marches du pays de Galles, près de Hereford.

— J'ai un compatriote à Leicester qui se nomme Kirgath Jaïram. Avez-vous quelqu'un qui s'occupe de votre domaine ?

— Bien sûr, j'ai aussi mon beau-frère.

— Vous pourriez lui faire une lettre sur un parchemin, lui demandant de déposer l'argent qui vous est nécessaire chez Kirgath Jaïram. Ensuite, celui-ci m'écrira et je vous remettrai la somme équivalente. De combien avez-vous besoin ?

— Trois cents sous d'or, au minimum.

— C'est beaucoup, mais c'est possible si votre beau-frère peut les apporter.

— Il le fera, ne vous inquiétez pas. Tout cela prendra combien de temps ?

— Il m'est difficile de vous répondre. Je peux donner votre lettre à des marchands qui partent demain pour Lyon et qui la remettront à l'un de mes cousins. Celui-ci la fera passer à des gens de confiance qui se rendent à Paris. De là, votre lettre ira en Normandie, puis à Londres et enfin à Hereford. La dernière fois que j'ai écrit à Londres, cela a pris plus de trois mois. Donc, vous n'aurez pas de réponse avant six ou huit mois.

Locksley resta silencieusement contrarié. Mais avait-il le choix ? C'était ça ou partir sans rien pour rejoindre Richard. Avec l'argent qu'il lui restait, il aurait déjà du mal à vivre plus de six mois. Il allait devoir changer d'auberge et se nourrir de bouillie, mais Robin Hood avait connu pire.

— Je vais vous faire cette lettre, dit-il.

Avec ses deux esclaves, Hugues de Fer se rendit ensuite au castrum Babon chez sa pupille Alice. Il avait jusqu'alors repoussé cette visite autant qu'il le pouvait.

Alice vivait avec une dizaine de domestiques, une gouvernante et un intendant. Si son père avait mis en gage sa part de la vicomté, il lui avait tout de même laissé quelques censives qui lui rapportaient suffisamment pour vivre comme une héritière fortunée. C'était d'ailleurs Hugues qui administrait ses biens.

Bien qu'elle n'eût que dix ans, la jeune fille avait déjà un caractère bien trempé. Elle se savait vicomtesse et tenait à son rang. En recevant son tuteur, elle lui reprocha en premier lieu de ne pas venir la voir assez souvent, ajoutant qu'elle avait heureusement son cousin Roncelin qui lui rendait visite presque tous les jours.

Elle lui demanda ensuite s'il avait des nouvelles de lui, car elle avait appris qu'il était malade. Hugues resta évasif et elle parut s'en contenter, lui montrant un poème écrit sur un papyrus par un clerc de Raymond des Baux. Elle ajouta combien elle avait hâte de se marier avec lui. Raymond avait son âge et les noces étaient prévues pour dans quatre ans.

Ils étaient dans le jardin en terrasse surplombant les remparts et la mer. Hugues de Fer était debout. Ayant terminé de lire le poème, il regarda un moment les vagues se briser en bas de l'enceinte et se dit que le moment était favorable pour questionner sa pupille.

— Alice, es-tu sûre de toujours désirer ce mariage ?

— Plus que jamais, mon oncle, pourquoi cette question ?

Elle l'appelait toujours ainsi.

— L'autre jour, j'ai parlé à l'abbesse de Saint-Sauveur. Elle regrette beaucoup que tu ne sois pas entrée dans sa maison.

— Ce n'est pas mon tempérament, mon oncle, répliqua-t-elle froidement. Je n'ai aucun goût pour la vie monastique.

— Tu aurais pu devenir abbesse, administrer la communauté la plus riche de la ville.

— Épouse de Raymond, j'administrerai le château et le fief de Meyrargues, peut-être un jour la ville de Marseille entière si Raymond parvient à racheter la part de mon père.

— Peut-être, reconnut Fer avec fatalité. Tu sais que, quelle que soit ta décision, je ne ferai rien qui te déplaise.

Elle fronça son petit front et le considéra avec un mélange d'inquiétude et de mécontentement.

— J'en suis certaine, laissa-t-elle tomber.

Hugues la quitta à la fois rassuré et contrarié. Le recteur du Saint-Esprit aurait du mal à arriver à ses fins avec Alice, donc c'est sur lui, son tuteur, que l'on exercerait des pressions. Cela allait s'ajouter à ses autres soucis.

Il se rendit ensuite chez Guillaume Vivaud qui l'assura de pouvoir le rembourser sous une quinzaine.

Sa galère n'était toujours pas rentrée.

Guilhem entra dans Marseille par la porte de l'Annone. Par prudence, à partir de Sallone, il avait revêtu son haubert et s'était coiffé de sa cervelière. Il n'avait pourtant fait aucune rencontre d'hommes en armes, sinon une petite troupe qui recherchait trois hommes avec des chevaux de bât.

Il ressentait une troublante impression à revenir dans la ville où il était né, se souvenant des lieux sans vraiment les reconnaître. Il venait d'avoir treize ans quand il était parti. Ses pensées le ramenèrent à son père, tué par les Sarrasins, et à sa mère, morte d'épuisement dans la tannerie des Mont Laurier. Le passé lui revenait par vagues tandis qu'il passait devant les boutiques et les édifices qu'il avait fréquentés. Sans s'en rendre compte, il murmura une courte prière.

C'est alors qu'il aperçut la sombre ruelle menant à sa maison et aux tanneries. Il réprima sa curiosité et se refusa à la prendre. Le passé était mort. Il était le troubadour Guilhem d'Ussel et auparavant il avait été capitaine de bandouillers. Il voulait oublier le reste. D'ailleurs, pour l'instant, il devait trouver où passer la nuit. Il se souvenait vaguement d'une auberge dans la rue du Grand-Puits, non loin de l'église de Saint-Martin, et il prit la rue y conduisant.

L'hôtellerie était toujours là, avec sa grande écurie mitoyenne. Il demanda à un gamin de s'occuper de son cheval et entra dans la salle basse, portant seulement sa cervelière, son épée et la boîte à vielle.

— Je n'ai pas de place, seigneur, lui dit l'aubergiste, mais le chevalier anglais, attablé là-bas, acceptera peut-être de partager sa chambre avec vous. Il a une grande salle rien que pour lui et ses valets l'ont quitté.

Guilhem se tourna dans la direction indiquée. Un homme imberbe, aux traits dur et aux cheveux bruns et courts, était assis dans un coin avec un pichet de vin. Il portait une cotte ajustée vert olive. Une épée dans un fourreau de cuivre et de cuir, avec une large garde tressée de tissu brodé, était posée devant lui. Un chevalier, avait dit l'aubergiste ? Peut-être pas, car il y avait un grand arc en if contre le mur derrière lui. Un arc anglais tel que Guilhem n'en avait jamais vu, tant il était long et épais. Celui-là devait mesurer huit pieds avec une grosseur de quatre doigts. Cet homme était donc un archer, un homme à pied. Il n'avait guère envie de compagnie pour ce qu'il voulait faire, et encore moins d'un de ces archers anglais toujours ivres. Devait-il chercher ailleurs ? Il y avait d'autres auberges… Mais il était fatigué, et les autres hostelleries seraient sans doute moins confortables et encore moins propres.

Il s'avança en soupirant.

— Mon nom est Guilhem d'Ussel, noble chevalier. Je vais par les routes... Le cabaretier m'a dit que vous aviez une grande chambre que vous accepteriez peut-être de partager avec moi.

Locksley, on aura deviné que c'était lui, lui jeta un regard sombre embué par l'alcool. Il ne voulait voir personne et faillit répondre : « Va au diable ! » puis il se souvint qu'il n'avait plus beaucoup d'argent. Partager sa chambre permettait de réduire ses dépenses, sinon, dans peu de temps, il devrait quitter cette auberge pour un bouge à marins.

— Vous allez prendre la croix ? s'enquit-il en regardant l'épée que tenait son interlocuteur.

— Peut-être, je ne sais pas encore.

— Asseyez-vous. Malgré mes malheurs, il me reste du vin à boire. Mon nom est Locksley et je rentre de Palestine. Je pourrais vous en parler.

— Anglais ?

— Saxon.

Guilhem s'assit, posa son épée et sa boîte.

— Chevalier ? demanda Locksley en examinant les fines mailles du haubert de son interlocuteur.

— Chevalier et troubadour. Ma vielle est dans cette boîte. Et vous, archer ?

— Non, comte de Huntington, répliqua Locksley examinant les mains, puis le visage de celui qui l'avait abordé.

Avec un imperceptible froncement de sourcils, il observa le regard de ce troubadour à l'allure faussement nonchalante qui balayait rapidement la salle du regard, comme s'il craignait d'être surpris.

— Je ne crois pas que vous soyez troubadour ! laissa-t-il tomber.

— C'est votre arc ? demanda Guilhem en ignorant la remarque.

— C'est mon arc.

— Je n'en ai jamais vu de cette taille.

— C'est le seul.

— Mais une arbalète est plus puissante… que fait un chevalier avec un arc ? Un comte anglais, qui plus est…

Volontairement, il ne termina pas sa phrase, laissant percer une certaine incrédulité, tandis que l'aubergiste arrivait avec un pot de vin qu'il déposa sur la table. Locksley servit son interlocuteur sans mot dire.

— Vous voulez le savoir ? demanda-t-il enfin avec un sourire sans chaleur.

— Pourquoi pas ?

— Avez-vous déjà tiré à l'arc, l'ami ?

— Non, mais j'ai connu des archers.

— Des archers saxons ?

— Anglais, gallois, normands…

— Ah… Savez-vous quelle est la portée de cet arc ?

— Je dirais deux cents pieds… Si on arrive à le bander !

— Six cents.

— Ça me paraît beaucoup, fit Guilhem avec une moue dubitative.

— Ça l'est. Vous voulez vérifier ?

— Ma foi… Je ne suis pas sûr d'y parvenir, dit Guilhem en riant. Vous ne m'avez pas répondu pour la chambre…

— D'où venez-vous ?

— Limousin… Auvergne, Toulouse… Où on accueille un chevalier errant et un troubadour.

— Savez-vous où est Richard Cœur de Lion ?

— Votre roi ? Il y a quelques mois, j'étais à Toulouse et on m'a rapporté qu'il était en Aquitaine, il devait se rendre dans le Limousin.

— Je dois le rejoindre.

— Vous n'allez pas rester ici, alors ?

— Pour l'instant, si. Mon écuyer s'est enfui avec mes bagages. J'attends un prêt pour m'équiper et rejoindre mon roi. Aimez-vous parier ?

— Pourquoi pas, si je peux gagner ? sourit Guilhem.

— Si j'envoie une flèche à six cents pieds, c'est vous qui payez la chambre durant tout le temps où vous restez avec moi. Sinon, je vous offre de la partager sans que cela vous coûte un denier.

Guilhem haussa les sourcils. Personne ne pouvait envoyer une flèche si loin.

— Vous allez perdre, c'est stupide de votre part.

— Vous ne prenez donc aucun risque.

— D'accord !

Le Saxon se leva, prit le fourreau de son épée qu'il glissa dans le large baudrier serré à sa taille, puis son arc et un carquois posés sur un banc.

— Où allons nous ? demanda Guilhem.

— Sur la rive du port. Laissez votre vielle et votre bassinet à l'aubergiste. Il les gardera.

Guilhem s'exécuta et ils sortirent. Ils gagnèrent rapidement le port.

— Êtes-vous déjà venu ici ? demanda Locksley en voyant que son compagnon regardait attentivement autour de lui.

Guilhem hésita à mentir. Mais ce Saxon lui plaisait, et il n'avait pas besoin de le tromper.

— Oui, je voyage beaucoup.

— Connaissez-vous la tour au bout du port ?

— La tour de Malbert d'où part la chaîne ?

— C'est cela. Je tirerai du rempart sur l'autre rive.

Ils se frayèrent un chemin sur le quai de bois, passant entre les marchandises, les charrettes, les marins et les animaux. À la tour de Malbert, ils grimpèrent l'escalier menant au chemin de ronde.

Une poignée d'arbalétriers génois se morfondaient à monter la garde.

Un sergent, en surcot de cuir avec une trousse de carreaux à la taille et une arbalète sur le dos, leur demanda où ils allaient.

— Je veux tirer une flèche sur l'autre rive, répondit Locksley, en désignant la tour en face. Mon ami ne croit pas que j'en sois capable.

Il désigna des pieux plantés sur la rive opposée, bien au-delà de la tour Saint-Nicolas.

— À quelle distance sont-ils, selon vous ? demanda-t-il à Guilhem.

— Certainement six cents pieds. Vous ne les atteindrez pas, personne ne peut y parvenir. Tirez plutôt sur ceux devant la chaîne, mon pari tiendra aussi avec ceux-là. Même un bon arbalétrier aurait du mal à les toucher.

— Vous plaisantez, gentil troubadour ! Ils ne sont pas à trois cents pieds ! s'esclaffa le Saxon qui semblait s'amuser beaucoup.

Les arbalétriers s'étaient rassemblés pour voir le spectacle. Tous portaient camail et cervelière. Locksley s'adressa à eux.

— Qui de vous a touché les pieux devant la tour Saint-Nicolas ?

— C'est trop loin, seigneur. Ce n'est pas possible avec nos arbalètes, répondit leur sergent.

— Vous voyez, ils n'y parviennent pas ! fit Guilhem.

Locksley détacha la boucle de son baudrier, posa son fourreau d'épée, puis son carquois. Il sortit une corde de soie, plia l'arc en s'aidant de son genou gauche et accrocha la corde. Il tira ensuite un demi-gant de peau de sa cotte et un brassard en cuir qu'il serra sur son bras gauche. Pendant ce temps, les arbalétriers examinaient ses flèches. Taillées dans du peuplier, elles étaient très lourdes avec une pointe de fer aiguisée et un long empennage en plume d'oie.

Le Saxon en prit cinq de la main droite, il attrapa en même temps la corde de soie et, avec une agilité incroyable, il fit basculer une des flèches à l'horizontale.

Le silence se fit, tandis qu'il se concentrait sur les pieux verdâtres couverts de mouettes. Soudain il tendit la corde jusque derrière sa joue, il y eut un claquement et la flèche partit. Guilhem la suivit des yeux. Elle se dirigeait droit sur l'un des pieux. Il entendit un nouveau claquement et détourna son regard vers l'arc. Locksley avait déjà inséré une troisième flèche. Guilhem revint vers les pieux. Les mouettes s'étaient envolées et une flèche était plantée sur l'un d'eux. Il vit la deuxième se ficher en vibrant, puis il suivit la fin de la course de la troisième et la vit se planter contre les deux précédentes. Déjà il y avait eu un nouveau claquement. Cette fois, il ne quitta pas des yeux le trait qui se ficha avec les autres. Puis ce fut le dernier, mais Guilhem ne doutait plus du résultat. Combien de temps s'était-il écoulé ? Moins que pour dire la première strophe d'un Notre Père[1] !

Locksley se tourna vers Guilhem tandis que les arbalétriers éclataient en vivats.

— Je m'incline, dit Guilhem. Je suis stupéfait. Ce sera un honneur pour moi de vous loger !

Le lendemain, il se rendit au palais comtal. Lors du souper, après qu'il était allé en barque récupérer ses flèches, Locksley lui avait parlé de son écuyer qui lui avait volé ses armes, ses chevaux et son riche

1. Un habile archer anglais de cette époque tirait seize flèches à la minute contre deux carreaux d'arbalète dans le même temps.

butin rapporté de Palestine. Il lui avait expliqué qu'il était immobilisé à Marseille, attendant de recevoir de l'argent d'Angleterre, à moins qu'un croisé, rentrant de Palestine, ne le connaisse suffisamment pour lui prêter de quoi s'équiper. En revanche, Guilhem resta évasif sur sa vie, comme si elle ne présentait aucun intérêt.

Au palais, où il se présenta comme troubadour cherchant un engagement, l'intendant lui répondit que le seigneur Roncelin était malade et était parti à sa maison d'Aubagne. Il ne recevrait pas de visites.

Que devait-il faire ? Attendre le retour de Roncelin ou revenir aux Baux et tenter de se faire engager comme chevalier ?

Un doute le taraudait. Roncelin était-il vraiment malade, ou avait-il quitté Marseille pour traiter avec Hugues des Baux ? Pire… et s'il avait été fait prisonnier et qu'on le cache aux Marseillais. N'avait-il pas cru voir un homme attaché au pommeau d'une selle, dans la troupe de Castillon qui revenait de Marseille ?

L'absence du vicomte, au moment où Hugues des Baux disait traiter avec lui pour acheter ses droits sur la ville, ne pouvait être une coïncidence. Il décida donc de rester quelques jours. Le vicomte ne pouvait s'absenter longtemps de la ville, ou alors c'est que la situation était grave.

Il prit l'habitude de venir tous les matins au château demander si Roncelin était rentré. L'après-midi, Locksley lui proposait de s'entraîner aux armes dans les jardins de l'abbaye de Saint-Victor.

Guilhem ne cherchait jamais à le battre, voulant paraître troubadour plus que chevalier, mais comme ils vivaient dans la même chambre et dormaient dans le même lit, il ne pouvait dissimuler grand-chose de ses bagages. Or, il n'avait guère que des armes avec lui.

— Je n'ai pas l'impression que vous allez embarquer pour la Palestine, lui dit le Saxon, un soir où ils dînaient ensemble.

— Vous me l'avez déconseillé, sourit Guilhem.

En considérant le comte, il devina qu'il se posait des questions sur lui.

— Vous vous demandez qui je suis et ce que je fais à Marseille, fit-il.

— Cela ne me regarde pas, mais il vrai que je m'interroge. Vous semblez bien connaître la ville.

Guilhem ne répliqua pas tout de suite. Réfléchissant à ce qu'il pouvait révéler, il décida finalement qu'il pouvait presque dire la vérité. Il servit du vin à son compagnon, puis remplit son pot avant d'expliquer :

— Je suis né ici et je suis vraiment troubadour, mais je ne l'ai pas toujours été. C'est la nostalgie qui m'a ramené à Marseille. Je voulais me faire inviter par le vicomte Roncelin. Je suis allé trois fois chez lui depuis mon arrivée, mais il n'était pas là. On m'a dit qu'il était malade. Je vais encore attendre quelque temps, après j'aviserai. Je repartirai sans doute. Maintenant, je sais ce que vous pensez : curieux troubadour qui voyage avec un haubert et une épée, aussi laissez-moi vous raconter ma vie...

— Ne vous croyez pas obligé, l'interrompit Locksley en levant une main. Vous ne connaissez rien de la mienne, et elle a aussi ses parts d'ombre. Mais si vous voulez vous expliquer, je vous écouterai. Sachez quand même que rien de ce que vous me direz ne sortira d'ici.

— Mes parents étaient ouvriers chez un corroyeur. Un travail épuisant. Nous étions pauvres, très pauvres. À dix ans, ils m'ont retiré de la petite école et je travaillais aux cuves quand les Sarrasins ont attaqué la ville. Mon père a été tué. Trois ans plus tard, c'était ma mère qui mourait d'épuisement. Mon frère et ma sœur étaient morts de la fièvre. Je ne voulais pas finir comme eux et je me suis enfui.

» Que peut faire un gamin de treize ans sur les routes ? J'ai volé, j'ai marché jusqu'au Limousin et j'ai rejoint une bande de routiers, des Cottereaux. Je connaissais des bribes de latin et je savais un peu écrire. Un moine pensa que je pourrais devenir prêtre et m'apprit tout ce qu'il savait. Ce fut une grande chance. À cette époque, il y avait toutes sortes de bandes qui ravageaient les campagnes. Parfois nous étions alliés, parfois nous nous combattions. Parfois nous étions payés par Henri II[1], parfois par le roi de France. Dans ces occasions, nous attaquions un château, un village ou un domaine qu'on nous ordonnait de dévaster. Mais en général on se battait surtout contre les paysans qui nous empêchaient de prendre leur récolte ou leur femme.

» Jusqu'au jour où Henri II envoya contre nous Mercadier, le plus féroce des Brabançons. Le prêtre qui m'avait tout appris fut tué dans l'affrontement. Moi, je ne fus que blessé, et comme je savais lire, Mercadier ne me fit pas écorcher vif comme les autres captifs. Il avait vu que je me battais bien et il avait besoin de lieutenants lettrés. Je lui prêtais donc allégeance. Plus tard, il m'accola chevalier mais malgré cela je ne restais pas avec lui, car je ne supportais pas sa sauvagerie.

» À vingt ans, je l'ai quitté et je suis devenu lieutenant de Lambert de Cadoc qui était au service du roi de France. Philippe voulait faire revenir l'ordre dans son royaume et nous demanda d'exterminer les bandes de routiers qui lui refusaient allégeance. Je me souviens d'une bataille où nous tuâmes sept mille Cottereaux dont quinze cents femmes de

1. Le père de Richard Cœur de Lion.

mauvaise vie. Je me rendis compte que nous étions pires que les gens de Mercadier. Les survivants étaient marqués au fer rouge et avaient les bras ou les pieds coupés, et après notre passage, Limousin et Poitou n'étaient plus que ruine. Les paysans étaient pendus et leurs femmes violées avant d'être écorchées. Les enfantelets étaient cloués aux portes. Je n'ai pas voulu poursuivre dans cette voie. J'ai tout quitté avec ma vielle et j'ai gagné le Midi.

Locksley le considéra alors longuement avant de lui raconter sa vie. Celle de Robin Hood, Robin au Capuchon.

Chapitre 15

Le lendemain, Robert de Locksley et Guilhem d'Ussel partirent s'entraîner aux armes et à l'arc dans les jardins de Saint-Victor. Ils en revenaient et passaient sur la rive du port avant d'entrer dans la ville quand le Saxon aperçut Hugues de Fer en compagnie d'Ibn Rushd.

Il s'approcha pour les saluer et présenta Guilhem comme un troubadour qui partageait sa chambre. Hugues de Fer ne prêta guère attention au compagnon de Locksley, obnubilé par sa galère qui n'était toujours pas rentrée. Par contre, Ibn Rushd, qui venait régulièrement sur le port pour obtenir des nouvelles de Marrakech, voulut savoir d'où il venait. Apprenant qu'il arrivait de Toulouse, il l'interrogea sur la situation en Aquitaine et en Guyenne, tant il était toujours curieux d'apprendre.

Ils étaient en train de parler quand une jeune femme en manteau de laine attaché par une agrafe d'or sarrasine s'approcha d'eux. C'était Constance Mont Laurier qui, à quelques pas de là, surveillait l'arrimage de ballots de peaux sur une grande barque. Les deux domestiques qui la suivaient étaient déjà avec elle quand Hugues de Fer était venu lui annoncer la mort de sa sœur.

— Seigneur viguier, demanda-t-elle, avez-vous trouvé les assassins ?

— Non, Constance, mais j'aurais peut-être des nouvelles dans quelques jours et je viendrais vous les donner, je vous le promets.

Elle hocha tristement la tête. Sans un regard ou une parole pour les compagnons du viguier, elle revint vers la charrette d'où on déchargeait ses peaux.

Guilhem n'avait pas quitté la jeune femme des yeux. Constance ! Elle n'était alors qu'une petite fille, mais ses longs cheveux noirs, ses yeux foncés et sa peau ivoirine étaient les mêmes que dans son souvenir.

Hugues de Fer et Ibn Rushd s'éloignèrent à leur tour, tandis que Locksley considérait d'un air ironique son compagnon qui continuait à regarder Constance.

— Une bien jolie femme, fit le Saxon.

— Puis-je te laisser, mon ami ? Je dois lui dire quelques mots.

— Bien sûr. Tu es sûr de ne pas avoir besoin de moi ?

— Tu peux m'accompagner, si tu le souhaites...

Il se dirigea vers la charrette, maintenant presque entièrement vidée par les serviteurs de Constance. Elle dut sentir qu'on s'approchait d'elle, car elle se retourna brusquement. Son morne visage se ferma complètement en les voyant. Constance avait l'habitude des hommes sur ce port ; ils cherchaient tous la même chose. Elle pouvait être cinglante, et en cas de besoin ses serviteurs savaient se servir du bâton.

— Gracieuse damoiselle, fit Guilhem en s'inclinant, je me nomme Guilhem d'Ussel.

— C'est très bien, répliqua-t-elle, mais j'ai beaucoup de travail.

Elle n'avait pourtant pas manqué de l'examiner et avait remarqué l'épée qu'il portait, tout comme son compagnon.

— Seriez-vous Constance Mont Laurier ? s'enquit-il en ignorant sa brusquerie.

Elle parut surprise.

— Oui, mais je ne vous connais pas.

— La dernière fois que je vous ai vue, vous deviez avoir cinq ou six ans, sourit-il.

Elle haussa les sourcils d'étonnement.

— Mes parents travaillaient pour les vôtres, poursuivit-il. J'ai moi-même travaillé dans votre tannerie jusqu'à treize ans. Ils sont morts et j'ai quitté Marseille.

Elle considéra avec plus d'attention cet homme en gambison de cuir treillissé, avec des trousses écarlates et des heuses de cuir rouges serrées par des boucles de fer. Il donnait une curieuse impression de force, de hardiesse mais aussi de charme. Le regard de la jeune femme passa insensiblement à son compagnon, en justaucorps vert, qui tenait un arc à la main et portait une épée et un carquois à son ceinturon.

— Je ne me souviens pas de vous, vous avez sans doute changé, remarqua-t-elle lentement. Êtes-vous chevalier ?

— Mon ami est comte de Huntington, répondit-il.

— Je serais curieuse de connaître l'histoire de votre vie, dit-elle après un bref silence. Vous souvenez-vous de la tannerie ?

— Oui-da. Que sont devenus vos parents ?

— Ils sont morts.

— Vous avez une sœur... Je me souviens aussi d'elle.

— Nous en parlerons si vous venez à la tannerie, répliqua-t-elle en se détournant.

En rentrant à l'auberge, Guilhem d'Ussel observa le silence. Il s'interrogeait sur les raisons pour lesquelles il avait abordé la jeune Mont Laurier. Quand le viguier de la ville avait appelé cette femme

Constance, et qu'il avait remarqué la charrette pleine de ballots de peaux tannées, le souvenir de son enfance avait ressurgi de façon inexplicable : la tannerie des Mont Laurier, lui petit garçon transportant des seaux d'eau, tandis que sa mère, malade, suspendait les peaux aux branches. Et ces deux petites filles si jolies et si propres qui se moquaient de lui mais qu'il admirait. Elles s'appelaient Constance et Madeleine.

Puis il les avait oubliées. Il avait connu tant de choses depuis ! Il avait tué des hommes, des femmes, et même des enfants, comme ces deux fillettes. Il ressentit une sourde douleur à ces souvenirs qu'il essayait d'effacer. Mais c'était impossible d'oublier.

Ainsi Constance Mont Laurier était devenue cette belle femme. Pourquoi l'avait-il abordée ? Elle était belle, mais il en avait connu de plus attirantes. Avait-il une revanche à prendre ?

Non. Ce n'était pas cela. En y réfléchissant, c'était l'échange entre elle et le viguier qui avait attiré son attention. Il se souvenait exactement de leurs expressions à tous deux. Elle l'avait questionné avec un air désespéré, et il était apparu profondément embarrassé.

C'était donc la curiosité qui le guidait. Rien d'autre. Peut-être, malgré tout, la nostalgie de revoir les lieux de son enfance, la maison où il avait grandi.

Le lendemain matin, il se rendit à la tannerie.

Il suivit le chemin raviné de son enfance. Le cours d'eau était toujours là, comme les âcres odeurs de cuir et de tanin. Il déboucha sur cette esplanade qu'il n'aurait jamais cru revoir. Son cœur se serra en apercevant la masure où il avait vécu. Les cuves étaient plus nombreuses que dans son souvenir. Les peaux suspendues aussi. Apparemment, la tannerie était florissante. Son regard s'égara sur les femmes et les enfants qui portaient des seaux. Les plus jeunes, maigres et décharnés, devaient avoir six ans.

Il s'avança vers la maison des Mont Laurier, cherchant les deux sœurs des yeux entre les chariots qui déchargeaient écorces et peaux. Enfin, il aperçut Constance, en compagnie des deux hommes qui étaient avec elle la veille.

Elle le vit aussi et sourit. Encouragé, il s'approcha.

— Je vous attendais, dit-elle d'une voix sans timbre.

— Vous saviez que j'allais venir ?

— J'ai prié la Vierge, répliqua-t-elle sans émotion apparente.

Brusquement, il fut sur ses gardes. Qu'allait-elle lui demander ?

— Accepterez-vous de rester à dîner ? Je voudrais vous parler auparavant.

— Volontiers, dit-il. Y aura-t-il votre sœur ?

— Allons dans ma maison, voulez-vous ?

Elle se tourna vers les deux hommes qui surveillaient le travail des ouvriers. Le plus jeune était trapu avec des muscles puissants. L'autre, âgé, l'observait avec attention.

— Étienne, Aicart, venez avec moi.

Ils entrèrent dans la maison des Mont Laurier. Guilhem n'y était jamais venu. C'était une longue pièce avec au milieu une cheminée entourée de bancs de pierre. Des servantes filaient, d'autres faisaient cuire une soupe et des pigeons à la broche. Ils traversèrent la salle jusqu'à une échelle.

— Montons, dit-elle en passant devant. Étienne et Aicart, attendez en bas, je vous appellerai si j'ai besoin de vous.

En haut, la chambre occupait tout l'étage. À dire vrai, ce n'était pas seulement une chambre. Comme la salle d'en bas, c'était une longue pièce avec un lit à piliers à son extrémité, mais la plus grande partie était utilisée pour emmagasiner au sec les ballots de peaux prêts à être vendus. Le conduit de la cheminée passait à travers le plancher et il y régnait une odeur doucereuse, à la fois âcre et écœurante.

Elle le fit passer entre les paquets de peaux jusqu'à une fenêtre devant laquelle se trouvait un grand banc à dossier couvert de coussins verts et noirs brodés de fleurs multicolores. Elle lui fit signe de s'asseoir et s'installa à côté de lui.

— Madeleine est morte, lâcha-t-elle simplement. On lui a tranché la gorge après l'avoir violée.

Son ton ne reflétait aucune émotion.

Ainsi c'était pour cela qu'elle l'avait fait venir, se dit-il. Mais pourquoi lui ?

— Quand ?

— Il y a une semaine.

— Qui ?

— Personne ne le sait. Le viguier n'a rien trouvé.

— Je suis désolé, fit-il, embarrassé.

— Vous n'avez pas à l'être. Je veux retrouver ses assassins.

Le silence s'installa. Elle avait posé ses deux mains à plat sur son bliaut et regardait droit devant elle, comme s'il n'existait pas.

— J'ai besoin d'aide, dit-elle enfin, cette fois dans un sanglot.

— Vous voulez que je les trouve ?

— Oui. Et que vous me les rameniez.

— Je ne suis qu'un troubadour.

— Je sais juger les hommes. Vous êtes un être pétri de violence. Vous devez m'aider. Je n'ai que vous. Aicart et Étienne ont fait ce qu'ils ont pu, mais ils ne sont que des tanneurs. Le viguier est impuissant. J'ai pensé louer des mercenaires, mais comment les choisir ? J'ai confiance en vous, car vous êtes d'ici. Vous êtes aussi un peu de ma famille.

— Vous ignorez ce que je suis devenu, répliqua-t-il sombrement.

— Je m'en doute, fit-elle en posant son regard sur son épée, et cela me convient. À quel âge êtes-vous parti ?

— Treize ans.

— J'ai rassemblé en vain mes souvenirs d'enfant, j'ai aussi interrogé mes plus vieux serviteurs. Personne ne se souvient d'un garçon nommé Guilhem.

— J'ai changé de nom, j'ai effacé mon passé. Je me nommais Antoine. On m'a surnommé Guilhem d'Ussel, car c'est là que j'ai été accolé chevalier. Je ne suis pas sûr de l'avoir mérité, ni que celui qui m'a accolé en avait le droit. Mais il était provençal, comme moi.

Elle l'interrogea du regard.

— Mercadier, laissa-t-il tomber.

Elle réprima une expression horrifiée et se signa. Même ici on avait entendu parler des exploits effroyables du capitaine de routiers.

— Ceux qui ont tué ma sœur étaient des hommes comme vous, murmura-t-elle. Vous saurez donc comment les trouver.

Le mélange de dégoût, de crainte et peut-être de fascination dans ces derniers mots le toucha plus douloureusement qu'il n'aurait dû.

— Dites-moi ce que vous savez, fit-il en soupirant, mais je ne crois pas pouvoir vous aider. Je ne vais pas rester à Marseille.

— Ma sœur était avec un homme dans une maison hors de la ville. Une troupe de gens armés est venue et les a tués.

— Où était-ce ?

Il perçut son hésitation.

— Dans une tour près du port prévôtal.

— La maison du vicomte ? s'enquit-il.

C'était la seule tour près de *Portus Gallicus*. Il s'en était approché plusieurs fois quand il était enfant, avec son père.

— Oui.

— L'homme, c'était Roncelin ?

Elle avait promis de ne pas parler, aussi ne répondit-elle pas, mais elle inclina imperceptiblement la tête.

Roncelin ! Cela changeait tout ! Ainsi il était mort !

— On m'a dit que le vicomte était malade.

— On n'a pas retrouvé son corps, murmura-t-elle.

— Vous ne savez rien d'autre ?

— Le viguier a trouvé les cadavres des esclaves de Roncelin et de ma sœur. J'ai envoyé Aicart et Étienne le lendemain, Étienne est observateur. Il a vu les traces d'une troupe à cheval. Avec Aicart, ils les ont suivis, puis perdus. Ils remontaient vers le nord. Vous voulez les interroger ?

Il secoua la tête.

— Et depuis personne ne sait où est Roncelin ?

— Personne, mais d'après le viguier, on l'aurait enlevé. Sans doute pour une rançon.

Guilhem songea immédiatement à la troupe de Rostang de Castillon et à l'homme qu'il avait cru voir attaché. Se pouvait-il que ce soit eux qui aient tué Madeleine ? Ce soldat, Pierre, avait dit qu'il y avait eu des morts, que ce n'était pas beau à voir. Était-ce une allusion à Madeleine ? Hugues avait fait savoir au comte de Toulouse que Roncelin allait lui vendre sa part de la vicomté. La réalité était peut-être qu'il allait la lui extorquer, comme une rançon.

Si c'était le cas, que devait-il faire ? En vérité, il n'avait pas à s'en mêler. Il était suffisant qu'il rapporte à Toulouse ce qu'il avait appris. Il s'aperçut alors qu'elle le fixait.

— J'ai besoin de vous ! insista-t-elle quand son regard croisa le sien.

— Comment pourrais-je les retrouver ?

— Je ne sais pas, vous avez l'habitude de poursuivre des ennemis, non ? Je vous donnerai dix sols par jour.

Les gages d'un écuyer, sourit-il intérieurement. Constance restait une boutiquière !

— Je dois réfléchir, dit-il en se levant.

— Ce n'est pas tout, ajouta-t-elle. Je suis riche, et je crois être attirante. Celui qui me ramènera les assassins de Madeleine, je l'épouserai et le rendrai heureux. Vous pouvez être celui-là.

Il se força à plaisanter :

— Ne me tentez pas ! Mais pourquoi voulez-vous que je les ramène ? Imaginons que je les trouve, je les tuerai et vous serez vengée.

— Non, je les veux vivants, au moins leur chef, celui qui a laissé faire.

— Vous voulez le remettre à la justice du viguier ?

— Je l'écorcherai vif et je tannerai sa peau.

Il frissonna. Il avait quitté Mercadier pour les atrocités qu'il commettait. Il avait vu trop d'hommes écorchés vifs, hurler durant des heures. Et cette femme, si belle, si attirante, voulait se comporter comme ce barbare !

— Je vais réfléchir, fit-il à nouveau.

Deux jours plus tard, en fin d'après-midi, les jongleurs italiens furent de retour, toujours escortés par les archers de Hugues de Fer. Il pleuvait et ils étaient transis quand ils arrivèrent à la maison du prévôt. Celui-ci allait dîner et les invita à sa table avec le reste de la maisonnée.

Mais avant le dîner, Fer les entendit avec Ibn Rushd dans une pièce de la tour mitoyenne de la grande salle.

— Qu'avez-vous appris ? demanda-t-il avec impatience.

— Il y a bien un prisonnier au château, annonça fièrement Bartolomeo.

— Arrivé quelques jours avant nous, ajouta Anna Maria.

— C'est Roncelin ?

— On ignore son nom, seigneur. On a juste appris que c'est le frère de Hugues des Baux, Rostang de Castillon, qui l'a conduit au château.

— Racontez-nous ce que vous avez fait, demanda Ibn Rushd.

— Nous sommes arrivés un soir, seigneur. Nous avions été arrêtés par une patrouille du seigneur des Baux sur la route, ils avaient dû nous voir de loin. Ils nous ont conduits au château. Nous avons vu la dame des Baux qui nous a demandé de jongler et de jouer pendant le souper en échange du gîte et du dîner. Le seigneur Hugues était là, mais il ne s'est pas adressé à nous.

— Après le dîner, ajouta Anna Maria, j'ai expliqué aux domestiques que j'avais eu très peur quand on avait été arrêtés. « Il doit y avoir de profonds cachots, ici », ai-je dit, car plein de salles sont creusées dans le rocher. Je leur ai parlé des effroyables prisons de Rome, et mis en confiance, ils m'ont dit qu'il y avait en effet des prisonniers dans des salles souterraines, mais qu'ils ne restaient jamais longtemps, car ils étaient vite pendus. Quelqu'un a ajouté qu'il y en avait un en ce moment, amené par le seigneur de Castillon, et qu'il serait mis à la hart dans quelques jours.

— Ils veulent pendre Roncelin ? s'insurgea Fer.

— Oui, seigneur.

— Durant le souper, n'avez-vous rien remarqué ? Y avait-il Castillon ?

— Non, seigneur, il n'était pas là. En revanche, j'ai observé que Hugues des Baux était malade, seigneur, dit Anna Maria. Il est très maigre, on dirait un trépassé.

— Ce serait Castillon qui serait venu à *Portus Gallicus*, et non Hugues ? s'interrogea Fer à haute voix.

Ils durent arrêter là leur conversation, car tous les serviteurs et la famille du viguier étaient arrivés. Durant le dîner, Hugues de Fer resta taciturne, ressassant ce qu'il venait d'apprendre et n'échangeant que quelques mots avec Ibn Rushd, à côté de lui.

Il ne laisserait pas pendre Roncelin, songeait-il. Mais comment faire ?

Après le souper, quand tout le monde eut quitté la grande salle sauf son épouse et son fils, il interrogea à nouveau Anna Maria et Bartolomeo pour se faire décrire le château et ses défenses. Ibn Rushd n'intervint pas, devinant avec inquiétude ce que son ami avait en tête.

Car après avoir écouté les jongleurs, il était désormais persuadé que délivrer Roncelin était impossible.

Chapitre 16

Le lendemain, Ibn Rushd et Fer restèrent ensemble une partie de la matinée. Chacun d'eux avait réfléchi à la façon de délivrer Roncelin. Le plus difficile serait d'entrer dans le château, expliqua Fer. Il faudrait escalader les murailles sans se faire prendre, avant de descendre aux cachots souterrains.

— Et ensuite ? demanda Ibn Rushd. Sortir par le même chemin ? Les jongleurs nous ont dit qu'il y avait une centaine d'hommes d'armes dans le château. Vous ne leur échapperez pas.

— Je sais. Il faudrait qu'on soit suffisamment nombreux pour forcer la porte, mais plus nombreux on sera, plus vite on sera repérés.

— Et comment escalader les murailles ? Les Italiens nous ont dit que la falaise et les murs dépassaient trente pieds.

— Je n'ai pas de réponse pour l'instant, répondit Fer, désemparé.

— J'ai songé à une autre idée, proposa Ibn Rushd. Nous pourrions demander l'hospitalité.

— Nous ?

— J'en serai. Je suis médecin et Hugues des Baux est malade.

— Je refuse. L'enlèvement de Roncelin ne te concerne pas, et si tu es pris, tu connaîtras une mort effroyable. Tu es mon hôte.

— À mon âge, je suis déjà presque mort, sourit Ibn Rushd. Mais je ne peux y aller seul ! En seras-tu ?

— Je le dois, il est mon suzerain et je suis son viguier.

— Nous devrons être plus nombreux. Peut-on compter sur ton écuyer ?

— Non, il doit s'occuper de ma maison. Il y a aussi les tâches de viguier qu'il assumera.

— Si les jongleurs venaient avec nous, ils pourraient être utiles, ils connaissent les lieux.

— Ils ne voudront pas retourner là-bas, dit Fer en secouant la tête.

— Il faut leur en parler. Et même s'ils acceptent, nous devons être plus nombreux.

— J'avais songé à Robert de Locksley. Il serait de bon conseil puisqu'il a déjà réussi des évasions.

— Pourquoi risquerait-il sa vie ?

— Pour l'argent. Je pourrais lui offrir une broigne maclée, ou même un haubert, ainsi que des gages. Botin a proposé une récompense à celui qui ramènerait Roncelin.

Ibn Rushd hocha du chef.

— Vois-tu quelqu'un d'autre ?

— Pas pour l'instant. Mais il faut faire vite. Il faudrait partir demain ou après-demain. Maintenant entrons dans les détails, supposons que les jongleurs refusent et que Robert de Locksley accepte. Nous serons trois. Que ferons-nous ?

— Hugues des Baux te connaît ?

— Oui.

— Donc tu ne pourras pas entrer dans le château. Tu attendras quelque part à proximité pour nous soutenir quand nous fuirons. Nous serons des voyageurs. Je suis médecin et je gagnerai facilement la confiance de Hugues des Baux. Pendant ce temps, le comte de Huntington devra trouver un moyen d'accéder aux prisons et, une nuit, nous irons délivrer votre vicomte.

— C'est faisable, mais comment sortir ensuite ?

— Tu m'en demandes trop ! grimaça Ibn Rushd. Il faudrait connaître mieux les lieux et Robert de Locksley aura peut-être une idée. Il y a sans doute une poterne. Si nous y parvenons, tu devras être prêt avec des montures, car nous n'en aurons pas.

Fer fit immédiatement chercher les jongleurs et leur expliqua ce qu'il envisageait.

— Nous ne voulons pas y retourner, seigneur, déclara immédiatement Bartolomeo.

— Vous seriez bien payés, vous connaissez les lieux.

— Comment justifier que nous revenions ? demanda Anna Maria.

— J'ai dit qu'on n'y allait pas ! cria Bartolomeo avec un regard apeuré.

— Nous avons besoin d'argent, mon frère ! répliqua-t-elle.

Elle ajouta :

— Tu n'as qu'à rester ici à m'attendre.

Elle se tourna vers Hugues de Fer.

— Je veux cinq cents sous d'or !

— Vous êtes folle ! s'exclama Hugues, songeant quand même que Botin avait promis six cent cinquante sous à ceux qui délivreraient Roncelin.

— C'est le prix de ma vie.

En revenant des Baux, Anna Maria avait songé que Hugues pourrait lui demander de le faire entrer dans la forteresse, aussi s'attendait-elle à sa proposition. Elle avait donc décidé de monnayer au plus cher ses capacités. Cet argent les mettrait pour la vie à l'écart du besoin, car elle ne comptait plus sur le pape.

— Je vais déjà vous donner ce que je vous dois, dit Fer après un instant de réflexion. Pour la suite, je vous propose de venir avec nous et de nous aider à libérer notre vicomte. Si nous y parvenons, vous aurez quatre cents sous d'or, sinon, vous n'en aurez que cent.

— Et si je ne reviens pas ?

— Je m'engage à laisser la somme à votre frère.

— Je veux un engagement écrit devant notaire. Et que les choses soient claires : je ne me battrai pas, je serai seule juge de ce que je peux faire ou ne pas faire pour vous aider. Si la situation est trop dangereuse pour moi, je partirai, et j'aurai quand même mes cent sous d'or.

— J'accepte. Nous ferons un acte et mon ami Botin sera garant, si c'est moi qui ne reviens pas.

— Croyez-vous que je vais rester ici à attendre ? demanda alors Bartolomeo, maussade. Ma sœur est incapable de se débrouiller seule.

Elle lui sourit.

— Si mon frère vient, ce sera cinq cents.

Fer soupira et hocha la tête.

— Je vais faire chercher un chevalier qui pourrait nous accompagner.

— Nous serons à notre auberge, seigneur. Vous pourrez nous faire appeler.

Fer acquiesça.

Robert de Locksley arriva deux heures plus tard. Il dormait encore quand l'écuyer de Fer était venu le chercher, ayant trop bu la veille en pensant à Marianne. Son compagnon, Guilhem, était déjà sorti.

Fer le reçut dans la grande salle en compagnie d'Ibn Rushd. Il expliqua d'abord la situation de la cité de Marseille, puis la disparition du vicomte et le meurtre de sa maîtresse. Enfin il termina par l'emprisonnement de Roncelin aux Baux. Robert de Locksley ne l'interrompit pas.

— ... Vous m'avez dit avoir réussi des évasions. Aidez-moi à délivrer mon suzerain et vous serez richement récompensé.

— Je ne sais pas... votre demande est si soudaine. Comment est ce château des Baux ?

Fer le lui décrivit en répétant ce que lui avaient dit Anna Maria et Bartolomeo.

— J'ai envoyé deux jongleurs italiens vérifier si Roncelin était bien captif. Ils m'ont confirmé qu'il y avait un nouveau prisonnier. Ils viendront avec moi tenter de libérer notre vicomte. Si vous êtes décidé à vous joindre à nous, je peux les faire chercher.

— Vous vous doutez bien que je suis d'accord, répondit Robert de Locksley avec un haussement d'épaules. Je ne veux pas rester ici un an ! Mais voici mes conditions : je veux un haubert et une cotte gamboisée. Un écu, une rondache, des gantelets et un heaume. Je veux trois cents sous d'or en cas de réussite et trente sous d'or par jour de gage.

Fer ne réfléchit pas longtemps. Robert de Locksley était un homme trop précieux.

— J'accepte. Je vais faire chercher les jongleurs.

— Nous serions combien ?

— Mon ami Ibn Rushd sera avec nous. Hugues des Baux est malade et notre idée est que vous rentriez dans le château avec lui, comme des voyageurs. Il est médecin et il gagnera la confiance de Hugues en le soignant. Vous pourriez ainsi rester quelques jours. Les deux jongleurs arriveront séparément. Je resterai dehors, car Hugues des Baux me connaît, mais je serai prêt à vous prêter main-forte quand vous partirez avec le prisonnier.

— S'il y a combat, vos jongleurs ne seront guère utiles. Il faut au moins deux ou trois hommes d'armes.

— Hélas, je n'ai personne d'autre, mais le garçon jongleur sait manier une épée.

Robert de Locksley haussa les épaules pour marquer l'inutilité d'un tel soutien.

— Je pourrais vous proposer quelqu'un, fit-il.

— Qui ?

— Le troubadour qui partage ma chambre. Il est chevalier et a été dans une compagnie de routiers. S'il acceptait, il pourrait se joindre à vos jongleurs, car il joue de la vielle à roue.

Fer et Ibn Rushd se regardèrent, séduits par la proposition.

— Accepterait-il ?

— Je ne sais pas. Mais je pense que oui, pour de l'argent, bien sûr.

— Parlez-lui-en.

— Voulez-vous que j'aille le chercher ?

— Faites-le. Je vais appeler les jongleurs. Nous vous attendrons.

Bartolomeo et Anna Maria laissèrent leurs bagages dans l'auberge où ils avaient déjà pris chambre, dans la Grand-Rue, et se rendirent ensuite à l'évêché. Bartolomeo regrettait déjà d'avoir accepté d'accompagner sa sœur aux Baux et elle tenta de le rassurer, tout en lui faisant miroiter la fortune qu'ils allaient obtenir.

— Si nous faisons évader le vicomte ! ironisa-t-il. Or, je ne vois pas comment nous pourrions y parvenir ! Tu as vu le château comme moi, nous n'avons aucune chance.

— Ce n'est pas nous qui le ferons évader, nous ne serons là-bas que comme jongleurs, et si c'est trop dangereux, nous partirons. Le viguier l'a promis. Quoi qu'il arrive, on aura au moins gagné cent sous d'or, plus ce que l'on a déjà reçu et ce que va nous donner l'évêque. Maintenant, imagine que le viguier réussisse, nous pourrons alors transmettre la proposition du pape à Roncelin. Nous aurons eu une double récompense et nous serons riches pour la vie entière !

Il maugréa avant de demander :

— Qu'allons-nous faire chez l'évêque ?

— Respecter notre promesse. Nous avons promis de revenir lui dire ce que nous avons découvert. Nous avons reçu dix sous d'or pour cela, tu l'as oublié ?

À l'*Episcopalis turrium*, Anna Maria se rendit directement auprès de frère Benoît, le clerc qui les avait raccompagnés quand ils avaient rencontré l'évêque Rainier. Malheureusement celui-ci était à l'hôpital du Saint-Esprit. Frère Benoît proposa donc de les conduire directement auprès de Michel de Castellaire.

Le juge ecclésiastique habitait une maison à côté de la grande tour de l'évêché. Il préparait une audience pour l'après-midi quand il les reçut dans un cabinet qui jouxtait sa chambre, une simple cellule blanchie à la chaux.

Ce fut Bartolomeo qui raconta ce qu'ils avaient fait et ce qu'ils avaient appris. Pendant qu'il parlait, Anna Maria examinait la petite pièce où ils se trouvaient ainsi que la chambre dont on apercevait un pilier du lit et un haut coffre sur lequel étaient posés des vêtements.

— Que va faire le viguier ?

— Il nous a demandé de l'aider à faire évader Roncelin, dit Anna Maria.

— Vous prenez beaucoup de risques pour un homme qui n'en vaut pas la peine.

— Le *camerarius* de Sa Sainteté nous a dit de tout faire pour transmettre sa proposition au vicomte Roncelin.

— Je ne parlais pas de Roncelin mais de Hugues de Fer.

Il se rendit dans sa chambre et revint avec cinq pièces d'or qu'il donna à Bartolomeo. Puis il lui tendit sa main à baiser et fit de même avec Anna Maria.

Robert de Locksley aperçut Guilhem d'Ussel dans la Grand-Rue. Le troubadour rentrait à l'auberge après être allé au palais de Roncelin où il avait interrogé les domestiques. Il se confirmait que personne ne savait où se trouvait le vicomte.

Guilhem n'était pas retourné à la tannerie. Il n'arrivait pas à prendre de décision et à donner une réponse à Constance. Où pouvait se trouver Roncelin ? Devait-il partir à sa recherche ? Et s'il le trouvait, s'il était prisonnier, que pourrait-il faire ? Tenter de le délivrer ? Seul, ce serait impossible ! N'était-il pas plus simple de rentrer à Toulouse ?

Il savait qu'il était surtout attiré par la jeune femme. À son âge, n'avait-il pas une occasion unique d'obtenir une épouse riche et belle ? Il pourrait s'installer dans cette ville, devenir un notable, consul peut-être. Ce serait une revanche sur le passé.

Mais il y avait un prix à payer. Il y avait toujours un prix à payer. En l'occurrence, il devrait trouver et ramener les assassins de Madeleine, et accepter aussi qu'on les supplicie, ou plus exactement qu'elle les supplicie ! Pourrait-il vivre ensuite avec elle ?

— Guilhem ! entendit-il.

Il se retourna, c'était Locksley.

— Retournes-tu à l'auberge ?

— Oui, tu m'accompagnes ?

Ils se tutoyaient désormais.

— C'est toi qui m'accompagnes, j'ai à te parler. J'ai une proposition à te faire.

— À moi ? (Il fronça les sourcils.) Il y a beaucoup de monde dans la rue, entrons là, nous serons au calme.

C'était un petit bouge où il était déjà venu se désaltérer. Le cabaretier n'avait qu'un vin clairet, mais excellent. Il venait d'un petit port de la côte nommé Cassis.

Ils descendirent quelques marches. La salle était froide. Il y avait deux grandes tables de planches occupées par des crocheteurs. Guilhem s'assit sur une escabelle, dans un coin à l'écart, et Locksley sur un rondin de bois.

— Sais-tu ce qui se passe dans cette ville ? demanda-t-il.

— Non.

— Je viens d'apprendre que le vicomte de la ville a été capturé par un de ses ennemis. Le viguier cherche des hommes pour le délivrer.

Guilhem resta un instant interloqué tant il ne s'attendait pas à entendre ça.

— Qui est cet ennemi ?

— Il se nomme Hugues des Baux.

— Délivrer quelqu'un dans le château des Baux ? On m'a dit que c'est une forteresse imprenable.

— Il a un plan. Il m'en a parlé et il me paraît réalisable. J'ai demandé trois cents pièces d'or en cas de succès et trente pièces par jour de gage. Cela me permettra de quitter la ville. Tu pourrais en avoir autant. Je suppose que tu reçois moins que ça comme troubadour !

— Mais je ne risque pas d'être pendu, sourit Guilhem en hochant la tête.

Il leva un bras pour commander du vin au cabaretier.

— Après tout, pourquoi pas ? Dis-m'en plus, compagnon ! proposa-t-il.

En écoutant le Saxon lui raconter ce qu'il savait, Guilhem se disait que la chance lui souriait. Ce qu'il apprenait complétait ce que lui avaient raconté Constance et Raymond de Toulouse. Mais avait-il intérêt à participer à la délivrance du vicomte ? Il avait fait ce que souhaitait Raymond de Toulouse. Il pouvait rentrer à Saint-Gilles et tout lui raconter.

L'argent serait pourtant une bonne raison pour se lancer dans l'aventure, car il n'était pas riche et après tout il était mercenaire. Et puis il y avait Constance. En délivrant Roncelin, il gagnerait sa main. Et même s'il échouait, à condition qu'il revienne, il pourrait lui dire qui avait tué sa sœur. Elle comprendrait qu'il n'avait pu vaincre les seigneurs des Baux. Cela suffirait sans doute pour qu'il soit agréé comme époux.

De plus Raymond de Saint-Gilles préférerait sans doute Roncelin libre que prisonnier du seigneur des Baux. Hugues des Baux lui avait menti en lui faisant croire que Roncelin allait vendre sa part volontairement. Il ne serait jamais un allié de confiance pour le comte de Toulouse.

Il avait enfin une dernière raison. Il s'était lié d'amitié avec Robert de Locksley et il lui répugnait de l'abandonner quand il partirait se battre.

Cela ne lui coûterait rien d'écouter la proposition et le plan du viguier.

Ayant vidé leurs verres, ils se rendirent donc à la tour de Hugues de Fer. En arrivant, l'écuyer qui attendait Locksley le conduisit par l'escalier jusqu'à la grande salle. Fer et Ibn Rushd étaient penchés sur la table. On avait tendu au-dessus une peau de porc tannée et, à l'aide d'un charbon de bois, un jeune homme dessinait un plan. Une femme qui leur tournait le dos faisait des commentaires.

En les entendant, tous se retournèrent, et quand Robert de Locksley découvrit le visage d'Anna Maria, il resta pétrifié.

Chapitre 17

C'est au souper que l'épouse de Hugues de Fer parla du sorcier.

— Il était devant la porte de l'Annone pendant le marché, comme tous ces bateleurs qui font des tours de passe-passe en espérant une obole. Mais celui-là n'était pas comme les autres ; grand et sombre de peau, avec une terrifiante barbe noire, il s'exprimait dans un baragoin incompréhensible. Ses yeux brillaient d'une étrange lueur et je dois avouer que j'ai eu peur rien qu'en le regardant. C'était sûrement un infidèle ! À grand renfort de gestes, il nous a demandé de nous écarter, expliquant que ce qu'il allait faire était dangereux. Un attroupement s'est formé aussitôt autour de lui, tant on était intrigués.

À ce stade de l'histoire, elle se mordilla la lèvre après avoir observé qu'Ibn Rushd avait eu un sourire quand elle avait parlé d'infidèle.

— Il a répandu une épaisse poudre, noire comme sa barbe, dans un grand cercle de deux cannes autour de lui et nous a prévenus qu'il allait ouvrir la porte de l'enfer, poursuivit-elle. Puis toujours dans son sabir, il a ajouté qu'il connaissait les formules pour se faire obéir du démon. Ensuite il a battu du briquet et une immense flamme l'a entouré dans un fracas de tonnerre. L'odeur de soufre était irrespirable… Il avait vraiment ouvert la porte de l'enfer ! fit-elle d'une voix perçante.

Toutes les conversations avaient cessé à la table. Quelques convives se signaient, d'autres priaient, chapelet en main, car ils avaient été nombreux à avoir assisté au prodige : l'épouse du viguier étant accompagnée de ses servantes et d'un des gardes de Hugues de Fer.

— Que s'est-il passé, ensuite ? demanda Hugues qui n'avait pas été informé de l'histoire, trop occupé avec les préparatifs de l'expédition aux Baux.

— Quand on a vu l'enfer, on s'est enfuis ! Des femmes sont tombées dans la bousculade. Puis la flamme s'est éteinte et le sorcier était toujours là, souriant de sa méchanceté ! Autour de lui, le sol avait fondu ! Il a alors déclaré que, contre quelques piécettes, il pouvait obtenir pour nous les faveurs du démon.

— Les faveurs du démon ! Mais qui est cet individu ? demanda le viguier dans un mélange de colère et d'inquiétude.

— Je ne sais pas, mais ce n'était pas un bateleur ordinaire, mon seigneur, affirma dame de Fer. Il a fait une quête, mais n'a presque rien reçu, car personne ne voulait donner à un sorcier. Avec mes servantes, je suis vite partie, terrorisée. Nous nous sommes juste arrêtées à Notre-Dame des Accoules prier le Seigneur de nous pardonner pour avoir écouté un envoyé du démon.

— Gratien, tu t'es renseigné sur cet homme ? demanda Fer au garde qui était avec sa femme.

Il ne supportait pas que des charlatans fassent peur à la population crédule ou troublent l'ordre établi. Il allait arrêter ce bonimenteur et le jeter hors de la ville… Et s'il découvrait que c'était vraiment un sorcier, il le punirait.

— J'ai essayé, seigneur, je suis resté pour l'interroger mais les gardes de l'évêché sont arrivés. Un religieux avait dû les prévenir, et ils l'ont emmené.

— Ils n'étaient pas dans leur juridiction ! protesta Fer un ton plus haut.

— C'est ce que j'ai dit, seigneur, mais ils m'ont répondu qu'il y avait sorcellerie, et que cela concernait le juge ecclésiastique.

— J'irai le voir demain. Si c'est vraiment un sorcier, il sera brûlé devant les Accoules.

À la fin du souper, Ibn Rushd resta avec son ami. L'homme à la poudre noire l'intriguait.

— J'ai entendu parler de cette poudre, Hugues, elle viendrait de Chine et serait capable en brûlant de fondre les métaux et de briser des murailles.

— Cet homme ne serait pas un sorcier ?

— Peut-être l'est-il, mais je ne crois pas que le Chaytan laisse voir si facilement l'enfer aux badauds d'un marché ! Si ce saltimbanque connaît le secret de cette poudre, il pourrait nous être utile.

— Comment cela ?

— Elle pourrait percer une muraille du château des Baux, nous permettre de sortir en brisant des portes, ou simplement effrayer les gens d'armes.

— Cela m'apparaît bien dangereux.

— Mon ami, ce que nous allons faire l'est déjà tellement ! Essayez d'obtenir du juge ecclésiastique qu'il vous remette cet homme.

— Il se nomme Nedjm Arslan, c'est un Perse de Damas, un sorcier, et je vais le juger avant de le faire brûler, expliqua Michel de Castellaire. L'Église ne peut tolérer qu'on en appelle au démon en pleine rue.

— Et s'il n'était qu'un bateleur ?

Ils avaient été reçus par le juge, dans sa maison qui jouxtait la tour de l'évêché. La prison ecclésiastique était mitoyenne. L'aube venait de naître et, dans deux heures, Fer avait une réunion avec le conseil de la ville.

— Mon ami Ibn Rushd pense que ce Perse utilise une poudre qui provoque des flammes, comme le bois ou le charbon dans une cheminée.

— Vous vous gaussez ! J'ai des témoignages ! Cet homme est une créature démoniale qui a ouvert la porte de l'enfer. Je suis juge par autorité apostolique. Je ne laisserai pas impunie la rébellion des enfants des ténèbres qui méprisent la miséricorde de Dieu, la foi catholique, la puissance du pape et de l'Église romaine.

Il se signa.

— J'ai consulté hier plusieurs prélats, théologiens et docteurs de l'Église. Ils sont convaincus de son activité satanique. N'a-t-il pas dit qu'il parlait aux démons ? Il sera brûlé !

— Il a été arrêté dans la ville basse. Ce n'est pas la juridiction de l'évêché, répliqua le viguier.

— Pourrions-nous le voir ? proposa Ibn Rushd.

Le juge devina qu'il devait se montrer souple.

— Je peux vous conduire à son cachot.

Ibn Rushd jeta un bref regard à Fer pour montrer qu'il s'en contentait.

Ils sortirent en passant par un jardin. Au fond, une poterne en arc de cintre conduisait à un chemin dallé qui longeait le palais épiscopal. Ils arrivèrent devant une lourde grille derrière laquelle un garde et un geôlier jouaient aux osselets sur un banc. Ils se levèrent en entendant les visiteurs.

Michel de Castellaire se fit ouvrir. Ils entrèrent dans une petite salle voûtée au fond de laquelle descendait un escalier creusé dans le rocher.

— Il est en bas, enchaîné avec d'autres prisonniers. Vous voulez descendre ou je le fais chercher ?

— Faites-le chercher, ordonna Fer.

Le geôlier et le garde descendirent. On entendit des cliquetis de verrous, de chaînes, puis ils remontèrent au bout d'un moment accompagné d'un homme moins grand que Fer ne l'avait imaginé, âgé d'une trentaine d'années. Vêtu d'une robe de laine grège, salie de sang et de boue, la barbe couverte de croûtes de sang et le visage tuméfié, il portait des chaînes aux pieds et aux mains.

Ibn Rushd s'adressa à lui en arabe et l'autre répondit dans la même langue, tandis que Michel de Castellaire se signait.

Ils parlèrent ainsi quelques minutes, puis l'ancien cadi déclara à Fer et au juge :

— Il dit qu'il utilise une poudre qu'il fabrique lui-même. On lui a pris le sac qui la contenait. Il arrive de Gênes et ne pensait pas que les gens étaient si crédules.

— Il sera jugé ! martela Castellaire.

— Où est le sac où il garde sa poudre ? demanda Ibn Rushd.

— Je le conserve comme preuve de sorcellerie.

— Nous pourrions faire une expérience dans le jardin.

— Ouvrir la porte de l'enfer ici, dans un lieu consacré ! Vous n'y pensez pas !

— Non, sourit Ibn Rushd. Juste allumer un petit tas de poudre, pour voir ce qui se passe. Vous êtes prêtre et capable d'empêcher le diable de se montrer.

— Allez chercher ce sac ! ordonna Fer.

Castellaire serra les poings, regarda le garde et le geôlier, puis Fer qui tenait son épée. Il devina qu'il n'aurait pas le dessus.

— Dépêchez-vous !

Plein de rage, il partit et revint avec un sac de cuir. Fer et Ibn Rushd l'attendaient dans le jardin. Le garde était sorti lui aussi, pour regarder.

À nouveau Ibn Rushd s'adressa à Nedjm Arslan et lui tendit le sac ainsi qu'un briquet à pierre.

Le Perse s'éloigna d'eux, s'assit par terre, écarta les jambes et plaça de la poudre sur la chaîne, à l'endroit où elle touchait le sol. Il frappa le fer dans le briquet à amadou et alluma la poudre.

Il y eut une brillante lueur, une sorte de chuintement, et la flamme monta à plus d'une toise avant de s'éteindre presque aussitôt.

Effrayés, tous avaient reculé.

Le prisonnier revint vers eux, marchant avec précaution. La chaîne avait fondu en son milieu, comme si elle était passée dans une forge. Là où la poudre l'avait coupée, les maillons étaient encore rougis.

— Vous voyez, dit Ibn Rushd, il n'y a là rien de diabolique ! C'est simplement une poudre qui ressemble au charbon, mais plus puissante.

— L'affaire est entendue, décida Fer qui avait compris combien la poudre serait utile dans leur entreprise. Je l'emmène.

— Non ! Ne sentez-vous pas le soufre ? Je suis juge en dernier appel ici, et juge souverain pour la sorcellerie.

— Il n'y a aucune sorcellerie et vous avez arrêté cet homme dans la ville basse. Quatre gardes m'ont accompagné et m'attendent dans la cour de l'évêché. Voulez-vous vous rebeller contre mon autorité ? Faites-le et je vous fais saisir pour être intervenu dans la ville basse ! Soyez assuré que l'évêque Rainier m'approuvera ! Venez, Ibn Rushd !

Celui-ci dit quelques mots à Nedjm Arslan qui le suivit en gardant son sac de poudre. Ils partirent, mais si Fer s'était retourné, il se serait inquiété de la haine affichée sur le visage de Castellaire.

Le viguier se rendit au Tholoneum avec deux de ses gardes, laissant Ibn Rushd et les deux autres conduire le Perse chez lui.

Dès le retour des jongleurs italiens, Hugues de Fer avait envoyé un messager à son ami Vivaud pour lui demander de réunir le conseil de la ville, aussi quand il entra dans la salle, tout le monde était arrivé.

Les consuls avaient pris la même place que lors de la dernière réunion. Fer leur annonça ce que les jongleurs avaient découvert et leur communiqua sa décision d'aller délivrer Roncelin.

— C'est folie ! intervint aussitôt le procurateur du Saint-Esprit. Comment pouvez-vous espérer faire évader un prisonnier de cette forteresse ? J'y ai logé une fois en me rendant à Montpellier : la seule entrée se fait par le pont-levis et la garnison est forte de plus d'une centaine d'hommes. De surcroît, le château est construit sur un plateau très élevé, avec un seul passage par une porte fortifiée bien gardée.

» En revanche, j'ai parlé à Gérard Adhémar. Il accepte de devenir vicomte si nous l'assistons dans sa tâche. Avez-vous rencontré l'abbesse de Saint-Sauveur pour faire entrer Alice au couvent ? ajouta-t-il d'un ton conciliant.

— Non, j'ai seulement interrogé ma pupille. Elle refuse de devenir religieuse et veut toujours épouser le jeune Raymond des Baux.

— Depuis quand aurait-elle le choix ? C'est à vous de décider, pas à elle ! répliqua sèchement Ansaldi. Vous êtes son tuteur.

— Je ne ferai rien contre sa volonté. Je partirai demain pour délivrer Roncelin. C'est mon devoir puisque je lui ai prêté hommage.

— Si Roncelin est prisonnier, c'est en effet votre devoir de féal de tout faire pour le libérer, approuva l'armateur Grégoire Ratoneau, mais ne serait-il pas plus simple de proposer une rançon ?

— La rançon, Hugues des Baux l'a déjà : c'est la part de Roncelin sur la ville de Marseille ! répondit Fer.

— Les Baussenques vous connaissent, remarqua Pierre Barthélemy, le négociant de drap, je ne vois pas comment vous parviendrez à les tromper.

— J'ai rassemblé quelques personnes valeureuses et hardies. Ces hommes entreront dans le château en demandant l'hospitalité. Je resterai caché à l'extérieur avec des chevaux et ils tenteront de sortir la nuit avec le prisonnier.

— Qui sont ces fous qui souhaitent finir pendus ? demanda le procurateur avec ironie.

— Les comédiens que j'ai déjà envoyés, et un chevalier troubadour en quête d'un engagement. Mais il faudra les payer. Je suis prêt à le faire, pourtant il serait normal que vous participiez à cet effort.

Sur les conseils d'Ibn Rushd, Hugues de Fer avait choisi d'en dire le moins possible. Quelqu'un avait prévenu les Baussenques de la présence de Roncelin dans sa maison de Porte Galle. Si c'était un consul, il recommencerait à trahir la ville. Révéler que les jongleurs et un homme d'armes l'accompagneraient était bien suffisant.

— Combien faudrait-il ?demanda Ansaldi, radouci.

— Les jongleurs demandent cinq cents sous d'or si l'entreprise réussit, et le chevalier six cents. Mais il faudra l'équiper et lui payer des gages de quarante sous par jour. Si nous échouons, les sommes à leur donner seront moindres, bien sûr.

— C'est beaucoup ! protesta le vendeur d'huile Raymond Sarraset.

Sous l'émotion, son visage était encore plus écarlate que d'habitude.

— Botin a promis six cent cinquante sous si nous ramenons Roncelin, le treizan de la dette du vicomte envers lui.

— Il manquera pas loin d'un millier de sous, remarqua Vivaud.

— Je les payerai si vous refusez de participer, je vous l'ai dit, répliqua Fer.

— Nous payerons notre part, bien sûr ! assura Vivaud. Chacun de nous donnera cent cinquante sous.

Pierre Barthélemy et son ami Grégoire Ratoneau approuvèrent d'un hochement de tête, mais Benoît Aurélien avait sorti son chapelet et priait en silence, comme indifférent.

— Je m'incline et supplierai Notre Seigneur qu'il vous assiste, dit chaleureusement Antoine Ansaldi. Mais je persiste à penser que c'est folie. Que deviendrons-nous si vous ne revenez pas ?

— Si le retour de Roncelin ne nous coûte que cela, pourquoi pas ? laissa enfin tomber le syndic de la corporation des tanneurs. Mais nous ne payerons qu'à son retour.

— Si tout le monde est d'accord, dit Vivaud, je vais appeler le notaire pour qu'il rédige l'acte que nous signerons.

Guilhem avait été le seul à remarquer la stupéfaction de Locksley en découvrant les deux Italiens.

— Bartolomeo et sa sœur Anna Maria sont des jongleurs venant de Rome, avait dit simplement Hugues de Fer en les présentant.

Il avait poursuivi en s'adressant d'abord à Bartolomeo :

— Le noble comte Robert de Locksley sera des nôtres. Seigneur comte, pouvez-vous nous présenter votre ami ?

Locksley, toujours figé en regardant Anna Maria, n'avait pas répondu. À ce moment, elle s'était aperçue de son trouble et avait haussé un sourcil de mécontentement.

— Anna Maria ? avait finalement murmuré le Saxon.

— C'est bien mon nom, avait-elle ironisé.

Guilhem avait alors distinctement entendu son ami murmurer : « Marianne. »

— Je suis Guilhem d'Ussel, avait-il dit dans un sourire, puisque Locksley ne le présentait pas. Troubadour et vagabond.

— Vous portez une épée, remarqua Fer.

— Et des éperons, puisque je suis chevalier.

— Le comte vous a dit de quoi il s'agissait ?

— Il me l'a dit, mais je ne crois pas que ce soit réalisable.

— Nous avons un plan. Pouvons-nous vous compter parmi les nôtres ?

Guilhem avait approuvé de la tête en précisant :

— Aux mêmes conditions que mon ami Locksley, bien sûr.

— Je connais les capacités du sire de Locksley, et nullement les vôtres, gracieux chevalier, avait répliqué Fer. D'où venez-vous? Qui vous a adoubé?

— J'ai été lieutenant du seigneur Cadoc de Gaillon. J'ai aussi été au service du prince Jean et c'est Mercadier qui m'a armé chevalier.

— L'écorcheur ! s'était exclamé Fer avec dégoût.

— Qui est ce Mercadier ? avait plaisanté Bartolomeo.

— Priez pour ne jamais croiser sa route ! avait répondu Fer. Je n'ai pas le choix, seigneur d'Ussel, et j'accepte donc vos conditions.

— Quand partons-nous ?

— Après-demain, car demain, il y aura réunion du conseil de la ville. Vous aurez le temps de préparer votre équipement. Approchez-vous de la table : Bartolomeo et Anna Maria nous ont décrit le château et ses abords et je vais vous expliquer notre plan.

C'est le soir, après avoir bu plus que de raison, que Robert de Locksley s'était épanché auprès de Guilhem.

— J'ai été marié, mon ami, et j'ai connu le bonheur. Marianne était la meilleure des femmes et la plus séduisante des maîtresses. Mais la fièvre est venue et l'a emportée. Je me suis croisé en espérant la rejoindre. Seulement, la mort n'a pas voulu de moi, et je suis là, seul...

Il s'était tu un long moment avant d'ajouter :

— Cette femme... Anna Maria... avait-il balbutié dans les vapeurs du vin.

— Elle est fort belle.

— C'est Marianne !

Guilhem l'avait regardé en riant. Son ami était ivre !

— Non, je ne suis pas complètement soûl, mon ami, avait fait tristement le Saxon. Marianne est morte, mais cette Italienne lui ressemble comme si elles étaient sœurs jumelles.

Guilhem leva les index de ses deux mains :

— Tout ce qui se ressemble n'est pas identique, ami. Ces doigts se ressemblent, ils sont même presque pareils (il les remua en riant), pourtant ce ne sont pas les mêmes doigts ! Il arrive parfois que deux personnes soient l'image l'une de l'autre, ce n'est que l'effet du hasard.

— En effet, seulement elles portent le même nom : Marianne et Anna Maria. Qui peut prétendre que c'est le hasard ? Je crois que Notre Seigneur a répondu à mes prières, car j'avais pris la croix pour lui.

Guilhem fit la moue. Il avait connu trop d'atrocités pour croire que Dieu répondait aux prières des hommes.

— Seulement, si Marianne est revenue, je ne veux pas qu'elle nous accompagne aux Baux, car je devine que je la perdrais.

Il s'était levé et il était parti en titubant.

Depuis, Guilhem n'avait plus revu Robert de Locksley sauf au début de l'après-midi, chez le notaire où ils avaient signé l'accord les liant tous. Il y avait un juif, un ami du viguier que Locksley connaissait, qui leur avait promis cent sous d'or à chacun, et un autre témoin nommé Vivaud. Robert était ensuite parti avec eux chez des armuriers de la rue de la Lancerie pour se faire équiper.

Guilhem n'avait rien à préparer. Il était juste allé voir Constance pour lui dire qu'il partait, qu'il allait peut-être retrouver les assassins de sa sœur.

— Je veux que vous les rameniez, lui avait-elle rappelé d'un ton dur.

— Si nous nous battons, je doute que ce soit possible.

Elle n'avait pas répondu et n'avait plus parlé de lui donner des gages. Guilhem devinait qu'elle ne cherchait qu'à l'utiliser et regrettait d'être retourné la voir, mais il ne pouvait s'empêcher de penser à elle.

À une table de l'auberge, devant un pichet de vin, il songeait à elle quand un moine de Saint-Victor, en robe de toile rugueuse serrée aux hanches par un cordon de laine, s'assit devant lui. Un grand capuchon couvrait entièrement ses traits.

Guilhem connaissait ces religieux qui portaient un cilice sous leur robe et appelaient l'abbaye la porte du Paradis. Certains s'ensevelissaient vivants dans leur cellule dont ils faisaient sceller la porte qui ne s'ouvrait que pour laisser sortir leur cadavre. Il était rare de les voir dans une auberge. Encore plus qu'ils s'adressent à des inconnus.

— Vous êtes Guilhem d'Ussel, affirma le religieux d'une voix sourde.

— En effet, dit Guilhem, pensant que le moine voulait le bénir contre quelque obole.

— Vous partez demain aux Baux pour libérer le vicomte Roncelin.

Cette fois, Guilhem ne répondit pas, comprenant que cette rencontre n'était pas fortuite, mais comme l'autre ne disait plus rien, il demanda :

— Qui êtes-vous ?

— Vous êtes un mercenaire. Voulez-vous gagner deux cents sous d'or ? demanda le moine sans répondre.

— Qui les refuserait ? Que devrais-je faire ? sourit Guilhem.

— Vous les aurez si Hugues de Fer ne revient pas.

— C'est tout ?

— Je crois que vous recevrez déjà une récompense si vous ramenez Roncelin.

— Je veux cinq cents sous d'or pour que Fer reste là-bas, proposa Guilhem.

— C'est beaucoup !

— Mais le viguier vous embarrasse aussi beaucoup, répliqua Guilhem.

— C'est d'accord, mais uniquement si vous ramenez Roncelin vivant.

— Comment serai-je payé ? Dois-je vous faire confiance et attendre que vous veniez dans cette auberge ? J'ignore qui vous êtes.

Le moine posa une main sur la table. Ce n'était pas une main de jeune homme, remarqua Guilhem, mais pas une main de vieillard non plus. Il ôta une bague avec un rubis qu'il portait à l'index droit.

— Je tiens beaucoup à cette bague. Quand vous reviendrez, je vous la rachèterai cinq cents sous d'or si Roncelin est avec vous, trois cents sinon.

— Je pourrais la revendre et ne pas revenir.

— Vous en tireriez à peine le dixième.

Guilhem prit la bague.

— Je reviendrai, dit-il.

Le moine se leva et sortit.

Guilhem hésita un instant à le suivre, mais il faisait presque nuit et l'autre avait dû prendre ses précautions.

Pourquoi cet homme voulait-il se débarrasser du viguier ?

— Seigneur, le garçon d'écurie m'envoie vous dire que votre cheval est malade.

C'était un gamin que Guilhem n'avait jamais vu. Il se leva, brusquement inquiet. Il avait brossé sa monture dans l'après-midi et avait vérifié ses fers. Il n'avait rien remarqué. Il prit son épée posée sur la table et se dirigea vers la porte du fond. Un couloir conduisait à l'écurie.

Il faisait presque nuit et il n'avait pas de lanterne. Il regretta de ne pas avoir demandé au gamin de l'accompagner avec un falot.

— Holà ! cria-t-il pour que l'un des garçons d'écurie, qui logeaient près des bêtes, approche.

Plusieurs chevaux hennirent. Où était ce pendard ? se demanda-t-il.

Il s'avança vers les mangeoires. Son cheval était là et paraissait fringant. Il y avait aussi le palefroi de Locksley, deux mulets et quatre ânes.

Il entendit un bruit de pas et se retourna, aussi le coup asséné vers sa nuque fut-il dévié sur son épaule. Malgré cela, la violence du choc lui fit perdre l'équilibre. Il tomba. Au sol, il vit l'ombre du fer de la fourche qui s'apprêtait à le clouer. Instinctivement, il roula sur le côté et les pointes se plantèrent juste à l'endroit où il était auparavant. Son agresseur tira vivement la fourche, tandis qu'une seconde ombre se précipitait sur lui avec ce qui semblait être une guisarme.

Guilhem tenta de l'éviter et heurta l'un des poteaux de bois qui tenaient le toit de l'écurie. La fourche se précipita à nouveau sur lui et cloua cette fois une pièce de sa manche. Il essaya de se dégager mais l'autre le maintenait fermement.

— Il peut plus bouger, cloute-le ! cria un des ribauds.

Celui à la guisarme saisit la hampe à deux mains. Guilhem cherchait vainement à se relever. Il comprit que c'était la fin et fixa sans sourciller celui qui allait le tuer, pour ne pas oublier son visage quand il le chercherait dans l'au-delà afin de lui régler son compte.

Les yeux brusquement exorbités sous son front bestial, l'autre ouvrit grand une bouche édentée et une giclée de sang en jaillit. Il resta debout un instant, immobile. Guilhem s'aperçut alors que le crâne de son agresseur était tranché verticalement jusqu'à son nez. Soudain une molle pâte grise jaillit au milieu de ses cheveux noirs et il s'écroula. Le second truand tomba près de lui, une énorme entaille au cou.

— Tu n'as rien ?

C'était Robert.

— Peux-tu retirer cette fourche ? haleta Guilhem. Ma manche est prise dans les pointes.

— C'était un homme adroit, plaisanta Locksley en le dégageant. Es-tu blessé ?

— Une bosse.

— Que te voulaient-ils ? Des voleurs ?

— Non, je suis trop pauvre, ils voulaient juste me tuer.

— Pourquoi ?

— Je devine qu'on ne veut pas que je parte aux Baux.

— Pourquoi ?

— Ça, je ne sais pas.

Il se pencha pour examiner les corps.

— Jamais vu. (Il se releva.) Tu es arrivé à temps.

— Je revenais, je t'ai cherché et on m'a dit que tu étais parti aux écuries.

— Tu as peut-être eu de la chance aussi...

— Tu crois qu'ils auraient pu s'en prendre à moi ?

Guilhem soupira.

— Allons voir le cabaretier. Qu'il prévienne le viguier et enfermons-nous dans la chambre.

C'est le lendemain soir que Rostang de Castillon reçut le messager qui avait galopé sans débotter. Le parchemin qu'il portait le prévenait que Hugues de Fer allait tenter de pénétrer dans le château des Baux par ruse et qu'il serait aidé par des jongleurs et un chevalier.

Chapitre 18

Au lever du soleil, ils se retrouvèrent à la Porte Galle. Bartolomeo, Anna Maria et Ibn Rushd montaient des mules, Fer avait confié un cheval à Nedjm Arslan qui avait passé la nuit chez lui. Le viguier était accompagné de deux esclaves et de son écuyer qui menaient des chevaux supplémentaires. Chaque cavalier en aurait un en longe durant le voyage. Guilhem d'Ussel et Robert de Locksley arrivèrent les derniers. Le troubadour avait l'épaule douloureuse et avait mal dormi. Fer leur présenta rapidement Nedjm Arslan, sans rien dire de lui.

La veille, le viguier était venu à l'auberge du Grand-Puits pour entendre ce qui s'était passé et examiner les cadavres. Le cabaretier ne se souvenait pas du gamin qui avait demandé à Guilhem de se rendre dans l'écurie et les deux agresseurs lui étaient inconnus. D'après leurs hardes, c'étaient des miséreux. Peut-être étaient-ils de ces écorcheurs de loups qui hantaient les campagnes, car ils avaient des couteaux de boucher. Mais pourquoi en auraient-ils voulu à Guilhem ? D'ailleurs, en voulait-on seulement à lui ? Envisageait-on de s'attaquer aussi à Robert de Locksley et aux autres membres de la troupe ? Cherchait-on à faire obstacle à leur entreprise de libération du vicomte ?

S'il en avait longtemps rejeté l'idée, Hugues de Fer admettait désormais que l'enlèvement de Roncelin était plus obscur qu'il n'y paraissait. Il y avait eu le tissu à l'étoile, quelqu'un avait prévenu les Baussenques de la présence de Roncelin dans sa tour, et maintenant, c'était cette agression inexplicable.

Ibn Rushd était de son avis et se posait même d'autres questions. N'y avait-il que l'argent qui motivait ces jongleurs italiens si conciliants ? Pourquoi cet ancien routier, qui disait s'appeler Guilhem d'Ussel, était-il à Marseille ?

Il faisait froid. Enveloppés dans leur manteau, Ibn Rushd et Fer chevauchaient lentement sur le sentier caillouteux qui longeait la mer. Locksley était en tête avec les Italiens. Depuis le départ, il n'avait pas quitté Anna Maria, comme s'il voulait la protéger. Nedjm Arslan restait seul entre les deux groupes, personne n'ayant envie de lui tenir compagnie. Enfin Guilhem fermait la marche, réfléchissant sur la confiance qu'il pouvait accorder au viguier. Il aurait préféré ne rien lui dire, mais il savait que les coups de main échouaient souvent à cause de la défiance entre les participants.

Finalement, il fit approcher sa monture jusqu'à Hugues de Fer.

— Combien de gens savaient que je partais avec vous, noble viguier ?

— Hier, j'ai dit au conseil qu'un chevalier m'accompagnerait, mais je n'ai pas donné votre nom. Mon écuyer était dans le secret, mais il a ma confiance, tout comme Ibn Rushd et mon épouse.

— Il y avait aussi vos deux amis, qui étaient chez le notaire, remarqua Guilhem.

Vivaud ? Botin ? songea Fer. Pourquoi auraient-ils voulu tuer Guilhem d'Ussel ? Il haussa les épaules pour marquer son désaccord.

— Et vous-même, avez-vous parlé à quelqu'un ? demanda Ibn Rushd.

— Seulement à une femme, dit Guilhem.

— Aurait-elle eu une bonne raison de vous tuer ?

— Certainement pas ! s'esclaffa Guilhem.

— Nous ignorons tout de vous, seigneur d'Ussel, peut-être avez-vous des ennemis à Marseille, insista Ibn Rushd.

— Vous avez raison, j'ai des ennemis, mais pas dans cette ville. En revanche, vous, noble viguier, vous en avez !

Hugues de Fer posa la main sur son épée et lui jeta un regard agressif.

— Expliquez-vous !

— Ne devons-nous pas nous faire confiance ? Deux personnes s'intéressent à nous. L'une ne veut pas que je me rende aux Baux et m'a envoyé les deux truands que Robert a tués. L'autre m'a payé pour vous empêcher de revenir.

— Quoi ? gronda Fer, interloqué.

Guilhem sortit la bague d'une poche de son manteau et la lui tendit.

— Connaissez-vous ce bijou ?

— Non, il ne me dit rien... Mais cessez de parler par énigmes et ne me faites pas regretter d'avoir fait appel à vous ! Que devez-vous faire ? Dites-le-moi !

Pas impressionné par son courroux, Guilhem lui fit calmement le récit de la visite qu'il avait eue juste avant qu'on ne l'attire dans l'écurie.

— Ce moine de Saint-Victor savait que je partais aux Baux, seigneur viguier, il connaissait même mon nom. Comment l'avait-il appris ?

Fer ouvrit la bouche pour répondre puis se ravisa et respira profondément pour se calmer. L'esprit en désordre, il était pris de court. Jusqu'à présent, il s'était persuadé qu'on en voulait seulement au vicomte, maintenant il devinait qu'un ennemi invisible, peut-être plusieurs, cherchait aussi à lui nuire. Il ne put s'empêcher de penser à Vivaud qui avait intérêt à ce qu'il ne revienne pas.

— Pourquoi aviez-vous envoyé ces jongleurs aux Baux ? demanda alors Guilhem. Saviez-vous déjà que le seigneur des Baux avait tué Madeleine Mont Laurier et enlevé Roncelin ?

Fer arrêta sa monture et plaça la main sur la garde de son épée.

— Cette fois c'en est trop ! Comment savez-vous pour Madeleine ?

— Ne nous querellons pas, sire viguier. Je vous en prie, nous devons rester aussi unis que les doigts d'une main. Nous en aurons besoin si nos mystérieux ennemis tentent quelque chose durant ce voyage. Je vais vous dire comment j'ai appris la mort de Madeleine Mont Laurier.

» Je suis né à Marseille, commença-t-il. Mes parents travaillaient pour les Mont Laurier. À leur mort, je suis parti sur les chemins. Comme je vous l'ai déjà dit, j'ai rejoint des bandouillers, des Cottereaux et des Brabançons, et je suis entré dans l'armée de Mercadier puis dans celle de Lambert de Cadoc. C'est avec eux que j'ai appris la violence, la traîtrise et la cruauté. Mais j'en ai fini de cette vie et je suis désormais troubadour.

» Du moins je le croyais. Après avoir reconnu Constance, un jour où vous lui avez parlé sur le port, je suis allé la voir. Elle a deviné quel homme j'étais et m'a raconté la mort de sa sœur. Elle m'a demandé de chercher les assassins. Je n'avais encore rien décidé quand Locksley m'a proposé de vous rejoindre.

— Et si c'était elle qui avait prévenu Hugues des Baux ? demanda Ibn Rushd. Avez-vous songé qu'elle aurait pu vouloir se débarrasser de sa sœur ? Peut-être est-ce elle aussi qui a envoyé ces deux truands contre vous dans l'écurie ?

Guilhem secoua négativement la tête.

— Elle ne m'aurait pas demandé de retrouver les meurtriers de Madeleine.

Ibn Rushd n'insista pas, bien qu'il ne fût pas convaincu. Peut-être avait-elle eu peur que Guilhem ne découvre son rôle en se rendant au Baux. Les deux truands n'avaient-ils pas des couteaux d'écorcheur ? Ces lames étaient-elles si différentes de celles des corroyeurs ?

En revanche, Fer s'était apaisé et se sentait même rassuré d'avoir avec lui un homme aussi expérimenté que Guilhem. Décidé à lui faire confiance, il lui raconta la visite de l'intendant de Roncelin et la découverte du morceau d'étoffe à la comète qui accusait Hugues des Baux. Il termina par cette interrogation :

— Quelqu'un a informé les Baussenques que notre vicomte serait seul avec Madeleine. Est-ce celui qui veut ma mort ? Ou est-ce celui qui veut la vôtre ? À moins que ce ne soit une tierce personne…

— D'après les jongleurs, Hugues des Baux est malade. Ce n'était donc pas lui qui conduisait l'expédition, remarqua Ibn Rushd.

— Vous avez raison, car c'était Rostang de Castillon ! affirma Guilhem.

Fer, interloqué, arrêta à nouveau sa monture.

— Comment pouvez-vous affirmer ça ? cria-t-il.

Guilhem leva une main en souriant.

— En venant d'Arles, j'ai passé la nuit près du prieuré Saint-Martin…

Il raconta ce qu'il avait vu, la troupe de Castillon qui arrivait de Marseille et l'homme attaché sur un cheval ; sans doute Roncelin. Fer lui demanda de le décrire, mais Guilhem ne l'avait pas suffisamment observé.

Ils repartirent en silence jusqu'à ce que Fer interroge à nouveau Guilhem.

— Craignez-vous vraiment qu'on nous empêche d'aller jusqu'aux Baux ? Est-ce vous qui avez demandé au seigneur de Locksley de rester en tête ?

— Oui, je lui ai dit tout ce que je sais et il se tient sur ses gardes.

Guilhem soupira.

— Vous avez un bon plan, sire viguier, mais je crains que nos adversaires n'en aient un meilleur.

— Prions au moins pour que Hugues des Baux ne nous attende pas, conclut Fer.

Ils s'arrêtèrent à la tour des Jourdans[1], un édifice carré et crénelé de cinq étages, érigé sur un rocher en bordure du littoral. Le seigneur des Jourdans, qui bien sûr connaissait Hugues de Fer, donna ordre à ses serviteurs qu'on s'occupe des montures des voyageurs et leur fit servir à dîner.

Ils repartirent par un sentier qui longeait un ruisseau au fond d'un vallon et grimpèrent durant deux milles dans les collines avant de redescendre vers le bourg fortifié des Pennes.

Maintenant Anna Maria paraissait apprécier la compagnie de Locksley, riant souvent à ses plaisanteries. Quant à Nedjm Arslan, il parlait beaucoup mieux leur langue que les autres ne le croyaient et Bartolomeo, qui l'avait rejoint, lui apprenait des tours d'illusionniste qui déclenchaient chez lui de bruyants éclats de rire.

1. Cette tour, appelée plus tard tour de Saumaty, a été détruite au début du XXe siècle.

En chemin, Hugues de Fer raconta à Guilhem comment il avait sauvé le Perse du bûcher, et ce qu'il était capable de faire avec sa poudre noire. Guilhem resta circonspect, ne croyant guère à ce mélange miraculeux. Mais s'il pouvait facilement allumer des incendies, ce serait sûrement un avantage pour créer des diversions, dit-il au viguier.

— Sa poudre peut faire beaucoup plus, intervint Ibn Rushd. Il m'en a décrit les pouvoirs, et je le crois, car j'en avais entendu parler. Malheureusement il n'en a qu'une petite quantité, mais il m'a assuré qu'il sera facile d'en fabriquer s'il a suffisamment de soufre. Aussi j'en ai fait charger un sac sur ma mule.

Il ajouta que le Perse avait facilement accepté de se joindre à l'expédition, tant il avait hâte de quitter Marseille, et les cent sous d'or que Hugues de Fer lui avait promis avaient balayé toutes ses craintes.

C'est à l'occasion d'une halte que le viguier raconta ce qu'il savait sur la mort de Madeleine et l'enlèvement de Roncelin. Toutefois, il ne parla ni du mystérieux moine à la bague ni des agresseurs de Guilhem, jugeant que cela ne concernait ni les jongleurs ni le Perse. Ils discutèrent ensuite de la façon dont ils pénétreraient dans le château des Baux, et sur ce qu'ils feraient ensuite, chacun proposant des améliorations au plan initial. Anna Maria et Bartolomeo apportèrent de leur côté des précisions sur ce qu'ils avaient observé dans la forteresse.

C'est lors d'une autre étape, tandis qu'ils s'apprêtaient à descendre vers le village des Pennes dont on apercevait les fortifications, que Locksley interrogea Anna Maria sur la prison des Baux.

— Ce sont des cachots creusés dans la roche et fermés par une porte ferrée dont un chevalier a la clef. Ils sont près de la cuisine mais ils doivent être profonds, car je n'ai entendu ni soupirs ni plaintes.

— Il nous faudrait cette clef, intervint Fer. Qui est ce chevalier ?

— Raimbaud de Cavaillon. C'est le lieutenant de Hugues quand Castillon n'est pas là, m'a-t-on dit. Je ne l'ai vu qu'au souper, quand nous avons fait notre spectacle. C'est un homme taciturne mais sa femme Dulceline est plus loquace que lui et m'a posé des questions sur Rome. C'est elle qui m'a confié que son mari garde les clefs du château dans leur chambre. Ils logent au premier étage du logis des chevaliers.

— Vous m'avez dit qu'il y a quatre chevaliers ?

— Il y en a peut-être plus, mais je n'en ai vu que quatre. Martial d'Arsac et Foulque Chabrand logent au deuxième étage de ce bâtiment, avec des serviteurs. Quant à Arnaud de Coutignac, le plus âgé, lui et sa femme Sibille habitent à côté de Raimbaud de Cavaillon.

— Comment entre-t-on dans ce logis des chevaliers ? demanda Guilhem.

— Le château est construit autour d'un éperon rocheux qui a servi de carrière. Ce rocher est troué de salles, de citernes et de couloirs où nous ne sommes jamais allés. Le logis des chevaliers, où habitent aussi le bayle et le chapelain – un nommé Basile –, a été édifié sur des arcades, devant la cour d'entrée, et comporte deux étages. L'entrée est dans l'une des arcades, mais il y a sûrement un autre passage vers le donjon.

— Les Baussenques affirment descendre du roi mage Balthazar, ricana Fer, mais en réalité leur nom vient de Bau, qui veut dire escarpement rocheux. Ils vivent dans des cavernes et des carrières, comme des animaux.

— Comment pourrait-on prendre ces clefs ? demanda Guilhem qui se moquait bien des prétentions des Baussenques. Il faudrait trouver un moyen d'entrer dans le logis.

— C'est inutile, je peux détruire la porte des cachots, intervint Nedjm Arslan.

— Avec votre poudre ? Mais l'incendie tuera Roncelin !

— Non, il y a d'autres moyens...

Il leur expliqua ce qu'il était capable de faire, mais Guilhem, Locksley et les jongleurs restèrent incrédules, aussi leur promit-il de le leur prouver lors d'une halte où il n'y aurait pas d'habitations à proximité.

Le soir, ils arrivèrent au castrum Vitrolla dont les murailles et la tour se dressaient au sommet d'un plateau rocheux. Le château fortifié appartenait à la maison des Baux, aussi passèrent-ils la nuit dans un petit ermitage fortifié dépendant des abbés de Saint-Victor de Marseille.

Le lendemain, ils repartirent pour le castrum de Sallone par un chemin longeant le grand étang. Vers midi, tandis qu'ils se trouvaient dans un endroit isolé, Nedjm Arslan proposa de montrer ce qu'il savait faire. Ayant creusé un trou sous un rocher, il l'emplit de poudre noire et y planta un long morceau de coton imprégné de soufre. Après l'avoir couvert de grosses pierres, il demanda à ses compagnons de s'éloigner d'une centaine de toises et d'attacher solidement les montures, puis il battit le briquet et s'enfuit en courant.

La déflagration fut plus forte que celle du tonnerre du plus puissant orage qu'ils aient jamais entendu. Dans la fumée, ils virent le rocher se soulever d'une dizaine de cannes pour retomber ensuite en se brisant dans un fracas épouvantable.

Persuadé d'une intervention diabolique, Hugues de Fer, Locksley et Bartolomeo tombèrent à genoux pour prier. Anna Maria resta seulement pétrifiée, tout comme Ibn Rushd, tandis que Guilhem s'était jeté à plat ventre en se protégeant la tête de ses bras.

Pendant ce temps, les chevaux et les mules tentaient de fuir et de rompre leurs licols en hennissant.

— C'est fini ! cria Nedjm Arslan en revenant vers eux, regrettant maintenant d'avoir mis tant de poudre pour les impressionner.

Malgré cela, ils ne bougeaient pas et ce ne fut que lorsqu'un cheval rompit sa longe que Guilhem se leva pour calmer les bêtes.

— Comment est-ce possible ? balbutia enfin Fer. Comment faites-vous ? Est-ce l'œuvre du démon ?

— Non, répondit le Perse en s'efforçant de sourire, car il voyait à quel point le viguier craignait une sorcellerie. J'ai appris à faire cette poudre grâce à un voyageur qui revenait de Chine. Ce n'est qu'un mélange de soufre et de fleur de roche. C'est une sorte d'amalgame, mais il peut briser portes et murailles.

— Vous pourriez surtout tuer Roncelin ! s'inquiéta Ibn Rushd.

— Pour briser une porte, il faut en mettre très peu, mais vous avez raison, je ne sais pas encore très bien me servir de ce mélange.

Robert de Locksley et Hugues de Fer se rendirent à l'endroit où il avait mis la poudre. Il n'y avait plus qu'un profond trou calciné noirâtre qui ressemblait à une porte des enfers. Le viguier se signa à nouveau, peu convaincu de l'absence de maléfice.

Ils repartirent en silence, n'ayant aucune envie de parler et leurs oreilles encore douloureuses. À la halte suivante Bartolomeo et Anna Maria tracèrent une nouvelle fois sur le sol un plan sommaire du château des Baux. Si les chevaliers, les familiers et les hauts serviteurs tel le bayle étaient dans le logis aux arcades, les autres, c'est-à-dire les valets d'armes et les domestiques, étaient serrés dans deux édifices mitoyens quasiment sans ouvertures hormis des archères, expliquèrent-ils. Il y avait là des bouges et des cabinets où s'entassaient une centaine d'hommes et une vingtaine de familles. Devant le bâtiment le plus éloigné, une seconde cour intérieure permettait d'accéder à une tour de guet. De là, un escalier le long de la muraille descendait jusqu'à la salle basse du donjon. Il y avait aussi une forge dans cette cour où un artisan fabriquait les cottes de mailles, les pointes de lance et les carreaux d'arbalètes.

De l'autre côté de la cour aux arcades se dressaient un four à pain et une salle en contrebas pour les repas des serviteurs ainsi que les écuries du seigneur. Au bout d'une ruelle, un escalier conduisait aux cachots et aux cuisines creusés dans une salle souterraine.

Entourant la forteresse, une haute muraille crénelée garnie de hourds de bois ne laissait un passage que par un pont-levis enjambant une fosse creusée dans le roc. On y arrivait par une basse-cour où se trouvaient d'autres écuries et une forge à chevaux, ainsi que de grandes remises pour le fourrage et des étables. Il n'y avait aucun endroit pour se dissimuler.

Quant au donjon, construit depuis peu et qui ne comportait que deux niveaux, il reposait sur des carrières souterraines qui servaient de celliers et de citernes. La salle basse servait aux repas et aux veillées, tandis qu'au-dessus se trouvaient les chambres du seigneur et de sa famille, mais ni Bartolomeo ni Anna Maria n'y étaient allés. Ils savaient seulement qu'on y arrivait à partir de la salle basse. Peut-être y avait-il d'autres passages depuis le logis des chevaliers, mais ils ne les connaissaient pas.

Les questions fusèrent, en particulier sur les communications entre les corps de logis, mais les deux jongleurs ne pouvaient y répondre. La seule certitude était qu'on ne pouvait entrer et sortir du château que par le pont-levis, lui-même protégé par un corps de garde.

Chapitre 19

Ils passèrent la nuit au castrum de Sallone. Entouré d'un petit bourg fortifié, le château appartenait à l'archevêque d'Arles qui reçut le viguier de Marseille avec de grands égards. Hugues de Fer inventa qu'il se rendait à Montpellier pour rencontrer des marchands. Le lendemain, le petit groupe se sépara. Les deux jongleurs et Guilhem partirent les premiers avec le viguier qui, une fois caché, garderait les chevaux en surplus et les armes du chevalier.

Ibn Rushd, Nedjm Arslan et Robert de Locksley quittèrent Sallone deux heures plus tard.

Guilhem était soucieux. Après avoir longtemps réfléchi, il n'avait trouvé qu'une signification au tissu à l'étoile dans les mains de Madeleine. C'était un signe abandonné volontairement. Il avait déjà utilisé ce stratagème pour attirer quelqu'un dans un piège. Or, la seule personne que l'on pouvait vouloir ainsi piéger était le viguier Hugues de Fer. Mais pour quelle raison ? Quel rapport y avait-il avec le moine à la bague qui était venu le trouver à l'auberge ? D'après ce qu'il lui avait dit, Hugues de Fer gênait Ansaldi au sein du conseil. Le procurateur du Saint-Esprit était-il l'âme de ce complot ? Il y avait aussi Guillaume Vivaud, qui aurait beaucoup gagné à la disparition de son ami. Mais le viguier avait certainement d'autres ennemis que Guilhem ne connaissait pas.

Allaient-ils seulement trouver Roncelin aux Baux ? se demandait-il. Il avait interrogé plusieurs fois Anna Maria et elle avait reconnu n'avoir jamais entendu son nom ; on ne lui avait parlé que d'un homme emprisonné depuis quelques jours. Ce qui le rassurait, c'est qu'il avait bien vu un captif dans la troupe de Castillon qui revenait de Marseille.

En chemin, il fit part de ses inquiétudes à Hugues de Fer et lui suggéra de se cacher dans la bergerie où se rendait le jeune berger quand il avait quitté Saint-Martin. Comme le pâtre ne devait y rester que huit jours, l'endroit était sans doute vide et les chevaux seraient à l'abri si le mauvais temps venait, car le vent soufflait de l'est. S'ils parvenaient à délivrer Roncelin, ils le retrouveraient facilement à cet endroit-là,

Ibn Rushd avait donné à son ami deux miroirs de fer poli et en avait gardé deux autres. Si Hugues de Fer pouvait s'approcher du château vers midi, il pourrait faire des signaux et recevoir des messages simples de ses compagnons. L'ancien cadi avait appris aux autres comment réfléchir la lumière d'un miroir sur l'autre, quand le soleil était dans leur dos. Les codes étaient simples : trois éclairs signifieraient : « Tout va bien », quatre : « Nous partons aujourd'hui, tenez-vous prêts » et cinq : « Nous partons demain. »

Ils laissèrent le viguier à l'entrée du chemin conduisant à la bergerie et poursuivirent jusqu'à l'Arcoule sans rencontrer quiconque. Ils étaient sur la route qui montait au plateau rocheux quand déboucha une troupe de cavaliers. Une dizaine d'hommes précédés d'un écuyer portant une oriflamme. Les Italiens et Guilhem d'Ussel s'arrêtèrent.

On les entoura. Les gens d'armes portaient hoqueton de cuir ou gambisons à corselets d'écailles, certains avec une comète à seize rayons brodée sur la cotte de drap qui les couvrait. Leur crâne était protégé de calottes de fer pointues ou arrondies couvrant un capuchon de maille descendant aux épaules.

L'armement était disparate. Plusieurs tenaient une lance, d'autres de lourdes arbalètes. Tous avaient à la selle masse, fléau, hache à deux tranchants et rondaches[1] de bois couvertes de lames de métal et de clous.

Un chevalier les accompagnait. En lourd haubert descendant au bas des cuisses, la tête entièrement dissimulée par un heaume à nasal surmonté d'un cimier à tête de cerf, il attendait en arrière. Ce fut un sergent d'armes qui s'adressa à eux :

— Où allez-vous ?

— Au château des Baux, seigneur, répondit Anna Maria. Nous sommes jongleurs. Nous sommes déjà venus il y a quelques jours.

Ce fut dit en utilisant quelques mots de latin et en forçant sur l'accent du Latium. Durant leur précédent séjour, elle avait fait croire aux gens des Baux qu'elle et son frère parlaient mal, et comprenaient encore moins, la langue occitane.

Le chevalier intervint.

— Je me souviens de vous, mais vous n'étiez que deux.

— Je me nomme Guilhem d'Ussel, seigneur, et je suis troubadour. J'ai rencontré mes amis en chemin et comme ils n'ont pas trouvé de nouvel engagement, nous nous proposions d'amuser les soirées du seigneur des Baux pour quelques jours.

1. Petit bouclier circulaire.

Le sergent d'armes, qui portait l'écu triangulaire de son seigneur, en bois couvert de cuir bouilli, se tourna vers lui pour recevoir ses ordres. Guilhem se tenait sur ses gardes. Il ne doutait pas que si le chevalier leur disait de les massacrer, ils obéiraient. Ce serait alors une rude partie, car ceux-là ne ressemblaient pas aux ribauds de Castillon.

— Pourquoi portez-vous une épée ? demanda le chevalier avec méfiance.

— Les routes sont peu sûres, seigneur, et j'arrive d'Aquitaine.

— Je ne vous crois pas, décida le chevalier.

— Puis-je sortir ma vielle, seigneur ?

Sans attendre de réponse, il détacha la boîte dans son dos et saisit l'instrument de musique. En souriant, il fit tourner deux fois la roue et commença d'une jolie voix grave :

En femme n'ai point tricherie,
Mais loyauté sans vilenie...

Le sergent sourit, imité par les valets d'armes et l'écuyer.

— Venez avec nous, le seigneur décidera ! ordonna finalement le chevalier.

Encadrés par les hommes d'armes, ils reprirent le chemin bordé de cistes et de romarins. Le chevalier s'était placé près d'Anna Maria et lui posait des questions auxquelles elle répondait vaguement, tout en les assortissant d'un sourire, comme si elle ne les comprenait pas.

Enfin le plateau rocheux apparut. C'était une sorte de table entourée de falaises, et au bord poussaient des chênes et des pins rabougris. À travers cette végétation, Guilhem distingua un pan de muraille et l'extrémité d'une tour carrée entourée de hourds ainsi que la grande bannière écarlate avec l'étoile des Baux flottant au bout d'un mât. Le sentier qui montait vers la plate-forme rocheuse était escarpé. Ils passèrent un portique fortifié non gardé avant de suivre un long passage protégé par une double enceinte à l'intérieur de laquelle on ne pouvait avancer qu'à deux de front. À son extrémité se dressait une porte percée dans une muraille appuyée aux falaises. Du haut des merlons, deux gardes les observaient et les vantaux de bois s'écartèrent à leur approche.

Ensuite, le chemin monta à nouveau durant une vingtaine de cannes. Guilhem balayait les alentours du regard. Il n'apercevait aucun autre mur d'enceinte. La falaise, raide et vertigineuse, était une défense naturelle. Ils débouchèrent enfin sur un grand plateau rocailleux dominé par la forteresse. C'était une haute muraille bordée de hourds de bois dont dépassait un éperon rocheux sur lequel s'appuyait un corps de logis aux minuscules ouvertures. Au sommet du rocher se dressait une tour de garde sur laquelle flottait la bannière des Baux. Une plus grosse tour carré s'élevait vers la gauche.

Le chemin serpentait dans la rocaille. Le plateau paraissait immense avec quelques masures de pierre construites à flanc de roche, et, sur leur droite, une petite chapelle, des moulins ainsi qu'une potence où pendait un corps desséché.

Le chemin obliqua pour grimper jusqu'à une étroite esplanade bordée d'écuries, de granges et d'ateliers d'artisans. C'était la basse-cour du château. Elle se terminait par l'enceinte et le pont-levis.

Ils laissèrent leurs montures pour passer le pont à pied et, sous la surveillance du sergent d'armes, le chevalier les fit attendre dans une petite cour pavée, devant un bâtiment construit sur des arcades voûtées qui s'appuyait sur le rocher.

— C'est le logis des chevaliers, souffla Anna Maria à Guilhem qui l'avait déjà deviné.

Des serviteurs et des hommes à pied passaient devant eux, les regardant avec curiosité. Guilhem examina le pont-levis protégé par des demi-tours crénelées et un corps de garde. Au bout d'un moment, venant d'une ruelle, arriva un jeune homme en haubert. Grand mais trop corpulent, il portait une épée à la taille. Reconnaissant Anna Maria, il s'arrêta pour lui dire quelques mots aimables avant de s'éloigner par le pont-levis.

— C'est Martial d'Arsac, dit-elle à voix basse à Guilhem. Un des chevaliers. Celui qui nous a conduits s'appelle Arnaud de Coutignac.

Justement ce dernier revint et leur ordonna de le suivre. Sous l'une des arcades, il emprunta un étroit passage percé dans la roche et ils pénétrèrent dans une cave éclairée par un flambeau de résine. Encombrée de jarres et de tonneaux, il y régnait une puissante odeur d'huile et de vin. De là, ils passèrent dans une seconde salle souterraine, plus vaste, avec des coffres et des couchettes de bois. Le sol était couvert de paille sale. Un falot pendu à un crochet fixé dans la roche fumait plus qu'il n'éclairait. Ils suivirent ensuite Coutignac dans un escalier de pierre pour arriver dans une vaste pièce voûtée en arcs d'ogive. La construction était neuve et sommairement meublée de bancs, de coffres et d'une table formée de planches sur des tréteaux. Tout un pan de mur n'était que de la roche sommairement taillée et seules quelques archères, dans des embrasures du mur extérieur, apportaient un peu de lumière. Contre le rocher s'élevait un massif escalier de chêne.

— Laissez votre épée ici, ordonna Coutignac à Guilhem. Personne n'approche notre seigneur armé s'il n'est chevalier. Posez aussi vos bagages.

Ils s'exécutèrent avant de monter jusqu'à une chambre au plafond de bois peint en rouge. Éclairée par deux fenêtres ogivales, une vers la cour et l'autre vers la campagne, il y régnait une douce chaleur grâce au feu qui crépitait dans une large cheminée.

Un homme au visage pâle et aux traits creusés était assis sur une cathèdre, devant un lit aux rideaux cramoisis. Malgré son air maladif, la brutalité perçait dans son regard. À sa droite se tenait une femme en bliaut de soie immaculé avec une lisière d'or. Son visage sombre révélait une profonde tristesse mais Guilhem n'y prêta pas attention. Son regard s'était porté sur l'être qui se tenait debout, à gauche de la cathèdre. Couvert d'une broigne maclée sur une robe longue de couleur verte, il devait faire au moins huit pieds de haut et s'appuyait sur une masse d'armes dont la massue était découpée en ailettes tranchantes. Sa peau sombre, comme celle d'un Sarrasin, luisait à la lueur des flammes.

— Ainsi vous revenez, fit la femme en latin, d'un ton à la fois ironique et fatigué, après qu'ils se furent tous agenouillés. Je croyais que vous deviez vous rendre à Paris…

— Nous sommes allés jusqu'à Arles, dame Baralle, où nous espérions jouer pour l'archevêque, expliqua Anna Maria dans la même langue. Mais il était parti pour son castrum de Sallone et nous nous y sommes rendus, seulement il n'a pas voulu de nous. C'est là-bas que nous avons rencontré Guilhem d'Ussel qui arrivait d'Aquitaine (elle le désigna), et comme nous avons besoin de manger, nous sommes revenus, espérant que vous nous garderez quelques jours. Nous pouvons faire un spectacle tous les soirs, si vous le désirez.

Le regard de Hugues des Baux se posa longuement sur Guilhem avant qu'il n'ordonne :

— Arnaud, loge-les. Qu'ils jouent demain pour le souper.

Toujours à genoux, ils inclinèrent la tête et, sur un signe de la femme, se relevèrent et reprirent l'escalier.

Coutignac les conduisit dans une minuscule salle accolée au four à pain. Il y avait du foin comme seul couchage et des sacs de grains entreposés le long d'un mur, ce qui réduisait encore la place.

— C'est le seul endroit où je peux vous mettre, fit le chevalier d'un ton bourru. Nous sommes serrés. Si vous avez faim, descendez aux cuisines, vous savez où elles se trouvent. Vous pourrez sortir pour vous occuper de vos montures et circuler où vous voulez dans le château, mais sans pénétrer dans aucun bâtiment. Ici, la seule sanction à la désobéissance est la pendaison.

À peine était-il sorti que Guilhem demanda :

— Qui était ce géant avec le seigneur des Baux ?

— Monteil. On ne le voit qu'au souper, car il ne quitte jamais le seigneur. On m'a dit qu'il était un bâtard des Baux, fils d'une esclave sarrasine.

— On nous a aussi rapporté, ajouta Bartolomeo, que lorsqu'un serviteur commet une faute grave, on rassemble les gens du château en haut des murailles. Monteil se saisit alors du coupable, le soulève à bout de bras et le précipite en bas où il se brise sur les rochers.

Ils s'installèrent, se faisant des paillasses avec leurs couvertures, tandis que Guilhem songeait au géant à la masse d'armes qui serait peut-être une difficulté supplémentaire. Leur logis était glacial, car le four n'était pas allumé et le vent entrait par une ouverture sans volet. Anna Maria se fit une couche à l'écart des deux hommes, puis ils se rendirent à l'abri à chevaux où ils avaient laissé le reste de leurs bagages et leurs instruments de musique.

Ils nourrirent et nettoyèrent les bêtes avant d'aller dans la cuisine où on leur servit une épaisse soupe et du pain de seigle. Les deux Italiens entreprirent ensuite de faire visiter les lieux à Guilhem.

De la cour au bâtiment à arcades partaient deux étroites ruelles. La ruelle cadastrale – la plus large – séparait le corps de logis des chevaliers et la maison du four. Elle conduisait aux salles souterraines, aux cachots et aux cuisines. La seconde ruelle, parallèle, passait entre le four et une salle en contrebas où mangeaient les gens du château. Par des cheminements dans des celliers et des volées de marches, cette ruelle conduisait à la haute cour dont un angle était fermé par la tour carrée qu'on appelait la tour Paravelle.

À l'extrémité de cette cour, exposée aux vents du nord, serpentait un passage en partie couvert qui longeait la muraille et permettait de se rendre dans la grande salle basse du donjon. Le long de ce passage se trouvaient les latrines, un petit édifice surplombant l'enceinte avec des sièges de pierre et des portes qui autorisaient l'intimité. De là grimpaient aussi des marches creusées à flanc de rocher qui permettaient d'atteindre la terrasse rocheuse surplombant la forteresse. Comme on ne leur avait pas interdit de s'y rendre, ils montèrent cet escalier, car Guilhem voulait tout connaître.

En haut, un chemin de ronde serpentait jusqu'à la petite tour de garde portant l'étendard rouge à la comète aux seize rayons. Ils aperçurent aussi une seconde bannière de couleur verte, qui n'y était pas quand ils étaient arrivés.

Guilhem s'approcha d'un des gardes qui surveillait l'horizon et lui demanda ce qu'elle signifiait. L'autre lui répondit que c'était un signal pour le château de Castillon qu'il lui désigna au loin.

De cet éperon, constata Guilhem, on dominait la plaine en contrebas et on pouvait voir tout mouvement de troupe. Il se fit expliquer les sites qu'on apercevait : au sud les marais, avec la voie aurélienne, et à l'ouest le vallon de l'Arcoule que l'on appelait le val d'Enfer. Les gardes lui expliquèrent que la vue sur le nord était meilleure par la tour Paravelle, mais que son accès était interdit aux visiteurs.

Le froid était vif, car le vent était violent à cette hauteur. Ils redescendirent se réchauffer aux cuisines. En chemin, Anna Maria montra à Guilhem la porte de fer qui conduisait à la prison. Elle paraissait indestructible. En bas régnait une grande animation, car le souper avait commencé dans la grande salle du château. Une cuisinière, qui surveillait la cuisson des soupes, lui dit :

— D'autres voyageurs viennent d'arriver, on dit qu'il y a un médecin. C'est un vrai miracle ! Peut-être pourra-t-il guérir notre maître.

Chapitre 20

Ils n'avaient rencontré personne en chemin, mais ils furent arrêtés à la porte fortifiée qui fermait le plateau rocheux. La nuit approchait et l'obscurité s'étendait.

— Mon nom est Robert de Locksley, je suis comte de Huntington et féal seigneur du noble sire le roi Richard d'Angleterre, duc d'Aquitaine et de Normandie. Mon compagnon est le médecin Ibn Rushd, cadi de Marrakech, qui est accompagné de son serviteur. Nous demandons l'hospitalité pour la nuit au seigneur des Baux.

Les gens à pied qui assuraient la garde ne pouvaient refuser l'entrée à un tel visiteur et le sergent les conduisit lui-même au château. Là, il les fit attendre un moment à l'abri du froid, dans une des pièces souterraines, pendant qu'il se rendait dans la grande salle où se tenait le souper.

La table était dressée et les convives avaient commencé à manger avec leurs doigts l'épaisse soupe aux amandes et à l'huile d'olive étendue sur du pain. Le sergent s'approcha du chevalier Martial d'Arsac, qui était de service à l'extrémité de la table, pour lui glisser quelques mots.

Ils étaient une trentaine de convives, tous du même côté, tandis que de l'autre servantes et valets faisaient le service, servaient les vins et amenaient les victuailles depuis la cuisine dans de grands plats ou des soupières. D'autres domestiques surveillaient la cuisson de volailles sur les broches de la cheminée et récupéraient les jus de cuisson dans des pots.

Au milieu de la salle, face à la cheminée, se tenaient le seigneur Hugues et sa femme. Le maître des Baux, en robe cramoisie fourrée au col et aux poignets, posait un regard silencieux sur les flammes, buvant à petites gorgées un pot de lait de chèvre, qui semblait être sa seule nourriture. Baralle, en bliaut de soie turquoise à larges manches depuis les coudes, picorait dans son assiette. Un voile brodé d'or lui couvrait les cheveux, les épaules et la gorge. Elle paraissait désespérée.

En revanche, le chapelain à côté d'elle mangeait de bon appétit. Près de lui, le chevalier Raimbaud de Cavaillon et son épouse Dulceline conversaient à mi-voix, ensuite c'était le médecin du château, le bayle et sa femme, et au-delà d'autres féaux des Baussenques. Du côté de Hugues des Baux se tenaient Arnaud de Coutignac et sa femme Sibille, puis les hauts serviteurs du château et enfin le chevalier Foulque Chabrand, à l'extrémité.

Ainsi prévenu, Martial d'Arsac se leva et s'approcha de son seigneur à qui il annonça l'arrivée des visiteurs de marque.

— Qu'ils viennent ! ordonna Hugues.

Baralle, qui avait entendu, donnait déjà des ordres pour qu'on libère trois places à côté de son mari, chacun se poussant ou se serrant sur les bancs.

Robert de Locksley entra et fit quelques pas, sous les regards curieux de l'assistance. Il embrassa la grande salle avec une expression hautaine, mais bienveillante, jeta un regard sur le sol de pierre couvert d'un mélange de paille et de branchettes de romarin, puis s'avança vers le maître de maison en évitant les trois molosses qui dormaient près de l'âtre. Arrivé devant Hugues et Baralle, il inclina le torse avec une politesse formelle teintée d'un brin de dédain. Avant de quitter Sallone, il avait revêtu sur son haubert une longue tunique blanche brodée du léopard d'Angleterre et de la croix rouge des croisés anglais. Un large baudrier à triples lanières soutenait sa grande épée de taille à double tranchant, une miséricorde et une escarcelle brodée d'argent. Dans cette tenue, il ne pouvait que forcer le respect.

— Vous êtes anglais, vient de me dire mon chevalier, fit Hugues.

— En effet, noble seigneur, mais plus exactement saxon. Je suis comte de Huntington. Je rejoins mon roi en Aquitaine et je vous remercie de m'offrir l'hospitalité pour la nuit.

— C'est la moindre des courtoisies, intervint Baralle avec un sourire charmeur. Veillez donc vous asseoir près de nous avec vos amis et serviteurs.

Robert de Locksley salua une nouvelle fois et rejoignit Ibn Rushd et Nedjm Arslan qui attendaient en haut de l'escalier, tous deux sujets de la curiosité de l'assistance à cause de leurs habits et de leurs turbans d'infidèles.

Le groupe fit le tour de table, jetant un regard intrigué vers le géant brun qui, un long épieu ferré à la main, restait immobile derrière Hugues des Baux.

Locksley s'assit à côté du châtelain et Ibn Rushd près de Baralle qu'on lui présenta. Nedjm Arslan se plaça un peu plus loin.

— Où se trouve Huntington, noble seigneur ? s'enquit Hugues.

— Aux marches du pays de Galles, près de Hereford, seigneur des Baux.

— Je ne connais pas ce pays, répliqua le Baussenque avec un sourire fatigué, mais je demanderai à mon chapelain de m'en parler.

On leur donna une écuelle contenant une épaisse tranche de pain recouverte de soupe. Avant de s'asseoir, Locksley avait confié son arc et son carquois à un domestique. Ce geste n'avait pas échappé à son voisin, Arnaud de Coutignac.

— Vous tirez à l'arc, noble comte ? s'étonna-t-il.

— Je tire à l'arc, comme beaucoup de Saxons.

— Je n'ai jamais vu d'arc si long et si puissant, dit de Coutignac.

— C'est un arc saxon, sourit Locksley.

— Il faudra organiser une joute avec mon frère, proposa Hugues d'une voix éteinte. Castillon est le meilleur archer du pays.

— Vous avez pris la croix, seigneur ? demanda Baralle.

— Pour la délivrance du tombeau de Notre Seigneur.

— Mais vos compagnons sont des infidèles, remarqua Hugues des Baux, dans un mélange de surprise et de reproche voilé.

— En effet. Mais le sage Ibn Rushd (il le désigna) est le plus grand médecin d'Orient. Je reviens de Palestine avec lui, car mon roi Richard Cœur de Lion l'a fait mander près de lui pour qu'il soigne ses douleurs.

Baralle se tourna vers le mahométan pour le considérer avec curiosité.

— Vous êtes médecin ? s'enquit-elle.

— Médecin et cadi du sultan de Marrakech, gente dame.

Elle parut songeuse, tandis que le seigneur des Baux, fatigué ou contrarié, s'abîmait dans le silence.

En mangeant, Locksley avait donc toute liberté pour observer les lieux et les gens. Il compta plusieurs chevaliers et écuyers reconnaissables à leur surcot à la comète et à leur baudrier d'où pendait miséricorde ou couteau de chasse. Les serviteurs et les familiers étaient en robe ou en bliaut, quelques sergents d'armes étaient revêtus de casaques de cuir. Il y avait peu de femmes et seulement trois enfants mâles d'une dizaine d'années. Son regard s'attarda sur les armes primitives suspendues aux murs : des épieux, des guisarmes, des haches, des fauchards[1] et des fléaux.

On servit des pigeons grillés, des pâtés de lapereau et du ragoût de cerf dans un silence oppressant à peine brisé par quelques murmures, car chacun craignait d'attirer sur lui le courroux du seigneur en le dérangeant dans ses pensées. Soudain Hugues des Baux demanda avec contrariété :

— Pourquoi n'est-on pas allé chercher les jongleurs en l'honneur de mon invité ?

Immédiatement, Martial d'Arsac se précipita et revint très vite avec Bartolomeo, Guilhem et Anna Maria.

Ayant monté l'escalier sur les mains, Bartolomeo se lança dans des pitreries et des cabrioles qui auraient fait rire un tas de pierres, puis Anna Maria et Guilhem, chacun avec leur instrument, chantèrent à deux voix avec une telle harmonie que Locksley, bien que rassuré de les voir si bien dans leur rôle, ressentit une certaine jalousie devant leur complicité.

Mais déjà Hugues décidait de se retirer. Le géant Monteil s'approcha pour l'aider et Baralle se leva à

---

1. Arme à large fer en forme de serpe au tranchant convexe attachée à l'extrémité d'une hampe de douze pieds, permettant de tirer les gens par les jambes ou les bras.

son tour. Elle demanda alors à voix basse à Ibn Rushd s'il pouvait examiner son époux.

Dans la chambre, Hugues des Baux étant sur son lit, Ibn Rushd l'interrogea sur ses symptômes après avoir examiné sa bouche, ses yeux et ses ongles. Le médecin du château et le chapelain Basile l'observaient.

— Le ventre… des douleurs déchirantes, du sang, et la peau qui me démange, lâcha le seigneur des Baux en grimaçant, tant il avait honte de parler de ses maux.

— Vous n'avez bu que du lait à table, remarqua Ibn Rushd.

— Mon épouse et mon médecin ont pensé qu'on m'empoisonnait et ont jugé que seul le lait des chèvres serait sain.

— Je vais les traire moi-même, expliqua Baralle, personne d'autre n'approche le lait que je porte à table, et pourtant mon mari ne guérit pas.

— Ce n'est pas forcément un empoisonnement, et il y a toutes sortes de poisons, remarqua Ibn Rushd, pensif.

— Dois-je considérer cela comme une bonne nouvelle ? ironisa Hugues.

— Non, répondit Ibn Rushd, le visage fermé. Ce pourrait être aussi une maladie contre laquelle les hommes ne peuvent rien, ou encore un venin.

— Je lui administre une thériaque que je mélange moi-même en suivant les préceptes de Galien, intervint le médecin.

La thériaque était une préparation à base de poisons, en particulier de chair de vipère, d'opium, de minéraux, de plantes et de sang d'animaux mélangés avec du miel. C'était une panacée contre toutes les maladies, mais principalement contre les poisons et les morsures. La thériaque la plus chère venait de Venise.

— Contrairement à Galien, je crois que l'emploi répétitif de la thériaque est mauvais, répliqua Ibn Rushd. Une alimentation saine et une eau propre sont les seuls garants contre la maladie. Les drogues sont des matières étrangères au corps qui nuisent au fonctionnement du foie et des reins. Vous arrêterez donc de lui en donner.

— Doit-il continuer à boire du lait de chèvre ?

Le médecin arabe resta hésitant un moment avant de demander :

— Avez-vous une ferme avec une vache ?

— Oui.

— Vous irez vous-même chercher le lait de cette vache, et vous assisterez à la traite. Vous prendrez les mêmes précautions que pour la chèvre. Vous donnerez à votre époux le pain que vous cuisez ici, mais vous irez vous-même le choisir parmi ceux qui sortent du four.

— Mais comment les choisir ? demanda-t-elle.

— Vous prendrez celui qui vous plaira. Ce sera suffisant. De la même façon, vous choisirez vous-même un lapin ou un pigeon rôti à la cuisine.

Il balaya la pièce des yeux. Outre le grand lit d'angle aux rideaux cramoisis, il y avait deux coffres, un banc, une table, un dressoir et des escabelles. Il y avait surtout trois portes.

— Votre chambre est à cet étage…

— C'est celle-ci, dit-elle en désignant une porte.

— Vous y conserverez ces aliments, personne n'y entrera et votre époux mangera avec vous, dans cette pièce. Je reviendrai demain. Nous verrons ensuite si son état s'améliore.

— C'est donc un empoisonnement ? demanda Hugues.

— Je ne sais pas, faisons d'abord cette vérification, voulez-vous ? Malheureusement, je crains que vous n'ayez à m'accorder l'hospitalité durant quelques jours.

— Ce sera avec plaisir, grimaça Hugues.

— Quelle eau boit-il ?

— Celle de l'Arcoule.

— Vous irez aussi la puiser vous-même et la garderez dans votre chambre.

— Du lait ! De l'eau ! Je ne connaîtrai donc plus jamais le goût du vin ? ironisa tristement Hugues des Baux.

Ibn Rushd n'hésita guère. Certes, le vin pouvait être empoisonné, mais il avait observé qu'à table tout le monde était servi à partir des mêmes cruches. Empoisonner le vin aurait tué plusieurs personnes !

— Du moment que vous partagez votre vin avec vos voisins, vous pouvez en boire, fit-il avec un sourire. Cela devrait au contraire vous faire du bien. Mais que désormais personne n'entre dans cette pièce, sauf vous, et moi.

— Et Monteil, décida Hugues.

— Personne ! répliqua Ibn Rushd. Où vont ces autres portes ?

— Celle-ci (Baralle désigna celle en face de sa chambre) donne dans une salle rarement utilisée, et cette autre (elle se situait à côté de la fenêtre ogivale ouvrant sur la cour) conduit aux logis de nos serviteurs et des chevaliers, mais elle est fermée au verrou.

Rassuré, Ibn Rushd salua le médecin et le chapelain, s'inclina respectueusement devant Baralle et ajouta à l'intention de Hugues des Baux :

— Je vous souhaite un bon repos, seigneur.

Il retrouva Arnaud de Coutignac dans la grande salle. Sans poser de questions, le chevalier le conduisit dans leur chambre où se trouvaient déjà Locksley et Nedjm le Perse. C'était une petite pièce au deuxième étage du logis des chevaliers meublée d'un huchier et d'un grand lit à custode où ils dormiraient tous les trois. En laissant Ibn Rushd avec ses compagnons, Coutignac leur dit qu'ils auraient peut-être pour voisin Rostang de Castillon, le demi-frère du seigneur qui logeait là quand il venait au château.

— Hugues des Baux est sans doute empoisonné, annonça Ibn Rushd à voix basse quand le chevalier fut parti. Je peux peut-être le sauver, mais est-ce nécessaire ?

Le château était petit, aussi, le lendemain, Robert de Locksley rencontra facilement Anna Maria. Il avait revêtu son épais manteau de voyage sur une courte tunique de laine de couleur verte, serrée à la taille, avec des trousses vertes. À sa ceinture pendait sa lourde épée et il était chaussé de bottes avec ses éperons de chevalier. Elle ne portait qu'une simple robe de laine grège et un grand châle.

Comme s'il lui contait fleurette, il se promena un moment avec elle. Bien qu'il y ait perpétuellement du monde autour d'eux elle parvint à lui montrer la porte de la prison, puis il lui demanda s'il y avait un endroit où ils pourraient parler sans qu'on les entende.

Elle le conduisit dans la cour de la tour Paravelle et ils montèrent, par les marches creusées dans le roc, jusqu'au sommet de la forteresse. Là, en suivant le rocher par la crête, s'ils n'étaient pas à l'abri des regards des gardes, ceux-ci ne pouvaient écouter ce qu'ils se diraient.

— Que vouliez-vous me dire, noble comte ? demanda-t-elle mi-moqueuse, mi-sérieuse. J'espère que ce ne sont pas des propositions que je ne pourrais entendre.

C'est au castrum de Sallone que Locksley avait révélé à Anna Maria son étonnante ressemblance avec son épouse décédée. Cette fadaise l'avait d'abord fait sourire, c'était la première fois qu'un homme inventait cela pour la mettre dans son lit. Puis comme il avait insisté, elle avait marqué son indifférence. Elle n'éprouvait aucun sentiment envers ce noble anglais. Il était comte et elle jongleuse. Elle savait que dans quelques jours il serait sorti de sa vie et elle n'envisageait pas de devenir sa maîtresse.

Mais Locksley était sincère même s'il ne voyait en elle que celle qu'il avait vue mourir. Depuis qu'il avait rencontré la jongleuse, la passion éprouvée pour Marianne lui brûlait à nouveau le cœur, et avec elle l'insupportable douleur de sa disparition.

Il ne voulait pas perdre la jeune Italienne, et c'était la raison de cette entrevue.

— Rassurez-vous, Marianne, fit-il sans se rendre compte qu'il mélangeait les prénoms. Hugues des Baux nous a demandé de rester quelques jours. J'ai bien réfléchi cette nuit où je ne trouvais pas le sommeil. Vous m'avez montré la porte des prisons et je n'ai pas besoin d'en savoir plus. Vous et votre frère avez fait votre part du contrat. Nous n'avons plus besoin de vous. Partez dès demain.

Elle ne s'attendait pas à ces paroles et resta interdite. Soulagée aussi, car elle avait peur de ce qui pourrait lui arriver et des supplices qu'elle subirait s'ils étaient pris. Mais pouvait-elle accepter ? Depuis la mort de sa mère et du cardinal Ubaldi, elle n'avait connu aucun ami, à part son frère, bien sûr. Or, durant les trois jours du voyage, elle avait eu le sentiment apaisant d'appartenir à une vraie fraternité.

Quitter ces compagnons ainsi n'était-il pas un lâche abandon ?

— Agiriez-vous ainsi à ma place ?

— Je suis un homme d'armes, Marianne ! Je sais affronter le danger et me défendre contre lui.

— Qu'allez-vous faire, si nous partons ?

— Arslan détruira la porte des cachots après avoir posé une boîte de poudre noire. Nous délivrerons Roncelin et nous mettrons le feu au château. Dans le désordre qui suivra, nous gagnerons le pont-levis l'épée à la main. Nous sortirons et nous emparerons des chevaux. La nuit, il ne doit pas y avoir une forte garde à la porte du plateau et nous passerons sans peine. Si vous et votre frère êtes avec nous, vous nous gênerez.

— Je vous gênerai moins qu'Ibn Rushd et Nedjm Arslan qui ne savent pas se battre. Serez-vous seul à affronter toute la garnison ? Guilhem restera-t-il ? Et Roncelin se battra-t-il avec vous ? Que ferez-vous s'il est blessé ou enchaîné ?

— S'il est enchaîné, Nedjm Arslan fera fondre ses fers, ou je les briserai d'un coup de hache. Quant à Guilhem, il restera avec nous. Vous n'avez qu'à vous disputer avec lui pour avoir un prétexte de séparation.

— Lui avez-vous parlé ?

— Je vais le faire, les autres sont d'accord.

Il ajouta, la gorge nouée :

— Je vous en prie, Marianne, faites ce que je vous demande. Partez retrouver le viguier à la bergerie et attendez-nous. Quand je vous aurai rejointe, j'aurai encore à vous parler.

— De quoi donc ? demanda-t-elle, glaciale.

— Resteriez-vous avec moi ? demanda-t-il à brûle-pourpoint.

— Pourquoi le ferais-je ? Parce que je ressemble à votre épouse ? demanda-t-elle agressivement.

Vous vous trompez, Robert de Locksley, je ne suis pas Marianne, je suis Anna Maria Ubaldi, une jongleuse ! Je ne vous aime pas et je ne veux pas être votre maîtresse !

Elle lui tourna fièrement le dos pour rentrer et il la rattrapa par l'épaule.

Avec brusquerie, elle repoussa sa main en lui lançant :

— Laissez-moi ! Parlez à Guilhem. S'il est d'accord, nous partirons, mais n'espérez rien de moi. Comprenez-vous ?

Dans la tour, les gardes avaient assisté à leur dispute et se moquaient de ce chevalier incapable de se faire obéir d'une femme.

Désemparé, Locksley la laissa s'éloigner et resta un moment, le regard dans le vague, à considérer la plaine en contrebas. Peut-être Fer était-il là, quelque part dans les bois qu'il apercevait, se dit-il. Il tenta un moment d'apercevoir un signal, tout en se morigénant. Il s'était conduit comme un sot. Marianne était morte et personne ne pourrait la remplacer. Cette fille lui ressemblait, c'est tout. C'était une jongleuse et il était comte de Huntington. Une famille qui descendait directement des rois d'Écosse.

Ayant retrouvé son sang-froid, il partit à la recherche de Nedjm Arslan qu'il retrouva près du four à pain où il se réchauffait. Le Perse lui apprit qu'Ibn Rushd était retourné voir Hugues des Baux et Locksley le conduisit devant la porte des prisons. Il l'emmena ensuite dans la cour de la tour Paravelle et lui expliqua son plan. Il voulait agir cette nuit.

— Il sera facile de détruire la porte, encore faudrait-il être certain que le sire Roncelin se trouve enfermé derrière, remarqua Nedjm Arslan après un moment de réflexion. D'autre part, si je peux placer des pots à feu emplis de poudre à plusieurs endroits dans le château, je n'en aurai pas assez pour provoquer beaucoup de destructions, car il faut que j'en garde suffisamment pour détruire la porte du passage sur le plateau.

— Pouvez-vous en fabriquer ?

— J'ai déjà du soufre purifié en quantité. J'ai besoin de charbon de bois, mais je pourrais facilement en obtenir à la maison du four. Seulement il me faut aussi du sel de pierre. Ce sont de petites aiguilles blanchâtres que l'on trouve aisément dans les caves et dans les étables. Sans doute y en a-t-il dans les carrières autour du château, si on y a entreposé du fumier. J'en chercherai tout à l'heure.

— Faisons d'abord le chemin qu'on aura à parcourir des prisons au pont-levis. Nous marquerons ainsi les endroits où vous mettrez vos pots à feu, proposa Locksley.

Chapitre 21

Pendant ce temps, Guilhem et Bartolomeo étaient sortis du château pour s'occuper de leurs montures et reconnaître les environs. Guilhem voulait surtout savoir s'il y avait d'autres passages que la porte fortifiée qu'ils avaient franchie pour pénétrer sur le plateau rocheux.

Ils se rendirent d'abord aux moulins, examinèrent la falaise abrupte, puis marchèrent jusqu'à la chapelle Saint-Blaise où Bartolomeo voulut prier un moment. Un prêtre, qui habitait dans une grotte proche, expliqua à Guilhem que les maisons qu'il apercevait plus bas, à flanc de rocher, étaient occupées par des cardeurs et des tisserands qui achetaient la laine aux bergers de la vallée. C'étaient eux qui avaient construit la chapelle pour avoir un lieu de culte.

— Il n'y a pas d'enceinte devant leurs maisons. Je suppose qu'ils se réfugient dans le château en cas de danger, fit Guilhem.

— Le rocher est creusé de tunnels qui conduisent à d'anciennes carrières. Ce sont des cachettes suffisantes, car c'est un vrai dédale.

Guilhem montra la potence et le corps desséché.

— Qu'avait-il fait pour mériter ça ?

— C'est un paysan du val d'Enfer qui a logé un colporteur sans le dire au maître. Castillon l'a découvert et a tué le colporteur.

Ils furent interrompus par un tumulte de hennissements, de martèlement de sabots et d'ordres qu'on clamait. Une troupe de cavaliers arrivait à la porte d'entrée du plateau rocheux. Rapidement, ils la virent passer sur le chemin qui conduisait au château : une bonne trentaine d'hommes équipés de broignes à maillons de fer ou de casaques de cuir, tous coiffés de cervelières, de chapels ou de casques pointus. La plupart sans épée, mais avec des haches, des masses d'armes ou des épieux à pointes dentées. Quelques-uns avaient des arbalètes, d'autres des lances et des fauchards. En tête, un homme en haubert long et bassinet que Guilhem reconnut à la bardiche attachée à la selle. Derrière lui, un écuyer portait le guidon sur lequel il devina, brodé : *A l'Azard Beautezard !*

Ainsi Rostang de Castillon arrivait. L'avait-on prévenu ? Guilhem repensa à la bannière verte. C'était peut-être un signal pour annoncer qu'il y avait des visiteurs au château, à moins que Hugues des Baux n'ait envoyé un messager à son frère. Mais pourquoi une troupe si importante ? Ce devait être toute la garnison de son château. Il essaya vainement d'apercevoir Pierre, le frère du fermier qui l'avait hébergé.

Si Castillon restait, cela entraînerait des complications, se dit-il. Il regarda encore une fois le pendu qui paraissait se moquer de lui avec sa langue noire qui pendait hors de sa bouche, puis il alla chercher Bartolomeo pour rentrer.

Au château, le chapelain Basile, prévenu par les guetteurs, attendait Rostang sous les arcades. À peine Castillon descendu de cheval, le prêtre lui fit comprendre qu'il voulait lui parler. Ils empruntèrent le passage qui conduisait au cellier. Là, personne ne pouvait les entendre.

— Seigneur, il est arrivé des visiteurs, dit le chapelain d'une voix agitée.

— Je sais, je suis venu pour ça.

— L'un d'eux est médecin et soigne votre frère.

— Médecin ? Je croyais que c'étaient des jongleurs.

— Il est aussi arrivé des jongleurs dans l'après-midi, mais un peu plus tard, ce fut un médecin infidèle et un chevalier anglais.

— J'ignorais. Un infidèle ? Mais parle-moi d'abord des comédiens. Combien sont-ils ?

— Ils sont déjà venus, un homme et une femme, ils disent venir de Rome. Cette fois, ils sont accompagnés d'un troubadour nommé Guilhem d'Ussel.

— Guilhem ? Qui le connaît ? Il a rencontré mon frère ?

— Oui, seigneur, hier soir ils ont joué dans la grande salle.

Donc ce Guilhem n'était pas le viguier de Marseille, se dit Castillon.

— Personne d'autre avec eux ?

— Non, seigneur.

— Et cet infidèle ?

— Ils sont trois : le médecin, qui est très âgé, son serviteur, et un Anglais qui est comte de Huntington.

— Attends-moi là.

Castillon sortit du cellier. N'étaient entrés dans la cour que son écuyer et trois de ses sergents d'armes. Le reste de la troupe attendait dans la basse-cour. Il dit quelques mots à ses officiers et les suivit des yeux un moment tandis qu'ils sortaient du château.

Quand Ibn Rushd arriva dans la chambre de Hugues des Baux, Baralle était partie chercher du lait et le seigneur était avec Monteil. Ses recommandations n'avaient donc pas été respectées mais il n'en fit pas la remarque. Il examina longuement le châtelain des Baux, le fit uriner et passer sur sa chaise pour examiner ses excréments, puis il lui fit avaler un philtre qu'il avait dans ses bagages et qui pouvait contrarier quelques poisons simples.

— Avez-vous déjà eu des cas comme moi ? demanda le Baussenque quand il eut terminé.

— Chaque malade est différent, seigneur. Depuis combien de temps souffrez-vous ?

— Trois mois environ. Mais depuis plusieurs semaines, je ne sors plus. Je suis incapable de monter à cheval.

— Votre épouse s'occupe des fiefs ?

— Elle et mon frère Castillon. En vérité c'est mon demi-frère, mais je ne sais pas ce que je ferai sans lui. Pourquoi allez-vous en Aquitaine ?

— Le médecin de Richard Cœur de Lion est un de mes amis. On s'est connus en Palestine, bien que dans des camps ennemis. Il souhaite que j'examine le roi d'Angleterre qui se plaint de douleurs.

— Vous voyagez bien simplement, sans homme d'armes, sans écuyer, sans arbalétrier... C'est étonnant pour un homme du rang du seigneur de Locksley.

— Nous avions quatre lances avec nous, seigneur, et mes propres serviteurs. Tous sont morts d'une fièvre foudroyante durant la traversée. À Marseille, le comte a voulu engager des hommes d'armes, mais sans y parvenir. Il était pressé de retrouver son roi et a décidé de partir ainsi. Il m'a dit qu'il recruterait plus facilement des chevaliers et des arbalétriers à Montpellier.

— C'est bien possible, en effet, et je reconnais qu'il est difficile de trouver de bons hommes d'armes. Moi-même je n'y parviens pas. J'aimerais en parler avec le seigneur Locksley. Vous lui demanderez de venir me voir.

À cet instant, un homme entra. Ibn Rushd se retourna pour le saluer. Large d'épaules, en haubert avec une épée à la taille, il avait la figure d'un trentenaire mais il était ventripotent comme un quinquagénaire. Son caractère violent s'affichait sur son visage sanguin et ses yeux noirs, profondément enfoncés sous des arcades proéminentes, accentuaient cette impression. Le chapelain Basile, en robe de bure serrée par une cordelière, trottinait derrière lui, les yeux baissés mais attentifs.

— Mon frère, j'ai appris que tu as des invités, s'exclama le nouveau venu.

— Ah ! Rostang ! Je t'attendais. Voici l'honorable Ibn Rushd, un grand médecin d'Orient. Nous parlions justement de toi !

Ibn Rushd devina que le nouveau venu était Castillon.

— Tu as déjà un médecin, et Basile a étudié les plantes à Montpellier. Et lui, au moins, peut prier Notre Seigneur pour toi, railla-t-il. C'est quelque chose que ne peut pas faire un infidèle !

À ces mots insultants, Ibn Rushd s'inclina avec humilité.

— Mais ni Basile ni mon médecin ne me guérissent, hélas ! Reste ce soir, nous parlerons. Les troubadours seront là et je suis sûr que tu apprécieras le spectacle.

— Mordieu, j'en suis certain, s'esclaffa Castillon avec un rire désagréable, mais en attendant, j'ai envie de rencontrer l'Anglais qui est avec lui.

Il désigna Ibn Rushd avec un regard mauvais.

— Voulez-vous que j'aille chercher le sire de Locksley, seigneur ? demanda l'ancien cadi.

Castillon regarda son frère qui hocha la tête sans rien laisser paraître de ce qu'il pensait. Après s'être incliné, Ibn Rushd sortit, mal à l'aise. Il avait ressenti des non-dits inquiétants dans l'échange entre les deux frères.

Guilhem arriva dans la basse-cour quand la troupe faisait demi-tour. Il n'eut que le temps de s'écarter avec Bartolomeo pour éviter d'être piétiné par les chevaux. Pourquoi Castillon était-il venu avec tant d'hommes pour repartir si vite ?

Il passa le pont-levis et, en voyant le cheval à la bardiche, il comprit que le frère de Hugues des Baux était toujours là. Ce qui se passait était déroutant, et il n'aimait pas ce qui était inattendu.

Il aperçut Locksley avec le Perse et s'approcha d'eux avec servilité. Bartolomeo l'imita.

— J'accompagne notre serviteur qui a besoin d'herbes. Venez-vous avec nous ? proposa Robert de Locksley.

Guilhem comprit que le Saxon avait besoin de lui parler. Il acquiesça d'autant plus que lui-même voulait lui raconter l'arrivée de Castillon.

Ils passèrent dans la basse-cour et Bartolomeo s'éloigna avec Nedjm Arslan pour lui montrer les carrières qu'ils avaient vues. Cheminant à l'écart, Locksley expliqua son plan et la proposition qu'il avait faite à Anna Maria.

— Je partage ton avis, approuva Guilhem. Il est préférable qu'ils s'en aillent. Je me disputerai avec elle devant tout le monde pour prétexter notre séparation. Si Arslan peut préparer ses pots à feu rapidement, nous pourrions agir la nuit prochaine. Le soleil est haut. Je vais chercher les miroirs qu'Ibn Rushd m'a laissés et essayer de prévenir Fer qu'il aura de la visite demain. Je me mettrai sous ces arbres.

Il désigna un groupe d'oliviers derrière l'église Saint-Blaise où il pourrait s'asseoir à l'ombre sans qu'on le remarque.

Locksley revint au château pour prévenir Anna Maria mais il rencontra en chemin Ibn Rushd qui le cherchait.

— Castillon est avec son frère. Ils veulent vous rencontrer.

— Je vous retrouverai dans notre chambre, répondit Locksley en se rendant à la convocation.

Il monta dans les appartements du seigneur des Baux. À peine entré, un homme corpulent, debout près du lit, lui lança agressivement, la main sur son épée :

— Qui êtes-vous ? Qu'est-ce qui vous prend d'entrer ici ?

— Laisse, Rostang, c'est le comte de Huntington, dit Hugues des Baux.

— C'est vous l'Anglais ?

Locksley eut l'impression que Castillon était déçu de ne pas le connaître. S'attendait-il à quelqu'un d'autre ?

— Je suis saxon, fit sèchement Locksley.

Un silence hostile s'installa jusqu'à ce que Hugues des Baux déclare d'une voix fatiguée :

— Rostang de Castillon est mon frère.

— Loué soit Jésus-Christ de me permettre de vous rencontrer, fit Locksley d'un ton égal en inclinant le torse.

— À jamais, ainsi soit-il, répliqua Castillon, un peu amadoué. Mon frère m'a dit que vous étiez croisé.

— En effet, je rentre de Palestine.

— Vous connaissez le roi Richard ?

— Je l'ai connu en Angleterre.

— Vous repartez quand ?

— Je devrais déjà être sur la route, mais votre frère désire que le médecin que j'escorte reste quelques jours pour le soigner. Nous repartirons dès que le seigneur des Baux nous le demandera.

— Vous avez vu les comédiens ?

— Oui, surtout la jongleuse, qui est charmante ! plaisanta Locksley.

— Êtes-vous resté longtemps en Palestine ? intervint Hugues des Baux.

— Pas assez pour délivrer Jérusalem, noble seigneur. Deux ans seulement, mais je serais encore là-bas si je n'avais reçu une lettre de mon roi me demandant de revenir avec maître Ibn Rushd.

— Le comte de Huntington tire à l'arc, fit encore Hugues des Baux. Tu devrais jouter avec lui, Rostang, pour savoir qui de vous deux est le meilleur.

— Pourquoi pas, s'il aspire à être défait ! ricana Castillon. Ce n'est pas un Anglais qui sera mon maître !

À cet instant, Baralle entra avec une servante. Elle fronça imperceptiblement les sourcils en découvrant le chapelain dans un coin de la pièce. Robert de Locksley remarqua son attitude, puis fut frappé par le changement d'expression de Castillon. Le frère de Hugues des Baux paraissait submergé par des émotions qu'il ne parvenait pas à cacher. Il baissa même les yeux pour dissimuler la violence de son trouble.

Baralle parut ne s'apercevoir de rien et, s'approchant de son mari, elle lança sèchement à la cantonade :

— Le nouveau médecin ne souhaite pas que mon époux reçoive du monde dans sa chambre. Il va maintenant dîner avec le lait et le pain que je lui porte. Pouvez-vous nous laisser.

— Plus de lait de chèvre ? s'enquit Castillon ironiquement.

— Non.

Locksley s'inclina et se retira.

— Nous nous reverrons ce soir, seigneur Locksley, fit Castillon en le suivant avec Basile.

La phrase sonna comme une menace.

Les entrailles criant de malefaim et attiré par des odeurs appétissantes, Locksley se rendit dans la salle à manger près du four à pain où les gens du château prenaient leur repas. Il trouva une place à l'une des deux grandes tables et reçut une écuelle de soupe de choux sur une épaisse tranche de pain de seigle et de froment. La soupe, mélangée à du vin, le réchauffa tout de suite. Il y avait des pots sur la table et de grosses cruches de vin. Tandis qu'une domestique le servait, il aperçut à l'autre table les chevaliers Martial d'Arsac et Foulque Chabrand qui lui firent un signe amical.

Après la soupe, on lui versa un ragoût de sanglier sur une autre tranche de pain. Il y avait beaucoup de monde autour de lui, des palefreniers, des serviteurs et des gardes, bien sûr. Quelques femmes, au bout de la table des chevaliers, mangeaient avec leurs enfants.

Locksley avait presque terminé quand il vit entrer Nedjm Arslan et Bartolomeo qui s'installèrent près de lui en écartant ses voisins. Nedjm lui dit qu'il avait trouvé ce qu'il cherchait, et qu'il retournerait dans l'après-midi pour en ramasser. Locksley hocha la tête et sortit. Il retrouva Ibn Rushd dans leur chambre et lui détailla le plan qu'il envisageait. Le musulman ne parut pas enthousiaste.

— Je pourrais vous dire que c'est parce que je trouve que votre dessein a des faiblesses. Mais ce n'est pas pour ces raisons que j'hésite à vous approuver.

— Quelles faiblesses ? demanda Locksley, irrité.

— La première est que nous n'avons aucune certitude quant à la présence de Roncelin dans les cachots.

— Où pourrait-il être ? Il y a un prisonnier ici depuis une dizaine de jours. Ce ne peut être que lui !

Ibn Rushd fit la moue.

— L'incendie provoquera des morts, des innocents, des enfants, s'inquiéta-t-il.

— Comment les éviter ? Nous savions qu'il y aurait des victimes. Mieux vaut que ce soit eux que nous, c'est ainsi dans toutes les guerres !

— C'est juste, mais la vraie raison est que j'aimerais avoir le temps de découvrir de quel mal souffre Hugues des Baux.

— Ce n'est pas possible. Castillon se méfie visiblement de moi, de nous tous sans doute. Rester plus longtemps, c'est courir le risque de commettre une erreur et de nous découvrir.

Ibn Rushd soupira.

— C'est certain. Préparons donc tout pour demain, comme vous le souhaitez.

— Ce soir, après le souper et le spectacle, nous examinerons combien il y a de gardes, et quelles portes sont fermées. Arslan doit nous préparer de la poudre. Je vais maintenant trouver Anna Maria pour lui dire que nous sommes d'accord. Elle devra partir demain matin.

Elle était seule dans la petite pièce à côté du four. Revêtue de son manteau, car même à cette heure il faisait frais, elle jouait du psaltérion, assise sur un rondin.

— Je vous dérange ? demanda Locksley d'un ton égal.

— Non, seigneur, au contraire. Je voulais vous dire combien je suis désolée pour ce qui s'est passé et pour les mots qui m'ont échappé.

— C'est de ma faute, Anna Maria. Je ne recommencerai pas et ne vous appellerai plus Marianne, car c'est vous qui avez raison. J'ai parlé à nos amis. Nous agirons dans deux nuits. Guilhem se disputera avec vous ce soir et vous annoncerez demain que vous partez avec Bartolomeo. Vous rejoindrez le viguier à la bergerie où Guilhem m'a dit que Fer nous attendait. Nous nous y retrouverons la nuit suivante…

Il avait à peine dit ces mots que la porte s'ouvrit dans son dos.

— Que faites-vous là ! rugit Castillon.

— Et vous ? Ne vous gênez pas ! répliqua Locksley la main sur son épée.

— Je suis chez moi ! Sortez !

— Je parle à cette dame, c'est à vous de sortir !

— Sur ma vie ! Vous êtes bien insolent, sire de Locksley ! Et vous lui dites quoi à cette dame ? C'est à moi de lui parler ! Je veux savoir d'où elle vient !

Ils se mesurèrent du regard.

— Laissez, seigneur comte, intervint Anna Maria qui s'était levée. J'arrive de Rome avec mon frère, seigneur. J'ai déjà tout dit au seigneur des Baux. Nous nous rendons à Paris pour jouer devant le roi de France.

Castillon considéra Locksley, les yeux fulminant de colère, puis il regarda de haut en bas Anna Maria et sortit en lançant :

— Allez au diable !

— Voilà un homme à qui il ne faut pas tourner le dos, plaisanta Locksley. Nous nous reverrons ce soir, conclut-il en sortant à son tour.

Anna Maria attendit un instant, mais ne parvenant pas à se calmer, elle sortit à son tour et suivit la ruelle vers la tour Paravelle. À son extrémité, elle grimpa une volée de marches et traversa le cellier qui servait d'entrepôt. Des gardes plaisantaient avec des femmes dans la cour d'en haut. Elle les ignora et s'approcha des mâchicoulis pour rester là, songeuse, les yeux perdus devant le paysage du val d'Enfer.

Ce Saxon tenait-il vraiment à elle ?

Entre-temps, Guilhem était revenu dans leur chambre vide. Dans le bosquet d'oliviers où il s'était installé, il avait aperçu un signal brillant, en bas dans la vallée. Fer était là et, avec ses miroirs, il avait pu le prévenir de leur départ.

Satisfait, il s'assit contre un mur, sortit sa vielle et commença à l'accorder en réfléchissant à ce qu'il jouerait au souper. C'est alors qu'il aperçut le psaltérion. Cet instrument l'intriguait, car il n'en avait jamais joué. Il se leva pour le prendre, puis il pinça les cordes pour essayer de retrouver un air qu'il connaissait mais il ne parvint pas à obtenir les sons qu'il cherchait, l'instrument lui donnant chaque fois de fausses notes.

Peut-être était-il mal accordé, se dit-il en le retournant. Il tenta vainement de le faire jusqu'au moment où il se souvint qu'Anna Maria portait à son cou une chaîne d'argent à laquelle était suspendue une clef dont elle se servait pour serrer les cordes. Pourtant, il devait y avoir moyen d'y parvenir puisqu'elles passaient à l'intérieur. Il retourna le psaltérion et découvrit de petits verrous qu'il tira.

Il y avait un quareignon, c'est-à-dire un parchemin plié en quatre, dans la caisse de résonance. Intrigué, il le sortit. La missive était scellée avec un sceau rouge représentant une croix et deux clefs[1]. Il ne connaissait pas ce sceau, mais il savait que les deux clefs, attributs de saint Pierre, étaient les

1. Innocent III a utilisé ces armes au début du XIIIe siècle.

armoiries de l'Église. Il comprit immédiatement qu'Anna Maria et Bartolomeo n'étaient pas les jongleurs qu'ils voulaient paraître. Ils portaient un courrier d'Innocent III, peut-être étaient-ils à son service comme lui-même était au service du comte de Toulouse.

À qui cette lettre était-elle destinée ? Le plus vraisemblable était qu'il s'agisse d'une proposition du pontife pour Roncelin. Cela expliquait pourquoi ces deux-là avaient accepté de participer à cette expédition. Leur intérêt était de libérer le comte de Marseille pour lui remettre cette lettre, mais pour en être certain, il faudrait qu'il la lise. Il hésita à la garder par-devers lui. Comment l'ouvrir sans qu'on s'en aperçoive ? Il entendit soudain la voix d'Anna Maria et de Bartolomeo dans la rue et remit le quareignon dans le psaltérion dont il ferma les verrous, puis il posa l'instrument où il l'avait pris et s'allongea sur sa paillasse.

La porte s'ouvrit et les deux Italiens entrèrent.

— Vous arrivez à pic, sourit Guilhem. Et si nous préparions notre spectacle pour le souper ?

Chapitre 22

La cloche avait appelé au souper quand Robert de Locksley, Ibn Rushd et Nedjm Arslan pénétrèrent dans la grande salle ogivale. Les familiers et des serviteurs du château attendaient déjà le maître de maison et sa dame, car il ne fallait pas arriver après eux.

Pour l'occasion, le Saxon avait revêtu sa tunique de croisé au léopard d'Angleterre sur une robe longue, et sa lourde épée était serrée à la taille. Il salua Dulceline de Cavaillon avec courtoisie, puis échangea quelques mots avec son époux qui l'interrogea sur la cour du roi Richard.

Pendant ce temps, Ibn Rushd, couvert d'un manteau de drap écarlate doublé de martre et d'un bonnet de même matière finement brodé, circulait dans la salle en examinant les culots sculptés des ogives des voûtes. Certains étaient ornés d'écussons armoriés avec l'étoile des Baussenques, d'autres montraient saint Michel terrassant le dragon, d'autres encore représentaient des griffons ou des têtes de saints.

Les invités continuaient à arriver. Sachant qu'il y aurait de nobles étrangers et des jongleurs, tous avaient revêtu leurs plus beaux habits. Beaucoup d'hommes étaient en robe avec épée ou miséricorde suspendues par de riches baudriers sertis d'argent.

Les femmes portaient des bliauts tissés de soie, brodés, lacés et galonnés d'or.

Soudain les bruits des conversations baissèrent d'un ton. Suivi du chapelain Basile, Rostang de Castillon pénétra dans la salle. Enveloppé dans un rude manteau de serge noire garnie d'une fourrure de renard, il en déboucla les aiguillettes d'or en balayant la pièce d'un regard arrogant. De lourds bracelets d'argent, grossièrement ciselés, serraient ses poignets et une large torque du même métal ornait son cou. Sous son manteau, sa tunique écarlate s'arrêtait aux genoux dévoilant des trousses de la même couleur. Il était chaussé de courtes heuses avec des éperons de cuivre en pointe. À la taille, une ceinture cloutée d'argent supportait une longue épée droite à deux tranchants.

Les chevaliers s'approchèrent pour lui rendre hommage, tandis que les domestiques allumaient les flambeaux de résine, les falots et les chandelles de suif du grand lustre de fer en forme de roue qu'ils avaient descendu par sa chaîne. D'autres valets et des esclaves répandaient des brins de romarin sur la paille, évitant de déranger les molosses qui sommeillaient près du feu. Ibn Rushd n'avait jamais vu de chiens si gros : c'étaient des dogues d'Aquitaine au museau plissé, à la truffe large et aux mâchoires puissantes.

Les hommages terminés, Castillon s'avança dans la salle et son regard croisa soudain celui de Robert de Locksley. Aucun des deux ne baissa les yeux. Bien que silencieux, ce fut un échange d'une telle violence qu'une nouvelle querelle aurait pu éclater si Monteil n'était apparu, descendant lentement les marches de l'escalier de bois. Impavide comme toujours, le géant sombre portait à deux mains sa lourde masse d'armes. Derrière suivait Baralle.

La dame des Baux était habillée d'une jaquette de soie rose pâle sur laquelle elle avait passé une longue robe flottante de laine finement tissée qui descendait jusqu'à ses pieds. Un voile de soie et d'or couvrait ses épaules. Bien qu'elle soit l'épouse d'un homme qu'il considérait comme son ennemi, Robert de Locksley ne put s'empêcher de l'admirer. Baralle n'ignorait pas que sa beauté et sa grâce pouvaient faire naître la passion, aussi savait-elle rejeter les hommages qui l'indisposaient. Tandis que ses yeux croisaient le regard brûlant de Rostang de Castillon, elle releva avec dignité son voile sur ses cheveux pour montrer à son beau-frère combien sa hardiesse lui déplaisait.

Ce petit geste n'échappa pas à Locksley qui observa que les yeux de Monteil, posés sur Castillon, n'étaient plus que des charbons ardents. L'incident, d'une silencieuse mais intense violence, fut interrompu par l'arrivée d'un homme âgé, en aumusse[1] grise, qui descendait les marches, suivi par Hugues des Baux.

Robert de Locksley s'interrogea sur cet inconnu vêtu comme un religieux ou un clerc. Que faisait-il dans la chambre du châtelain ? Il n'eut pas le temps d'y réfléchir longuement, car Hugues des Baux l'avait vu et s'adressait à lui, lui proposant de participer à une joute le lendemain.

Le châtelain paraissait plus vigoureux que la veille. Vêtu d'une riche robe verte brodée d'or au col fourré de martre, il avait enfilé par-dessus une casaque blanche brodée sur le torse d'une comète écarlate. Sa large ceinture soutenait une courte épée qu'il portait haute, presque sur le torse.

1. L'aumusse était un manteau long à capuchon surtout porté par les chanoines.

Locksley répondit évasivement à la proposition mais le châtelain des Baux, s'étant approché de sa chaise, lui demanda de s'asseoir près de lui pour qu'ils puissent en parler. Baralle se mit à droite de son époux, tandis que Castillon se plaçait d'autorité de l'autre côté, près de son frère.

Un page sonna du cor, marquant ainsi l'instant de s'asseoir. Le bayle proposa à Locksley de se mettre près de la dame des Baux et installa Ibn Rushd à côté de Castillon. Ensuite ce fut l'ordre protocolaire des chevaliers, de leurs dames et des autres serviteurs. L'homme en gris fut relégué en bout de salle, signe qu'il n'était pas si important que ça.

Les victuailles étaient déjà posées devant les convives et chacun se servit avec les doigts. C'étaient des pâtés et des rôtis de porc et de sanglier, des pigeons, des faisans, du chevreuil et des lièvres. De grossiers pains de millet ou de seigle et des galettes cuites dans la maison du four étaient empilés sur une desserte pour être tranchés par les serviteurs.

Les chevaliers et l'intendant avaient devant eux un gobelet d'argent, les autres, un simple bol de terre qu'ils partageaient à deux. Ibn Rushd observa qu'on remplissait le gobelet de Hugues des Baux avec le même vin que ses voisins, à partir d'une grande cruche. Tous avaient une écuelle, sauf les seigneurs qui possédaient leur propre assiette d'argent. Les valets coupèrent le pain en épaisses tranches et les servantes servirent dessus les soupes, dès qu'elles arrivèrent de la cuisine dans de grosses marmites de fer noircies. Quand tout le monde eut sa part, sauf Hugues des Baux dont l'assiette resta vide, le silence se fit et le chapelain récita le bénédicité, puis Castillon fit signe à un écuyer d'aller chercher les comédiens qui attendaient dans un des celliers au-dessous.

Bartolomeo entra le premier marchant sur les mains et sifflant comme un rossignol. En cotte serrée mi-partie, violette et verte, avec un grand bonnet à clochettes qui tintinnabulaient en touchant le sol, il provoqua les rires de l'assistance en faisant mille pirouettes. Ensuite, revenant sur ses pieds, il s'approcha d'Arnaud de Coutignac et chacun put entendre la voix de Castillon faire des remarques ironiques sur la façon dont le chevalier mangeait sa soupe. Pourtant Castillon était loin et observait la scène avec stupéfaction ! Arnaud de Coutignac répondit vertement, mais tout le monde voyait qu'il était en réalité interloqué de saisissement. Au bout d'un moment de cet incroyable dialogue, car en vérité ni Coutignac ni Castillon n'avaient ouvert la bouche, sinon de surprise, quelques-uns comprirent enfin que les voix provenaient du ventre de Bartolomeo, car il ne bougeait pas les lèvres. L'absurde conversation provoqua alors des larmes de rire dans le public, mais Coutignac et Castillon restèrent le visage fermé, tant ils crurent qu'on se moquait d'eux.

Satisfait de son succès, le jeune Italien fit une ultime pirouette et, sortant des balles colorées d'on ne sait où, il se mit à jongler tandis que Guilhem entrait avec sa vielle. Tournant la manivelle, il commença une ballade que Bartolomeo mima, provoquant une nouvelle fois des pouffements du public.

Les plats se succédaient. Locksley remarqua qu'ils étaient souvent apprêtés avec des olives que l'on servait aussi conservées dans de la saumure.

On apportait des brochets pêchés dans l'étang des Baux quand Guilhem entama un chant de guerre pour lequel il rythmait le fracas des armes par des sons stridents de sa vielle. Son chant se termina avec l'entrée d'Anna Maria, et le cœur de Locksley se mit à battre plus fort.

Lors de sa dernière visite au château, l'Italienne avait constaté que les gens des Baux étaient peu portés sur la musique et la poésie. Elle avait donc choisi de chanter l'épopée de Roncevaux, qu'elle rythmait au psaltérion, tandis que Guilhem, avec sa vielle, interprétait une musique de fond.

Vieille chanson vraie, veuillez ouïr
De grande histoire et merveilles pris
Ô Roland, que par toi mon bras soit vainqueur !
Dirige le fer de ma lance
À percer le front ou le cœur.
Du fier ennemi qui s'avance.
Que son sang, coulant à longs flots
De ses flancs ou de sa visière,
Bouillonne encor sur la poussière,
En baignant les pieds des chevaux.

En tournant la manivelle de l'instrument, Guilhem observait les convives qui attendaient les confitures de fruits et de miel. Castillon avait trop bu et sa face était écarlate. Il ne cessait de jeter des regards salaces à Baralle qui feignait de les ignorer en parlant amicalement à Robert de Locksley, ce qui avait pour effet d'attiser la rage et la passion du demi-frère de Hugues. C'est que Baralle avait baissé le voile qui lui couvrait la tête et les épaules, et son corset, lacé serré, révélait d'opulents avantages laiteux.

Pourtant, comme Anna Maria déclamait une bataille d'une voix déchirante, tirant de son psaltérion des sons rauques et violents, Castillon se désintéressa brusquement de sa voisine pour s'intéresser à celle qui chantait. À son tour, Anna Maria eut droit à des regards enflammés. Quand elle s'en rendit compte, elle se tourna vers Locksley, comme pour lui demander de l'aide. Mais constatant la bonne entente du Saxon avec sa voisine, la jeune Italienne s'assombrit et baissa les yeux sur son instrument. En même temps, sa voix diminua et Guilhem, qui n'avait rien perdu de ces échanges muets, eut l'impression qu'elle allait fondre en larmes.

Il augmenta alors la cadence du rythme de sa vielle jusqu'à étouffer le son du psaltérion, puis reprit le chant avec violence. Bartolomeo, qui avait aussi remarqué, sans la comprendre, la brusque tristesse de sa sœur, commença une série de roues et de cabrioles en faisant tinter son bonnet à clochettes.

Guilhem jugea que l'instant était favorable pour attirer l'attention de Castillon et donner à réfléchir à Anna Maria en discourant de l'amour courtois qu'on louait tant à la cour de Saint-Gilles.

— Dames et seigneurs, déclama-t-il en cessant de jouer, secrètement plusieurs d'entre vous courtisent ou sont courtisées. (Son regard circula dans l'assistance, pendue à ses lèvres.) Mais la dame courtisée est parfois mariée et l'angoisse s'ajoute au désir à cause des jaloux malveillants, poursuivit-il en prenant un air complice. Je vais vous conter l'histoire d'un pauvre baladin qui aspirait à la dame de son seigneur. Il la célébrait dans ses chansons, et elle avait pour lui beaucoup d'égards, lui faisant dans toutes les occasions les réceptions les plus honnêtes. Ces accueils gracieux redoublaient ses espérances. Il mourait de désir et de crainte, n'osant ni la prier d'amour ni même laisser croire qu'il aspirât à elle, tant il redoutait sa vertu.

Considérant lentement l'assemblée, il tira quelques notes de sa vielle, s'attardant à peine plus sur les dames qui lui souriaient, et se mit à fredonner au son de la musique :

Tu me rejettes si durement,
Moi qui ait fait serment,
De t'aimer ma vie durant…

Il cessa de jouer et poursuivit :

— Ne pouvant résister plus longtemps à l'envie de lui parler de ses sentiments, notre baladin demanda un jour conseil à son amour sur la manière dont il devait se comporter envers une dame vertueuse, qu'il craignait autant qu'il l'aimait. « Madame, aidez-moi de vos conseils dans l'embarras où je suis. Je couve un amour si noble et si haut, que je n'ose découvrir ma peine à celle qui la cause », dit-il d'une voix larmoyante qui fit sourire les femmes.

» La dame, qui avait pénétré ses intentions, lui répondit : "Il ne faut pas être trop timide. Si celle dont vous recherchez l'amour est bonne et sage, elle n'aura point d'égards à la disproportion entre vous et elle. Ce n'est pas un péché que l'amour, quand on s'y gouverne sagement. Le véritable amour est pur et éteint la convoitise."

Un sergent d'armes était entré pendant qu'il discourait ainsi, ponctuant ses phrases avec des accords de sa vielle. S'approchant de Castillon, le sergent lui glissa quelques mots à l'oreille. À son tour Castillon s'adressa à son frère puis se mit debout, la face écarlate enflammée par l'ivresse :

— C'est assez, le troubadour ! cria-t-il les poings serrés. Tu nous lasses avec tes racontars de vieille femme ! Nous avons maintenant un invité à recevoir dignement.

Stupéfiée par ce brusque accès de colère, l'assistance resta un instant interdite, puis les murmures commencèrent à se faire entendre. Guilhem avait cessé de chanter, comprenant qu'un événement d'une extrême gravité venait de se produire. Ses yeux glissèrent vers Hugues des Baux qui le considérait sans aménité. Il baissa humblement la tête, laissant couler son regard vers la porte conduisant aux celliers, puis vers le second passage qui débouchait sur le chemin des latrines et de la tour

Paravelle. Deux hommes portant des guisarmes venaient de se placer devant. Sans arme, il n'avait aucune chance s'il tentait de s'y précipiter. Quoi qu'il puisse arriver, il était donc pris comme un lapin dans son terrier. Il considéra brièvement Robert de Locksley qui visiblement avait fait les mêmes constatations que lui, mais le Saxon avait une épée, se dit-il avec dépit, et lui seulement un instrument de musique.

Il coulait son regard vers les armes suspendues au mur quand retentirent des bruits de bousculade et des cris. Poussé par deux gardes, Hugues de Fer apparut, les mains liées et le visage tuméfié.

Comment l'avaient-ils trouvé ? s'interrogea Guilhem, stupéfait. En début d'après-midi, le viguier était encore libre puisqu'il avait communiqué avec lui par les miroirs.

Hugues des Baux fit un signe pour qu'on amène le prisonnier devant lui, à quelques pas des jongleurs qui n'avaient pas bougé.

— Mes amis et fidèles serviteurs, fit-il avec un sourire cruel, tout en s'appuyant confortablement sur sa chaise, je vous présente Hugues de Fer, viguier de Marseille.

Les murmures enflèrent et il les fit taire d'un geste avant de poursuivre.

— C'est lui qui a volé à ma femme la vicomté de la ville.

Baralle paraissait indifférente et son visage ne reflétait rien.

— Cela fait trois ans que j'attends cette heure, Fer, vous n'êtes pas si adroit pour être tombé dans mon piège.

— Ce n'était donc qu'un guet-apens ? lança Fer avec mépris. Vous avez assassiné et violé Madeleine Mont Laurier uniquement pour me tendre un piège ? Quelle habileté ! Quel courage ! Et vous vous dites chevalier ?

— Cette femme était de peu d'importance dans la partie qui se joue, répliqua le Baussenque.

Il s'adressa à nouveau à l'assistance, et Locksley prit une expression attentive, comme s'il cherchait à comprendre ce qui se passait.

— Vous savez tous que la vicomté de Marseille aurait dû revenir à votre dame des Baux, et qu'en faisant sortir de force le moine Roncelin de Saint-Victor, Fer a volé nos droits légitimes afin de l'écarter. Mais il n'avait pas pensé que le défroqué, couvert de dettes, était prêt à vendre sa part de la vicomté, cette part volée à dame Baralle.

— Que ne l'avez-vous achetée sans commettre un crime, si vous pouviez le faire si facilement ! lança Fer, traitant ainsi le seigneur du château de menteur devant ses serviteurs.

Un garde lui donna un violent coup de lance dans les reins qui le fit tomber à genoux.

— Taisez-vous ! Je n'ai à répondre que devant Dieu de mes actes, quant à vous, vous êtes un démon pour avoir contraint un moine à quitter l'habit de Saint-Benoît. Aidé de Belzébuth, vous auriez bien été capable de me voler encore une fois si je vous avais laissé libre. Il fallait que je vous écarte définitivement ! Et sachez que je n'étais pas le seul à vouloir vous empêcher de nuire ! Vous avez mis trop de monde dans l'embarras à Marseille, Fer !

Il regarda son demi-frère avec affection.

— C'est pour cela que Rostang a laissé un morceau d'étoffe à la comète quand il est venu chercher Roncelin. Nous étions certains que vous viendriez pour le délivrer... Sauf que Roncelin n'était pas prisonnier, et qu'il est trop tard.

Il s'adressa à l'homme en aumusse grise au bout de la table.

— Maître Arnaud, veuillez raconter ce que vous avez fait ici.

L'homme se leva, intimidé.

— Moi, Arnaud Balbus, notaire à Arles auprès de l'archevêque, ai assisté aujourd'hui à la vente par l'illustre seigneur et vicomte de Marseille Roncelin de tous ses droits et de toutes ses leides dues sur le fief de Marseille, à l'illustre seigneur Hugues des Baux. Cette vente parfaite et spontanée s'est faite au nom du seigneur sans tromperie ni contrainte pour la somme de vingt mille sous d'or. Les autres témoins ont été dame Baralle, le seigneur de Castillon et le chevalier Raimbaud de Cavaillon. Au nom de quoi j'ai apposé ma signature, sur l'acte, mon sceau de plomb et le seigneur Roncelin son sceau de cire.

Robert de Locksley gardait une expression vaguement déconcertée, tout en observant le visage décomposé de Hugues de Fer. Cette expédition avait été un désastre à cause d'une trahison et il se jura de ne pas avoir de repos tant qu'il n'aurait pas trouvé le félon.

— Merci, maître Balbus, fit Hugues des Baux en prenant un petit parchemin plié que lui tendait son frère. Mais ce n'est pas tout. Celui qui nous a prévenus de votre venue, seigneur viguier, nous a annoncé que vous ne seriez pas seul.

Locksley saisit imperceptiblement la poignée de son épée.

— Vous avez demandé à ces jongleurs de vous aider, poursuivit le Baussenque.

Il se tut et planta son regard dans les yeux d'Anna Maria, tandis que Castillon souriait avec malveillance.

— Qui soit-il, il ment ! affirma Fer. Je suis venu seul.

— Il ne ment pas, et je saurai les faire avouer.

Se tournant vers les hommes d'armes qui attendaient en écoutant, il ordonna :

— Entravez les trois jongleurs. Voyez-vous, viguier, quand ces baladins sont arrivés, je savais que vous n'étiez pas loin, sans doute caché quelque part. Je suppose que ces pendards devaient chercher Roncelin dans le château, le faire sortir et vous rejoindre. Une entreprise qui n'avait aucune chance de réussir, je peux vous l'affirmer maintenant. Mon frère est arrivé ce matin, dès que je l'ai prévenu de la présence des jongleurs. Il a envoyé patrouiller ses hommes avec les miens. Même si le pays est vaste, ils le connaissent mieux que vous et n'ont eu aucun mal à trouver la bergerie.

— Qu'allez-vous faire de moi ? demanda Fer comme s'il ne s'intéressait pas aux jongleurs.

— Je veux bien reconnaître que vous m'avez beaucoup gêné, il y a trois ans. Sans vous, je serai vicomte, aussi je ne veux plus vous trouver sur mon chemin.

— Dites-moi au moins le nom de celui qui m'a livré...

— Certainement pas, c'est un allié trop précieux.

— Le tissu dans les mains de Madeleine Mont Laurier, c'était votre idée ou la sienne ?

— La sienne, je le confesse. C'est un homme retors, mais qui connaît bien votre caractère et votre habileté. Vous avez été vaincu par vous-même, Fer. Par votre ambition de garder Marseille dans votre main, par votre certitude d'être toujours capable de réaliser vos désirs. Castillon, jette-le dans un cachot, je déciderai plus tard de son sort. Enferme aussi les jongleurs, je les entendrai demain pour décider si je les fais pendre ou si Monteil les jette en bas du rocher.

— Vous payerez vos crimes, Hugues ! Ainsi que votre frère ! La mort et le viol de Madeleine ne resteront pas impunis ! clama Fer.

Le garde le fit taire d'un violent soufflet tandis qu'on l'emmenait. Quant à Guilhem, il se laissa garrotter sans opposition. Anna Maria et Bartolomeo étaient trop terrorisés pour résister.

Dans son cachot, le viguier tenta de s'allonger malgré les liens qui l'entravaient. Il songea avec dérision à sa vie. Chevalier, il était l'un des plus riches marchands de Marseille, un des plus honorables. Il avait été croisé et il était maintenant dans un cachot où il allait pourrir jusqu'à la fin de sa vie, à moins qu'il ne soit rapidement pendu.

Éclairés par des flambeaux, les gardes de Raimbaud de Cavaillon l'avaient conduit aux prisons. Raimbaud avait ouvert la porte ferrée et ils avaient pénétré dans une salle au fond de laquelle se dressaient deux portes basses avec des verrous. L'un des hommes en avait ouvert une et l'avait poussé à l'intérieur.

C'était une cavité creusée dans le rocher au fond de laquelle restait un peu de paille souillée. Il était dans le noir, il avait froid et soif, son estomac criait famine. Qui avait envoyé cette lettre ? se demandait-il. Il avait parlé des jongleurs seulement aux consuls et à Botin. Ce ne pouvait être son écuyer ou ses proches, d'ailleurs comment auraient-ils connu Castillon ? Il passa mentalement en revue ceux qui avaient les moyens d'envoyer un courrier jusqu'aux Baux.

Il parvenait enfin à s'endormir quand il entendit de sourds gémissements. Ce devait être un prisonnier du cachot d'à côté. Là où les jongleurs avaient cru qu'on avait enfermé Roncelin. Était-ce le vicomte ?

Chapitre 23

La fête était finie. Locksley salua Hugues des Baux et Baralle avant de se retirer avec Ibn Rushd et Nedjm Arslan. Sortant après les gardes qui avaient emmené les prisonniers, ils apprirent que si Fer avait été traîné dans un des cachots, les autres seraient enfermés là où ils étaient logés.

Dans leur chambre, Ibn Rushd s'assit sur le lit. Non seulement l'évasion prévue était caduque, mais leurs amis allaient mourir, peut-être après des supplices durant lesquels ils les dénonceraient. Avaient-ils la moindre chance de les sauver ? Et eux-mêmes, dans combien de temps seraient-ils soupçonnés ? Nedjm Arslan, bien que taciturne, fut le premier à prendre la parole. Il confia à ses compagnons qu'ils auraient intérêt à partir au plus vite, tant qu'ils étaient libres.

— Faites-le, et je ne vous condamnerai pas, lui répondit Locksley. Votre engagement est terminé et notre mission n'a plus de raison d'être. Roncelin a vendu sa part, il n'y a plus rien à faire. Mais en ce qui me concerne, je sauverai Anna Maria et son frère. Quant à Guilhem, c'est un ami que je n'abandonnerai pas.

— Je reste aussi, annonça alors Ibn Rushd. Tant que j'aurai un souffle de vie, je me battrai pour mon ami Hugues.

Le silence s'installa. Nedjm Arslan médita un moment ce qu'il avait entendu avant de dire, les yeux dans le vague :

— J'ai toujours été seul. Pour la première fois de ma vie, je crois que j'ai des amis. J'aimerais les garder et je ne vous quitterai pas.

Locksley lui prit l'épaule tandis que ses yeux s'éclairaient d'un sourire.

— Si nous tentions de les délivrer ce soir ? proposa-t-il. Installons les charges de poudre et allumons-les dans la nuit. La porte de la pièce où se trouve Anna Maria n'est pas bien épaisse et nous pourrons fuir comme convenu.

— Je n'aurai pas assez de poudre pour provoquer des explosions et des incendies partout, seigneur. J'ai ramassé du sel de pierre, cet après-midi, j'ai du soufre, mais j'ai besoin de charbon de bois. Je n'ai pas pu en obtenir au four, car ils avaient trop de travail pour me laisser en faire. Je dois garder uniquement des morceaux de bois bien brûlés et cassants. Je le ferai demain matin, à la première heure.

— Que vous faut-il encore ?

— Je préparerai un mélange suivant des proportions que je connais et j'y ajouterai de l'esprit-de-vin si on m'en donne aux cuisines ; sinon l'urine fera l'affaire.

— L'urine ? Je n'aurais jamais pensé que la pisse ait tant de puissance ! ironisa le Saxon. Ensuite votre poudre pourra être utilisée ?

— Pas tout à fait. J'aurai à battre cette pâte et à la laisser reposer une journée entière.

— Nous sommes contraints d'attendre, soupira Ibn Rushd. Mais ce n'est pas plus mal car ce soir, il y aura des sentinelles partout. Souhaitons que les gens de Castillon soient partis demain. Ils n'ont plus rien à faire ici.

— Mais demain sera le jour du jugement, intervint Locksley. Les exécutions peuvent suivre aussitôt après.

— Si cela devait arriver, je ferai avaler à Hugues des Baux un filtre qui lui fera perdre connaissance quelques heures, décida dit Ibn Rushd. Il ne se passera rien s'il est sans conscience.

— Prions pour que vous ayez raison, grimaça le Saxon en comptant le nombre de flèches dans son carquois.

Guilhem, Bartolomeo et Anna Maria étaient donc enfermés dans leur logement. À part un fenestron muni d'une grille, il n'y avait pas de fenêtres et Castillon avait ordonné au forgeron de clouer sur la porte un verrou et un cadenas dont il s'était fait remettre la clef.

— Les chiens ont été mieux traités que nous, au moins eux ont mangé, remarqua Bartolomeo d'une voix désespérée.

Son ton geignard arracha un sourire à Guilhem, mais pas à Anna Maria qui restait prostrée sur sa paillasse.

— J'ai déjà été emprisonné, mes amis, leur dit Guilhem pour les rassurer. La prison n'est pas la mort, gardez espoir ! Nos compagnons sont libres et sont près de nous. Ils ne vont pas nous abandonner.

— À voir la sollicitude du seigneur de Locksley pour Baralle des Baux, j'en doute, répliqua aigrement Anna Maria.

— Seriez-vous jalouse, Anna ? s'enquit Guilhem en se forçant à pouffer.

Comme elle ne répondait pas, il ajouta plus gravement :

— Vous lui faites un mauvais procès. Vous-même, n'avez-vous rien à vous reprocher ? Avez-vous toujours été loyale envers lui ?

— Que voulez-vous dire ? lança-t-elle, sur la défensive.

— Vous lui avez caché que vous étiez au service d'Innocent III.

Il ne put la voir pâlir, car il n'y avait aucune lumière dans la pièce, mais son silence était une réponse. Bartolomeo n'ouvrit pas plus la bouche.

— Depuis quand le savez-vous ? demanda-t-elle enfin.

— Depuis que j'ai découvert la lettre dans votre psaltérion.

— Vous l'avez lue ? demanda Bartolomeo.

— Non, mais vous pouvez maintenant me dire de quoi il s'agit. Si nous voulons sortir d'ici, il serait temps de nous faire confiance.

Elle lui raconta tout, jugeant que cela n'avait plus d'importance.

— Quand nous serons interrogés par Hugues des Baux, vous direz que Fer vous a payés pour l'accompagner, que vous deviez seulement essayer de le faire entrer dans le château. En ce qui me concerne, pleurez, suppliez, et jurez que vous m'avez vraiment rencontré à Sallone pour la première fois.

— Vous croyez que cela suffira pour qu'il ne vous pende pas ? demanda-t-elle avec une ombre de mépris.

— Peut-être pas, mais je ferai tout pour qu'il me croie, soyez-en sûre.

Le lendemain, leur estomac criait famine quand on vint les chercher. Les gardes leur attachèrent les poignets et les conduisirent à la grande salle. Devant les arcades de la cour, presque toute la population du château s'était rassemblée, avide du prochain spectacle.

Dans la salle basse, la table avait été démontée et Hugues des Baux était installé sur sa cathèdre avec, derrière lui, Monteil tenant un épieu à sanglier. À sa droite se tenait Rostang de Castillon et à sa gauche Robert de Locksley. Guilhem en fut stupéfait. Autour d'eux, sur des chaises, étaient assis les quatre chevaliers du château et le chapelain Basile. En face, à l'autre bout de la pièce, deux douzaines de gardes et une vingtaine de serviteurs attendaient sur des bancs pour assister au jugement.

Entre eux, debout, attachés aussi, attendaient Hugues de Fer et un adolescent difforme et boutonneux.

Guilhem le reconnut. C'était le fils de Pierre, le neveu d'Antoine qui l'avait hébergé, le jeune berger avec qui il avait fait un bout de chemin le jour de son départ de Saint-Martin. Que faisait-il là ? Pourquoi était-il attaché ? Il balaya la salle des yeux, cherchant son père, Pierre, sans l'apercevoir.

Dès l'aurore, Robert de Locksley avait en effet été prévenu par Raimbaud de Cavaillon que le seigneur des Baux voulait qu'il assiste au procès. Il n'en fut pas trop surpris, car il était fréquent qu'un hôte prestigieux, de passage dans un château, soit associé comme juge dans des procédures pénales. Cela permettait de donner plus de solennité à la décision. Toutefois, quand il arriva, afin de bien jouer son rôle, Locksley demanda qu'on lui explique de quoi il retournait. Il posa même quelques questions pour donner l'impression qu'il était totalement étranger à l'affaire.

Quand ils furent tous installés, Basile se leva pour prendre la parole.

— Nous sommes réunis ce matin autour de notre seigneur pour juger des félons ayant abusé de son hospitalité afin de causer du tort aux gens des Baux. Nous aurons aussi à décider du sort de Hugues de Fer, viguier de Marseille, qui voulait pénétrer par ruse et félonie dans le château, et de celui d'un de nos vilains qui a trahi son maître.

Le visage tout bouffi de son importance, il balaya l'assistance d'un regard sévère et s'assit.

— En ce jour de jugement, où nous déciderons de la vie ou de la mort, j'ai demandé à mon frère et au valeureux comte de Huntington qui revient de la Terre sainte de m'assister, dit Hugues d'une voix assurée. En premier lieu, nous allons décider du sort des jongleurs. Comme je veux que ce procès soit régulier, je les laisserai se justifier.

Il regarda Anna Maria en disant ces derniers mots.

À côté d'elle, Guilhem passait en revue les visages. Ses compagnons prisonniers avaient des expressions tendues et désespérées. Castillon jubilait. Locksley restait impavide, jouant à la perfection son rôle de juge impartial. Quant au seigneur des Baux, il lui trouva meilleure apparence que le jour où ils étaient arrivés. Était-ce les traitements que lui avait prodigués Ibn Rushd ? Il se dit avec dérision que non seulement ils étaient venus là pour trouver la mort, mais qu'ils avaient de surcroît sauvé la vie de leur ennemi.

— Je m'appelle Anna Maria Ubaldi, je viens de Rome, commença-t-elle. Je confesse avoir été approchée par le viguier Hugues de Fer ici présent qui m'a demandé, ainsi qu'à mon frère, d'entrer dans le château, de nous renseigner pour savoir s'il y avait un prisonnier et de tenter de le libérer. J'implore votre pitié, noble seigneur. Nous sommes pauvres et le viguier nous a proposé beaucoup d'argent.

C'était un plaidoyer honnête et convaincant. Même Castillon parut amadoué et Guilhem reprit espoir.

— Vous parlez soudain bien mieux notre langue, ironisa Hugues des Baux en plantant son regard dans celui de la jongleuse avant de désigner Guilhem du doigt.

— Et lui ?

À son ton moqueur, Guilhem devina immédiatement qu'il savait qui il était. Il ne fallait pas qu'Anna Maria raconte ce qu'il lui avait demandé de dire, sinon la bonne impression qu'elle avait donnée serait balayée. Il tenta de la prévenir en attirant son regard, mais elle l'ignora et poursuivit :

— Nous l'avons rencontré à Arles et nous lui avons demandé...

— Vous mentez ! Dommage pour vous ! Je vous ai laissé une chance, jeune femme, et vous ne l'avez pas saisie. Monteil vous jettera du rempart à midi, ainsi que votre frère, devant les gens du château.

Guilhem sentit son cœur exploser dans sa poitrine. Il vit Anna Maria tomber à genoux en sanglotant tandis que Bartolomeo chancelait. Le seigneur des Baux les ignora et demanda au troubadour.

— Qui êtes-vous ?

Que savait-il ? s'interrogea Guilhem. Pouvait-il prendre le risque de mentir ? Il jugea que désormais c'était non seulement inutile mais dangereux.

— Je suis troubadour, seigneur, c'est la vérité, mais je suis aussi chevalier. J'ai accepté d'aider le viguier de Marseille contre de sonnantes et trébuchantes pièces d'or. Quant à ces jongleurs, ils ne sont que de pauvres gens qui ne méritent pas le sort que vous voulez leur infliger. Gardez-les plutôt pour agrémenter vos soirées, car ils ont du talent et vous ne trouverez jamais de meilleurs ménestrels.

— Je n'ai pas besoin de conseils ! Sachez que je savais déjà que vous étiez chevalier, mais ce que je veux apprendre c'est d'où vous venez et qui vous a accolé.

— J'arrive du Périgord, c'est le seigneur Mercadier qui m'a donné mes éperons. Il y a peu, j'étais encore lieutenant du seigneur Cadoc de Gaillon, au service du roi de France.

Le seigneur des Baux ne cacha pas sa surprise, pas plus que son frère tandis que les chevaliers échangèrent quelques mots entre eux. Robert de Locksley restait toujours impavide. Rostang de Castillon se pencha vers Hugues et lui murmura quelque chose.

— Peut-être mentez-vous... Martial et Foulque vont s'assurer que vous savez manier une épée, dit Hugues.

Il leur fit signe de se préparer avant d'ajouter.

— Raimbaud, coupe-lui ses liens et donne-lui une épée et un bouclier.

Les chevaliers se levèrent. Raimbaud de Cavaillon saisit une épée et une rondache en bois posées dans un coin, tandis que Martial d'Arsac et Foulque Chabrand allaient prendre des écus qu'ils avaient apportés et se coiffèrent de leur camail de mailles. Puis ils sortirent leurs épées.

Guilhem comprit que tout avait été préparé à l'avance. Le seigneur des Baux avait prévu de le faire tuer sur place par ses hommes, comme un spectacle distrayant. Martial et Foulque portaient des hauberts, ils avaient leur large épée de taille et leur écu de fer. Contre ces deux hommes lourdement armés, on lui tendait un bouclier de bois et une épée d'estoc. Il n'avait aucune chance.

Les gardes éloignèrent Fer et les jongleurs à l'autre bout de la salle. La pièce formait donc un champ clos d'une dizaine de cannes de long.

Guilhem fit quelques pas en arrière, comme apeuré, tandis que les deux chevaliers, assurés de leur force, s'avançaient sans crainte, car leur épée était plus lourde et plus longue que celle du prisonnier.

Foulque était de petite taille, brun, trapu, visiblement de peu d'esprit tandis que Martial était plus grand et ventripotent. Sans les perdre de vue, Guilhem balayait la salle du regard à la recherche d'une idée. Soudain Foulque s'élança et le frappa de taille avec toute la force dont il était capable. Guilhem n'eut que le temps de lui opposer son bouclier, mais en travers, faisant glisser la lame, ce qui déséquilibra son agresseur. Une feinte qu'il maîtrisait parfaitement. Mais déjà Martial d'Arsac frappait à son tour. D'un saut, Guilhem l'évita et la lame du chevalier baussenque heurta une dalle du sol, provoquant une étincelle et quelques cris d'effroi dans l'assistance.

Disposant de quelques secondes de répit, Guilhem s'était écarté vers le mur en face de la cheminée et attendait le prochain assaut. Il savait que les chevaliers, mis en difficulté devant leur seigneur, avaient maintenant besoin de s'affirmer. Donc ils commettraient des fautes. Il les vit s'écarter pour le prendre en tenaille. Dos au mur, il arracha une petite tapisserie qui ne tenait que par des anneaux et la jeta comme un fouet sur Foulque qui ne s'y attendait pas. La tenture s'abattit sur sa lame qu'il tenta de dégager pendant que Guilhem lançait de toutes ses forces son épée dans les jambes de Martial qui s'écroula sous la violence du choc. Sans perdre un instant, Guilhem se précipita sur lui et lui abattit la rondache sur la tête. Le sang jaillit par les narines et par la bouche.

Désarmé, Guilhem courut au mur d'en face où étaient suspendues des panoplies d'armes. Il saisit ce qu'il trouva à portée de main : un fauchard à crocher et un fléau d'armes, juste au moment où Foulque se précipitait sur lui.

Dans l'espace réduit de la salle, Guilhem avait deviné que sa faiblesse pouvait être une force. Avec haubert, écu de fer et lourde épée, ses adversaires seraient peu mobiles. Maintenant que Martial d'Arsac était presque sans connaissance, la partie était égale. Il abattit le fléau d'armes sur l'écu de Foulque, tandis que du fauchard, il déviait son épée. Le second coup du fléau fut sur l'épée qu'il arracha des mains de son adversaire.

Foulque recula, les yeux empreints de terreur, cherchant vainement une arme, tandis que Guilhem s'avançait vers lui, le long fauchard en avant, cherchant un passage vers sa gorge. Pourtant, de façon inattendue, il baissa le fauchard pour lui attraper un mollet qu'il tira à lui. Le lourd chevalier s'écroula et Guilhem lui mit la lame sur la gorge.

— Combien payerez-vous pour la rançon ? demanda-t-il.

— Assez ! cria Hugues des Baux en se levant. Saisissez-vous de lui !

Guilhem hésita à égorger Foulque, mais sachant qu'il ne pourrait sortir vivant s'il le faisait, il l'assomma d'un violent coup sur la face avec le manche de l'arme.

Déjà une dizaine de gardes se précipitaient dans sa direction. Il recula et ramassa l'épée de son adversaire.

— Qui approche est mort ! leur lança-t-il, jambes légèrement pliées, prêt à frapper.

Tandis que les gardes hésitaient, n'ayant ni arc ni arbalète, Guilhem se rapprocha de Hugues des Baux. Aussitôt Raimbaud de Cavaillon et Monteil se mirent en avant pour protéger leur seigneur, mais à six pas de Hugues, Guilhem jeta ses armes au sol.

— Comment trouvez-vous que je manie l'épée, seigneur des Baux ? persifla-t-il.

Castillon s'était levé. Étouffé de colère et de honte, il s'apprêtait à sortir sa lame quand son frère l'arrêta.

— Je vous ai sous-estimé, noble troubadour. Je crois bien que vous ne m'avez pas menti, et il serait dommage que je me prive de vos talents. Puisque vous avez accepté la proposition du viguier de Marseille, êtes-vous prêt à entendre la mienne ?

— Pourquoi pas ?

— J'ai besoin de chevaliers. Prêtez-moi allégeance et vous serez libre.

— Je ne suis qu'un mercenaire, seigneur. Je change facilement de maître contre de meilleurs gages.

— Vous êtes un félon ! cria Fer, tandis qu'Anna Maria, qui avait repris espoir durant la bataille, fondait en larmes.

Hugues des Baux sourit à leur désespoir mais déjà Guilhem mettait ses deux genoux à terre et rendait hommage à son nouveau seigneur en embrassant les pouces qu'il lui tendait.

— *Facimus et reddimus nos tuos perpetuos homines*, promit-il, suivant la formule rituelle qu'il débita rapidement.

En levant les yeux, il découvrit un immense mépris sur le visage de Robert de Locksley.

— Ne croyez pas pouvoir me tromper, menaça alors le seigneur des Baux. Si vous me trahissez, je suis capable de vous faire écorcher vif aussi bien que Mercadier. Comment vont Martial et Foulque ? demanda-t-il ensuite à Basile qui était allé examiner les blessés.

— Ils vivront, seigneur. Martial a le nez brisé et la jambe cassée ainsi qu'une plaie à la tête, Foulque a simplement une grosse bosse.

Soutenu par des hommes d'armes, et sous le regard sévère de Hugues des Baux et de Rostang de Castillon, les deux chevaliers quittèrent les lieux pour se faire soigner, tandis que Guilhem se retirait vers la cheminée en remarquant que le géant Monteil le regardait avec respect. Quant à Raimbaud de Cavaillon, il avait repris sa place près de son seigneur.

— Il reste à décider du sort du fils de Pierre, laissa tomber Castillon avec une sorte de dégoût.

Hugues fit un signe pour que l'on fasse approcher le jeune berger qui dut être poussé par un garde tant il paraissait terrorisé. Secoué de mouvements spasmodiques, il bavait et sa tête difforme pendait en avant.

— Tu es le fils de Pierre et ton oncle tient la ferme de Saint-Martin, pourquoi as-tu aidé un ennemi des Baux ? demanda Hugues.

— Je… J'ai pas aidé, seigneur.

— On t'a pris dans la bergerie, tu vendais des fromages à Hugues de Fer ! accusa Castillon.

— Il ne m'a pas aidé ! protesta Fer. Je l'ai menacé pour qu'il me donne ses fromages !

— Vous mentez, Fer ! hurla Castillon. Mon sergent d'armes l'a interrogé, il a reconnu vous avoir vu la veille et avoir promis de vous porter des fromages pour un sou d'or ! Il avait ce sou sur lui ! Tout homme du fief doit dénoncer les voyageurs qui traversent nos terres. Vous étiez dans notre bergerie, le berger le savait et il mérite la mort.

— C'est la sanction ! confirma Hugues des Baux. Père Basile, confessez le berger et emmenez-le à la potence. Dès que j'en aurai terminé, je me rendrai à la tour Paravelle pour assister à la pendaison. Monteil jettera ensuite les jongleurs du haut de l'éperon.

— Mon frère, puis-je dire un mot ? intervint Castillon.

Hugues leva une main pour le laisser parler.

— J'ai réfléchi. Guilhem d'Ussel n'avait pas tort dans ce qu'il disait. Que pouvait-on attendre de ces comédiens ? Ils se font payer par un maître de passage, et changent de fidélité au gré de leurs gages. Il serait dommage de nous priver de leurs talents. Esclaves ici, ils pourraient jouer pour toi tous les soirs. Tu serais le seul seigneur de Provence à disposer ainsi de jongleurs, et s'ils ne te donnent pas satisfaction, tu pourras toujours les punir.

Robert de Locksley fut stupéfait en entendant ce plaidoyer. Il s'apprêtait à solliciter la grâce des jongleurs et Castillon le devançait !

Hugues des Baux grimaça son hésitation. Il détestait changer d'avis devant ses gens. Néanmoins, son frère n'avait pas tort. Tuer ces deux-là ne lui rapporterait rien, et il avait déjà pensé que Bartolomeo pourrait faire un robuste valet d'armes. Il manquait cruellement d'hommes et celui-là était fort adroit. Quant à la femme, pourquoi ne pas en faire une servante de Baralle ? Son épouse n'avait que des souillons et la future vicomtesse de Marseille aurait besoin de domestiques raffinés.

— Faisons l'expérience, accorda-t-il. Vous avez entendu, vous deux ? Je vous accorde une grâce provisoire. Vous jouerez pour moi tous les soirs, et le reste du temps, vous resterez emprisonnés dans votre logement. Si vous donnez satisfaction, Bartolomeo entrera à mon service et vous, Anna Maria, serez à mon épouse Baralle.

Anna Maria prit la main de son frère et la serra très fort. Ils étaient sauvés.

Pourquoi Castillon avait-il proposé ça ? se demanda Guilhem. La veille, il avait pourtant montré dans quel mépris il tenait les troubadours et les jongleurs. Et pourquoi Robert de Locksley était-il resté silencieux ?

— Viguier, vous resterez dans votre cachot. Je déciderai plus tard de ce que je fais de vous. Quand je serai vicomte de Marseille, et certain que vous ne pourrez plus me nuire, je vous libérerai peut-être contre une rançon égale à votre fortune.

— Vous n'aurez rien !

— Alors vous finirez découpé en quartiers que je donnerai à manger à mes cochons. Qu'on l'emmène et qu'on enferme les jongleurs. Ils joueront ce soir s'ils veulent manger. Guilhem d'Ussel, vous êtes libre de circuler dans le château mais vous n'aurez pas le droit de porter une arme pour l'instant. Vous obéirez à tous les ordres des autres chevaliers. Vous partagerez la chambre de Foulque et de Martial d'Arsac. Avec ce que vous leur avez fait, je suis certain qu'ils vous surveilleront.

Il se leva et, suivi de Castillon, de Locksley et de Monteil, il se dirigea vers la porte qui conduisait à la tour Paravelle.

Raimbaud de Cavaillon donna des ordres aux sergents d'armes. On emmena Fer et les jongleurs, puis trois gardes maîtrisèrent le jeune berger qui se mit à hurler et à baver. Ils l'emmenèrent et le chapelain les accompagna. Ensuite Raimbaud dit à Guilhem qu'il était libre et qu'il pouvait assister à la pendaison.

Quand Guilhem arriva dans la première cour, la foule était agglutinée devant les merlons du rempart et une grande partie des hommes à pied, sergents d'armes et serviteurs avaient passé le pont-levis pour s'installer dans la basse-cour où ils y verraient mieux. Plusieurs savaient déjà qu'on ne jetterait personne du haut des rochers et paraissaient déçus.

L'échafaud était dressé en contrebas du château, à peu près au milieu des maisons des tisserands construites à flanc de rocher. C'était une simple plate-forme de bois avec une potence à son extrémité. On avait dû donner des ordres, car le cadavre qui pendait avait été retiré. Un homme robuste était sur la plate-forme. Sans doute celui qui servirait de bourreau.

Le ciel était bleu et le soleil déjà haut. L'air était clair, il faisait bon. Une belle journée pour mourir, se dit Guilhem en posant son regard sur la terrasse de la tour Paravelle. Il reconnut Hugues des Baux avec son frère, Baralle et quelques serviteurs. Locksley y était aussi, à l'écart, impassible, les yeux fixés sur la potence.

Les hurlements reprirent et Guilhem regarda en contrebas. On emmenait le jeune berger qui se débattait. On le tira sur l'échafaud et deux hommes le maintinrent pendant que le bourreau lui attachait le nœud coulant. Soudain, retentirent des cris et des supplications venant de la tour Paravelle. Guilhem n'eut que le temps de voir un homme qu'on maîtrisait et qu'on emmenait.

Hugues des Baux fit un signe et le bourreau poussa le gamin qui resta suspendu à un pied du sol, remuant les jambes pour lutter contre l'étranglement. Le bourreau le laissa s'agiter un moment pour qu'il souffre suffisamment, puis sauta au sol et lui tira les jambes afin de lui briser la nuque.

Une prière monta de la foule. Ensuite les gens se dispersèrent par petits groupes.

À la tour Paravelle, c'était Pierre, le père du berger, qui s'était précipité vers son seigneur. Le matin, il était au château de Castillon quand il avait appris que son fils allait être jugé, et sans doute pendu. Il s'était précipité et venait d'arriver pour demander sa grâce.

Il s'était jeté à genoux devant Hugues des Baux.

— Que faites-vous là ? avait rugi Castillon. Vous étiez de garde au château !

— C'est mon fils ! Vous ne pouvez pas faire ça ! Je n'ai que lui ! Déjà j'ai perdu mon frère et mes neveux cet hiver, pitié, seigneur.

— Votre fils n'a pas été fidèle. Il n'a plus à vivre ici.

— Pitié, seigneur, il est jeune et… il ne comprend pas tout… il est malade…

— Emmenez-le ! gronda Castillon.

— Non ! Pitié ! hurla le père dans un long sanglot.

Deux gardes le saisirent et l'entraînèrent tandis que Hugues laissa tomber :

— Je ne veux plus de lui comme homme d'armes, Rostang. Tu le renverras dans sa ferme où il remplacera son fils comme berger. Bartolomeo prendra sa place.

Après la pendaison, Pierre fut cependant autorisé à prendre le corps de son enfant pour l'ensevelir.

Chapitre 24

Arslan le Perse s'était procuré de l'esprit-de-vin en justifiant un besoin de son maître pour une préparation médicale. Depuis, il avait pétri la pâte qui commençait à sécher quand Robert de Locksley rentra de la pendaison. Ibn Rushd et le Perse, qui préparaient des pots à feu et des mèches en laine de mouton frottée de soufre, s'arrêtèrent pour lui lancer un regard interrogateur.

Quand Raimbaud de Cavaillon était venu prévenir Locksley que le seigneur des Baux voulait qu'il siège au jugement des félons, il avait laissé ses compagnons en leur demandant de préparer au plus vite le mélange. Il était revenu les voir avant d'aller assister à la pendaison pour leur raconter qu'Anna Maria et Bartolomeo étaient provisoirement sauvés et que Guilhem avait changé de camp. Ibn Rushd n'avait pas caché sa déception. Locksley avait ajouté qu'un jeune garçon, qui avait caché Hugues de Fer, allait être pendu et qu'il tenterait de fléchir Hugues des Baux.

— Hugues des Baux n'a pas fléchi, laissa tomber le Saxon en entrant.

— Je n'y croyais pas, fit Ibn Rushd. D'ailleurs Guilhem aurait été pendu avec lui s'il n'avait pas prêté allégeance aux Baussenques.

— Sans doute, soupira Robert de Locksley. Où en êtes-vous ?

— Nous préparons des mélanges différents. D'après Nedjm, les propriétés de cette poudre changeraient suivant les quantités des parties, expliqua le médecin. Avec six parts de soufre et de sel de roche pour une part de charbon, la poudre brûle et provoque seulement des incendies, tandis qu'elle explose si elle est composée de six parts de sel, une de soufre et deux de charbon. J'avais fait des observations semblables dans la composition des thériaques : suivant le rapport des substances qui se trouvent mélangées, les effets sont différents.

— Dans quoi mettrez-vous la poudre ?

— Aux cuisines, j'ai demandé des petits pots de terre que nous avons remplis avec le mélange qui brûle et, à la demande de Nedjm, j'avais emporté de Marseille quelques coffrets de fer. Ceux-là seront pleins de poudre explosive.

Locksley examina un moment les pains de poudre noire, puis les pots et les boîtes en fer avant de s'enquérir :

— Pourrions-nous agir ce soir ?

— Oui. Nous avons suffisamment de coffrets pour détruire plusieurs portes et les pots à feu multiplieront les incendies.

— Nedjm m'accompagnera à la porte de la prison, puis nous irons délivrer les jongleurs. Vous, Ibn Rushd, vous provoquerez des incendies partout avec les pots à feu. Nous nous retrouverons au pont-levis pour mettre le feu au corps de garde. Je briserai les chaînes et nous partirons avec les chevaux de l'écurie de la basse-cour, pendant la confusion. Je vais vérifier dès maintenant s'il est facile de les faire sortir.

— J'irai chez le seigneur des Baux dès que j'aurai terminé, je dois continuer de le soigner, fit Ibn Rushd. Mais vous n'avez rien proposé au sujet de

Guilhem. Allez-vous le prévenir pour qu'il parte avec nous ?

— Non. Il a un nouveau maître, et croyez que je le regrette. C'était un rude combattant qui va nous manquer, mais je ne peux plus lui faire confiance.

Peu avant le souper, deux hommes d'armes de Castillon et un sergent ouvrirent la porte de la pièce où étaient enfermés les comédiens.

— Préparez-vous à distraire les seigneurs ce soir, dit le sergent à Bartolomeo. Quant à vous, damoiselle, venez avec nous, le sire de Castillon vous demande.

— Seule ? demanda-t-elle.

— Oui-da, nous vous ramènerons ensuite.

— Je n'irai pas, décida-t-elle.

— Nous serons contraints de vous conduire de force, menaça-t-il.

Ils étaient trois. Elle n'avait aucun moyen de se défendre, car on avait fouillé leur chambre la veille et pris leurs armes.

— Je vous suis, accepta-t-elle après une hésitation, se jurant de tuer Castillon s'il portait la main sur elle.

Sous les arcades, ils empruntèrent le passage conduisant au logis des chevaliers. Au deuxième étage, une étroite galerie bordée de plusieurs portes longeait la paroi rocheuse.

Ils grattèrent à l'une d'elles et un rugissement retentit. Castillon leur ordonnait d'entrer.

Elle vit qu'il était seul et se figea. Le sergent la poussa et referma la porte.

C'était une chambre étroite avec seulement un lit à rideaux. Pas de fenêtre mais une archère avec un morceau de bois tournant dans l'embrasure qui faisait volet. Une tenture en fourrures de daim séparait la chambre de la pièce d'à côté où logeaient sans doute serviteurs et domestiques.

— Que me voulez-vous ? demanda-t-elle d'une voix glaciale.

— Vous me paraissez bien agressive, Anna Maria. Je vous ai pourtant sauvé la vie, et évité une mort affreuse, fit-il suavement.

— Je ne vous avais rien demandé !

— Pour qui vous prenez-vous ? gronda-t-il brusquement.

Il s'approcha d'elle et l'attrapa par la taille.

— Lâchez-moi !

Elle le frappa et il riposta aussitôt en la giflant plusieurs fois. Puis il lui déchira le haut de son bliaut.

Elle se mit à hurler.

Robert de Locksley logeait à l'extrémité du même couloir. Revenu de la basse-cour, il attendait Ibn Rushd qui était chez Hugues des Baux quand il entendit le hurlement.

Sans savoir pourquoi, il fut certain que c'était « sa » Marianne. Saisissant son épée, il se précipita dans la galerie. Le cri retentit à nouveau, il repéra la porte d'où il provenait et l'enfonça d'un coup d'épaule.

Castillon avait traîné Anna Maria presque entièrement dénudée dans son lit. Locksley attrapa le Baussenque par le col et le jeta contre le mur.

— Que se passe-t-il ?

Le Saxon levait son épée pour fendre en deux Castillon quand il reconnut la voix. Il tourna la tête, c'était Baralle avec Ibn Rushd. Derrière eux arrivait Hugues des Baux, stupéfait.

— Ce porc se permet des choses ignobles ! fit Robert de Locksley. Je vais le saigner comme la bête qu'il est !

— Ce porc est mon frère ! gronda Hugues des Baux. Retournez chez vous !

— Qu'il laisse cette femme, alors !

— Je vais la conduire chez elle, décida Baralle.

En sanglotant, Anna Maria rajusta son bliaut déchiré sur ses seins d'ivoire et suivit Baralle.

— Que votre frère n'y touche plus ! menaça Robert de Locksley en s'arrêtant devant Hugues. Jamais !

— Vous ne connaissez rien aux femmes, comte de Huntington ! C'est elle qui me suppliera bientôt de l'accepter dans mon lit ! fanfaronna Castillon pour dissimuler la peur qu'il avait éprouvée.

Robert de Locksley était déjà dans le couloir. En entendant ces mots, il revint vers Hugues des Baux et toucha sa poitrine de son index.

— Seigneur des Baux, votre famille remonte aux rois mages, dit-on. J'espère que vous ne tolérerez plus de telles violences envers une femme, sinon vous serez déshonoré et le ban des chevaliers de Provence et d'ailleurs se lèvera contre vous !

— Sire Robert de Locksley, malgré l'estime que j'ai pour vous, vous n'êtes pas le maître ici. Ces jongleurs sont des félons que j'aurais dû faire jeter des remparts. Mon frère n'a pas d'épouse. S'il parvient à convaincre cette femme de l'aimer, elle sera à lui.

— Je doute que ce porc parvienne à quoi que ce soit, répliqua Locksley en plantant son regard dans celui de Castillon.

Il revint à sa chambre et mit un long moment pour se calmer. Il hésita même à se rendre au souper mais il se dit que s'il n'y était pas, Castillon penserait lui faire peur.

Le repas fut morose. Il y avait eu la pendaison du jeune berger, et la mort ne réjouissait personne même si c'était un spectacle qu'on ne voulait pas manquer. Quant aux jongleurs, ils parurent n'avoir aucune envie de faire rire le public et Anna Maria chanta avec un tel désespoir que chacun poussa un soupir de soulagement quand elle s'arrêta.

C'est en revenant dans leur chambre que Locksley et ses compagnons découvrirent des gardes dans le couloir. Il n'y en avait pas la veille. Interrogeant le sergent qui les commandait, Locksley se vit répondre que Hugues des Baux avait donné des ordres pour qu'ils l'empêchent de se quereller à nouveau avec son frère.

Cette surveillance interdisait leur entreprise pour la nuit et Locksley se maudit d'avoir menacé Castillon. Ils auraient donc une journée de plus à passer au château. Il se promit d'éviter le frère de Hugues des Baux le lendemain, de manière que la surveillance cesse.

L'aube naissait quand ils entendirent gratter à la porte. Locksley était déjà debout. Épée en main, il ouvrit. C'était un homme d'armes qu'il ne connaissait pas. Le regard du visiteur glissa vers le lit aux rideaux tirés, puis il mit un doigt sur sa bouche et entra.

La quarantaine, buriné, empâté, déjà chauve sous son chapel de fer, il portait une casaque en cuir brun recousue sommairement en plusieurs endroits. Un couteau de chasse pendait à sa taille et il tenait un épieu à sanglier. Sa barbe grise et broussailleuse était salle et couverte de poux, et s'il n'avait été édenté, il aurait fait penser à une bête sauvage.

— Je suis un ami de Pierre, dit-il après s'être s'éclairci la gorge.

— Qui est Pierre ?

— Le père du berger pendu hier. J'étais son parrain. C'est moi qui l'ai accompagné pour ramener le corps à la chapelle Saint-Martin. Nos seigneurs n'auraient jamais dû le faire pendre. L'enfant n'avait rien fait de mal, accorder l'hospitalité n'est pas méchanceté. Il était gentil et ne se rendait pas compte de ce qu'il faisait. On aurait pu le punir, oui, mais pas le pendre.

Son ton était si triste, si désemparé que Locksley en fut ému.

— Je comprends, mais pourquoi venir me voir ?

— Pierre veut venger son fils. Pour causer du tort à Castillon, il m'a demandé de vous raconter quelque chose qu'il sait. Je n'ai pas beaucoup de temps, j'ai réussi à me faire affecter à la garde du couloir, mais le seigneur peut revenir à tout moment. Si je parle, me donnez-vous votre parole de chevalier que vous ne révélerez rien ?

— Où est Castillon ? demanda Locksley, brusquement inquiet pour Anna Maria.

— En ce moment, à la prison.

— Je ne m'intéresse pas au seigneur Castillon. Je ne suis qu'un voyageur qui sera parti dans un jour ou deux, mais vous pouvez toujours parler, proposa-t-il prudemment. Je ne vous trahirai pas, ni Pierre. Et mes amis qui sont là (il désigna la custode du lit) seront aussi silencieux que moi.

L'homme hocha la tête et commença. Il raconta que Pierre et lui étaient allés à Marseille, une quinzaine plus tôt, avec toute une troupe commandée par Castillon. Ils avaient trouvé le vicomte de Marseille, Roncelin, dans une tour avec une femme et des serviteurs. Roncelin, surpris, avait tenté de défendre la femme et ils avaient dû le maintenir pendant que Castillon la violentait. Ensuite ils avaient tué tout le monde.

Ainsi il avait devant lui l'un des assassins de Madeleine Mont Laurier, se dit Robert de Locksley. Mais tout cela ne servait plus à rien puisqu'il savait que Roncelin avait vendu ses parts de la vicomté.

— En quoi cela me concerne-t-il ? s'enquit-il avec une fausse indifférence.

— Je n'ai pas fini, seigneur. Au retour, nous avons croisé trois hommes avec des chevaux bien chargés. Castillon a décidé de s'approprier leurs biens et surtout leurs chevaux qui étaient très beaux. Il leur a demandé de les lui donner mais ils ont refusé et ont voulu se défendre. Nous en avons tué deux et le troisième, qui a tenté de fuir, a été rattrapé et ramené au château où il est dans un cachot de la prison. Castillon l'a interrogé et il a dit être anglais et revenir des croisades. Il avait d'ailleurs beaucoup d'or avec lui et on a reçu chacun trois pièces d'or. C'est cela que Pierre veut que vous sachiez. Le seigneur détient un de vos compatriotes, peut-être un compagnon d'armes que vous avez connu en Palestine.

En entendant ces derniers mots, un frisson glacial parcourut Locksley. Castillon détenait son écuyer Cédric. Certainement celui-ci n'avait-il pas dit qu'il était l'écuyer félon d'un chevalier, sachant qu'il pouvait être écorché vif pour ça, mais si Castillon le torturait, il pourrait bien nommer son maître. À ce moment-là, les Baussenques apprendraient que le comte de Huntington n'était jamais arrivé de Palestine avec Ibn Rushd ! Bien vite il serait soupçonné et il suffirait que l'on torture Hugues de Fer ou les jongleurs pour découvrir qu'il était de ceux qui devaient délivrer Roncelin !

Il resta pourtant impavide. Et si tout cela n'était qu'un piège ?

— Savez-vous le nom de cet homme ? Est-il chevalier ? Je pourrais prévenir sa famille pour qu'elle paye une rançon, proposa-t-il d'une voix détachée.

— Je ne sais rien de plus, seigneur.

— Dans ces conditions, que puis-je faire ? Dire à votre seigneur que je sais qu'il y a un Anglais prisonnier ici et que je veux qu'on le libère ? Vous finiriez pendu pour m'avoir parlé ! Le délivrer ? J'en suis incapable. Je vous remercie de m'avoir confié cela, et je remercie Pierre, mais c'est tout.

Robert de Locksley portait une escarcelle à la ceinture. Il l'ouvrit et en tira trois sous d'or.

— Voici pour vous et Pierre. La troisième pièce sera pour dire des messes pour le salut de son fils.

L'autre prit la récompense avant d'ajouter :

— Je savais que vous ne pourriez rien faire, seigneur, mais j'en sais un peu plus. Ce matin, quand je suis revenu de Saint-Martin, mon sergent m'a annoncé que vous vous étiez querellé avec le seigneur Castillon hier soir et qu'on devait garder l'œil sur vous. Puis il nous a dit que notre seigneur a donné l'ordre de faire chercher le frère de la jongleuse pour remplacer le prisonnier anglais dans son cachot.

— Pourquoi a-t-il fait ça ? s'inquiéta brusquement Locksley.

— Notre seigneur va menacer la jongleuse de pendre son frère si elle n'accepte pas de devenir son esclave.

— Sang de bœuf ! Cet homme est un démon !

— On conduira son frère à la potence, ce matin, et si elle ne cède pas, il sera pendu.

— Dieu le damne ! gronda Robert de Locksley.

— Mais le seigneur de Castillon craint qu'elle ne cède pas, et son frère lui a interdit de pendre le jongleur, car il manque d'hommes d'armes.

— Je vais de ce pas prévenir Anna Maria que Bartolomeo ne risque rien.

— Nous sommes là pour vous empêcher de l'approcher, seigneur.

— Pourquoi le feriez-vous ? Si elle refuse d'accepter cet ignoble marché, ce sera un camouflet pour Castillon qui ne pourra aller au bout de ses menaces. D'une certaine façon, Pierre sera vengé !

— Non, seigneur comte, le sire de Castillon a prévu d'aller jusqu'au bout, car ce sera le prisonnier anglais qui sera conduit à la potence. Avec une cagoule, personne ne verra ses traits quand il sera pendu si la femme résiste. Après, notre seigneur pense qu'elle sera tellement désespérée qu'elle acceptera tout.

— Hugues des Baux tolérerait cette pendaison ? Il perdrait donc un homme de toute façon !

— Non, seigneur, l'Anglais est mourant. Blessé au bras, il a la gangrène.

Tout en parlant, le garde regardait par la meurtrière d'où on apercevait la cour.

— Le seigneur de Castillon revient ! fit-il brusquement. Je ne peux pas rester.

Avant qu'il ne sorte, Locksley lui remit un autre sou d'or et quand il fut parti, il écarta les rideaux du lit. Ibn Rushd et Nedjm Arslan avaient tout écouté.

— Qu'en pensez-vous ?

— Cet Anglais est votre écuyer ?

— C'est certainement Cédric. Ce qui signifie d'ailleurs que tout ce que j'ai rapporté de Palestine appartient désormais à Castillon ! J'en suis malade !

— S'il parle de vous, nous sommes perdus.

— Je le sais. Il ne me reste donc qu'à tuer Cédric.

Chapitre 25

Habillés, ils quittèrent la chambre pour aller dans la salle commune avaler un bol de soupe. Robert de Locksley portait son épée, son arc et son carquois. Une fois rassasiés, ils s'installèrent sur le chemin de ronde de l'enceinte, dans la cour aux arcades, pour voir ce qui se passait en contrebas. Des hommes s'activaient à l'échafaud. La rumeur avait circulé qu'il allait y avoir une autre pendaison et les curieux commençaient à affluer.

Ils laissèrent leur place aux badauds pour s'installer dans la ruelle entre la maison du four et le logis des chevaliers. C'est par là que passerait le prisonnier quand on le conduirait à la potence. Si c'était Cédric, même le visage couvert d'une cagoule, Locksley était sûr de le reconnaître.

En même temps, il écoutait ce qui se racontait autour de lui. On disait que les jongleurs, qui avaient reconnu être des espions, avaient à nouveau trahi la confiance du seigneur. Que le jeune homme allait être pendu pour servir de leçon à sa sœur. Soudain, une vague d'exclamations déferla. On avait sorti le prisonnier de la prison. En jouant des coudes, Locksley parvint à rester au premier rang et vit arriver les gardes, puis deux hommes qui tenaient serré un prisonnier garrotté. Son cœur battit plus fort : c'était bien Bartolomeo reconnaissable à sa casaque matelassée turquoise et à ses grègues sombres. Il avait une cagoule noire sur la tête et ses gardiens le guidaient en le portant par les aisselles.

C'est alors qu'il remarqua que le prisonnier était plus grand que Bartolomeo et surtout moins large d'épaules.

— Regardez ses mains, seigneur Locksley, souffla Ibn Rushd dans son dos. Bartolomeo a des mains noueuses, pas cet homme. Ce n'est pas le frère d'Anna Maria.

Locksley reconnut alors l'anneau de fer que Cédric portait au poignet. C'était bien son écuyer, mais revêtu de la casaque et des chausses de Bartolomeo. Le groupe passa le pont-levis et sortit dans la basse-cour.

— Je n'ai pas beaucoup de temps ! souffla Locksley à Ibn Rushd en filant vers l'autre ruelle.

Comme ils le pensaient, les deux frères baussenques et les chevaliers étaient sur la plate-forme de la tour Paravelle d'où ils regardaient l'échafaud en contrebas. Locksley reconnut le bliaut vert et la chevelure rousse d'Anna Maria qu'on avait dû conduire de force. Monteil dépassait tout le monde de plus d'une tête. Guilhem était en retrait et ne portait pas d'arme.

Locksley se pressa, persuadé qu'Anna Maria céderait quand elle verrait son frère sur la potence. Il traversa la cour déserte de la tour Paravelle. Même le forgeron n'était pas dans son atelier. Personne ne le remarqua quand il grimpa l'escalier aux marches creusées dans la paroi rocheuse. Au sommet de l'éperon, les gardes regardaient en direction de l'échafaud. Il s'installa en retrait à un endroit d'où il voyait parfaitement la potence en contrebas. Après avoir mesuré la force du vent avec sa main, il enfila son demi-gant et serra son brassard en cuir sur son bras gauche. Puis il sortit deux flèches de peuplier du carquois.

Il jeta un dernier regard à la tour Paravelle quand il entendit Castillon menacer et Anna Maria sangloter. Plus bas, on faisait monter de force le prisonnier sur l'échafaud en le tirant par les bras. Il banda l'arc, fit basculer une des flèches. Il y eut un claquement, le trait vola, suivi presque aussitôt de la seconde flèche.

Cédric reçut la première exactement où Robert de Locksley l'avait visé, dans la poitrine, sous le cœur. Elle traversa la cage thoracique et la pointe ressortit de l'autre côté. Le second trait lui entra dans la gorge quatre secondes plus tard. Surpris par ce choc inattendu, les deux hommes d'armes lâchèrent le captif qui roula en bas de l'échafaud. Les spectateurs ne prirent pas immédiatement conscience que des flèches avaient atteint le prisonnier, ils pensèrent simplement qu'il était tombé en se débattant.

Satisfait, Locksley redescendit tranquillement dans la cour.

À la tour Paravelle, les deux Baussenques s'interrogeaient sur la chute du condamné que ses gardiens ne parvenaient pas à relever. Trois hommes étaient autour de lui. L'un d'eux à genoux. Anna Maria s'était penchée sur le parapet pour mieux voir, tandis que Castillon interpellait les gens de l'échafaud.

— Qu'arrive-t-il ?

— On a tué le prisonnier, seigneur ! cria l'un des hommes d'une voix affolée.

— Qui a fait ça ?

— C'est une flèche, seigneur. Non, deux flèches.

Guilhem fut le premier à se retourner quand il entendit qu'on montait l'escalier de la tour. Sitôt qu'il vit Locksley avec l'arc à la main, il comprit que c'est lui qui avait tué Bartolomeo et hocha la tête en grimaçant. Ce n'est pas ce qu'il fallait faire, se dit-il.

Locksley l'ignora.

— C'est moi qui ai tué Bartolomeo, Castillon ! lança-t-il.

Rostang se retourna, interloqué. Voyant l'arc, il tira brusquement son épée.

— Arrête ! ordonna Hugues des Baux. Pourquoi avez-vous fait ça, l'Anglais ?

— Pour qu'Anna Maria n'ait pas à s'offrir en échange de son frère. Maintenant qu'il est mort, elle est libre de ses choix.

— Vous avez osé ! aboya Castillon en faisant un pas vers lui épée haute.

— Vous avez tué mon frère ! cria soudain Anna Maria d'une voix aiguë.

— Il était voué à la mort dans tous les cas. Je demande maintenant au seigneur des Baux une ordalie qui décidera à qui vous appartiendrez.

— Battons-nous maintenant ! décida Castillon.

— Non ! Je refuse un duel, intervint Hugues des Baux en s'adressant à Robert de Locksley. Je n'accepterai pas que vous tuiez mon frère, et s'il vous tue, cela compliquerait mes affaires. Je ne veux pas m'attirer l'inimitié du duc d'Aquitaine… Mais vous avez raison. Il faut décider à qui appartiendra cette femme. Vous vous battrez donc pour la gagner, mais c'est moi qui dicterai les conditions.

— Je les accepte, quelles qu'elles soient, dit Locksley en s'inclinant.

Il vit du coin de l'œil qu'Anna Maria allait s'insurger, mais Guilhem lui saisit le bras et l'immobilisa.

— Puisque vous tirez si bien à l'arc, c'est une flèche qui vous départagera. Acceptes-tu, Rostang ?

— Oui. Quelles sont les autres conditions ?

— Noble comte de Huntington, chaque année se déroule ici un concours que mon frère a toujours gagné. La cible est un oiseau de bois placé en haut d'un mât placé à trois cents pieds. Nous ferons ce concours cet après-midi, et comme vous êtes d'exceptionnels archers, la cible sera à quatre cents pieds. Le vainqueur gagnera la fille. Dans tous les cas, seigneur de Locksley, vous partirez aussitôt après. Avec elle ou sans elle.

— Et mes amis ?

— Vous pourrez emmenez le domestique, mais le médecin restera. J'ai besoin de ses soins. Quand je serai guéri, il vous rejoindra.

Le regard de Locksley balaya les gens devant lui. Castillon le considérait avec un sourire plein de suffisance et de mépris, les chevaliers aussi. Hugues des Baux restait hautain. Guilhem avait lâché Anna Maria qui sanglotait doucement.

— Il sera fait comme vous l'avez décidé, seigneur des Baux, dit enfin Locksley.

À cet instant, Anna Maria se jeta aux genoux du châtelain.

— Laissez-moi ensevelir le corps de mon frère, seigneur ! Je dois m'occuper de lui. Je me suis toujours occupée de lui.

— C'était un félon, fit Hugues des Baux, comme vous. Il sera jeté dans une fosse comme un chien. Arsac, enfermez cette fille !

Robert de Locksley ne dîna pas dans la grande salle mais dans la salle à manger des hommes d'armes et des domestiques. Ibn Rushd et Nedjm Arslan restèrent avec lui. L'ordalie changeait une fois de plus leurs plans.

Le dîner fini, ils rentrèrent dans leur chambre. Robert de Locksley vérifia ses flèches et prépara ses affaires. Il fut convenu que Nedjm Arslan resterait au château.

— Que je gagne ou que je perde, je reviendrai, Ibn Rushd. Je ne sais pas comment, mais je reviendrai. Tenez-vous prêt. Ce sera peut-être cette nuit ou la nuit prochaine.

— Si vous gagnez, vous aurez avec vous Anna Maria qui vous hait désormais. Pourquoi ne lui dites-vous pas la vérité ?

— Je ne veux pas que Hugues des Baux sache que je suis au courant de tout. Si je perds, elle découvrira rapidement que son frère est vivant, si je gagne, je le lui dirai en partant, ou dites-le-lui vous-même si vous parvenez à être seul un instant avec elle. Mais surtout qu'elle ne change pas de comportement envers moi.

— Je ne vois pas comment vous allez revenir, remarqua Nedjm le Perse.

— Pour l'instant, moi non plus, mon ami, sourit Locksley, mais soyez sûr que j'y parviendrai.

— Je pourrais ne plus soigner le seigneur des Beaux, proposa Ibn Rushd.

— Qui l'empoisonne, selon vous ?

— Je l'ignore. J'ai confié le soin de le nourrir à Baralle. S'il continue à être malade, c'est elle, sinon, je pencherai pour Castillon.

— Comment ferait-il ?

— J'espère le découvrir, grimaça Ibn Rushd.

— S'il meurt, Castillon pourrait prendre sa place, bien qu'il ne soit qu'un bâtard, et la situation serait inconfortable pour vous deux.

— Croyez-vous battre Castillon ?

Robert de Locksley opina avec un sourire.

À deux heures, presque tous les gens du château étaient arrivés à l'endroit de la joute et une immense foule bigarrée entourait déjà le champ clos limité par des pierres et des barrières de branchages. La rumeur du tournoi, dont l'enjeu serait une femme qui aurait dû être pendue ou jetée des murailles, s'était rapidement répandue. En plus des domestiques du château, les tisserands et les artisans qui vivaient aux alentours étaient venus pour le spectacle. Il y avait aussi quelques paysans des fermes environnantes qui continuaient à arriver en famille. Des charpentiers avaient élevé un mât près de la chapelle Saint-Blaise, avec un canard de bois peint en rouge au sommet. D'autres avaient prolongé l'estrade de l'échafaud et y avaient dressé des banquettes de planches au-dessus desquelles flottait l'étendard à la comète.

Soudain, un cor retentit plusieurs fois. Le sonneur ainsi qu'un sergent qui serait héraut d'armes pour l'occasion étaient sur l'estrade. Locksley, présent depuis près d'une heure pour relever la force du vent et les couloirs par où il s'engouffrait, leva les yeux vers le château.

Hugues des Baux arrivait à pied avec Monteil et Baralle, elle-même suivie de ses servantes, des chevaliers et du père Basile. Anna Maria était là aussi, le visage baissé et les traits tirés par les pleurs. Locksley chercha à saisir son regard, mais elle détourna la tête et il n'insista pas. Après tout, il avait tué son frère, ou tout au moins le croyait-elle. Le seigneur des Baux et ses familiers grimpèrent les marches de l'échafaudage et s'installèrent sur les bancs, sauf Raimbaud de Cavaillon qui resta en bas à échanger quelques paroles avec des valets d'armes.

Locksley examina un moment les gens des Baux avant de s'approcher de l'estrade. Guilhem était en compagnie des chevaliers. Même Martial était venu, sa jambe brisée attachée entre deux morceaux de bois. Son visage était toujours déformé et tuméfié.

Le Saxon s'inclinait devant le châtelain quand retentirent des exclamations et d'immenses vivats. Comme tout le monde, il tourna la tête pour voir Castillon descendre le chemin rocailleux, entouré de plusieurs de ses hommes. Le frère de Hugues portait un carquois et un arc plus court d'un pied que le sien.

Quand il fut à son tour en bas de l'estrade, ignorant superbement son adversaire, Hugues des Baux dit quelques mots au héraut d'armes. Le cor retentit et le héraut clama à la foule :

— Oyez, oyez, oyez ! Cette joute a pour objet de régler un différend au sujet d'une femme entre deux vaillants seigneurs, le noble Rostang de Castillon et le comte de Huntington. La femme ayant été condamnée à mort, elle appartiendra au vainqueur. Notre seigneur a choisi le noble chevalier Raimbaud de Cavaillon comme juge d'armes et ses décisions seront sans appel.

Aussitôt Raimbaud partit mesurer les quatre cents pieds avec une corde. Quand ce fut fait, les valets d'armes tracèrent une ligne sur le sol rocheux avec un morceau de charbon de bois. Robert de Locksley et Castillon s'avancèrent vers la ligne.

— Celui qui franchira ce trait sera disqualifié, les prévint Raimbaud en s'installant devant la ligne.

Il ramassa deux brindilles qu'il coupa et dissimula dans sa main. Puis il tendit son poing aux deux hommes.

— La plus courte désignera le premier à tirer, fit-il.

Ce fut Castillon.

Le Baussenque s'installa derrière la limite, sortit son gant de cuir et l'enfila, puis choisit longuement une flèche en vérifiant son équilibre, la plaça dans l'arc, le banda et, après avoir longuement visé, lâcha la corde.

Robert de Locksley suivit des yeux le trait qui, après une légère courbe, se ficha dans l'oiseau rouge en vibrant.

Dans le public, le tumulte fut incroyable. Un hourra de triomphe retentit, suivi d'exclamations et de vivats qui parurent sans fin. C'était la première fois qu'on atteignait cette cible à quatre cents pieds ! Castillon leva son arc d'une main pour afficher son contentement, tandis que la foule enthousiaste s'agitait et que déjà certains engageaient des paris.

— Je doute que vous fassiez mieux, Locksley, lâcha le Baussenque.

— C'est bien trop facile pour moi, répliqua celui qu'on avait appelé Robin au Capuchon, quand il n'était qu'un voleur dans la forêt de Sherwood.

Devant son adversaire stupéfait, il s'éloigna de la ligne noire en comptant trente pieds de plus. En même temps, il enfilait son demi-gant et serrait son brassard. Arrivé à la distance qu'il avait décidée, il saisit une flèche du carquois, la posa nonchalamment sur la corde et tira sans viser.

Le silence était total quand la flèche partit. Elle se planta en vibrant dans l'oiseau, juste contre celle de Castillon.

Il y eut quelques secondes de stupéfaction avant que ne déferle une vague de murmures d'étonnement et d'incompréhension suivie, en dépit des préjugés de la populace, par des vivats et des acclamations.

Castillon était pétrifié. Pendant un instant, il chercha de l'aide en regardant son demi-frère dont le froncement de sourcils marquait la perplexité. Quant à Anna Maria, non seulement elle ne pleurait plus, mais elle était aussi stupéfaite. Seul Guilhem n'était pas surpris et dissimulait un sourire.

Robert de Locksley ayant tiré de plus loin, il aurait dû être déclaré vainqueur et le juge d'armes était embarrassé. Il appela les deux candidats près de lui et leur proposa un second tir pour les départager.

— J'accepte, dit Castillon, mais encore à trente pas de plus, et cette fois Locksley tirera le premier !

Celui-ci hocha la tête pour agréer la suggestion.

Raimbaud de Cavaillon donna des ordres aux valets d'armes, puis se dirigea vers l'estrade pour annoncer sa décision à son maître.

En l'entendant, Hugues des Baux grimaça. Son frère n'avait jamais tiré à quatre cent soixante pieds, mais il ne pouvait se dédire et annuler le tournoi.

Il se leva, parla au héraut et fit sonner le cor.

— Oyez, oyez ! Les deux tirs ne pouvant être départagés, les champions recommenceront à quatre cent soixante pieds, annonça le héraut d'une vox de stentor.

Une immense clameur de surprise retentit, suivie de cris d'encouragement qui paraissaient ne pas vouloir s'interrompre et dont on ne pouvait distinguer s'ils s'adressaient à Castillon ou au Saxon.

Le juge d'armes revint à sa place et donna ordre à l'Anglais de commencer.

La foule attendait maintenant dans un silence inquiet. Locksley sortit de son carquois une flèche au hasard, la bascula sur l'arc et la lança avec la même insouciance que précédemment, donnant même l'impression de ne pas regarder la cible.

Chacun regarda voler le trait dans le silence le plus total, ce qui rendit les vociférations et les acclamations qui suivirent encore plus intenses quand il se ficha à côté des deux autres.

Castillon ne cacha pas sa contrariété. Il sortit plusieurs flèches de son arc, les soupesa en vérifiant minutieusement leur alignement. Puis en ayant choisi une, il la posa sur la corde et banda l'arc, visant longuement.

La flèche se ficha à l'extrémité de la queue de l'oiseau de bois, bien à l'écart des autres tandis qu'une sourde vague de déception déferlait.

Une fois encore, le juge d'armes était embarrassé. Il était certain que le tir de l'Anglais était meilleur, mais la règle était seulement d'atteindre l'oiseau. Or, les deux tireurs l'avaient touché.

À nouveau il revint à l'estrade et fit part d'une proposition à Hugues des Baux : que les tireurs recommencent, à trente pieds de plus.

C'était folie ! Personne ne pouvait atteindre la cible à une telle distance, lui répliqua le seigneur des Baux, approuvé par les autres chevaliers.

— Si c'est impossible, seigneur, l'Anglais n'en sera pas plus capable que votre frère, remarqua fielleusement Guilhem. Ce n'est qu'un fanfaron insolent. Vous avez remarqué qu'il ne vise même pas ? Seule la chance l'a favorisé ! Vous pourrez toujours les faire recommencer plus près quand ils rateront la cible. Et si le seigneur Castillon la touche, il sera certainement le seul à y parvenir.

La foule attendait. Après une ultime hésitation, Hugues des Baux se leva et dit quelques mots au héraut qui déclara, après une sonnerie du cor :

— Oyez, oyez, oyez ! Veillez entendre votre seigneur !

Hugues des Baux prit la parole :

— Le tir pour départager les champions sera recommencé à cinq cents pieds, lança-t-il.

Le tumulte fut incroyable et en même temps des bousculades éclatèrent, car les spectateurs voulaient tous mieux voir ce qui allait se passer.

Le juge revint aux tireurs et fit mesurer quarante pieds de plus par les valets d'armes. Puis il déclara à haute voix pour que chacun entende :

— C'est au vaillant seigneur Rostang de Castillon de commencer.

Il y eut quelques cris d'encouragement, mais beaucoup moins que pour les tirs précédents. Le public se rangeait déjà du côté de celui qu'il jugeait le plus fort.

Castillon transpirait. Des gouttes de sueur perlaient sur son front. Il hésita longuement dans le choix de la flèche, puis tendit son arc autant qu'il le put et enfin lâcha le trait. Celui-ci vola et passa audelà du poteau, provoquant immédiatement des vociférations de dépit et quelques sarcasmes.

— La place est au noble seigneur comte de Huntington, fit le juge d'armes d'une voix mal assurée.

Cette fois, Robert de Locksley parut plus concentré. Ayant placé une de ses flèches de peuplier sur la corde de soie, il éleva l'arc de toute la longueur de son bras gauche jusqu'à ce que l'extrémité de la flèche soit au niveau de sa figure. Puis il tendit brusquement la corde jusqu'à son oreille, courbant l'arc presque à le briser. Il y eut un claquement plus fort que les autres fois et la flèche partit en sifflant.

Dans un silence incroyable, tout le monde la suivit des yeux. Non seulement elle atteignit l'oiseau mais elle alla fendre une des flèches de son rival qu'elle fit voler en éclats. La foultitude fut si ébahie de cette merveilleuse adresse qu'elle resta muette.

Guilhem dissimula un sourire et regarda Hugues des Baux, pâle comme un trépassé. Il l'entendit murmurer :

— Il faut que cet Anglais soit le diable et non un homme de chair et d'os.

Le seigneur des Baux se leva et, sans un regard pour Castillon, fit signe à Monteil et aux chevaliers de le suivre. Ayant descendu les trois marches de l'estrade, il se tourna vers Baralle qui n'avait pas bougé.

— Vous ferez proclamer le résultat et convoquerez Castillon et l'Anglais dans ma chambre, dame Baralle.

Désignant Anna Maria, il ajouta :

— Qu'elle vienne si elle veut, mais elle appartient désormais à Locksley. Qu'il disparaisse au fond des enfers avec elle.

Chapitre 26

— Place au vainqueur ! Hourra pour le noble archer ! Vive le comte de Huntington ! hurlait une centaine de voix tandis que Locksley se dirigeait vers l'estrade. Avec un brin d'inquiétude, il avait vu Hugues des Baux partir et se demandait s'il respecterait sa parole.

Arrivé devant l'échafaudage, Baralle l'attendait, debout.

— Mon époux a dû rentrer, tant il était fatigué, lui dit-elle d'une voix sans chaleur. Il m'a chargée de vous déclarer vainqueur de la joute et de vous accorder la propriété de cette femme. Il vous attend dans sa chambre pour vous saluer avant votre départ.

Anna Maria sanglotait à nouveau. Guilhem restait près d'elle, comme pour la protéger. Le Saxon les ignora et prit la direction du château, non sans s'arrêter à plusieurs reprises en chemin, car de nombreux hommes d'armes voulaient le complimenter et lui serrer la main. Ces arrêts incessants l'irritaient, tant il avait hâte de quitter le château.

Ibn Rushd et Nedjm Arslan avaient assisté au tournoi dans la foule. La joute terminée, ils se dirigèrent vers le cortège des serviteurs et des chevaliers qui entourait Baralle.

— Madame, dit respectueusement Ibn Rushd, peut-être devrais-je aller voir votre mari ? Il m'a semblé très pâle.

— Faites-le, il en aura vite terminé avec l'Anglais.

— Damoiselle Ubaldi pleure beaucoup la mort de son frère, ajouta le musulman. Ne pourrais-je pas lui donner un philtre de ma composition qui la calmerait ?

— Certainement, répliqua Baralle avec indifférence. Mais qu'elle prépare rapidement ses affaires pour partir avec le seigneur de Huntington.

Ibn Rushd s'approcha d'Anna Maria et la prit par le bras, lui faisant comprendre qu'il souhaitait qu'elle reste avec lui. Elle était si désespérée qu'elle se laissa faire. Guilhem se tourna vers eux, hésitant à dire quelque chose avant de se raviser et de poursuivre son chemin. Ibn Rushd remarqua cette attitude et en resta intrigué.

— Anna Maria, je dois vous parler un instant avant votre départ.

— Je ne partirai pas avec l'assassin de mon frère, annonça-t-elle.

— Vous ne pouvez pas rester. Vous vous doutez bien que les choses seront pires avec Castillon.

— Il a tué mon frère ! hurla-t-elle si fort que plusieurs personnes autour d'eux se retournèrent.

— Anna Maria, je vous en prie, écoutez-moi. Je dois vous parler sans oreilles indiscrètes autour de nous.

Elle baissa la tête, vaincue. Ils rentrèrent au château avec la foule des serviteurs et des domestiques et il la conduisit dans sa chambre. Arslan les suivait.

Une fois à l'intérieur, le Perse étant devant la porte, Ibn Rushd prit les mains de la jeune femme :

— Anna Maria, votre frère n'est pas mort.

Elle ouvrit la bouche comme ces poissons qui se noient à l'air libre et, d'émotion, ne parvint pas à articuler un mot.

— Robert de Locksley ne l'a pas tué. Il est vivant, dans la prison !

— Mais je l'ai vu ! affirma-t-elle d'une voix aiguë. Robert de Locksley l'a tué ! C'était mon frère ! Je n'avais que lui !

Elle se remit à sangloter.

— Ne criez pas, je vous en supplie ! Locksley a seulement tué un homme avec les habits de votre frère. Il portait une cagoule, car ce n'était pas Bartolomeo.

Cette fois, elle parut le croire et un minuscule espoir envahit son cœur.

— Jurez-moi que c'est vrai !

— Je vous le jure, sur le Coran et au nom d'Allah le Miséricordieux.

— Mais Locksley a bien tué un homme !

— C'était Cédric, son écuyer qui l'avait trahi et qui s'était enfui avec son butin rapporté de Palestine. Cédric était prisonnier ici, et Castillon était prêt à le pendre pour ne pas perdre la face si vous n'aviez pas cédé. Nous l'avons appris et le seigneur de Locksley a décidé de vous empêcher d'accepter les infâmes propositions de Castillon en vous faisant croire qu'il tuait votre frère. Ainsi, vous n'auriez plus à choisir entre votre honneur et sa vie.

Tandis qu'il parlait, Anna Maria éprouvait un sentiment qu'elle n'avait jamais ressenti. C'était tout à la fois une impression de liberté et un immense espoir.

— Le seigneur de Locksley vous racontera tout cela plus tard. Mais surtout ne changez pas d'attitude. Laissez croire que vous pleurez toujours Bartolomeo. Allez préparer vos affaires et attendez ensuite dans la cour.

— Mais vous ? Vous restez ici ? Et Hugues de Fer ?

— Locksley veut vous mettre en sécurité, ensuite il reviendra.

— Je reviendrai aussi, décida-t-elle après un silence. Je sauverai mon frère.

Pendant ce temps, Locksley était arrivé dans la chambre de Hugues des Baux qui se trouvait avec Monteil et Arnaud de Coutignac.

— J'ignore comment vous avez fait, seigneur de Huntington, mais je reconnais que vous avez gagné cette joute, lui jeta sèchement Hugues. Maintenant, partez ! Je ne veux plus la moindre querelle au sujet de cette femme.

— J'attendrai mes amis à Montpellier, seigneur. J'espère que vous leur fournirez une escorte pour me rejoindre. Dans le cas contraire, mon roi serait fort fâché.

— Nous verrons, répondit évasivement Hugues des Baux.

Locksley s'inclina et sortit, réfléchissant aux observations qu'il venait de faire. La première fois qu'il s'était rendu dans les appartements de Hugues des Baux, il n'avait guère prêté attention à la disposition des lieux. Mais depuis qu'il avait appris que Roncelin n'était pas emprisonné dans les cachots, il s'était demandé où il pouvait être. Le soir où le notaire avait annoncé que la vente des parts du vicomte était faite, l'homme de loi venait de l'étage. Et si Roncelin logeait là-haut ? s'était-il demandé.

C'est ce qu'il avait tenté de vérifier en examinant discrètement les portes de la chambre. Il y en avait trois. La première communiquait avec le logis des chevaliers, c'est par celle-là que Baralle était passée pour l'empêcher de tuer Castillon quand il avait voulu violer Anna Maria. La deuxième était ouverte vers la chambre de la châtelaine. Restait la troisième, qu'il avait toujours vue fermée. Roncelin était-il là ? Peut-être qu'Ibn Rushd pourrait le découvrir, bien que cela n'ait plus d'importance.

Dans la cour, Ibn Rushd et Nedjm Arslan l'attendaient avec Anna Maria et leurs bagages. Raimbaud de Cavaillon était là aussi, avec une escorte et des domestiques.

— Les valets porteront vos affaires à vos montures et je vous accompagnerai jusqu'à la porte d'enceinte.

On prit leurs sacoches et ils se dirigèrent vers la basse-cour. En chemin, Locksley parvint à s'approcher d'Ibn Rushd pour lui murmurer entre ses dents :

— Attendez-vous à mon retour. Notre plan pour délivrer les prisonniers reste inchangé. Tentez aussi de savoir si Roncelin n'est pas dans une chambre à côté de celle de Hugues des Baux.

C'est aux écuries qu'ils découvrirent Guilhem d'Ussel. Le chevalier troubadour avait fait préparer le cheval de Locksley et la mule d'Anna Maria. Le Saxon le remercia froidement, sans agressivité. Même si Guilhem avait changé de camp, il lui reconnaissait une certaine loyauté, car il ne l'avait pas dénoncé à Hugues des Baux. On chargea les bagages sur les bêtes et ils montèrent en selle. Raimbaud de Cavaillon et deux soldats partirent les premiers.

C'est au moment où Locksley donnait un coup d'éperon à sa monture que Guilhem lui lança :

— Robert, tu dois bien savoir qu'il faut parfois donner une chandelle à Dieu et une autre au diable !

Ayant entendu, Anna Maria resta interloquée et se retourna sans comprendre. Mais Guilhem revenait déjà vers le pont-levis.

— Qu'a-t-il voulu dire ? demanda Anna Maria à Locksley.

— Je ne sais pas et je n'aime pas les énigmes. Il est aux Baux désormais et le reste importe peu.

Ils rattrapèrent Raimbaud. À la porte, le chevalier dit à Locksley avec une visible admiration :

— Sachez, messire, que je regrette votre départ. Je suis fier de vous avoir connu. Jamais je n'ai vu une telle adresse à l'arc.

— Merci, chevalier.

— Où dormirez-vous cette nuit ?

— Je demanderai l'hospitalité à Saint-Paul. On m'a dit que le chemin qui y passe conduit à Tarascon, d'où je retrouverai la route de Montpellier.

— En effet. Bonne route.

Locksley et Anna Maria descendirent le chemin sans parler, puis ils rejoignirent le cours de l'Arcoule qu'ils remontèrent par un sentier.

— Il reste deux à trois heures de jour, Anna Maria. Nous serons au monastère avant la nuit. On m'a assuré qu'il y avait un dortoir pour les voyageurs.

— Ibn Rushd m'a confié la vérité pour mon frère. Je suis honteuse pour ce que je vous ai dit. Racontez-moi tout.

Il lui apprit comment il avait découvert la présence de Cédric qui méritait la mort pour l'avoir trahi. Puis il lui parla de ses projets.

— Demain, je demanderai au forgeron de Saint-Rémy de me forger les flèches dont j'ai besoin. J'aurais aussi besoin de cordes.

— Que voulez-vous faire ?

— Je vais tirer Hugues de Fer et votre frère de leur cachot.

Après leur départ, Ibn Rushd se présenta chez Hugues des Baux. Le seigneur était allongé, fatigué mais surtout très contrarié. Le médecin l'examina en présence de Baralle et le trouva en meilleure santé. En particulier, ses cheveux étaient moins ternes et sa langue presque rose.

— J'ai l'impression que vous avez pris un peu de poids, dit-il en examinant son visage moins hâve. Avez-vous toujours des douleurs ?

— Moins qu'avant. J'ai aussi plus d'appétit et je n'ai pas vomi depuis hier. Grâce à vous, j'ai l'impression d'être sur le chemin de la guérison.

— Croyez-vous qu'il s'agissait d'un empoisonnement ? demanda Baralle.

— C'est difficile à imaginer, répondit Ibn Rushd, puisque votre mari ne buvait que du lait de chèvre. Qu'en pensait votre médecin ?

— C'est lui qui m'a confié que la maladie de mon époux pouvait être due à un empoisonnement, mais même avec le lait, les maux ont continué. Pourtant c'est moi qui allais traire les animaux et qui portais le lait.

— Quand cela a-t-il commencé ?

— Il y a trois mois. Au début, Hugues trouvait tout amer quand il mangeait, puis il a commencé à suffoquer avec des brûlures dans la poitrine et les entrailles. Il rendait beaucoup de sang par les selles. Ensuite, avec le lait de chèvre, il n'a plus eu que des irritations de la bouche, des nausées, des vomissements, mais surtout il perdait ses cheveux. Tout semble s'être arrêté avec le régime que vous lui avez prescrit et je n'y comprends plus rien.

— Qui aurait pu l'empoisonner ?

— Un serviteur gagné à mes ennemis, répondit Hugues des Baux.

— Vous avez des ennemis ?

— Le comte de Provence et la maison de Barcelone, pour ne citer qu'eux. Ils sont inquiets de voir la renaissance de notre grande famille.

Ibn Rushd resta silencieux un instant. Ce pouvait être une explication, en effet.

— Où sont ces chèvres ?

— Sur le plateau, il y a une bergerie du côté du couchant.

— Puis-je y aller ?

— Je peux demander à un domestique de vous conduire.

Ibn Rushd balaya la pièce des yeux.

— Plus personne n'entre dans la chambre, désormais ? Aucun serviteur ?

— Seulement Monteil et mon frère Rostang. La servante de Baralle, mais seulement la nuit, et parfois mes chevaliers pour recevoir mes ordres. Le père Basile et mon médecin ne viennent plus.

Ibn Rushd désigna la porte de la chambre de Baralle.

— Votre servante est digne de confiance ?

— Elle ne s'arrête jamais dans cette pièce et je suis avec elle dans la chambre.

Il désigna l'autre porte, en face.

— Cette chambre est toujours inoccupée ?

— Oui, affirma Hugues des Baux sans broncher.

— Je vous préparerai une thériaque demain, vos serviteurs devront m'attraper une vipère.

— Il y en a à l'étang, dit Baralle. Aurez-vous besoin d'autre chose ?

— Dès que je l'aurai, je ferai sécher sa chair avec de l'opium, du miel et des herbes. Il faudra me laisser en ramasser dans les bois.

— Je vous ferai accompagner par des serviteurs, accepta Hugues des Baux.

— Mais vous avez demandé que Hugues arrête de prendre la thériaque de notre médecin, remarqua Baralle.

— Il y a plusieurs formes de thériaque, dame des Baux, et leur force dépend des drogues qui la composent.

Un domestique l'accompagna à la bergerie. C'était un bâtiment très bas, tout en longueur, couvert d'une toiture de pierre. Situé en bordure d'une falaise vertigineuse, on avait dressé devant une barrière en bois pour que les animaux ne s'y précipitent pas dans un moment d'affolement.

La bergerie était vide. Le troupeau de moutons était descendu boire à l'Arcoule, mais les chèvres étaient là qui rongeaient les herbes et les mousses sur les rocailles. Elles paraissaient en bonne santé. Ibn Rushd s'approcha pour examiner leurs crottes, puis entra dans la bergerie pendant que le domestique attendait.

Une partie du bâtiment, fermée par des barrières, était réservée aux chèvres, avec du fourrage dans un râtelier de bois. La mangeoire contenait du foin et des herbes. En s'approchant, Ibn Rushd reconnut immédiatement les feuilles de colchique séchées. Pour en être certain, il les porta à son nez. L'odeur forte et nauséeuse ne lui laissa aucun doute.

Du colchique ! L'herbe de la magicienne Médée. Même séchée ou bouillie, elle ne perdait jamais sa toxicité. Le colchique provoquait des coliques, des nausées, de la diarrhée, des vomissements puis la mort. Les animaux évitaient d'en manger, mais ces deux chèvres avaient certainement été accoutumées avec de faibles doses. Depuis, elles transmettaient le poison dans leur lait. Un lait réservé au seigneur.

C'était un plan diabolique. On avait sans doute commencé à empoisonner Hugues des Baux directement au colchique, puis le médecin s'était méfié et avait suggéré du lait de chèvre, ignorant que ce lait était aussi un poison, même s'il était moins virulent.

Ibn Rushd sortit avec quelques feuilles de colchique à la main.

— À qui sont les chèvres ? demanda-t-il au valet.

— Au père Basile, noble médecin. Mais leur lait est uniquement pour le seigneur.

Basile ! Il aurait dû s'en douter ! Castillon avait dit devant lui qu'il avait étudié la pharmacie à Montpellier. Mais pour qui travaillait-il ?

En vérité, se dit-il en revenant, cela n'avait pas d'importance. Il devait juste décider de dénoncer ou non le coupable au seigneur des Baux.

Pourrait-il négocier cette information contre la libération de Fer ? s'interrogeait-il. L'idée était séduisante, mais comment être certain que Hugues des Baux respecterait sa parole ensuite ?

Il jeta les brins de colchique, puis reprit le sentier qui conduisait au château. Plongé dans ses pensées, il n'avait pas remarqué le père Basile qui venait nourrir ses chèvres.

À peine avait-il aperçu le médecin arabe, facilement reconnaissable à sa barbe blanche et à son grand turban, que Basile s'était jeté derrière un fourré. Que venait faire cet infidèle à la bergerie ? Un frisson glacial le parcourut. Se pourrait-il qu'il ait deviné ?

Derrière le fourré, il vit le médecin jeter quelque chose qu'il avait à la main, puis remonter vers le château. Le musulman passa près de lui sans le voir, pas plus que le valet qui le précédait.

Quand ils furent suffisamment loin, Basile courut à la bergerie. Le sol était rocailleux et la poignée d'herbes sèches que le médecin avait jetée était bien visible. Il se pencha pour regarder.

C'était du colchique ! Il avait donc découvert la vérité !

Immédiatement, Basile se précipita dans l'étable. Rassemblant le foin par brassées, il le jeta du haut de la falaise. Ensuite, il vérifia partout qu'il n'y avait plus de trace de l'herbe mortelle et il remit du foin propre avant de faire entrer les chèvres.

Baralle déboucha dans la cour d'en haut par le passage venant de la grande salle. Elle avait interrogé son mari et appris que Guilhem d'Ussel était dans la tour Paravelle.

La tour n'était pas le point le plus haut, mais l'endroit du château le plus avancé vers le plateau. Doublée de hourds de bois, elle permettait surtout de surveiller les passages par le val d'Enfer.

Hugues des Baux exigeait qu'il y ait toujours un chevalier pour commander les hommes de guet. À cause des blessures de Martial d'Arsac, c'est Guilhem qui le remplaçait.

Il n'y avait pas grand-chose à faire. Appuyé sur le parapet, Guilhem méditait sur ce qu'il devait décider. Hugues des Baux lui avait rendu le haubert, le casque et les armes trouvés dans les bagages de Hugues de Fer. Tôt ou tard, il l'enverrait faire des patrouilles autour du château. Il n'aurait alors aucun mal à se débarrasser des hommes d'armes qui l'accompagneraient et il pourrait facilement revenir à Saint-Gilles.

Mais agir ainsi signifierait abandonner Hugues de Fer et il s'y refusait. Il avait un contrat moral avec le viguier de Marseille, une promesse à tenir. De plus, il venait d'apprendre de Raimbaud de Cavaillon que Bartolomeo n'avait pas été tué par Locksley. Que la pendaison n'avait été qu'un traquenard organisé par Castillon pour faire céder la jeune femme, traquenard que Locksley avait déjoué sans le savoir !

Hugues de Fer et Bartolomeo étaient dans les cachots de la prison. S'il parvenait à convaincre Ibn Rushd et Nedjm Arslan de sa bonne foi, à eux trois ils pourraient détruire les portes et fuir. Mais Ibn Rushd le croirait-il ?

Une autre question le tourmentait. Qu'étaient devenus Anna Maria et Locksley ?

— Seigneur d'Ussel, pourrais-je vous parler un moment ?

Il se retourna, c'était Baralle. Que voulait-elle ?

— Allons dans la cour, proposa-t-il.

Il descendit l'escalier avec elle. S'éloignant du forgeron qui martelait bruyamment des lames de guisarmes, ils s'installèrent contre les merlons de l'angle nord-ouest de la muraille.

— Ainsi, vous deviez délivrer Roncelin ? demanda-t-elle brusquement.

— Oui, gente dame, mais vous le savez comme moi.

— Vous êtes un mercenaire, fit-elle avec un léger mépris.

— En effet, mais aussi un troubadour qui joue de la vielle, plaisanta-t-il.

— Il m'est difficile de vous faire confiance, seigneur d'Ussel.

Il la gratifia d'un sourire en s'inclinant.

— Moi aussi, gente dame.

Elle se mordilla les lèvres un instant.

— À quoi peut croire un homme qui a été dans la horde de Mercadier ?

— Pas à Dieu, gente dame, si vous voulez le savoir. Au diable, peut-être, à l'amitié, à l'amour et à la fidélité, certainement.

— À l'amour ? fit-elle, surprise.

— Tout le monde croit à l'amour, ou fait semblant d'y croire.

— Si je vous demandais de garder pour vous cette conversation, pourrais-je être assurée de votre parole ?

— Sur ma vie et mon âme, je vous donne ma parole de ne rien faire qui puisse vous nuire.

Ce n'était pas la réponse qu'elle attendait et elle parut encore hésitante avant de lâcher :

— Savez-vous que le seigneur Roncelin est mon oncle ?

— Vaguement.

— J'ai failli l'épouser, mais mon père a préféré l'alliance avec Hugues des Baux.

— Le regrettez-vous, dame Baralle ?

— Ce n'est pas le sujet de ma visite, répondit-elle froidement. Maintenant que Roncelin a vendu ses droits, poursuivit-elle, mon mari aurait dû le laisser partir, mais il a repoussé sa libération.

— Vous pensez qu'il veut le garder prisonnier ?

— Peut-être. À moins que mon oncle n'ait un accident.

Guilhem resta silencieux. Il commençait à comprendre le sens de la visite de dame Baralle.

— Vous voulez que je le fasse sortir d'ici et que je le ramène à Marseille ?

— Vous comprenez vite. Je peux vous remettre cent sous d'or. C'est tout ce que je possède.

— Où se trouve Roncelin ?

— Enfermé dans la chambre en face de la mienne, au-dessus de la grande salle. Monteil dort avec lui. Personne ne peut l'approcher.

— Comment pourrais-je faire, alors ?

— Dans la chambre de mon époux, il y a une échelle de corde pour fuir par la falaise si le château est sur le point d'être pris. Vous pourriez l'utiliser.

— Il me faudrait entrer dans l'appartement de votre époux quand ni lui ni Monteil ne s'y trouvent. C'est une première difficulté. Mais ensuite, une fois en bas des murailles, nous serons à pied. Si on nous recherche, nous serons vite rattrapés avec des chiens sur nos traces.

— Je n'y ai pas réfléchi plus avant. Je voulais d'abord connaître votre sentiment. Nous en reparlerons plus tard.

— Je vais y penser aussi, dame Baralle.

C'est après le souper que le père Basile parvint à glisser quelques mots à Rostang de Castillon. Le religieux avait un temps envisagé de fuir, mais il avait repoussé sa décision. D'ailleurs, pour aller où ? Le territoire baussenque s'étendait à des lieues à la ronde et on le retrouverait facilement. De surcroît, sa fuite signerait sa culpabilité, alors qu'il avait fait disparaître toutes les preuves.

Durant tout le souper, il s'était efforcé de faire bonne figure, évitant quand même le regard inquisiteur d'Ibn Rushd.

— J'ai vu le médecin arabe à la bergerie, seigneur. Il avait à la main des feuilles séchées de colchique.

— Il aurait découvert la vérité ? s'inquiéta Castillon.

— J'en ai peur, seigneur, mais rassurez-vous, j'ai tout jeté. Il n'y a plus de preuve. Je crains quand même qu'il ne me dénonce à votre frère. Il faudra me défendre si cela arrivait.

Castillon perçut la terreur chez Basile. Il devinait que, arrêté et torturé, il n'hésiterait pas à parler de lui. Il avait donc le choix entre deux solutions radicales. Tuer Basile, ou tuer son frère plus vite qu'il ne l'avait prévu.

Mais s'il tuait Basile maintenant, il n'aurait plus aucun moyen d'empoisonner son frère, qui de toute façon était en train de guérir à cause de ce médecin arabe.

Donc, il devait tuer son frère. Et le faire rapidement, car tant qu'il était malade, personne ne trouverait sa mort anormale, sauf le médecin arabe. Mais celui-là, il l'accuserait d'avoir mal soigné Hugues et il le ferait pendre.

Le plus simple était que Hugues ne se réveille pas de son sommeil, on penserait alors à une mort naturelle. Ses hommes devraient être ici pour empêcher toute tentative de révolte contre lui. Reconnu seigneur des Baux, les autres Baussenques, et en particulier son autre demi-frère, Bertrand, le seigneur de Meyrargues, ne pourraient que s'incliner.

— Demain, je ferai venir mes hommes, dit-il à Basile. Peux-tu faire dormir mon frère profondément la nuit prochaine ?

— Puisqu'il boit à nouveau du vin, je pourrais mettre de l'opium dans son pot, mais tous ceux qui en boiront seront assoupis.

— Fais-le. Ce sera encore plus facile si tout le monde dort. Nous irons dans sa chambre et nous lui ferons absorber de force ton poison. Après-demain, je serai le maître.

Durant deux heures, ils serpentèrent le long d'un sentier qui grimpa dans la montagnette avant de redescendre sur l'autre versant. Locksley restait silencieux, éprouvant une douce plénitude à être seul avec cette femme qui, au fond de son cœur, était devenue Marianne, l'épouse qu'il avait tant aimée et perdue.

C'est au bout d'une heure de marche, durant laquelle ils n'avaient pas échangé un mot, qu'elle se décida.

— Je vous demande pardon, seigneur, dit-elle, la voix cassée. Je n'ai pas cru en vous.

— Les apparences étaient contre moi, répondit-il.

Elle resta encore un moment silencieuse avant de demander :

— Parlez-moi de Marianne. Comment était-elle ?

Il raconta alors sa vie, son combat contre le sheriff de Nottingham, comment il avait connu lady Marianne, et comment il l'avait perdue.

Ils arrivèrent enfin au prieuré de Saint-Paul du Mausolée, construit sur les ruines d'antiques édifices romains, où on leur accorda l'hospitalité pour la nuit, dans un dortoir pour les voyageurs.

Bien que le souper eût été pris depuis longtemps, ils eurent droit à une soupe servie dans la cuisine dont le feu était toujours allumé. Ensuite ils gagnèrent le dortoir qui était vide, sombre et glacial. Ce n'étaient que des paillasses pouilleuses sur des lits de planches à quatre ou cinq places. Ils en choisirent chacun un, secouèrent les paillasses pour chasser les poux, puis se couchèrent tout habillés. Robert de Locksley éteignit alors la petite lampe à huile que le frère tourier lui avait donnée.

Il ne parvenait pas à trouver le sommeil quand il l'entendit sangloter. Après de longues hésitations, il se leva et alla la trouver. Écartant les rideaux du lit, il s'assit à côté d'elle et lui prit la main.

Ses pleurs redoublèrent.

— Pourquoi pleurez-vous, Anna Maria ?

— Pour mon frère, pour tout ce qui est arrivé… et pour tout ce que j'ai gâché.

— Nous tirerons votre frère de sa prison, je vous le jure.

— Je ne sais plus que penser, balbutia-t-elle. Je... je ne suis plus maîtresse de moi-même, de mes sentiments... J'ai eu si peur. Tout est devenu si incertain. Je n'ai jamais connu cet état... Vous savez, c'est toujours moi qui décidais pour lui. Il se reposait sur moi, et je l'ai abandonné. Je ne sais plus ce que je dois faire.

— Je vous aime, Anna Maria. Si tout cela se termine, mon vœu le plus cher est de vous ramener en Angleterre.

Elle allait lui dire la vérité, qu'elle était une espionne du pape, mais il se pencha vers elle et l'empêcha de parler. Les yeux toujours pleins de larmes et le cœur plein de sanglots, elle lui offrit sa bouche.

Le baiser parut durer un temps infini et au bout d'un moment, elle s'abandonna.

Chapitre 27

Cette nuit-là, elle ne trouva pas le sommeil. Après que Robert eut quitté sa couche, elle était restée malheureuse, désemparée. Il lui avait proposé de l'épouser en Angleterre. Mais pouvaient-ils commencer une relation fondée sur le mensonge ? Elle avait près d'elle son psaltérion contenant la lettre que Guilhem d'Ussel avait vue.

Certes, la mission du pape n'avait plus aucun sens, mais elle ne pouvait l'oublier. Toute la nuit, elle tenta de se convaincre qu'elle n'avait commis aucun manquement à l'honneur, qu'elle avait seulement dissimulé la vérité. Elle savait pourtant qu'elle devrait implorer le pardon de Hugues de Fer. S'il recouvrait la liberté.

Quant à cet homme qui l'aimait. Comment se comporterait-il quand il saurait ?

Le matin, mal à l'aise, elle rejoignit Robert de Locksley au réfectoire où il l'attendait. Ils se servirent de la soupe sur leur pain et, comme ils étaient seuls à leur table, les moines mangeant entre eux, elle sortit le quareignon d'une poche de son manteau et le lui tendit en silence.

Il examina le sceau sans comprendre.

— Je devais remettre ce pli à Roncelin, dit-elle d'une voix morne. C'est le *camerarius* du Saint-Siège qui me l'a donné. Ce sceau est celui du pontife Innocent III.

— Comment des jongleurs peuvent-ils recevoir une lettre du Saint-Père ? s'étonna-t-il.

— Ouvrez-la, seigneur ! Maintenant, cela n'a plus d'importance.

Il brisa le sceau, déplia la lettre et en commença la lecture.

— Vingt mille sous ? remarqua-t-il à haute voix quand il eut terminé. C'est ce qu'a reçu Roncelin du seigneur des Baux pour sa part de la vicomté !

— C'est pour cette raison que cela n'a plus d'importance. Je voulais que vous sachiez que je n'étais pas seulement jongleuse. Je suis une espionne.

Il resta silencieux, passant plusieurs fois sa main sur son menton rêche – cela faisait plusieurs jours qu'il ne s'était pas rasé – et se rendit compte que les poux n'avaient pas épargné sa barbe.

— Racontez-moi, proposa-t-il enfin.

Elle lui parla de son frère, de leur jeunesse, de sa mère, du cardinal Ubaldi, sans doute son père. De leur vie de jongleurs, de leur convocation au palais du Latran, de l'opinion du nouveau pape sur les négociants marseillais, de l'opportunité qu'il avait d'acheter les droits de la vicomté et de réunifier ville haute et ville basse. Elle lui dit qu'ils avaient été choisis parce qu'ils étaient insoupçonnables, car simples jongleurs, et enfants d'un cardinal, donc fidèles à l'Église.

— Vous n'êtes pas une espionne, simplement une messagère, remarqua-t-il quand elle eut terminé.

Il posa la lettre et lui prit la main.

— Les choses sont déjà assez compliquées pour qu'on ne les embrouille pas plus, poursuivit-il. Cette lettre n'a aucun intérêt et ne change rien. Acceptez-vous de me la donner ?

— Oui, mais...

Il la prit, se leva et, s'approchant de la cheminée, il la jeta dans le feu, la regardant se consumer entièrement.

Saint-Rémy était un minuscule bourg qui, comme le monastère de Saint-Paul, se trouvait dans le fief des Baux. Ce n'était que quelques maisons d'artisans serrées autour d'une enceinte basse avec une tour de guet. On y trouvait un sabotier, un tonnelier, un cordier qui filait le chanvre, un coutelier, un drapier, un apothicaire, un tisserand et surtout un forgeron qui était aussi maréchal-ferrant. Tous des métiers qui payaient le cens aux Baussenques.

Locksley montra au forgeron les pointes de ses flèches et lui demanda d'en forger une dizaine identiques, profondément ébarbées pour bien s'accrocher dans du bois, mais avec, en angle, un anneau assez large. Pendant le temps qu'il les préparait, ils se rendirent chez le cordier.

Après avoir brûlé la lettre, le Saxon avait révélé son plan à Anna Maria. L'ayant écouté, elle lui avait dit qu'elle ne l'attendrait pas à Saint-Paul, comme il le souhaitait, mais qu'elle irait avec lui. Il avait protesté, aussi lui avait-elle assuré qu'elle serait plus agile que lui pour escalader les falaises du plateau. Il s'était finalement rendu à ses arguments et lui avait laissé choisir la corde et la cordelette de soie chez le cordier.

Son dessein était simple. La nuit tombée, ils approcheraient l'éperon du côté nord, évitant de se faire voir de la tour Paravelle. Au pied des rochers, il aurait à portée la galerie des latrines construites sur de grosses poutres de bois. Il lancerait une flèche à l'anneau de laquelle serait glissé le filin de soie. Bien enfoncée dans une poutre, il ferait glisser la cordelette et tirerait la corde. Anna Maria, plus légère, n'aurait plus qu'à grimper.

Une fois dans le château, ils iraient chercher Ibn Rushd et Nedjm Arslan dans le logis des chevaliers. S'ils rencontraient des gardes, il les tuerait. Ensuite, ils feraient exploser les pots à feu, briseraient la porte des prisons, mettraient le feu au château et fileraient par le pont-levis comme ils l'avaient prévu.

Bien avant sexte, ils avaient tout leur matériel, mais ne pouvant agir avant la nuit, ils dînèrent au monastère. Ensuite, pour passer le temps, ils partirent se promener dans les ruines des monuments romains. Locksley avait décidé de ne reprendre le chemin des Baux qu'après quatre heures. Comme c'était l'heure du souper au château, il y aurait moins de risques de rencontrer une patrouille qui les aurait reconnus.

Ils étaient devant un arc de triomphe érigé pour un empereur oublié quand ils virent arriver, du val d'Enfer, un vilain en sayon à capuchon. Comme il se dirigeait vers eux, Robert de Locksley se tint sur ses gardes, mais en s'approchant, l'homme baissa son capuchon et il reconnut Pierre, le père du berger pendu.

— J'espérais vous retrouver ici, leur dit-il simplement.

— Comment saviez-vous que nous y serions ?

— Ce matin, à la ferme, j'ai rencontré celui qui vous a prévenu pour le frère de la dame (il désigna Anna Maria). Il m'a dit que vous aviez quitté le château avec elle. Ceux qui vous ont accompagnés à la porte lui ont rapporté que vous vouliez passer la nuit au monastère. J'ai pensé que vous resteriez là quelques jours.

— Pourquoi ? demanda Robert de Locksley avec méfiance.

— Parce qu'il n'est pas facile de se séparer de ses amis et de sa famille.

Il les regarda avec tristesse.

— On a enseveli mon fils près de la chapelle. Merci pour votre pièce.

Il retint une larme.

— Je suis venu vous proposer mon aide. Je peux vous faire entrer dans le château.

— Pourquoi voudrions-nous y retourner ?

— Elle est venue avec le viguier de Marseille qui est prisonnier avec son frère. Elle pourrait désirer qu'ils s'évadent.

— Comment nous feriez-vous entrer ?

— Il y a un souterrain, depuis la chapelle Saint-Blaise.

— Il arrive où ?

— Je ne sais pas. Je l'ai emprunté une fois, avec le prêtre, mais il y a une porte en chêne au fond. Elle doit ouvrir dans les caves mais seul le seigneur doit en avoir la clef.

— Un souterrain dont tout le monde connaît l'entrée ? ironisa Locksley. Et les seigneurs des Baux ne l'ont jamais bouché ?

— Personne ne le connaît, seigneur, c'est le prêtre qui l'a découvert par hasard.

— Comment ?

— Il y a une carrière à côté de la chapelle. En réalité une grande fosse, mais les seigneurs interdisent depuis toujours d'en sortir des pierres. Cela n'a même pas été possible pour la construction de la chapelle, et personne ne s'avise de désobéir. Le seigneur n'a pas le pardon facile. De toute façon, l'endroit est envahi de ronces, de chênes et de chèvrefeuille. Un jour, le prêtre, qui a sa maison à côté, a vu un lièvre filer sous les taillis, au fond de la carrière. Il ne mange pas beaucoup de viande, aussi a-t-il décidé de mettre un collet, mais comme il craignait qu'on ne le découvre, car la chasse sur les terres du seigneur est punie de mort, il s'est frayé un chemin dans les broussailles pour cacher le piège au fond. C'est là qu'il a découvert une petite ouverture. Il a tout de suite pensé à la sainte relique.

— Quelle sainte relique ?

— Celle de Balthazar, le roi mage, fit Pierre, comme si c'était évident.

— Il est venu ici ? sourit Locksley, bien qu'il n'ait guère le cœur à ça.

— Bien sûr ! Les seigneurs des Baux sont ses descendants !

— Pourquoi serait-il venu ? demanda Anna Maria.

— Je ne sais pas, damoiselle, répondit Pierre en écartant les mains, comme s'il ne s'était jamais posé la question. On raconte aux veillées que c'était un grand seigneur en Orient, mais qu'il a dû fuir ses ennemis. Il est arrivé en Provence avec une précieuse relique et il s'est réfugié ici. Il l'a cachée dans les galeries creusées dans le rocher.

— C'était quoi, cette relique ?

— Une tablette d'argile portant l'empreinte du pied de l'enfant Jésus, Notre Seigneur.

Une trace du pied du fils de Dieu ? Anna Maria se signa d'émotion.

— Mais personne n'a jamais rien trouvé ? s'enquit Locksley, malgré tout impressionné.

— Seulement des ossements, seigneur, des offrandes, de petites lampes à huile et des crânes avec une antique monnaie entre les dents. Mais les galeries sont innombrables. Toutes celles qui conduisaient au château sont bouchées, sauf celle-là.

— Revenons à votre histoire. Votre curé est entré dans le souterrain ?

— Non, seigneur, il avait trop peur. Mais il est parent avec notre famille, et comme je suis soldat (il se corrigea : je l'étais) il m'a demandé de l'accompagner. Si nous trouvons la relique, m'avait-il dit, nous l'offrirons au seigneur. J'y suis allé avec lui. On a passé une salle, puis des galeries et d'autres salles jusqu'à un long couloir. Il y avait des ossements partout. D'après la direction, il conduisait au château. On l'a suivi mais au bout, il y avait la porte.

— Rien ne dit que cela conduit au château.

— Nous avons entendu du bruit, des gens parlaient, seigneur. Ce ne peut être que le château.

— Cette porte, comment l'ouvrir ?

— Je ne sais pas, seigneur, je n'ai pas regardé.

— Nous pourrions en effet passer par là, reconnut Locksley après un instant de réflexion. Mais il faudra quand même arriver à la chapelle.

— Nous avons ce qu'il faut pour grimper sur le plateau, lui rappela Anna Maria.

Locksley hésitait. Pierre avait été au service de Castillon. C'était un homme sans morale. Il avait fait partie de la troupe de soudards qui avait tué et violé Madeleine Mont Laurier. Castillon pouvait très bien l'avoir envoyé pour l'attirer dans un piège et reprendre Anna Maria.

D'un autre côté, s'il était sincère et loyal, passer par un souterrain pour entrer dans le château serait moins dangereux que de grimper avec la corde attachée à la flèche, car si celle-ci se décrochait, Anna Maria se tuerait.

— Vous allez venir avec nous. Vous nous montrerez où grimper sur le plateau. Vous resterez ensuite avec nous dans le souterrain. Si c'est un piège, vous êtes mort.

Guilhem étant de service le matin, il ne put aller voir Ibn Rushd et Nedjm Arslan que dans l'après-midi. Il les trouva dans leur chambre. À peine entré, il se rendit compte qu'il n'était pas le bienvenu.

— Je sais ce que vous pensez de moi, leur dit-il après avoir refermé la porte, mais je préfère être vivant que mort.

La remarque attira un petit sourire sur les lèvres du Perse.

— Je n'ai pas changé. Je ferais sortir Roncelin d'ici comme je m'y suis engagé, mais j'ai besoin de savoir si vous voulez m'aider.

À ces paroles, Ibn Rushd ne cacha pas sa surprise.

— Roncelin est libre ! Il a vendu ses droits. Nous n'avons plus à nous intéresser à lui, répondit-il.

— Il n'est pas libre et Hugues des Baux va s'en débarrasser maintenant qu'il est arrivé à ses fins.

— Comment pouvez-vous affirmer ça ?

— Il y a quelques avantages à être un chevalier du château, ironisa Guilhem. J'ai appris aussi que Bartolomeo n'a pas été tué par Locksley et qu'il est enfermé avec Hugues de Fer.

Il cessa de parler quand il s'aperçut qu'Ibn Rushd n'était pas surpris.

— Vous le saviez !

— Oui.

— Que savez-vous d'autre ? Qui Locksley a-t-il tué ? Je n'ai pas réussi à l'apprendre, demanda-t-il agressivement, plus contrarié par ce manque de confiance qu'il n'aurait dû l'être. Après tout il n'était plus de leur parti.

— Son écuyer Cédric, celui qui l'avait trahi...

En quelques mots, Ibn Rushd expliqua l'infâme plan de Castillon. Comment Locksley l'avait appris et déjoué, supprimant à la fois le risque que son écuyer les dénonce et qu'Anna Maria cède à la menace.

Guilhem parut rasséréné qu'il lui fasse confiance.

— Pour Fer et Bartolomeo, je ne peux agir, dit-il, mais j'ai l'opportunité de faire sortir Roncelin.

— Où est-il enfermé ?

— Dans la chambre à côté de celle du seigneur des Baux.

— Le sire de Locksley y avait pensé, reconnut Ibn Rushd. Que voulez-vous faire ?

— Il y a une échelle de corde dans cette chambre. Je profiterai de l'absence de Hugues des Baux pour faire passer Roncelin par la fenêtre. Mais nous serons à pied. J'ai besoin de chevaux.

— Nous ne pouvons quitter le plateau, et la nuit nous sommes enfermés. De plus, je ne partirai pas d'ici sans mon ami Fer.

Guilhem soupira, réfléchissant à une solution.

— Si je pouvais prendre les clefs à Raimbaud de Cavaillon ! fit-il. Mais sa femme et ses domestiques sont dans sa chambre, et je ne peux pas les tuer tous.

— Nous pourrions détruire notre porte avec la poudre noire, proposa prudemment Ibn Rushd, mais que ferions-nous ensuite ? Le temps de descendre dans la cour, nous rencontrerions des hommes d'armes qui nous connaissent. Ils nous arrêteront et nous serons incapables de nous défendre.

— Cela ne peut se passer la nuit, puisque Hugues des Baux et Monteil seront dans leur chambre, remarqua Guilhem.

Ibn Rushd hésita à lui dire que Locksley voulait revenir, mais il n'avait pas suffisamment confiance pour le faire.

— Nous en reparlerons plus tard, proposa Guilhem en ouvrant la porte. Je trouverai un moyen.

Après son départ, Ibn Rushd s'assit sur le lit. C'était une bonne nouvelle de savoir que Guilhem ne les trahissait pas, mais que devait-il faire maintenant ? Il ne croyait pas que Robert de Locksley parvienne à pénétrer dans le château. Or il lui était impossible de faire évader Fer et Bartolomeo avec seulement Nedjm Arslan. Guilhem pourrait les aider, mais alors il ne délivrerait pas Roncelin. Accepterait-il ?

Devait-il aussi prévenir Hugues des Baux que Basile était son empoisonneur ? Le Très Miséricordieux l'exigeait, car il était dit : « Celui qui voit un mal qu'on commet, qu'il le combatte par la main, et s'il ne peut pas le combattre ainsi, alors qu'il le fasse par la parole. » Il ne pouvait esquiver un tel commandement, mais il avait besoin de preuves irréfutables.

Toute la journée, par petits groupes, Rostang de Castillon fit entrer ses plus fidèles hommes dans le château, justifiant leur présence par une chasse aux sangliers pour le lendemain. Pendant ce temps, Basile le chapelain préparait une décoction à partir de capsules de pavot qu'il faisait venir de Marseille.

Avant le souper, il la vida dans la cruche de vin destinée à Hugues des Baux et à ses voisins. Prévenu, Castillon s'arrangerait pour ne pas utiliser son verre.

L'obscurité était tombée quand ils arrivèrent au plateau rocheux. Sans l'aide de Pierre, qui connaissait parfaitement les lieux, ils auraient eu du mal à trouver l'endroit, car la lune entrait dans son dernier quartier et baignait à peine la forêt d'une pâle lueur argentée.

Leurs montures avaient été abandonnées à une demi-lieue, pour qu'on ne les entende pas du château. Si Anna Maria avait renoncé à ses bagages et à son psaltérion avec un pincement de cœur, Locksley avait laissé son haubert et son équipement sans état d'âme. Vêtu de son surcot vert à capuchon, il n'avait gardé que son épée, une miséricorde, son arc et son carquois de flèches.

Ils se trouvaient au pied de la falaise, non loin de la bergerie. L'escarpement était haut, mais pas complètement abrupt. Après l'avoir examiné à la faible lueur de la lune, Anna Maria se sentit capable de grimper au sommet en s'aidant des prises rocheuses qu'elle avait distinguées et de la cordelette de soie pour s'assurer.

Prenant du recul, Robert de Locksley visa un arbre sur le plateau et planta dans son tronc une flèche à laquelle était attachée la cordelette. Anna Maria enroula la corde autour de son torse, et ayant passé la cordelette entre ses jambes et fait avec une boucle sur ses épaules, elle commença à grimper lentement, vérifiant chaque prise. Le Saxon la regardait monter avec inquiétude mais elle paraissait avoir l'habitude de cet exercice. Au bout d'un moment, il ne distingua plus qu'une ombre sur la paroi, puis il ne vit plus rien. L'attente se prolongeait, interminable, quand soudain un grand serpent de chanvre se déroula devant lui.

Il vérifia que la corde était bien arrimée et entreprit à son tour l'ascension. Ses armes, attachées dans le dos, étaient lourdes et le gênaient, mais il avait déjà tant de fois grimpé ainsi dans les chênes de la forêt de Sherwood que, malgré les années passées, il pouvait toujours le faire sans difficulté.

Parvenu en haut, pendant que l'ancien soldat de Castillon grimpait à son tour, il explora soigneusement les alentours. Il n'entendit aucun bruit suspect et en conclut que rien n'indiquait qu'on leur avait préparé une embuscade.

Leur guide les conduisit ensuite vers la chapelle. Parfois, le quart de lune était masqué par un nuage, aussi avançaient-ils avec la plus extrême précaution, car une simple chute aurait donné l'alerte. Durant ces périodes d'obscurité, Anna Maria tenait la main de Robert de Locksley et il éprouvait un profond plaisir à sentir sa chaleur. Le seul endroit difficile fut le passage à proximité de la porte du plateau, mais comme celle-ci était en contrebas, Pierre les assura qu'on ne pourrait les apercevoir.

Arrivé enfin à destination, leur guide leur montra la carrière abandonnée et le trou envahi de broussailles.

Avant de partir, ils avaient acheté à Saint-Rémy deux lampes à huile et des chandelles de suif. Ils allumèrent les lampes avec un briquet à amadou et Locksley descendit dans la fosse, se frayant un passage dans les ronces avec son épée. Il dégagea assez vite l'ouverture et se fit passer une lampe avant d'entrer dans le boyau en se courbant. Le passage, sommairement dégrossi au pic, était étroit mais s'élargissait progressivement jusqu'à ce qu'il débouche dans une grande salle, une ancienne carrière. Plusieurs couloirs en partaient.

Anna Maria et Pierre le rejoignirent. Ils allumèrent une chandelle que Pierre posa sur une pierre plate.

— Où devons-nous aller ?

— Par là ! Les autres boyaux conduisent seulement à des carrières exploitées pour sortir les pierres du château.

— Vous avez exploré tous les couloirs ? demanda Anna Maria.

— Non, j'ai eu trop peur d'être découvert. Pris, j'aurai fini pendu ou jeté de la muraille.

— La relique du pied de Notre Seigneur est peut-être quelque part par là, fit Anna Maria, en montrant un autre des passages. Vous vous rendez compte ? L'empreinte du pied de Notre Seigneur !

— Ce n'est pas ce qu'on est venus chercher, intervint Locksley en s'engageant dans le tunnel indiqué par Pierre.

Ils traversèrent d'autres salles, visiblement des carrières car on distinguait les traces des pics sur les parois. Dans l'une, des ossements jonchaient le sol. Locksley ramassa même une pièce de monnaie à l'image d'un empereur romain. Soudain, ce fut un bruissement assourdissant. Ils s'arrêtèrent, figés de peur, et le bruit cessa. En levant la lampe, Robert de Locksley découvrit des centaines de chauves-souris accrochées au plafond qui les regardaient de leurs yeux brillants. Sans prévenir, elles s'envolèrent dans un nuage sombre.

Ils reprirent leur chemin. Le sol était maintenant jonché d'excréments de chauves-souris. Plus loin, ils découvrirent d'antiques lampes à huile et des flambeaux de jonc consumés. Il y avait aussi deux vieux pics à pierre tout rouillés et le fer d'une masse. Des outils abandonnés. Le boyau commença à monter.

La progression fut lente, car ils devaient avancer pliés en deux, puis ce furent de grossiers escaliers le long desquels étaient sculptés des croix et des visages barbus et cornus. Enfin ils butèrent sur une vieille porte de bois, cloutée et barrée de larges pentures de bronze avec trois gonds scellés dans la roche. Elle paraissait solide malgré son âge.

Avec sa miséricorde, Locksley tenta d'abord d'extraire les clous qui tenaient les pentures. S'aidant d'une pierre, il parvint au bout de plusieurs minutes d'effort à en arracher un. Anna Maria proposa d'aller chercher les pics et la masse qu'ils avaient vus.

On n'entendait rien de l'autre côté. Pierre attaqua la roche avec le pic, frappant seulement de petits coups, car il ignorait où ils se trouvaient. Peu à peu des éclats sautèrent, tandis que Locksley parvenait à arracher un second clou.

Au bout d'une heure, un gond était descellé et une penture défaite. La porte commença à bouger.

C'est alors qu'ils entendirent la déflagration. Terrorisé, Pierre s'arrêta mais Locksley avait deviné que c'était la poudre noire du Perse qui venait d'exploser. Désormais, il était inutile qu'ils évitent de faire du bruit, aussi frappa-t-il avec la masse sur le dernier gond de toutes ses forces. Enfin la porte s'entrouvrit. Il parvint à l'entrebâiller suffisamment pour qu'ils puissent s'engager dans l'espace libre.

Anna Maria passa la première avec la chandelle. Ils découvrirent un mur de jarres et de tonneaux. Le renversant, ils se frayèrent un passage dans un cellier fermé par une grille. Cette fois, Robert de Locksley parvint facilement à briser la serrure et, par une volée de marches, ils débouchèrent dans la cuisine.

Sachant où ils étaient, ils grimpèrent jusqu'à la porte des prisons.

Un peu plus tôt, le père Basile avait rejoint Castillon dans son appartement du logis des chevaliers. Le bâtiment était plus calme et silencieux qu'à l'accoutumée, car tout le monde dormait profondément à cause du vin au pavot. La nuit tombée, ils sortirent et descendirent dans la cour aux arcades. Castillon vérifia que la garde était vigilante dans la tour Paravelle et devant le pont-levis, puis ils revinrent aux arcades et passèrent dans les salles basses. Les domestiques qui dormaient là étaient déjà assoupis sur les paillasses. Ils montèrent dans la grande salle, déserte et silencieuse. Il y avait encore des braises dans la cheminée mais les flambeaux et les falots avaient été éteints. Comme tout était silencieux, Castillon s'engagea précautionneusement dans l'escalier conduisant à la chambre de son frère. En haut, la trappe était fermée la nuit, mais il savait qu'elle n'était jamais verrouillée. Il la souleva légèrement. La pièce n'était pas dans l'obscurité totale, car les dernières bûches se consumaient dans la cheminée.

Chapitre 28

Hormis le léger crépitement du foyer, la chambre était silencieuse. Hugues dormait dans son lit. Sa femme devait faire de même dans sa chambre. Pendant que Castillon refermait la trappe, le chapelain s'approcha de son seigneur par la ruelle entre le lit et le mur et l'observa un moment. Son sommeil paraissait profond. À table, Basile avait remarqué que Hugues des Baux avait bu plusieurs fois du vin au pavot. Le chapelain sortit de sa robe une petite fiole de verre contenant une décoction préparée à partir de la ciguë qu'il faisait pousser au bord de l'Arcoule.

C'est à Montpellier, quand il étudiait les plantes, qu'il avait appris à connaître la ciguë d'eau. On la cultivait dans les monastères pour ses facultés à estomper les désirs charnels des moines et des nonnes. En petite quantité, bien sûr, sinon la plante tuait en deux heures.

Il ôta le bouchon du flacon et l'odeur fétide lui monta aux narines. En grimaçant, il fit signe à Castillon de l'aider à écarter les lèvres de son demi-frère.

Rostang s'approcha et tenta d'introduire ses doigts dans la bouche de Hugues qui restait obstinément fermée. Le chapelain intervint alors, en lui tenant la tête, mais sans plus de succès. Devant l'obstination du dormeur à refuser d'être empoisonné, Castillon força des deux mains et finalement Hugues ouvrit la bouche, mais ce fut pour protester d'une voix pâteuse :

— Laissez-moi !

Sous la surprise, Castillon le lâcha et Hugues referma sa mâchoire.

Ils allaient recommencer quand ils entendirent :

— Que faites-vous ?

Les deux complices levèrent les yeux. La porte de la chambre en face de celle de Baralle était ouverte et Monteil était là, encore ensommeillé.

Castillon se tourna vers lui, terrifié. Il était venu avec seulement une miséricorde. Le géant sombre s'avança en chancelant, les yeux dilatés. Lui non plus n'avait pas d'arme. Il n'était vêtu que d'une robe courte serrée à la taille.

— Retourne dans ta chambre ! lui ordonna Castillon en se doutant qu'il n'en ferait rien. Monteil n'obéissait qu'à son frère.

En vérité, il voulait juste gagner du temps. Il savait qu'il allait devoir le tuer. Mais comment ? Son regarda balaya rapidement la chambre semi-obscure. Il aperçut l'épée de son frère sur un coffre, avec sa miséricorde. Il y avait aussi un fléau d'armes attaché au mur, ainsi qu'une arbalète. S'il pouvait saisir l'épée ou le fléau...

À deux pas du chapelain, pétrifié de terreur, Monteil aperçut le flacon qu'il tenait.

— Qu'est-ce que c'est, père Basile ? Vous donniez à boire au seigneur ?

— C'est... c'est une thériaque... Pour sa maladie.

— Où est le médecin ?

— Il vient de sortir, affirma Castillon. Il est allé chercher des herbes.

Peut-être Monteil aurait-il été convaincu si, à cet instant, le père Basile n'avait été saisi de panique.

Jugeant qu'il y avait suffisamment d'espace entre Monteil et le lit, il tenta d'atteindre la trappe.

Il avait sous-estimé la rapidité du géant. Monteil le saisit par le cou d'un de ses longs bras et le souleva du sol. Pourtant, le chapelain était grassouillet, mais son poids ne parut pas gêner le géant qui lui prit le flacon de l'autre main. Sans plus s'occuper de Castillon, Monteil plaqua Basile contre le mur, en le tenant toujours par le cou, et de la main qui tenait le flacon, il lui écarta les lèvres et brisa la fiole contre ses dents.

Le teint cendré de Basile vira au blanc et ses petits yeux reflétèrent toute la terreur du monde, tandis que Monteil le forçait à avaler les morceaux de verre. Le chapelain tenta de hurler sous la douleur mais s'étouffa et cracha un flot de sang.

Profitant que le garde du corps de son frère était occupé avec Basile et lui tournait le dos, Castillon s'était précipité vers le fléau d'armes : un manche en bois terminé par quatre chaînes au bout desquelles étaient accrochées de grosses boules de fer cloutées.

À peine l'avait-il détaché qu'il l'abattait de toutes ses forces sur le dos du géant.

Celui-ci lâcha Basile et se retourna en chancelant. Castillon frappa à nouveau, comme il l'aurait fait en pleine bataille. Le coup déchira la face de Monteil qui tenta de hurler sans y parvenir. Un œil arraché, le géant s'écroula en se protégeant des mains tandis que Castillon continuait à frapper.

— Que se passe-t-il ? hurla une voix de femme.

Le demi-frère de Hugues s'arrêta et se retourna. C'était Baralle, à son tour réveillée par le bruit, mais tout aussi titubante et ensommeillée que Monteil.

Castillon en resta ébloui. Jamais Baralle ne lui était apparue plus désirable. Ses cheveux longs dénoués, elle ne portait qu'une cotte de nuit échancrée qui ne cachait rien de ses opulentes rondeurs.

Pour la première fois, il était seul avec elle. Il venait de tuer après une violente crise de furie, il avait encore du sang plein les mains et, mû par un instinct bestial, il voulait rassasier ses autres ardeurs, comme il l'avait déjà fait trois semaines plus tôt avec Madeleine Mont Laurier.

Elle perçut la fièvre dans son regard et découvrit le sang sur le carrelage émaillé. Son regard terrifié passa à son époux qui dormait, drogué, et, comprenant qu'elle ne pouvait avoir aucune aide, elle se mit à hurler désespérément.

Guilhem partageait le logis de Martial d'Arsac et de Foulque Chabrand. Hugues des Baux en avait décidé ainsi à la fois pour qu'ils le surveillent et qu'il apprenne d'eux le service qu'il aurait à accomplir au château.

Leur logement était formé de deux chambres en enfilade, au deuxième étage du bâtiment des chevaliers, entre celui de Castillon et celui occupé par Ibn Rushd.

La première pièce, qui ouvrait sur la galerie le long du rocher, contenait un lit à colonnes que partageaient les deux chevaliers. Pour Guilhem, on avait seulement installé une paillasse à côté du passage vers la deuxième salle où dormaient, dans un grand lit de bois, un domestique, deux hommes d'armes et un sergent au service des deux chevaliers.

Ce sergent d'armes était un homme d'une trentaine d'années, d'un caractère détestable mais entièrement dévoué à Martial d'Arsac. Bien que d'une taille médiocre avec un bel embonpoint, Guilhem ne le sous-estimait pas car il avait observé, lors d'un entraînement, combien il maniait bien la masse d'armes. À cette occasion, le sergent lui avait d'ailleurs dit qu'il ne lui pardonnerait jamais d'avoir brisé, par traîtrise, une jambe de son maître.

Au souper, loin de Hugues des Baux, Guilhem n'avait pas bu de la boisson au pavot. En revanche, Arsac prenait déjà du pavot pour calmer sa douleur et Foulque Chabrand avait bu un verre de vin au somnifère en partageant la coupe de son voisin. Les deux chevaliers dormaient donc profondément quand le hurlement de Baralle se fit entendre. Au bruit, Guilhem se réveilla, saisit son épée et se précipita vers la porte, mais elle était fermée à clef. En effet, chaque soir, Foulque la verrouillait pour être certain qu'il ne sorte pas.

La chambre n'était pas dans une obscurité totale, car même si la lune était presque dans son dernier quartier, une lumière blafarde filtrait à travers l'archère. Guilhem posa son épée sur sa paillasse et s'approcha du lit des chevaliers dont il tira la custode. Arsac dormait toujours, mais Foulque Chabrand était assis et, dans un demi-sommeil, lui demanda d'où venait le cri qu'il avait cru entendre.

— Donnez-moi la clef de la porte ! ordonna Guilhem abruptement, sans lui répondre.

Le ton déplut au chevalier qui lui jeta :

— Vous croyez commander ici ?

Guilhem n'avait aucune envie de discuter. Une femme avait crié et il avait l'impression que cela venait de la chambre du seigneur des Baux. Si c'était Baralle, cela avait sans doute un rapport avec Roncelin et il devait intervenir. Il attrapa le bras gauche de Chabrand qu'il tordit tout en passant son autre main sous son oreiller où il savait qu'il gardait la clef. Il était sur le point de la saisir quand il entendit dans son dos :

— Qu'est-ce qui te prend, l'espion ?

Il se retourna. C'était le sergent d'armes. Le gros homme avait allumé une chandelle de suif, qu'il tenait par une coupelle, et brandissait une épée. À la lueur vacillante de la flamme, les traits grossiers et le front bestial de son visage empâté, entouré de boucles graisseuses, ne révélaient que la haine et la méchanceté.

— On a crié, je vais voir ce qui se passe, répliqua Guilhem.

— Tu iras si le noble chevalier te le dit, espion ! cracha le sergent en le menaçant de sa lame.

Il était à dix pas, la pièce était sombre et Guilhem tenait toujours Chabrand immobilisé.

Durant une seconde, il ne se passa rien. Puis de sa main libre, Guilhem arracha la custode du lit et la jeta sur le sergent. L'autre ne put l'éviter. Il fit pourtant un pas en avant pour donner un coup de taille, mais le rideau l'entrava. Abandonnant Chabrand, Guilhem saisit l'épée du chevalier posée contre le lit et, sans même la dégainer du fourreau, il frappa celle du sergent, encore enchevêtrée dans le tissu. Sous la violence du choc, l'autre lâcha son arme ainsi que la chandelle qui s'éteignit en tombant. La lame du sergent brillait sur les carreaux de terre. D'un coup de pied, Guilhem la poussa sous le lit, puis, abandonnant l'épée de Chabrand, il attrapa le sergent par l'épaule et lui envoya un soufflet à l'endroit où devait se trouver son visage, caché par le tissu de la custode. La tête du soldat heurta violemment le mur et il perdit connaissance.

Haletant, Guilhem se retourna pour se trouver face à Chabrand qui se jetait sur lui avec sa miséricorde. Le chevalier l'aurait facilement poignardé s'il n'y avait eu un second hurlement déchirant qui le déconcerta un instant.

Profitant de son hésitation, Guilhem saisit le bras qui tenait la lame.

— Mais arrêtez donc, maître sot ! Vous n'entendez pas qu'on a besoin d'aide ? lui cria-t-il.

Ivre de rage et de fureur, Chabrand ne se gouvernait plus et tenter de le raisonner était inutile. La démence de sa haine envers Guilhem multipliait sa force. Bien qu'immobilisé, il essaya à nouveau de le poignarder, aussi Guilhem lui brisa-t-il le poignet qui tenait la lame. L'arme tombant par terre, il lui envoya son poing sur la figure, lui cassant une nouvelle fois le nez. Chabrand s'effondra, ensanglanté, étourdi par la douleur.

Pendant ces deux brefs combats, Martial d'Arsac s'était réveillé malgré l'effet du pavot. Immobilisé par sa jambe cassée, il avait appelé à l'aide les valets d'armes. Ceux-ci n'avaient pas bronché tant que leur sergent se battait, mais appelés à la rescousse par leur seigneur, ils ne pouvaient se dérober. Guilhem se trouva donc face à deux hommes de plus, le domestique étant resté prudemment dans son lit. Par chance, aucun des valets n'avait d'armes, car ils laissaient leurs masses et leurs guisarmes en bas du logis.

Ils étaient là, debout, devant Guilhem, ne sachant comment le maîtriser quand le sergent reprit conscience. S'étant débarrassé du tissu qui l'entravait, il se redressa et se jeta sur Guilhem pour le faucher de sa main droite, large comme une pelle. Se baissant, celui-ci évita le soufflet et le frappa sur le nez. Cela ferait deux nez brisés, songea-t-il tandis que son adversaire ensanglanté l'attrapait à la taille, cherchant à lui casser le dos. En se débattant, Guilhem parvint quand même à lui envoyer encore un violent coup de coude dans le flanc.

Les valets hésitaient toujours, mais voyant Guilhem immobilisé, ils se jetèrent enfin dans la mêlée. L'un s'accrocha à ses pieds pour le faire tomber, l'autre lui martela le dos tandis que le sergent l'étouffait entre ses bras.

Évidemment, dans l'obscurité et avec le manque de place, ils se gênaient mutuellement. Guilhem reçut pourtant un violent coup sur le côté du torse et sentit une côte craquer. Submergé par la douleur, il ne se maîtrisa plus et, tandis qu'il tentait de se dégager de l'étreinte du sergent par un autre coup de coude, il attrapa le col du valet qui le martelait et le serra de l'autre bras jusqu'à ce qu'il entende le craquement des os.

S'étant un peu libéré de l'étreinte de son principal adversaire par un autre coup de coude, cette fois dans le ventre, Guilhem se laissa volontairement basculer sur celui qui tenait ses pieds, tombant juste à l'endroit où Chabrand avait perdu sa miséricorde. Découvrant la poignée de la lame, il la saisit et frappa au hasard dans les chairs, taillant n'importe où. Il sentit vite ses adversaires mollir, puis lâcher prise.

Quand il se releva, plein de sang, la lame rouge et dégoulinante à la main, le sergent vomissait une giclée écarlate et le second valet était mort.

Retentit alors un troisième hurlement.

À bout de souffle, la poitrine le faisant atrocement souffrir, Guilhem s'approcha du lit où Chabrand était remonté pour se protéger. D'une volée de main, Guilhem le jeta à nouveau par terre, arracha les draps et prit la clef. Ensuite, il revint à sa paillasse, saisit son épée tout en gardant la miséricorde et ouvrit la porte avec la clef. Il sortit sans un regard pour ses affaires qu'il laissait derrière lui et ne reverrait jamais. Il n'eut même pas une pensée pour sa fidèle vielle à roue.

Le couloir qui desservait les chambres n'était pas totalement dans l'obscurité, car des niches creusées dans le rocher contenaient une coupelle d'huile d'olive dans laquelle se consumait une mèche de laine. Ce n'était bien sûr qu'une faible lueur, mais elle permettait de se diriger.

L'endroit était vide et silencieux. Apparemment personne n'avait rien entendu ! C'était incompréhensible.

Incertain sur l'origine des cris, Guilhem s'approcha de la porte qui permettait de passer dans la chambre de Hugues des Baux. Retentit à cet instant un nouveau hurlement venant de l'autre côté et, cette fois, il fut certain que c'était Baralle. En vain, il poussa la porte mais elle était verrouillée. Quant à tenter de l'enfoncer, c'était impossible tant elle était épaisse et ferrée. Il se précipita donc dans les escaliers qu'il dévala jusqu'aux arcades, puis emprunta le passage par les celliers, vers la grande salle.

Tout en courant, épée et miséricorde en main, il s'interrogeait. Moins sur ce qu'il ferait ensuite, car il savait que tout retour en arrière lui était désormais interdit, mais sur ce qu'il allait découvrir.

Baralle était battue, torturée peut-être, martyrisée sans doute. Comme il n'y avait aucune agitation dans les couloirs, ce n'était pas une attaque ennemie, ce ne pouvait être que Hugues des Baux qui la suppliciait. Sans doute avait-il découvert sa proximité avec Roncelin. Peut-être étaient-ils amants et les avait-il surpris. Cela signifiait qu'il allait avoir Hugues des Baux en face de lui, et sans doute Monteil.

Il devrait les tuer. S'il y parvenait, il fuirait par la fenêtre avec Roncelin, avec Baralle, en utilisant l'échelle de corde.

Seulement, ils seraient à pied. Pourraient-ils échapper aux gens d'armes du château quand ils se lanceraient à leur poursuite ? Lui-même avait une côte douloureuse, peut-être brisée, et il savait qu'il aurait du mal à se battre à nouveau.

Dans la grande salle déserte, le feu se mourait dans la cheminée. Il s'approcha de l'escalier supérieur et distingua des bruits qu'il ne put identifier. Voyant que la trappe de la chambre était fermée, il commença à monter les marches avec la plus extrême prudence, mais comme il arrivait en haut, l'ouverture s'entrebâilla et un formidable coup de tonnerre retentit.

Chapitre 29

Ibn Rushd rêvait de son pays et de sa jeunesse quand il eut l'impression d'entendre un cri lointain. Englué dans son rêve, il tenta de se réveiller et parvint enfin à ouvrir les yeux. La pièce était dans l'obscurité, à peine une lueur perçait-elle par l'archère. Son voisin de lit ronflait profondément.

Il avait donc bien rêvé. Quelle heure pouvait-il être ? se demanda-t-il. Une fois réveillé au milieu de la nuit, il savait combien il était difficile de se rendormir à son âge.

Cherchant à retrouver le sommeil, il laissa son esprit divaguer. Où pouvait se trouver Robert de Locksley à cette heure ? Que devait-il faire au sujet de Basile et de l'empoisonnement au colchique ? Comment devrait-il se comporter avec Guilhem ? Il passait en revue ces questions, s'efforçant de prendre des décisions pour le lendemain quand il entendit à nouveau le hurlement.

Un cri étouffé, certes, mais leur chambre était au bout du couloir. Il eut pourtant l'impression que c'était un cri de femme. Se pouvait-il que ce soit Anna Maria ? Mais quand et par où serait-elle entrée ?

Brusquement agité, il se leva et alluma une chandelle avec le briquet de fer qui se trouvait toujours près de lui. Pourquoi n'y avait-il aucun bruit dans le couloir ? D'autres avaient dû entendre le hurlement ! À moins que ce ne soit une prisonnière que l'on torture, que les serviteurs le sachent et qu'on leur ait ordonné de ne pas bouger.

Devait-il réveillait Nedjm Arslan qui dormait du sommeil du juste ? Ils étaient enfermés, donc ils ne pourraient rien faire. Il resta ainsi dans l'indécision jusqu'au troisième cri. Cette fois, il fut certain que c'était une femme et il secoua son compagnon.

— Nedjm, on a hurlé plusieurs fois. Je crois que c'est Anna Maria qu'ils ont capturée et qu'on torture. Il faut la délivrer !

L'autre se frotta les yeux, éberlué.

— Mais nous sommes enfermés, maître, et nous n'avons pas d'armes.

— Fais sauter la porte ! Nous mettrons le feu au bâtiment, nous mettrons le feu partout mais nous la sauverons ! Elle doit être dans la prison, car les cris étaient étouffés. On libérera ensuite Fer et Bartolomeo et on fuira comme prévu.

On le voit, Ibn Rushd avait mis longtemps à se décider mais il était prêt, maintenant, à mettre le château à feu et à sang pour délivrer ses amis sans attendre.

— Si vite ? Sans l'aide du seigneur de Locksley ?

— Si Anna Maria est prisonnière, Robert de Locksley est mort, répondit-il dans un gémissement.

En même temps, il allumait une lanterne sourde, une boîte de fer grillagée avec une grosse chandelle de suif au milieu. Ils en auraient besoin, à la fois pour y voir et pour allumer les pots à feu.

Nedjm Arslan ne discutait jamais les ordres d'Ibn Rushd. Il sauta par terre. Comme il dormait habillé, il eut juste à passer un manteau sur sa robe. Ensuite il se baissa et tira de dessous le lit une corbeille d'osier achetée au château. Le panier était plein de coffrets de fer et de petits pots de terre, tous remplis de poudre noire avec de longues mèches soufrées. Il y avait aussi un plus gros pot, avec une anse, contenant de la poudre noire facile à répandre pour provoquer des incendies.

Il attacha l'une des boîtes explosives contre la serrure de la porte et ils poussèrent leur huche devant. La mèche fut allumée avec la lanterne et ils se réfugièrent derrière le lit, leurs mains sur les oreilles.

La déflagration fut formidable et la serrure s'arracha. Dans la fumée soufrée qui avait envahi la chambre, et s'efforçant de retenir leur toux, ils saisirent le plateau d'osier, enjambèrent la huche, et sortirent dans le couloir.

Il n'y avait personne et la fumée commençait à s'étendre. Nedjm Arslan dispersa de la poudre dans leur chambre et l'alluma, puis il fit de même devant la porte de Castillon, évitant d'en mettre devant la chambre où logeait Guilhem. Dans l'escalier, ils entendirent une porte s'ouvrir derrière eux et quelqu'un appeler d'un ton inquiet.

Au premier étage, plusieurs personnes les interpellèrent sur l'origine de la déflagration. Nedjm Arslan jeta dans leur direction deux pots à feu allumés qui provoqueraient incendies et fumée. Les lueurs terrifiantes les affoleraient autant que si c'étaient les flammes de l'enfer, et quand ils retrouveraient leur présence d'esprit, ils s'occuperaient à éteindre les feux et non à les poursuivre.

Dans l'ombre des arcades, Ibn Rushd et le Perse placèrent un coffret dans le passage vers les celliers et allumèrent la mèche, avant de se précipiter dans la cour. Maintenant, les clameurs retentissaient dans toutes les directions. C'étaient des hurlements d'effroi mêlés aux cris de douleur des blessés ou des brûlés. On entendait aussi les ordres confus des sergents d'armes.

Dans l'écurie, les chevaux affolés hennissaient de terreur. Les lueurs d'incendie éclairaient les archères de la façade du bâtiment des chevaliers et d'épaisses fumées soufrées enveloppaient tout, faisant tousser ceux qui les traversaient.

L'affolement submergeait tout. Ils traversèrent la cour vers la ruelle qui conduisait à la tour Paravelle. Des gardes du pont-levis les interpellèrent pour savoir ce qui se passait, mais jouant l'affolement ils ne s'arrêtèrent pas pour leur répondre. Dans l'ombre, ils abandonnèrent de nouveaux pots à feu sur la toiture de la salle à manger.

Entre-temps, des gardes s'étaient dirigés vers des arcades pour pénétrer dans le logis des chevaliers. L'explosion les saisit alors qu'ils n'étaient qu'à une toise, tuant la plupart d'entre eux. Un pan de mur s'effondra, bloquant les passages, tandis que les incendies se propageaient sur les poutres et les boiseries. Cette partie du château n'était plus que désordre et épouvante. Chacun se ruait dehors pour échapper aux flammes, aux murs qui s'écroulaient, à la fumée soufrée qui les étouffait. Les gens étaient en chemise, pieds nus et sans armes. Ils criaient, hurlaient, les femmes pleuraient, suppliaient à genoux. Tous étaient persuadés que les portes de l'enfer venaient de s'ouvrir dans le château. La montagne proche ne s'appelait-elle pas le val d'Enfer ?

Nedjm Arslan et Ibn Rushd arrivèrent au passage vers la tour Paravelle où ils placèrent de nouvelles charges. Ayant allumé les mèches, ils revinrent par la ruelle cadastrale qui conduisait aux prisons et aux cuisines. Nedjm Arslan avait prévu que les explosions feraient s'effondrer les voûtes, empêchant la circulation vers la haute cour, ce qui couperait le château en deux. Comme la plupart des gens d'armes logeaient dans les bâtiments ayant leur porte sur la cour de la tour Paravelle, ils seraient isolés, puisqu'ils ne pourraient plus passer par la grande salle du donjon dont l'issue vers les arcades était détruite.

Dans la ruelle cadastrale, c'était aussi l'affolement. Toute une foule se bousculait vers la cuisine souterraine où les gens espéraient être protégés du feu par les rochers.

La toiture de la salle à manger commençait à s'embraser quand un fracas plus puissant que le tonnerre retentit. C'était l'écroulement des celliers. La terreur fut à son comble. Les gens couraient en tous sens, se poussant et se piétinant sans aucune compassion, se trompant même de direction, tant l'air était obscurci par les fumées à travers lesquelles on ne voyait que des flammes infernales.

Dans cette foule incontrôlable, le Perse et Ibn Rushd se frayaient difficilement un chemin, quand ils heurtèrent Robert de Locksley et Anna Maria. Sur le coup, le médecin resta interdit, puis, bouleversé, il saisit Anna Maria dans ses bras :

— Vous... Ici ! Vous êtes libre ? Vous n'avez rien ?

— Non ! Mais que se passe-t-il ? C'est l'enfer !

— J'ai cru... Allah est grand ! Je vous raconterai plus tard ! Occupons-nous de votre frère.

Les toits voisins n'étaient plus que brasiers. La fumée tourbillonnait autour d'eux. Des cris déchirants dominaient les crépitements des flammes. Locksley prit la tête de leur troupe pour gagner la porte des cachots, écartant sans ménagement ceux qui les gênaient.

L'ouverture de la prison était dans un renfoncement de roche. Le Perse plaça une charge sur la porte de fer et, à peine l'eut-il allumée, qu'ils s'écartèrent au plus vite, tentant d'éloigner ceux qui couraient vers les sous-sols.

La déflagration provoqua un nouveau désordre, des hurlements et une ruée dans toutes les directions.

Déjà Nedjm Arslan était entré dans la petite salle qui précédait les cellules. Il n'y avait que de simples verrous aux portes des cachots. Il les tira.

— Seigneur viguier ! Bartolomeo ! Sortez vite !

Fer sortit le premier, voûté et engourdi, car il ne pouvait se tenir debout dans sa cellule. Puis ce fut Bartolomeo, visiblement terrorisé. Par chance aucun n'était enchaîné.

— Que se passe-t-il ? haleta le viguier, étouffé par les fumées.

— On est venus vous délivrer, il faut fuir, filons !

À travers les gens terrorisés et implorants, ils remontèrent la ruelle cadastrale vers la cour. Les plaintes et les gémissements dominaient maintenant, ainsi que les appels à l'aide. Ibn Rushd était bouleversé par les cris d'enfant, mais les gens paraissaient plus hagards et effrayés que gravement blessés ou brûlés.

Avec un tel désordre, Robert de Locksley était persuadé que le pont-levis serait baissé, ne serait-ce que pour faire sortir les destriers de leur écurie. Dans la cour aux arcades, la fumée était toujours aussi épaisse mais à travers les tourbillons ils remarquèrent que le calme revenait. Raimbaud de Cavaillon dirigeait une longue file d'hommes qui se passaient des seaux, depuis la citerne, pour les vider dans le logis des chevaliers. Ibn Rushd constata avec dépit que l'incendie de la salle à manger était déjà éteint, bien qu'il eût consumé une partie de la toiture.

Devant le pont-levis, Arnaud de Coutignac faisait sortir en bon ordre les chevaux et des ballots de fourrage ou de nourritures. Des gardes, porteurs de lances ou de guisarmes, surveillaient les passages. Sans doute devaient-ils maintenant se douter que ces explosions et ces feux n'étaient pas d'origine diabolique.

— Au pont-levis, ils me reconnaîtront, souffla Locksley.

Ils s'étaient regroupés dans un recoin de la maison du four, mais ils ne pouvaient rester là longtemps sans se faire remarquer. Déjà, comme il n'y avait plus eu d'explosions depuis quelques minutes, les hommes d'armes retrouvaient leur sang-froid.

Locksley donna son épée à Fer.

— Vous allez forcer le passage au pont, seigneur viguier. Pendant ce temps, j'abattrai les gardes avec mes flèches.

— On ne passera jamais tous ! répliqua Fer. À quoi bon me libérer si vous devez être pris et subir un sort pire que le mien ?

— Il y a un autre chemin pour sortir, intervint Pierre, qui jusqu'à présent ne faisait que suivre les autres. Mais il sera fermé par des grilles qu'il faudrait démolir.

— Je peux le faire, assura le Perse. Il me reste encore deux coffrets de fer et deux pots à feu.

— Cela s'appelle le trou aux lièvres. C'est un tunnel depuis la fosse du pont-levis. Il débouche de l'autre côté du château et permet de fuir en cas de siège. Il y a une grille dans la fosse et une porte au bout.

— J'ai remarqué la grille, dit Robert de Locksley. Mais pour l'atteindre, il faudrait descendre dans la fosse. Il y a deux ou trois toises…

— J'ai toujours la corde, intervint Anna Maria qui l'avait enroulée sur sa poitrine.

— Le temps de l'attacher, de descendre et de briser la grille, les arbalétriers nous tireront comme des lapins. Le trou portera alors bien son nom, ironisa Bartolomeo.

— On peut descendre dans la fosse par une des salles creusées sous le donjon. Je connais le passage. Vous n'aurez qu'à me suivre.

— En passant par les arcades ?

— Oui.

— J'ai détruit le passage, objecta Nedjm Arslan. Je ne savais pas qu'on en aurait besoin.

— De surcroît, si nous utilisons ce chemin, nous n'aurons pas de chevaux, remarqua Robert de Locksley. Ils nous auront vite rattrapés si nous sommes à pied.

— Ils vont nous rattraper ici même, décida Fer. Nous n'avons pas d'autre solution. Si le passage est bouché, nous tenterons de le dégager. Une fois dehors, on avisera.

— Peut-être pourrions-nous retrouver nos montures, proposa Anna Maria.

— Je cherche Guilhem des yeux depuis un moment et je ne l'ai pas aperçu, intervint Ibn Rushd. J'espère qu'il n'a pas été blessé. Ce serait bien qu'il parte avec nous.

— Peu importe Guilhem ! Il a choisi son camp, qu'il reste ici ! répliqua Locksley avec brusquerie.

— Je lui ai parlé. Il ne nous a pas trahis et il veut toujours libérer Roncelin.

— Je me moque de Roncelin désormais ! aboya Locksley. Fer a raison, tans pis pour les chevaux. Partons maintenant, après ce sera trop tard. Pierre, passez le premier avec Anna Maria.

L'ancien soldat de Castillon avait tellement peur d'être pris qu'il ne se le fit pas dire deux fois. Sitôt qu'il fut devant les arcades avec l'Italienne, Nedjm Arslan et Hugues de Fer les suivirent, puis ce furent Robert de Locksley et Ibn Rushd. Le Saxon avait dissimulé son visage sous le capuchon de sa cotte.

La charge d'Arslan le Perse avait provoqué l'écroulement d'un mur, bouchant complètement l'entrée vers les salles basses. Cinq ou six domestiques dégageaient les décombres. Fer proposa de les aider et, dans l'obscurité, personne ne les reconnut.

Ils se mirent aussitôt au travail, déplaçant les pierres à la faible lueur de la lanterne. Seul Ibn Rushd resta debout, cherchant à apercevoir Guilhem. Le calme revenait et les incendies étaient presque tous éteints.

Enfin un passage vers les celliers fut suffisant, Pierre s'engagea le premier, expliquant aux domestiques qu'ils allaient chercher des blessés à l'intérieur. De l'autre côté, l'obscurité était totale. Heureusement, ils avaient encore la lanterne de Nedjm Arslan. Ils passèrent la première salle et Pierre leur indiqua un étroit couloir qu'ils n'avaient jamais remarqué. Derrière lui, ils traversèrent d'autres cavités creusées dans la roche jusqu'à une grande crypte où se trouvaient entreposés des tas de gros cailloux. Une fois rassemblés, Pierre leur indiqua une porte basse.

— C'est une ouverture sur la fosse, expliqua-t-il. Ces roches sont là pour être jetées sur des assaillants qui seraient entrés par le trou aux lièvres.

— Comment allons-nous descendre ? demanda Locksley.

— Je vais ouvrir la porte basse. Cachez la lumière. Dans le noir, on ne remarquera rien du pont-levis. On descendra avec la corde que porte la damoiselle, mais en bas la grille sera fermée...

— Je passerai le premier et je la détruirai avec cette boîte de poudre, dit Nedjm Arslan. Il faudra me faire descendre la lanterne quand je serai en bas, car ce serait trop long de battre le briquet. Vous n'aurez qu'à l'attacher à la corde en la couvrant sous un tissu.

— C'est très dangereux, remarqua Locksley. Vous serez exposé longtemps et les gardes ont des arbalètes.

— Vous me protégerez, répliqua le Perse en souriant. Avec votre arc, je ne crains rien.

Pierre tira un verrou et ouvrit la porte basse tandis qu'Anna Maria attachait la corde à un anneau scellé dans la roche.

Nedjm Arslan, ayant glissé la boîte de poudre et la mèche dans la grande poche de son ample manteau, prit la corde et descendit en silence. En bas, il trouva l'étroite grille et, avec une cordelette, il attacha le coffret sur la serrure. Il faisait très sombre et ceux qui étaient au pont-levis ne pouvaient le voir.

Il sentit alors un frôlement dans son cou. C'était la lanterne, couverte d'un morceau du jupon d'Anna Maria, que ses amis faisaient descendre. Avec elle, il alluma la mèche puis s'accroupit à l'écart, le long de la paroi rocheuse.

La mèche ne brûla que quelques secondes mais un garde qui se tenait devant le parapet crénelé de la fosse l'aperçut.

— Là, une lumière… cria-t-il.

Il n'eut pas le temps de finir sa phrase que l'explosion retentit.

Entre-temps, Ibn Rushd était retourné vers le cellier avec une chandelle et avait allumé un pot à feu. L'incendie ne ferait pas trop de dégâts mais occuperait du monde, s'était-il dit.

La déflagration de la grille fut terrifiante. De nouveau, ce fut le désordre et l'affolement dans la cour où les sergents hurlaient des ordres tandis que chacun cherchait à se mettre à l'abri, persuadé que le fracas et les incendies allaient reprendre.

Pendant cette agitation, les fugitifs descendaient avec la corde dans la fosse enfumée. La grille avait été arrachée et Pierre les guida dans le passage en pente. C'était un corridor large d'à peine un pied et demi, afin d'empêcher l'entrée d'une importante troupe. À son extrémité, ils furent arrêtés par une porte de bronze.

— Il y a deux grosses barres à retirer des encoches creusées dans la roche, expliqua Pierre.

Ils les soulevèrent et poussèrent la porte. De l'autre côté, l'air était pur et sans fumée.

Dans la crypte d'en haut ne restaient que Robert de Locksley, arc bandé prêt à tirer, et Ibn Rushd.

— Je vais rester, annonça le vieillard. Je ne parviendrai jamais à descendre par cette corde. J'arriverai bien à sortir seul par le pont-levis. Bonne chance !

— Certainement pas, je vais vous aider. Laissez-vous faire.

Il attacha le vieil homme par les aisselles et l'obligea à passer la porte. Certes, Ibn Rushd n'était pas lourd, mais Robert de Locksley crut quand même que ses muscles allaient céder. Heureusement, la descente fut brève. Sitôt que le médecin fut en bas, le Saxon descendit à son tour, tenant son arc et son carquois. Il était temps, l'incendie allumé par Ibn Rushd faisait maintenant rage derrière lui, dans les salles basses.

Dans la fosse, la fumée s'était dissipée et les gardes du château s'étaient regroupés sur le pont-levis. Plusieurs agitaient des torches pour tenter de voir en bas. Des arbalétriers les avaient rejoints.

— C'est venu du trou aux lièvres, seigneur, expliqua à Arnaud de Coutignac celui qui avait vu la lumière avant l'explosion.

Coutignac prit une torche des mains d'un de ses hommes et la jeta dans le trou. La résine se répandit sur les rochers et ils distinguèrent deux ombres qui s'engageaient dans le boyau.

— Les arbalétriers, tirez ! Ce sont des hommes et non des démons ! Visez le trou !

Mais le temps que les arbalétriers réagissent, Robert de Locksley et Ibn Rushd avaient rejoint leurs compagnons de l'autre côté. S'étant regroupés, ils commencèrent à descendre une pente vers la plaine en contrebas, se guidant à la faible luminosité de la lune et des étoiles.

Pierre et Nedjm Arslan étaient restés en arrière. Le Perse avait remarqué un amoncellement de rochers instables sur la sortie du trou aux lièvres. S'il pouvait les faire tomber, le passage serait obturé pour un moment. Il avait donc demandé à Pierre de l'aider à grimper jusqu'aux pierres pour y poser le dernier coffret de poudre.

Monté sur les épaules du soldat de Castillon, Nedjm Arslan venait d'allumer la mèche et s'apprêtait à sauter quand la volée de carreaux d'arbalète traversa le boyau. Plusieurs heurtèrent les parois mais l'un d'eux atteignit Pierre à la hanche. Sous le choc, il vacilla, perdit l'équilibre et s'écroula, entraînant le Perse dont la tête heurta le rocher. Ils étaient tous deux étourdis quand la charge explosa, provoquant une avalanche qui les recouvrit.

Nedjm Arslan et Pierre furent tués sur le coup, écrasés par d'énormes rochers.

Chapitre 30

Au premier cri, Rostang de Castillon s'était précipité vers sa belle-sœur, mais, plus agile que lui, elle s'était réfugiée dans sa chambre, tentant d'en repousser la porte. Ils luttèrent ainsi un instant mais la force de Castillon ne pouvait que l'emporter et elle tomba par terre. Ayant abandonné le fléau d'armes, il se jeta sur elle, la saisit par les cheveux et la tira sur le lit, sous le regard terrorisé de sa servante qui s'était dissimulée dans un recoin.

Baralle hurla à nouveau autant de douleur que pour appeler à l'aide.

Il lui arracha sa robe, la giflant à plusieurs reprises pour qu'elle ne bouge pas, mais dut la lâcher un instant pour abaisser ses chausses. Se débattant, elle parvint à lui échapper. Nue et meurtrie, elle se rua en hurlant dans la chambre de son mari afin de fuir par l'escalier.

Frustré de la voir lui échapper, la fureur submergea Castillon qui se précipita derrière elle. En entrant dans la chambre de son frère, il découvrit Roncelin, une épée à la main, serrant Baralle contre lui.

Le vicomte de Marseille avait été réveillé par des cris, mais n'avait pas bougé. Ancien moine, d'un naturel timoré, il n'avait rien d'un guerrier. Il s'était convaincu de n'être pas concerné par ce qui se passait dans la chambre de son geôlier. Encore une dispute entre Baralle et lui, s'était-il dit. Il les avait déjà entendus se quereller, et de toute façon il était enfermé avec Monteil qui dormait sur un lit de sangles devant la porte.

Puis il y avait eu cette étrange question de Baralle : « Que se passe-t-il ? »

Pourquoi demandait-elle ça ? s'était-il dit.

C'est alors qu'avait retenti le premier hurlement. Un hurlement de terreur qu'il reconnaissait, c'était celui qu'avait poussé Madeleine quand Castillon s'était jeté sur elle.

Dès lors, Roncelin avait su qu'il ne pouvait rester passif. Déjà, il n'était pas intervenu quand Castillon avait violé Madeleine sous ses yeux. Depuis, ses nuits étaient peuplées de cauchemars et il savait son âme en péril. Il était donc sorti de son lit à rideaux pour découvrir que la porte de la chambre était ouverte. Il avait alors entendu distinctement des bruits de lutte.

Il avait regardé autour de lui, cherchant des yeux une des armes de Monteil mais, dans l'obscurité, il n'avait vu ni épieu ni masse d'armes. Vêtu seulement de sa robe de nuit, il s'était finalement avancé prudemment dans la chambre voisine.

Là, à la lueur des braises de la cheminée, il avait découvert le sang sur le carrelage, le cadavre de Monteil et celui de Basile. En même temps, il avait perçu des halètements et des coups dans la chambre de Baralle. C'était bien ce qu'il pensait : Hugues des Baux tentait de forcer sa femme à accepter ses hommages. Ce n'était qu'une dispute de couple. Mais pourquoi ce sang ? Monteil avait-il tenté d'abuser de Baralle ? Aurait-elle été défendue par Basile que Monteil aurait tué ?

Il en était là de ses interrogations, ne sachant que faire, quand il avait entendu soupirer du côté du lit. Il s'était approché et avait découvert, avec stupéfaction, Hugues des Baux dans un sommeil agité. Mais si Hugues dormait dans son lit, qui était avec Baralle ? Dans l'incertitude, il avait pris l'épée sur le coffre. À cet instant, Baralle avait hurlé une nouvelle fois. Il s'était avancé vers sa chambre à l'instant où la porte s'était ouverte. Abasourdi, il l'avait vue se précipiter dans la pièce, entièrement nue, les cheveux décoiffés, terrorisée.

Il ne l'avait jamais vue ainsi et il n'avait jamais vu une femme aussi belle. Il avait appelé :

— Baralle !

Elle l'avait aperçu à son tour et s'était jetée dans ses bras en criant :

— Sauve-moi !

Il la tenait ainsi, ne sachant que faire, quand Castillon sortit de la chambre de Baralle.

Découvrant sa proie dans les bras d'un homme, Rostang rugit et se précipita vers celui qui lui disputait sa prise. Il fut alors arrêté par l'épée que Roncelin brandit dans sa direction, tandis que lui était sans arme.

Même mû par un instinct primitif, Castillon avait conservé son sang-froid de guerrier. Se souvenant où il avait laissé son fléau, il recula lentement, sans quitter Roncelin des yeux. Si à cet instant le vicomte de Marseille s'était précipité sur le frère de Hugues des Baux, il l'aurait tué sans peine. Mais Roncelin était incapable de bouger, terrorisé par cet homme qu'il avait vu tuer ses esclaves et violer sa maîtresse avant de l'égorger.

La même scène allait se reproduire, il en était certain.

Castillon ramassa le fléau avec lequel il avait tué Monteil et eut un sourire satisfait. Il avait bien jugé le vicomte. C'était un lâche qu'il allait démolir devant cette femme qui croyait à sa protection. Ensuite, il s'occuperait d'elle. La bouche ouverte, le regard malfaisant, il avança vers le couple. À deux cannes, il gronda :

— Roncelin, écarte-toi de Baralle, elle est à moi.

Épouvanté, Roncelin obéit. Il lâcha la femme et la repoussa. Baralle se mit à sangloter, de honte et d'humiliation, essayant de dissimuler sa nudité avec ses mains.

Castillon leva le fléau et frappa l'épée du vicomte de toutes ses forces. Roncelin lâcha la lourde lame qui tomba sur les carreaux.

Castillon poussa alors un bestial hurlement de victoire et leva une nouvelle fois le fléau.

Il perçut alors, dans son champ de vision, une ombre gigantesque et arrêta son geste. Cette ombre, c'était Monteil qui avait repris conscience et s'était relevé. Le géant, couvert de sang, un œil arraché, se jeta sur Castillon avant que celui-ci n'ait pu le frapper.

Les deux hommes s'étreignirent dans un corps-à-corps furieux. Monteil était gravement blessé, mourant sans doute, mais la douleur et la haine multipliaient sa force.

Castillon se battait avec l'énergie du désespoir. Parvenant à se dégager de l'étreinte du géant, il lui martela la face à coups de poing redoublés. La douleur fit réagir Monteil qui le lâcha pour le gifler, l'envoyant rouler à plusieurs pas où il resta immobile. Satisfait, le géant s'approcha de Castillon inconscient et le roua de coups de pied, le faisant chaque fois rouler plus loin. Finalement, le corps du frère de Hugues des Baux heurta un coffre. Monteil se pencha pour le saisir à pleines mains, puis il le souleva pour le jeter contre un mur.

Avec un œil crevé, le géant ne s'était pas rendu compte que son adversaire avait ramassé la miséricorde tombée du coffre. Au moment où il était soulevé, Castillon enfonça l'arme dans la gorge de celui qui allait le tuer. Un flot de sang jaillit de la bouche de Monteil qui tituba et lâcha sa proie. Castillon se remit immédiatement debout et ramassa l'épée.

Durant ce bref combat, Roncelin avait rejoint Baralle. Il lui avait murmuré d'aller chercher un vêtement pour fuir par l'escalier, car elle ne pouvait se montrer nue à ses serviteurs. Elle s'était exécutée et, couverte d'un simple manteau, elle revenait dans la chambre au moment où elle découvrit, à la lueur des braises, son beau-frère qui s'avançait sur Monteil l'épée à la main.

Voyant le garde du corps de son mari plein de sang et chancelant, elle comprit que c'était la fin et qu'ils n'auraient plus le temps de fuir. En reculant, elle heurta du pied le fléau d'armes. Était-ce le salut ? Sans réfléchir, elle le ramassa et s'approcha du géant pour le lui mettre dans la main.

Castillon vit la manœuvre et leva son épée pour un coup de taille, mais Monteil avait déjà pris l'arme et la lame fut arrêtée par le fléau.

Un nouveau combat s'engagea. Le métal entrechoquait le métal dans un vacarme assourdissant. Il était évident que Castillon serait vainqueur, tant Monteil était affaibli.

Baralle et le vicomte de Marseille profitèrent pourtant du répit qu'ils avaient pour se précipiter vers l'escalier. Ils avaient à peine entrebâillé la trappe qu'un assourdissant coup de tonnerre retentit. Aussitôt, ils la lâchèrent. La violence de la déflagration surprit aussi Castillon qui s'immobilisa une seconde de trop. Les boules du fléau d'armes lui écrasèrent alors la face et le crâne.

Il s'écroula, sa cervelle s'écoulant sur les carreaux émaillés.

Au coup de tonnerre, Guilhem avait immédiatement deviné que l'explosion était due à la poudre de Nedjm Arslan. Était-ce un accident ? Il n'avait pas le temps d'y songer. En revanche, il s'inquiétait de la trappe qui s'était ouverte, puis refermée. Aussi la poussa-t-il prudemment avec son épée. Entendant alors les martèlements d'un fléau d'armes et craignant pour Baralle, il la repoussa complètement et se précipita dans la pièce.

Monteil frappait à coups redoublés avec un fléau sur un corps étendu. Guilhem aperçut Baralle, à quelques pas, puis un inconnu près d'elle, livide comme un cadavre. La châtelaine, stupéfaite de le voir entrer, lâcha un pan du manteau qu'elle retenait de la main et Guilhem découvrit sa nudité.

Monteil en avait fini avec le tas de bouillie. Il se retourna, vit Guilhem, leva à nouveau le fléau rougi et s'avança vers lui, décidé à le massacrer lui aussi.

— Monteil, arrête-toi, c'est un ami ! lui cria Baralle.

Mais le cerveau du monstre était mort, détruit par les coups que lui avait portés Castillon. Il continua donc à avancer, borgne, la bouche et les joues déchirées. Une vision d'enfer. Guilhem se prépara au choc et garda son épée à mi-hauteur, décidé à percer le géant d'un coup d'estoc.

Contre toute attente, les jambes de Monteil s'arrêtèrent subitement de fonctionner. Il chancela et s'effondra, agité d'horribles soubresauts.

Quand il parut complètement inconscient, Guilhem s'approcha prudemment, lui donna un coup de pied, mais, cette fois, le monstre était bien mort.

Avant de poser des questions, et craignant quelque surprise désagréable, Guilhem fit le tour de la pièce. Sur le lit, il aperçut Hugues des Baux qui balbutiait des mots incompréhensibles. Il vit ensuite le chapelain remuer dans la ruelle entre le lit et le mur, puis il retourna vers le tas de chair sur lequel s'était acharné Monteil. Il reconnut le crâne rasé de Castillon, son nez busqué, écrasé, et son visage martelé.

— C'est vous qui avez crié ? demanda-t-il à Baralle.

Elle déglutit.

— Oui... C'est Rostang... Il est entré ici avec Basile.

Elle fut interrompue par une nouvelle déflagration. Très vite, une odeur de soufre se répandit partout. Guilhem devina qu'Ibn Rushd et Nedjm Arslan appliquaient le plan qu'ils avaient élaboré, et qu'ils tentaient de délivrer Fer et Bartolomeo. Mais à deux, sans lui, ils n'avaient aucune chance. Il fallait immédiatement qu'il aille à leur aide.

Il se tourna vers Roncelin :

— C'est vous, le vicomte de Marseille ?

— C'est moi.

— Je suis venu avec le viguier Hugues de Fer pour vous sortir d'ici, mais on l'a emprisonné. Maintenant c'est à vous, son suzerain, de lui porter aide. Trouvez-vous une broigne ou une casaque, habillez-vous rapidement, prenez une arme et venez avec moi. Qu'a votre mari, dame des Baux ? demanda-t-il ensuite à Baralle tandis que Roncelin cherchait un équipement de combat.

— Je ne sais pas. Je crains que Basile ne lui ait fait boire quelque poison. Il ne parvient pas à se réveiller.

Roncelin avait ouvert un coffre et sorti des bas-de-chausses de cuir et une cuirasse d'épaisse toile renforcée de plaques de fer rivées. Il mit les chausses puis enfila la broigne par le bas et attacha les aiguillettes. Se coiffant ensuite d'une cervelière à nasal, il ramassa l'épée de Hugues des Baux.

Pendant ce temps, Guilhem s'était rendu à la porte qui faisait communiquer la chambre du seigneur avec le logis des chevaliers. En faisant construire le donjon, Hugues des Baux et son père avaient prévu qu'il puisse être défendu même si le château était pris. La porte était épaisse, ferrée et possédait un solide verrou. On pouvait la condamner par deux lourdes traverses de chêne, tout comme la trappe d'escalier venant de la grande salle.

Guilhem tira le verrou et ouvrit la porte. Immédiatement une épaisse fumée le suffoqua. Il aperçut des flammes qui dévoraient le couloir en face et referma aussitôt.

De nouvelles explosions retentirent. Baralle, terrorisée, tomba à genoux en se signant et se mit à prier. Roncelin s'était figé, encore plus effrayé qu'elle.

Guilhem les ignora et se rendit à la fenêtre qui donnait sur la cour aux arcades. À travers les vitraux, il aperçut des lueurs d'incendie. Ouvrant la croisée, il découvrit la toiture de la salle à manger des domestiques en feu. Il y eut alors une nouvelle déflagration suivie d'un long grondement et d'un immense fracas. À la lueur des flammes, il observa le toit des bâtiments permettant le passage vers la cour de la tour Paravelle qui s'effondrait. Il entendit les chevaux hennir de terreur ainsi que des cris déchirants et des supplications. Un brusque rideau de flammes s'éleva dans un souffle puissant dont il sentit la chaleur. Le soufre saturait l'air devenu irrespirable. Les bâtiments de la cour paraissaient s'embraser les uns après les autres. On pleurait, on hurlait. L'affolement était général.

Il ferma la fenêtre. Ibn Rushd avait fait du bon travail, mais il devait maintenant le retrouver et l'aider à fuir avec les chevaux.

— Madame, nous allons transporter votre époux dans votre chambre, fermez la porte. Une partie du château est en feu mais le donjon est en pierre et résistera. Je pars avec le seigneur Roncelin. Si la situation devenait trop dangereuse pour vous, et que vous ne puissiez sortir, utilisez l'échelle de corde dont vous m'avez parlé pour descendre par une fenêtre.

— Hugues ne pourra pas !

Il haussa les épaules. Le sort de Hugues des Baux l'indifférait.

— Seigneur Roncelin, aidez-moi à le porter. Ensuite priez et préparez-vous à vous battre.

Quand la déflagration retentit, Robert de Locksley et ses compagnons ne furent pas surpris puisque Nedjm Arslan les avait prévenus qu'il tenterait de fermer le trou aux lièvres derrière eux. Ils s'arrêtèrent alors pour les attendre. Au bout d'un instant, la fumée s'étant dissipée et n'entendant rien, hormis quelques chutes de pierres, Locksley appela à voix basse, pensant que dans l'obscurité les deux retardataires s'étaient trompés de chemin.

— Nedjm… Pierre…

Il recommença sans succès, puis décida de remonter à leur rencontre. Fer l'accompagna.

Ils découvrirent le tas de roches. À la lumière blafarde de la demi-lune, des chaussures et une main en dépassaient. Le cœur battant, Locksley et Fer s'accroupirent pour déplacer les rochers. Ils dégagèrent vite la tête de Nedjm Arslan, mais le Perse était mort, broyé par le poids des énormes cailloux. Quant à Pierre, il était enfoui encore plus profondément.

— Nous ne pouvons plus rien faire, dit Locksley d'une voix blanche.

Il regarda l'orifice du trou aux lièvres, presque entièrement bouché.

— Nous ne vous aurions jamais sorti de là sans lui, et sans Pierre, ajouta-t-il à l'intention de Hugues de Fer.

— Nous ne sommes pas tirés d'affaire, répondit le viguier en se signant et en murmurant rapidement un Notre Père.

Ils s'apprêtaient à repartir quand Locksley revint vers le Perse qui portait de solides soliers de cuir recouverts de bas-de-chausses. Il s'accroupit pour les lui enlever, expliquant au viguier :

— Nous sommes bien chaussés, et ils vous avaient laissé vos heuses, mais Bartolomeo a toujours les chausses de feutre qu'il portait lors du spectacle quand on l'a arrêté. Elles ne tiendront pas longtemps et, s'il peut mettre ces soliers, il marchera plus vite.

Ils rejoignirent les autres sans autre parole. Locksley songeait à un chant de guerre entendu en Palestine : *« Cruelle mort, tu peux te vanter, car tu as enlevé au monde le meilleur qui fut jamais. »*

— Où sont-ils ? demanda Ibn Rushd quand il les vit revenir seuls.

— Les rochers les ont ensevelis. Partons maintenant. Bartolomeo, mettez ça si vous pouvez.

Il lui tendit les soliers.

— Ils peuvent nous poursuivre par le trou aux lièvres ? s'inquiéta Anna Maria.

— Pas pour l'instant, mais ils parviendront rapidement à dégager un passage.

— Ils vont nous rattraper, gémit Bartolomeo en enfilant les soliers qui étaient presque à sa taille.

— J'ai encore mon arc, tenta de le rassurer Robert de Locksley.

Mais il savait que l'arme ne lui serait guère utile si les poursuivants étaient nombreux et à cheval. Ils n'avaient qu'une épée et une dague que portait Anna Maria, pas d'eau, pas de nourriture. Ibn Rushd était un vieillard, et le jour se lèverait dans quatre ou cinq heures. À ce moment-là, ils seraient totalement vulnérables.

— Si nous essayions de retrouver nos chevaux et de fuir ensuite vers Saint-Rémy ? suggéra Anna Maria.

— Comment trouver le chemin dans la nuit ? répliqua Robert de Locksley. Nous risquons de nous perdre sans guide et à Saint-Rémy nous ne saurons où aller. Il vaut mieux tenter de gagner Sallones où l'évêque nous protégera.

Dans l'escalier, Guilhem se rendit compte qu'ils ne pourraient sortir par là. En bas des marches, la grande salle était envahie par la fumée et les flammes crépitaient dans les salles basses souterraines. Quant à utiliser l'issue vers la cour de la tour Paravelle, cela impliquait de traverser la grande pièce enfumée avec le risque de ne pouvoir retourner si l'issue était fermée. Ils n'avaient pas le choix : ils devraient utiliser l'échelle de corde.

Ils remontèrent et fermèrent la trappe, puis ils placèrent les barres de condamnation dans les encoches prévues à cet effet, ainsi que celles de la porte communiquant avec le logis des chevaliers. Tandis qu'ils fortifiaient ainsi la chambre afin de ne pas être surpris et de se protéger du feu, ils entendirent la voix de Basile. Guilhem tourna la tête et vit que le chapelain était assis près du lit avec Baralle.

Il n'était donc pas mort ! Guilhem s'approcha pour savoir ce que le prêtre disait. Visiblement le religieux souffrait atrocement et se confessait.

— ... C'est Castillon qui me l'a demandé, ma dame... Priez pour mon salut... Je n'aurais pas dû lui obéir... Mais je l'aimais comme un fils... Où est-il ?

— Monteil l'a tué, répondit-elle sèchement. Comment empoisonniez-vous Hugues ?

— Avec du colchique que je cultivais à la rivière. J'en mettais dans son vin, c'est pourquoi il le trouvait parfois aigre. Quand il n'a plus bu que du lait de chèvre, j'ai fait manger du colchique aux chèvres pour empoisonner leur lait, mais hier le médecin arabe a tout découvert.

— Il ne nous a rien dit ! s'étonna Baralle.

Basile balbutiait un Ave Maria. Guilhem crut que c'était la fin, mais il reprit d'une voix plus faible.

— Quand le seigneur de Castillon a su que le médecin avait deviné, il a décidé de tuer votre époux cette nuit. J'ai mis du pavot dans le vin... C'est pour ça qu'il dort... Monteil aussi était drogué.

Et tous ceux qui en ont bu ! devina Guilhem qui songea aux deux chevaliers dans sa chambre. C'était finalement grâce à Basile et à sa drogue qu'il était encore vivant !

La vie s'échappait du chapelain qui ressemblait déjà à un trépassé. Soudain, une nouvelle déflagration ébranla l'air. Cette fois le bruit était proche et semblait venir de l'autre côté du château. Guilhem s'approcha de la fenêtre ogivale, l'ouvrit et entendit des rochers dévaler la pente, puis ce fut l'odeur de soufre, toujours la même.

Nedjm Arslan a utilisé sa poudre de ce côté-ci, mais pourquoi ? se demanda-t-il. Comment est-il arrivé là ? A-t-il percé la paroi rocheuse ? Les questions s'entrechoquaient, mais il n'avait aucune réponse sinon que le Perse n'était pas loin. Or les précédentes déflagrations étaient dans le château, dans la cour aux arcades, donc, d'une façon ou d'une autre, lui et ses amis étaient parvenus à fuir.

— Que se passe-t-il au château ? Quels sont ces bruits de tonnerre ? Pourquoi ces incendies ? Qui nous attaque alors que mon mari ne peut même pas le défendre ? demanda Baralle en sanglotant nerveusement.

— Ce sont mes amis, dame Baralle. Ils sont partis et les incendies vont s'arrêter. Quant à moi, avec le seigneur Roncelin, je vais les rejoindre.

Il la considéra un bref instant en la voyant en larmes, si désespérée. Durant leur courte absence, elle avait revêtu un bliaut vert doublé d'hermine et serré sa chevelure dans une coiffe tenue par une couronne tressée d'argent. Il était inutile de l'interroger sur ce qui s'était passé. Il l'avait deviné. Castillon et Basile étaient venus pour tuer Hugues, Monteil les avait surpris et il y avait eu un affrontement où le géant avait été blessé. Ensuite Baralle était arrivée. Castillon avait sans doute abusé d'elle et elle avait hurlé.

C'étaient ces cris qu'il avait entendus, ce n'était pas Hugues qui la martyrisait. La suite, il préférait ne pas la connaître. Roncelin l'avait-il défendue ? Il en doutait, s'il l'avait fait, Castillon l'aurait tué. Pourtant, Baralle l'aimait malgré sa lâcheté. Il songea avec dérision que ce drame qui s'était déroulé dans la chambre, il l'avait chanté bien souvent. L'amour qu'elle éprouvait pour Roncelin enchaînait Baralle, tandis que le vicomte, par lâcheté ou par indifférence, ne prêtait pas attention à elle. Quant au comportement de Rostang de Castillon, combien de fois l'avait-il justifié à la cour d'amour de Saint-Gilles, faisant pâmer les dames en déclamant : « *Vouloir posséder sa dame par violence, c'est pécher contre l'amour et encourir la perte de l'âme, mais si j'ai péché, si j'ai perdu la raison à cause de sa beauté, le ciel commettrait une injustice en me refusant mon pardon*[1]. »

Le ciel pardonnerait-il à Rostang de Castillon ?

— Vicomte, rassemblez toutes les armes que vous pourrez trouver, lança-t-il. Dame Baralle, où est l'échelle ?

— Dans ce coffre, répondit-elle en désignant un huchier à l'autre bout de la chambre.

L'échelle était au-dessus de tout un bric-à-brac de vêtements et d'armes. Elle était très étroite mais paraissait solide. Guilhem vida complètement le coffre qui contenait une cotte de mailles et un camail ainsi qu'un gambison de cuir matelassé avec les manches boutonnées aux poignets. Ce vêtement était autrement solide que celui qu'il portait, aussi l'enfila-t-il sur sa cotte. Il mit aussi des gantelets de peau protégées par des mailles de fer.

Dans un second coffre, le vicomte de Marseille avait trouvé un second haubert et plusieurs baudriers de cuir cloutés de cuivre, des chapels et des cervelières, ainsi que toutes sortes d'épées courtes et longues.

Ils rassemblèrent cet équipement près de la fenêtre. Ensuite Roncelin décrocha avec fébrilité des murs deux haches à large lame, un triple fléau et un marteau de fer avec une pointe transversale, une pointe en bec de faucon et une troisième à l'extrémité du manche.

— Jetez tout par la fenêtre pendant que j'attache l'échelle. Malgré l'obscurité, nous en retrouverons bien une partie.

---

1. Il s'agit d'un authentique chant de troubadour.

Roncelin s'exécuta, envoyant en bas épées, casques, fléaux, boucliers et masses, avant de jeter les deux hauberts.

— Hugues vous a-t-il remis les vingt mille sous d'or qu'il vous doit ? lui demanda Guilhem.

— Comment savez-vous ça ?

— Le seigneur des Baux a trop parlé, persifla-t-il.

— Il m'a assuré qu'on lui porterait la somme depuis Arles, n'ayant ici que cinq mille sous d'or.

— Pouvez-vous me dire où sont ces cinq mille sous, dame Baralle ? demanda-t-il avec une politesse de pure forme.

Elle soutint son regard sans répondre.

— Dame Baralle, je veux cet argent et je ne veux pas que cela, insista-t-il, irrité. L'homme que Robert de Locksley a tué, et que Castillon a fait passer pour Bartolomeo, s'appelait Cédric et était son écuyer. Il avait volé le butin de son maître et je compte bien le lui rendre. Locksley m'a dit qu'il possédait une cassette de cinq cents pièces d'or. Je la veux. Je veux aussi l'acte par lequel Roncelin a vendu ses droits. Puisque Hugues des Baux ne payera jamais, la vente est annulée.

— Je ne vous dirai rien ! le défia-t-elle. Ce sont les biens de mon époux.

— Vous allez me le dire ! menaça Guilhem en tendant un doigt vers elle. Car ce ne sont pas les biens de votre époux, ce sont ses rapines !

Roncelin s'approcha :

— Je vous interdis de lui faire du mal, peu importe la vicomté !

— Taisez-vous ! ordonna Guilhem en lui jetant un regard mauvais. Nous avons risqué notre vie pour venir ici, et je réglerai cette affaire à ma façon. Dame Baralle, Hugues des Baux est mon ennemi et n'a pas de merci à attendre de moi. Refusez de parler et je le jette par la fenêtre !

— Vous êtes un parjure ! Vous lui avez donné votre foi ! lui reprocha-t-elle en se frottant les mains nerveusement.

Elle était épuisée et Guilhem savait qu'elle ne résisterait pas. Il ne chercha pas à la rassurer.

— Parole forcée, parole vaine, dame Baralle, et c'est moi qui suis le maître à présent. Seigneur Roncelin, aidez-moi à soulever Hugues.

— Que voulez-vous faire ? cria-t-elle.

— Le jeter en bas des murailles. Après tout, c'est le sort qu'il réservait à ceux qu'il punissait et il est juste qu'il connaisse à son tour la dureté des rochers.

— Non ! hurla-t-elle.

— Où est le trésor de votre seigneur ?

— Là ! (Elle désigna le lit.) Il y a une fausse pierre dans le mur derrière le lit.

Guilhem eut un soupir satisfait. Il aurait sans regret jeté Hugues des Baux par la fenêtre, mais pour Baralle, qui paraissait malgré tout tenir à lui, il préférait ne pas avoir à le faire.

Ils poussèrent le lit. Le mur derrière le chevet était en grosses pierres taillées. Elle lui montra la cachette. C'était un panneau de bois admirablement peint comme la roche. Il le fit tomber, dégageant un trou empli d'objets.

Il sortit plusieurs cassettes, toutes remplies de pièces d'argent et d'or : des sous, des deniers parisis, des monnaies de Normandie, de Guyenne et de Toulouse, des bezants de Byzance valant huit sous tournois. Il y avait aussi des coupes, des colliers et des bracelets d'or.

— Montrez-moi ce qui est à vous, dit-il à Baralle.

— Rien n'est à moi, mes biens et mes bijoux sont dans ma chambre.

— Il n'y a rien à vous là-dedans ? insista-t-il.

— Rien.

— Trouvez-moi un sac, dit-il à Roncelin.

Pendant que le vicomte s'exécutait, il poursuivit la fouille de la profonde cachette. Il y avait des chartes en parchemin, roulées, qu'il déplia et qu'il jeta par terre quand il vit que c'étaient des actes de propriété des fiefs de la famille des Baux. Enfin, il trouva celle qu'il cherchait : l'acte de vente de la vicomté. Il mit le parchemin avec les cassettes et les bijoux.

Roncelin lui tendit un gros sac de cuir épais qu'il remplit avec tout ce qu'il avait décidé d'emporter, vidant les cassettes en vrac et y pliant la charte. Il serait toujours temps de trier plus tard, se dit-il. Puis il referma soigneusement le sac avec un cordon.

— J'ai besoin d'une corde, ordonna-t-il.

Elle alla chercher une cordelette de soie dans sa chambre et la lui porta. En la suivant des yeux, Guilhem s'aperçut qu'il y avait une servante qui les observait. Sans doute s'était-elle cachée durant le drame.

Le cordage n'était pas très long. Il ne permettrait pas de descendre le sac jusqu'en bas du mur, mais sa chute serait amortie. Roncelin l'attacha et entreprit de le faire descendre par la fenêtre.

Elle l'observait sans mot dire.

— Dame Baralle, je cherche autre chose. Hugues nous a montré un parchemin que Castillon a reçu. Une lettre nous dénonçant. Je la veux. Où est-elle ?

Elle parut ne pas avoir entendu, regardant toujours Roncelin qui faisait lentement descendre le lourd sac.

— Dame Baralle, je n'ai plus de temps à perdre ! gronda-t-il avec impatience.

Sans même le regarder, elle désigna du doigt le dressoir. C'était un petit meuble ciselé à quatre étagères appuyé au mur de sa chambre. Les gradins en dénivelés étaient garnis de plats d'argent et de pots de confitures. La partie basse était une sorte d'armoire formant crédence.

Il s'en approcha et dut tâtonner un instant pour trouver l'ouverture de la porte. À l'intérieur, il y avait toutes sortes de parchemins, certains roulés, d'autres pliés. Celui qu'il cherchait était au-dessus. Il le lut et le glissa dans sa heuse droite.

Avisant alors un gros pain de seigle sur la table poussée sur le mur opposé, il le prit et, voyant que Roncelin avait laissé glisser le sac en bas de la muraille, il jeta à son tour le pain par la fenêtre.

— Seigneur vicomte, descendez le premier, dit-il.

Roncelin parut hésiter tandis que Baralle s'approchait. En la voyant ainsi, Guilhem comprit que sa passion était si violente qu'elle égarait son esprit et refusait de voir la lâcheté du vicomte. « *L'amour ne croit ni les médisances ni le témoignage des yeux quand ils rapportent une trahison* », chantait-il souvent. Par Dieu, il découvrait combien c'était vrai !

Roncelin ne fit aucun geste et ne chercha même pas à embrasser celle qui se pâmait pour lui. Il lâcha seulement ces mots sans chaleur. :

— Adieu, Baralle.

Elle resta figée, devinant ce que serait sa malheureuse destinée près de Hugues des Baux.

Un vacarme interrompit brusquement cette pénible scène. On frappait à coups redoublés à la trappe de l'escalier et des éclats de voix retentirent.

Chapitre 31

— Seigneur ! Ouvrez-nous, le château est menacé ! criait-on.

— Descendez, vite ! ordonna Guilhem à Roncelin.

Le vicomte se pencha par la fenêtre avec inquiétude. On ne voyait ni le sol ni le bas de l'échelle qui était extrêmement étroite. Il eut un regard dubitatif quant à la solidité du crochet scellé dans le mur et grimaça :

— Croyez-vous que cela tiendra ?

— Il n'est plus temps d'y songer ! Prévenez-moi dès que vous serez en bas. Pendant que je vous rejoindrai, rassemblez toutes les armes que vous retrouverez.

Roncelin hocha du chef puis, sans un dernier regard pour Baralle, il enjamba la fenêtre et disparut. Guilhem se pencha et le vit lentement descendre.

Il ne pouvait le suivre immédiatement, car le crochet n'aurait pas supporté leurs deux poids. Les coups redoublaient à la trappe et il se tourna vers la fermeture avec inquiétude. Les gens du château devaient maintenant frapper avec un bélier, car les encoches de fer qui tenaient les barres commençaient à se desceller. Baralle restait immobile, silencieuse, indifférente. Des larmes coulaient sur ses joues. Des larmes d'amour, de honte ou de regret ?

Guilhem se dirigea vers le huchier et, avec difficulté tant il était lourd, le poussa sur la trappe. Puis il revint à la fenêtre et se pencha à nouveau, sans rien distinguer. Tout à coup, il sentit que l'échelle s'était détendue. Sans attendre le signal de Roncelin, il enjamba l'appui. Il prenait position sur les premiers barreaux quand il entendit le vicomte lui crier qu'il était arrivé.

Guilhem eut un dernier regard vers Baralle auquel elle ne répondit pas.

La descente fut plus difficile qu'il ne l'aurait pensé, l'échelle bougeait en tous sens et il devait prendre garde à ne pas érafler ses doigts contre la falaise, même si ses gants le protégeaient. De plus, sa poitrine le faisait horriblement souffrir. En même temps, il s'inquiétait de l'indifférence qu'avait affichée la dame des Baux quand elle l'avait vu partir. Et si elle prenait sa revanche en coupant l'échelle ? Il se préparait à une chute qui heureusement ne vint pas, quand il entendit une voix très proche et pourtant étouffée.

— Vous y êtes, vous pouvez sauter maintenant !

C'était la voix de Roncelin, mais il chuchotait, comme s'il avait peur qu'on ne l'entende. Pourquoi ? se demanda Guilhem, tous les sens en alerte.

Il sauta pourtant, satisfait de retrouver le sol ferme. Aussitôt, il leva les yeux et aperçut, à une trentaine de toises au-dessus, l'ouverture par laquelle il était passé, vaguement illuminée. Baralle était-elle en train d'ouvrir la porte ou la trappe ? Elle aurait du mal à pousser le coffre, mais y parviendrait avec l'aide de sa servante.

Ils devaient avoir disparu dans la nuit au plus vite, car si les gens du château avaient des arbalètes, ils feraient des cibles faciles, d'autant que la grande salle, sous la chambre, était aussi éclairée. Elle devait être pleine de serviteurs et de gardes et si l'un d'eux avait l'idée de se pencher à la fenêtre, il les verrait.

Guilhem regarda autour de lui. La portion de lune blafarde permettait à peine de percer l'obscurité. Il se trouvait sur une étroite plate-forme au pied de la falaise. Au-delà, la pente se prolongeait, moins raide mais envahie d'épaisses broussailles et de ronces. Roncelin lui tendit une ceinture et une épée qu'il ceignit rapidement, puis il posa sur sa tête le casque que le vicomte lui donna. Roncelin avait rassemblé presque toutes les armes qu'ils avaient jetées, mais ils ne pourraient tout emporter. Guilhem choisit les deux hauberts de mailles qu'il jeta sur son épaule, puis il hésita entre une hache et le marteau à pointes, prenant finalement le marteau qu'il savait bien utiliser. Roncelin lui proposa le bouclier qu'il refusa, en revanche il passa sur ses épaules un second baudrier avec une épée et surtout le sac contenant le butin d'or. Roncelin s'était aussi chargé de tout ce qu'il pouvait porter et avait retrouvé le pain.

— Il y a du bruit, là-bas, le prévint-il en lui désignant la muraille sur leur droite.

On sentait toujours la prenante odeur de soufre, celle de la poudre noire du Perse. Guilhem songea à la dernière déflagration qu'il avait entendue, celle qui venait de ce côté-ci du château. Comment Nedjm Arslan avait-il réussi à percer la paroi rocheuse ? C'était inimaginable, et pourtant c'était la seule explication. Quant aux bruits qu'ils entendaient, était-ce ses amis, ou des gens du château qui s'apprêtaient à les poursuivre ? Il distingua la lueur d'un falot ou d'un flambeau dans la direction indiquée par Roncelin et un amas de pierres dévala soudain la pente. En même temps retentirent des bribes de phrases incompréhensibles, des halètements et des cliquetis d'armes.

— Encore un effort et nous pourrons passer ! cria soudain distinctement une voix. Ils ne peuvent être loin !

On creusait, ou on dégageait un passage. D'après ce qu'il venait d'entendre, c'étaient des gens du château. Ils étaient donc certainement nombreux. Comment les éviter ? Roncelin attendait qu'il prenne une décision. Guilhem jeta un regard du côté opposé aux voix, mais les broussailles paraissaient infranchissables. Pour avoir regardé depuis le sommet du château, il se souvint aussi que dans cette direction la falaise était abrupte, tandis qu'une sente serpentait sur l'autre versant. Ils devraient donc passer devant le trou d'où provenaient les bruits. Il sortit son épée, tenant tout ce qu'il transportait sur son épaule de l'autre main, et s'engagea avec précaution sur le sentier obscur. Roncelin le suivit.

Ils approchaient de la lueur quand se produisirent de nouvelles chutes de pierres suivies du fracas d'un éboulement et de hurlements de douleur. Sans qu'ils s'y attendent, deux ombres surgirent devant eux :

— Ils sont là ! hurla une voix affolée. Venez vite !

— Le passage s'écroule ! lança une autre, plus étouffée.

Guilhem n'avait pas hésité et s'était jeté sur la première silhouette en brandissant son épée. L'autre avait les mains vides, car il devait être occupé à dégager des pierres. Comprenant qu'on l'attaquait, il recula et bouscula son compagnon derrière lui. La lourde épée s'abattit sur son épaule, provoquant un craquement, et il se mit à hurler. Guilhem frappa une seconde fois, lui faisant dévaler la pente, puis il donna un coup d'estoc au second homme qui tentait de s'enfuir à quatre pattes par le trou à demi bouché.

— La voie est libre, dit-il à Roncelin, déguerpissons !

Maintenant que leurs yeux étaient accoutumés à l'obscurité, ils distinguaient la sente qui descendait entre les broussailles de cistes et de ronces. Mais la pente était raide et ils tombèrent plusieurs fois, se relevant avec difficulté à cause de ce qu'ils portaient. Roncelin jurait à mi-voix mais Guilhem ne le laissait pas s'arrêter et se reposer, certain que les gens du château finiraient par passer par le trou et les poursuivraient. Au bout d'un temps qui parut interminable, épuisés par les charges qu'ils transportaient, ils atteignirent un terrain plus plat.

— Par où allons-nous ? demanda Roncelin, à bout de souffle.

Guilhem tentait de trouver des repères, mais il faisait trop sombre. Il regarda le ciel et, malgré les nuages, reconnut les constellations qu'il connaissait.

— Allons vers l'est, dit-il. Par là.

Ils repartirent en courant à travers un herbage à moutons. Soudain, le sol se déroba sous eux et ils roulèrent dans une ravine encaissée, se blessant aux jambes et aux bras. Guilhem parvint à se relever le premier. Ils étaient au fond d'un petit torrent caillouteux et il entendit Roncelin gémir.

— Blessé ?

Malgré ses douleurs, il lui tendit une main. Le vicomte de Marseille se releva en haletant.

— Ça ira, mais j'ai bien cru m'être brisé la jambe. J'ai besoin de récupérer...

— Non, s'ils nous rattrapent, vous savez ce qui nous attend ?

La peur leur donna de nouvelles forces et ils repartirent en suivant le fossé. Plus loin, ils parvinrent à remonter de l'autre côté en s'agrippant à des branches et à des racines.

Le pâturage se terminait et ils découvrirent une piste utilisée par les moutons. Roncelin boitait et n'avançait pas vite. C'est alors qu'ils entendirent derrière eux des aboiements de chiens.

Ils reprirent leur course. Le chemin devint plus incertain, à moins qu'ils ne l'aient perdu, et ils se retrouvèrent au milieu d'épais bosquets. Ils couraient malgré les branches qui les cinglaient et griffaient leur visage et leurs mains. Au bout d'un moment, pantelants, ils s'arrêtèrent pour reprendre leur souffle. Guilhem sentait le sang couler de ses mains déchirées par les ronces. Haletant, il prit conscience que les aboiements avaient cessé. Les bêtes avaient-elles flairé une autre piste ? Peut-être avaient-elles perdu leur trace au fossé, se dit-il.

Marchant moins vite, maintenant qu'ils n'étaient plus poursuivis, ils débouchèrent dans un champ d'oliviers au bout duquel ils aperçurent des ombres mouvantes. Quelques paroles incompréhensibles parvinrent même à leurs oreilles. Était-ce leurs poursuivants qui les avaient contournés, ou avaient-ils rattrapé leurs amis ? Guilhem s'arrêta, mit un doigt sur sa bouche pour faire comprendre à Roncelin de rester silencieux. Il déposa contre un arbre tout ce qu'il transportait et dégaina lentement son épée, puis se baissa et s'avança avec précaution. Combien étaient-ils ? Quatre ou cinq, lui sembla-t-il, assis sur des souches. Ils semblaient se reposer, donc ce ne pouvait être des gens d'armes du château. C'est alors qu'il distingua, à la lueur laiteuse de la lune, le vague reflet roux d'une longue chevelure.

— Anna Maria, c'est moi, Guilhem d'Ussel ! Je suis avec le seigneur Roncelin ! lança-t-il, soulagé.

— Roncelin ? interrogea une autre voix que Guilhem reconnut comme celle du viguier Hugues de Fer.

Il était donc libre lui aussi ! Ils avaient réussi !

— Je m'apprêtais à vous tirer dessus, fit la voix peu amène de Robert de Locksley dans leur dos. Je croyais que c'étaient nos poursuivants.

— Tu nous avais vus ? demanda Guilhem en se retournant.

— Depuis longtemps, répliqua Locksley en se découvrant. La forêt est mon royaume.

Son ton restait distant, méfiant.

— On est à nos trousses. Il faut filer.

En parlant, Guilhem avait rengainé son épée et était revenu vers Roncelin pour reprendre ses bagages, tandis que les autres s'approchaient d'eux. Guilhem remarqua qu'ils n'étaient que cinq et son cœur se serra. Il essaya de distinguer les silhouettes pour savoir qui manquait.

— Comment êtes-vous sortis ? demanda-t-il.

— Avec sa poudre, Nedjm a brisé les portes des prisons et semé un effroyable désordre au château, expliqua Ibn Rushd, qui paraissait le plus heureux de le revoir, mais nous n'avons pu prendre le pont-levis, trop bien gardé. Nous avons utilisé un passage dans la muraille dont Nedjm a détruit la grille.

— Je ne le vois pas, dit Guilhem.

— Il est mort, expliqua Locksley. La falaise s'est écroulée sur lui quand il tentait de refermer le trou par où nous étions sortis. Mais vous-même, d'où venez-vous, et que portez-vous ainsi ?

— Des armes du château et d'autres choses qui t'intéresseront, mon ami, et vous aussi, seigneur viguier. J'ai emporté tout ce que j'ai trouvé dans la chambre de Hugues des Baux, même votre vicomte, ironisa-t-il en désignant Roncelin qui attendait à l'écart.

À ces mots, Fer s'approcha de Roncelin et mit un genou au sol pour lui rendre hommage.

— J'ai là deux hauberts, dont un est à toi, Robert. J'ai aussi des épées, un fléau et cette masse.

J'espérais vous retrouver, et comme j'ignorais si vous aviez suffisamment d'armes, j'ai pris tout ce que je pouvais porter. Je ne suis pas fâché de vous les donner ! Maintenant, repartons vite, nous parlerons en chemin. Il y a des chiens derrière nous qui ne tarderont pas à nous retrouver.

Sans un mot, car il était fort embarrassé, Locksley prit son haubert et Hugues de Fer la seconde cotte de mailles, en les jetant sur leurs épaules, n'ayant pas le temps de s'équiper. Ils se répartirent aussi les armes. Bartolomeo choisit la masse à triple pointe et Guilhem conserva seulement son gros sac de cuir.

En repartant, Locksley s'approcha de lui, mal à l'aise :

— Je t'ai mal jugé, Guilhem.

Le troubadour le prit amicalement par l'épaule pour lui dire :

— Tu me connaissais mal, c'est tout. Et l'important est que nous soyons réunis.

En parlant, ils suivaient aveuglément Ibn Rushd qui se guidait aux étoiles. Questions et réponses se mélangeaient, souvent incomplètes, car ils s'interrompaient sans cesse.

— Ibn Rushd ne m'a pas dit grand-chose sur la façon dont tu as su que Castillon voulait faire passer ton écuyer pour Bartolomeo. Ce n'est qu'après votre départ que j'ai appris que tu n'avais pas tué le frère d'Anna Maria, expliqua Guilhem au Saxon.

— Pierre, l'homme d'armes dont Hugues des Baux a fait pendre le fils, m'avait fait prévenir de la machination de Castillon. C'est lui aussi qui nous a permis de rentrer dans le château.

Il narra alors comment Pierre les avait conduits au souterrain, le désordre et les incendies qu'Ibn Rushd et Nedjm Arslan avaient semés dans le château, puis la triste fin de Pierre, enseveli sous les rochers avec le Perse. Ce fut ensuite le tour de Guilhem qui raconta comment il était venu en aide à Baralle en l'entendant crier dans la nuit, et ce qu'il était advenu. Bien sûr il ne dit mot du comportement de Roncelin, racontant seulement la mort de Castillon, massacré par Monteil. Il rapporta aussi la confession de Basile, et Ibn Rushd, à son tour, lui dit qu'il avait découvert l'empoisonnement au colchique.

Il y eut pourtant un sujet que Guilhem n'aborda pas : le fait qu'Anna Maria soit au service d'Innocent III. Locksley le savait-il ? Il demanda seulement à la jongleuse, avec une feinte indifférence :

— Où sont vos bagages, gente damoiselle ?

— Perdus ! Nous avons tout abandonné avec les chevaux en utilisant le souterrain.

— C'est dommage pour votre psaltérion...

— Sans doute, mais je le remplacerai, répondit-elle, insouciante.

Malgré l'obscurité, il se rendit compte qu'elle le regardait avec un sourire complice.

— J'ai aussi abandonné ma vielle, lui dit-il avec désinvolture.

C'est alors que les aboiements reprirent. Roncelin se mit aussitôt à courir.

— Non, seigneur ! Nous allons nous épuiser ainsi ! lui cria Locksley. Les chiens sont plus endurants que nous et nous rattraperont immanquablement. Cet endroit n'est pas plus mauvais qu'un autre pour qu'on en finisse.

Roncelin s'arrêta.

— Vous voulez combattre ? Dans le noir ? Mais c'est folie ! fit-il, interloqué.

— Ils seront aussi désavantagés que nous et ils ignorent combien nous sommes. Ils ne sont d'ailleurs peut-être pas très nombreux. Je vais mettre ma cotte de mailles et les attendre.

À part Roncelin, tous approuvèrent tant ils étaient épuisés. Durant l'attente, ils reprendraient des forces et ils seraient plus gaillards que leurs poursuivants fatigués par la poursuite.

Ils se placèrent en demi-cercle autour de Locksley, Anna Maria et Ibn Rushd restant en arrière. Chacun tenait solidement une arme et Locksley avait déjà une flèche empennée sur son arc et quatre autres à la main.

Les aboiements se rapprochèrent, la meute était lâchée. Si les trois chevaliers n'avaient pas peur, Roncelin et Bartolomeo étaient terrorisés, sans pour autant envisager de fuir. Anna Maria, une miséricorde à la main, priait le Seigneur et Ibn Rushd se fiait à la volonté d'Allah.

Ce furent plus les craquements dans les buissons que les aboiements qui leur indiquèrent que les bêtes arrivaient sur eux. Immédiatement après ils distinguèrent une haleine de viande pourrie, mais déjà les molosses les attaquaient.

Le premier dogue reçut une flèche dans le poitrail, les autres étaient trop près pour que Locksley puisse tirer à nouveau. Deux chiens sautèrent sur Guilhem et Hugues de Fer. Guilhem fendit le crâne du sien avant même qu'il parvienne à lui. Le second, de sa mâchoire puissante, saisit le viguier au bras mais sans parvenir à percer le haubert de fer. Ce fut Anna Maria, avec sa dague, qui lui trancha la gorge tandis qu'il se débattait.

Le combat cessa aussitôt, car il n'y avait que trois molosses. Dans un buisson, l'un d'eux remuait encore et geignait doucement. Guilhem abrégea ses souffrances d'un coup d'épée.

C'étaient les chiens qui dormaient dans la grande salle, remarqua-t-il en reconnaissant leur museau plissé. Des bêtes puissantes mais affectueuses tant qu'on ne leur demandait pas de se battre. Quel dommage que leur mort soit inutile, se dit-il en se souvenant de les avoir caressés.

Des appels retentirent :

— Rigault ! Souillard ! Perro !

— Où êtes-vous, bons chiens ?

Les voix se rapprochaient.

Devant ses compagnons stupéfaits, Guilhem se mit alors à grogner comme le faisaient les dogues, puis il aboya avec une telle véracité que Roncelin prit peur. Bartolomeo comprit ce que voulait faire Guilhem et aboya à son tour.

— Ils sont là ! lança une voix toute proche.

Entrant dans la clairière, celui qui venait de crier reçut une flèche dans la poitrine sans que ses compagnons s'en aperçoivent, car Bartolomeo aboyait à qui mieux mieux. Les autres s'approchèrent sans plus de méfiance et s'écroulèrent à leur tour sous les traits de l'archer.

— Attention ! cria enfin l'un d'eux, voyant tomber son voisin, c'est un guet-apens !

Fer s'était déjà précipité vers lui et le coupa en deux d'un coup de taille. Immédiatement, ce fut la débandade.

— Nous serons tranquilles un moment, souffla Guilhem. Le temps qu'ils retournent au château et ramènent du renfort, nous serons loin.

— Sauf qu'ils vont maintenant nous poursuivre à cheval, remarqua Roncelin sombrement.

Pendant qu'il s'inquiétait ainsi, Locksley récupérait ses flèches.

— Combien en as-tu ? lui demanda Guilhem.

— Moins de vingt.

— Ils seront certainement plus de vingt à notre poursuite.

— Sans doute. Sans chevaux, nous ne nous en tirerons pas, mon ami.

Pour la première fois, il s'était adressé à Guilhem chaleureusement, comme au temps de leur amitié.

Chapitre 32

Ils repartirent dans l'obscurité, toujours guidés par les étoiles qu'Ibn Rushd observait dès qu'elles étaient visibles.

Au bout d'une heure de marche, ils s'arrêtèrent un moment pour se reposer. Ils souffraient de la soif, n'ayant pas trouvé d'eau.

— Peut-être abandonneront-ils la poursuite, suggéra Fer. Qu'ont-ils à y gagner ? La vengeance ? Mais ce serait au prix de telles pertes ! Je ne crois pas valoir ça, ni Bartolomeo.

— Ils n'abandonneront pas, dit seulement Guilhem.

— Pourquoi êtes-vous si sûr de vous ? s'enquit Fer avec un brin d'agacement.

— Pour ça ! répliqua Guilhem en frappant sur le sac de cuir sur son épaule. Repartons, maintenant. Si on doit se battre, autant choisir l'endroit et les voir arriver.

Ils marchèrent encore plus de deux heures sur un terrain accidenté, sans presque parler tant ils étaient fatigués par le poids des hauberts et des armes.

Par instants, Ibn Rushd s'arrêtait et murmurait des mots dans sa langue avant de reprendre sa marche. Les autres le suivaient avec confiance, ignorant que le médecin ne savait plus où diriger ses pas. Les mots incompréhensibles qu'il marmonnait étaient des supplications à son dieu.

— *Bism-illâh-ir-Rahman-ir-Rahîm*[1]. *Wa bika asta'înu fîmâ yaqtarinu bih-in-najâhu wa-l-injâhu*[2]. *Bika astajîru*[3]...

Guilhem commençait à se douter qu'ils étaient perdus. Tant qu'il avait aperçu les étoiles, il était resté confiant, certain qu'à l'aurore ils auraient rejoint les marécages longeant la route d'Arles. Mais depuis une heure, ils traversaient une épaisse forêt, ne suivant que des sentes de bêtes sauvages. Il ne voyait que rarement le ciel et jamais suffisamment pour se repérer. Finalement, Ibn Rushd s'arrêta et s'assit sur une souche, découragé.

— Mes jambes ne me portent plus, dit-il. Attendons l'aube.

Ils l'imitèrent tant ils étaient épuisés. Roncelin sortit le pain et en coupa d'épaisses tranches qu'il distribua.

— Croyez-vous que nous trouverons de l'eau ? demanda Anna Maria à Guilhem.

— Certainement, mais quand ? Nous aurions dû arriver à l'étang qui longe le grand chemin.

— Ma foi, si nous sommes perdus, au moins les Baussenques ne nous trouveront pas, remarqua Roncelin qui craignait surtout d'avoir à se battre.

Pendant que les autres se reposaient, Locksley ôta son haubert et entreprit l'ascension d'un immense chêne. D'en haut, il aperçut une faible luminosité et cria qu'il y avait une étendue d'eau à quelques distance.

Ibn Rushd se leva aussitôt et Fer l'entendit murmurer :

---

1. Au nom d'Allah le Clément, le Miséricordieux.
2. C'est sur Toi que je m'appuie pour me conduire.
3. C'est près de Toi que je me protège.

— Merci Allah, le Très Miséricordieux, de nous avoir guidés dans le droit chemin.

Le viguier en fut troublé. Se pouvait-il que le dieu des infidèles leur soit venu en aide ?

Ils repartirent et arrivèrent au marécage quand l'aube chassait les ombres de la nuit. En pataugeant dans la vase au milieu de roseaux, ils parvinrent jusqu'à quelques flaques claires où ils se désaltérèrent avant de gagner une petite étendue rocheuse. Là, Ibn Rushd s'agenouilla pour prier, tandis que Guilhem cherchait la grand-route qui devait passer entre le marécage et un étang.

Ils la trouvèrent après une nouvelle heure d'errance. Désormais, ils n'avaient qu'à se diriger vers le soleil levant pour arriver à Maussane où ils pourraient acheter de la nourriture et, si Dieu leur venait en aide, un âne ou deux pour porter Ibn Rushd et Anna Maria.

C'est lors d'une nouvelle halte que Hugues de Fer demanda enfin à Guilhem ce que contenait ce gros sac qui paraissait si lourd et qu'il ne quittait jamais.

— J'aurais préféré vous le montrer une fois en sécurité, mais après tout, pourquoi pas maintenant ?

Il détacha l'épais cordon, sortit l'acte de vente des droits de Roncelin qu'il tendit à Hugues de Fer, puis poussa le sac vers Locksley.

— Prends là-dedans ce qui est à toi, dit-il simplement. Ensuite passe-le aux autres pour qu'ils se servent.

Tous se doutaient que le sac était plein d'objets de valeur que Guilhem avait pris au château. N'avait-il pas dit que les Baussenques n'abandonneraient pas la poursuite à cause de ce qu'il contenait ? Mais tous considéraient aussi qu'il avait acquis ce butin au péril de sa vie et qu'ils n'y avaient aucun droit. Aussi Locksley resta-t-il interloqué en fouillant dans le sac. Il y avait une fortune à l'intérieur, et Guilhem lui avait dit de prendre ce qu'il voulait !

— C'est à toi, fit-il en repoussant la grosse sacoche vers lui.

— C'est à nous, répliqua Guilhem en se tournant vers Hugues de Fer qui lisait le document avec une expression incrédule. Seigneur viguier, poursuivit-il, j'ai conservé cet acte pour que vous en preniez connaissance, mais maintenant que vous l'avez lu, détruisez-le.

Fer tendit l'acte à Ibn Rushd tout en jetant un regard gêné à Guilhem.

— Sur ma vie ! Je vous dois beaucoup, généreux Guilhem… Non… Je vous dois tout. Et pourtant, à ma grande honte, je vous ai traité de félon…

Il inspira profondément et reprit.

— … J'avoue ma confusion de vous avoir si mal jugé. Me pardonnerez-vous ?

Guilhem ne répondit pas de suite, car il cherchait ses mots.

— Voyez-vous, viguier, dit-il enfin, en quinze ans, j'ai appris à survivre parmi des bêtes féroces dont vous ne pouvez même pas imaginer la sauvagerie. Les moyens que j'utilise ne seront jamais les vôtres. Je l'ai dit à Robert quand il a quitté le château : j'ai toujours choisi de donner une chandelle à Dieu et une autre au diable. Quant à mon serment de fidélité à Hugues des Baux, non seulement donner sa foi pour sauver sa vie est sans valeur mais il est admis à Toulouse de revenir sur sa parole quand les nécessités changent.

Il se tourna vers le Saxon qui l'écoutait avec gravité.

— Dans ce sac, j'ai vidé le contenu de la cassette que t'a volée ton écuyer. Tu reprendras tes cinq cents pièces d'or. J'aimerais aussi qu'Anna Maria choisisse un bijou, elle l'a mérité (il sourit), et pour le reste, nous partagerons en parts égales, y compris les cinq mille sous d'or que Roncelin a reçus.

Il s'adressa à lui :

— Nous sommes venus vous libérer, noble vicomte, aussi cet or sera notre récompense. Vous n'avez pas besoin de cet argent, puisque vous conservez la vicomté.

— Pourquoi partageriez-vous avec nous ce que vous avez gagné ? s'enquit Locksley.

— Parce que c'est ma morale, répliqua Guilhem avec un regard impénétrable.

Le silence s'installa, tant ils étaient émus par la noblesse du troubadour que certains avaient pourtant accusé de déloyauté.

— J'échangerais volontiers ma part contre un souper, plaisanta Bartolomeo pour mettre fin au mutisme embarrassant. Mes entrailles souffrent de malefaim !

C'est à ce moment qu'ils entendirent le sourd tumulte d'une lointaine galopade.

Ils se levèrent d'un même mouvement.

— Tête Dieu ! Nous ne sommes pas encore tirés d'affaire ! s'exclama Fer.

La route se déroulait devant eux. Toute droite, avec de profondes ornières dans le pavement romain, aussi virent-ils les cavaliers arriver de loin. Une douzaine d'hommes équipés en guerre qui allaient au trot, avec en tête un étendard à l'étoile aux seize rayons.

Robert de Locksley enfila rapidement son gant et prit quelques flèches dans son carquois. Il devait y avoir cinq cents pieds avant le premier cavalier, celui qui tenait la bannière. Le Saxon s'agenouilla et tendit son arc jusqu'à ce que l'empennage en plume d'oie touche sa joue, puis il lâcha la corde qui claqua. Le trait siffla en fendant l'air et le porte-guidon tomba, atteint dans la poitrine.

Aussitôt la troupe s'arrêta et se débanda pour se mettre hors de portée. Locksley n'avait pourtant pas tiré un second trait. Il était content de ce coup-là, sur une si grande distance, et il ne voulait pas courir le risque de gaspiller une précieuse flèche.

Ils virent alors un des cavaliers partir au galop dans l'autre sens. Sans doute allait-il chercher des renforts.

— Vous feriez mieux de vous rendre ! lança une voix arrogante qu'ils reconnurent pour celle d'Arnaud de Coutignac.

— Dieu me damne ! persifla Robert de Locksley d'une voix de stentor. Vous venez de perdre un de vos hommes et vous nous donnez des conseils ? Ne vous a-t-on pas appris qu'il faut semer pour recueillir ?

— Qu'espérez-vous ? D'ici deux heures, nous serons cent ! Où pouvez-vous aller à pied ?

— Ma foi, chevalier, lança Guilhem à son tour, nous avons déjà occis bon nombre de gens d'armes des Baux et nous ne sommes pas meurtris. Vous nous tuerez, peut-être, mais vous serez nombreux à nous accompagner au royaume des taupes !

— Auparavant, je vous ferai écorcher vif pour votre forfaiture !

— Coutignac, vous m'insultez en imaginant que je me laisserai prendre facilement quand vous êtes incapable de défendre votre seigneur !

— Vous payerez cette insulte au centuple ! rugit Coutignac.

— Certainement ! Demain… Plus tard… À Pâques ou à la Trinité ! railla Guilhem. Ignorez-vous donc qu'il vaut mieux l'œuf aujourd'hui que demain la poule ? À moins que vous ne soyez un lâche !

— Que voulez-vous ? Dites-le-moi ! s'étouffa Coutignac, fou de rage.

— Que si vous aviez un peu de cœur, vous n'attendriez pas d'être cent, vous défendriez votre honneur ici, en champ clos !

— Un duel ?

— Qui parle de duel ? Que l'ordalie de Dieu désigne le plus honorable de nous deux. Si je l'emporte, vos hommes nous donneront des chevaux et nous laisseront partir, sinon, nous nous rendrons sans combattre, et vous y gagnerez les cinq mille pièces d'or que j'ai pris à votre seigneur.

L'autre parut hésitant et ne répondit pas, aussi Guilhem glissa-t-il à Robert de Locksley :

— S'il accepte et que je succombe, ne respectez pas ma parole et tuez-en le plus possible ! Ne laissez pas Anna Maria entre leurs mains.

— Je relève votre défi ! répondit Coutignac. J'accepte une joute à pied, à l'épée et au bouclier à mi-chemin entre nous. Mais je serai avec un sergent d'armes. Comme je me méfie de votre félonie, je veux que le comte de Huntington combatte aussi pour éviter toute traîtrise.

— Raté ! murmura Guilhem en passant sa main dans sa barbe, conscient qu'il avait trop sollicité sa chance.

— Proposez de remplacer Locksley, Fer, fit-il entre ses dents. Racontez qu'il a été mordu par un des chiens. Dites que Bartolomeo vous accompagnera avec l'arc et les flèches de Robert, puisqu'il craint une trahison de notre part.

Fer le considéra, interloqué.

— Allez-y, faites-moi confiance !

— Je suis le viguier de Marseille, cria Fer. C'est moi qui combattrai avec Guilhem d'Ussel, car le comte de Huntington a été mordu par vos chiens. Le jeune Bartolomeo portera l'arc et les flèches du comte pour que vous soyez assurés de notre bonne foi.

Il y eut un silence. Coutignac consulta quelques-uns de ses hommes pour évaluer si Fer pourrait être un adversaire redoutable. Mais après quatre jours passés au fond d'un cachot, son sergent lui assura qu'il serait facile à vaincre, aussi accepta-t-il.

— Eux aussi doivent préparer quelque traîtrise, dit Guilhem à Locksley, attendez-vous à tout.

Il enleva son gambison et revêtit la cotte de mailles du Saxon. Comme le seul bouclier était celui de Roncelin, il prit le marteau de fer à trois pointes. En se dirigeant vers leurs adversaires, il expliqua à Bartolomeo, qui l'accompagnait avec l'arc et les flèches, ce qu'il attendait de lui.

— Comme je n'ai pas de bouclier, j'ai pris un marteau, dit-il à Coutignac, quand ils se retrouvèrent à mi-chemin.

Le chevalier des Baux regarda la masse à pointes. C'était une arme de piéton, lourde et épuisante à manier. Elle ne remplacerait pas un bon écu, aussi opina-t-il avec satisfaction.

Coutignac était le plus âgé des quatre combattants. Mais il était de haute taille et avait des muscles puissants. Il portait un haubert, un camail et un chapel rond à nasal. Son valet d'armes, plus petit, était large d'épaules, barbu, peu soigné, avec des traits rudes et grossiers. Mais s'il avait été choisi, c'est qu'il était redoutable, se dit Guilhem.

S'étant placés aux quatre angles d'un carré de deux toises de côté, ils attendirent que Bartolomeo lance la formule traditionnelle :

— Faites votre devoir, preux chevaliers !

Ensuite ce fut l'ordre : « Laissez aller ! » qui marqua le début du combat.

Durant un moment, les quatre hommes s'observèrent. Brusquement, le sergent d'armes se jeta sur Hugues de Fer en le frappant avec rage de son épée.

Le viguier s'y attendait, aussi c'est son bouclier qui reçut le coup et l'autre fut légèrement déséquilibré.

Guilhem attaqua aussi le premier, assénant de toutes ses forces un coup de marteau sur le lourd écu de Coutignac, avec la pointe la plus tranchante de la masse, tandis que son épée, brandie de la main gauche, heurtait avec violence celle de son adversaire dans une gerbe d'étincelles.

Comme il l'avait espéré, la pointe pénétra facilement le fer de l'écu. Aussitôt, il la retira en reculant d'un pas, tandis qu'il faisait pivoter le manche du marteau dans sa main et attendait le prochain coup.

Pendant ce temps, le combat entre les deux autres faisait rage. Fer rompait maintenant sous la violence des coups du sergent d'armes, plus lourd, plus fort et surtout en meilleure condition que lui.

Coutignac frappa enfin d'un coup de taille. Guilhem para et asséna à nouveau sa masse sur l'écu, plantant la pointe en bec de faucon dans le bouclier. D'un mouvement rapide, il tira vers lui l'écu prisonnier du bec. Pour se libérer, le chevalier des Baux dut abandonner son bouclier qui tomba au sol. Malgré le nasal, Guilhem vit la peur apparaître sur le visage de son adversaire. Il le frappa alors d'un coup de taille et, en même temps, il accrochait avec le bec de la masse la large garde de la lame du chevalier baussenque. D'un coup rapide, il la lui arracha.

L'ayant désarmé, Guilhem lui asséna un violent coup de plat d'épée dans le flanc, puis dans les jambes, et Coutignac tomba à genoux.

— Sergent, jetez votre arme ou je l'égorge ! lança Guilhem.

Le sergent était sur le pont de vaincre Fer, mais voyant son seigneur défait, il s'exécuta.

— Allez chercher les chevaux que nous avons gagnés, ordonna Guilhem.

— N'y va pas ! lui interdit Coutignac, honteux d'avoir été vaincu. Laisse-le me tuer ! Ils ne doivent pas partir d'ici.

C'était bien ce que Guilhem craignait. Il enfonça l'extrémité de son épée dans la bouche du chevalier, de façon telle qu'il ne puisse ni bouger ni parler et dit simplement à Bartolomeo :

— À toi !

Le jongleur s'approcha d'eux et cria avec la voix de Coutignac, tout en dissimulant sa bouche.

— Je suis vaincu ! Mettez pied à terre et que l'un de vous amène sept chevaux.

Guilhem observait les cavaliers, hésitant à exécuter l'ordre qui devait sans doute contredire ce qu'ils avaient entendu avant le combat.

— Si vous n'obéissez pas, je lui tranche les poignets ! cria-t-il.

— Non ! Pitié ! gémit la (fausse) voix de Coutignac ! Obéissez, marauds, ou je vous ferai aussi trancher les mains !

Sous cette menace, tous sautèrent au sol et l'un d'eux rassembla les montures. Coutignac tentait de se débattre mais à chaque mouvement qu'il faisait, sa bouche s'ensanglantait un peu plus. Quant au sergent, Fer l'avait fait mettre à genoux, la tête maintenue contre le sol par son épée.

Les chevaux arrivèrent, conduits par un homme à pied.

— Bartolomeo, laisse-nous deux montures et file avec les autres. Nous vous rejoindrons.

L'Italien s'exécuta. Quand Guilhem vit que ses compagnons étaient tous en selle, il dit à Fer qu'il pouvait partir à son tour. Le viguier ramassa les armes et monta sur un des chevaux.

Fer libéra alors Coutignac.

— Il n'y a si bonne compagnie qu'elle ne se sépare ! lui dit-il ironiquement, sautant sur le dos du dernier cheval.

Le chevalier tenta de se relever, son visage n'était que haine et fureur. De sa bouche meurtrie et sanguinolente, il cracha :

— Dieu me damne, Ussel, je vous retrouverai, fussiez-vous caché au bout du monde !

— Vous n'aurez aucune peine, je ne suis qu'un troubadour, répliqua Guilhem avec un grand sourire épanoui, mettant sa monture au galop.

Chapitre 33

Sans forcer leurs montures, en faisant tout de même le moins de haltes possible par crainte d'être rattrapés, ils chevauchèrent jusqu'au castrum de Sallone où ils demandèrent au vicaire l'hospitalité pour la nuit. Comme lors de leur premier passage, l'archevêque d'Arles voulut les recevoir avec honneur, mais étant arrivés bien après le souper, ils dînèrent dans leur chambre, une grande pièce à plusieurs lits.

Ce fut un joyeux souper, tout en rires et en chansons, avec des vins capiteux et abondants. On ne leur servit ni porc ni sanglier, mais de l'agneau rôti et du cabri en ragoût ainsi que du poisson pêché dans les étangs proches. Anna Maria chanta quelques couplets, accompagnée de Guilhem. Bartolomeo se livra à une désopilante imitation d'un dialogue imaginaire entre Locksley et Rostang de Castillon sur la meilleure façon de tirer à l'arc. Seul Roncelin resta taciturne.

Le seigneur de Marseille retrouvait la liberté, mais aussi ses dettes et ses créanciers. En le voyant si sombre, Hugues de Fer songea que c'était sans doute pour ces dernières raisons que le vicomte ne participait pas à l'allégresse générale. Il ne se doutait pas que l'amertume de Roncelin ne venait pas de ce qui l'attendait, mais du comportement qu'il avait eu envers les deux femmes qu'il n'avait pas su protéger.

C'est à la fin de ce repas, tandis que les serviteurs étaient tous sortis après leur avoir laissé des pommes et des massepains, qu'ils parlèrent pour la première fois de l'avenir. Locksley annonça à ses compagnons qu'il reprendrait la route dans les jours prochains pour rejoindre le roi Richard et qu'Anna Maria l'accompagnerait, car elle avait accepté de l'épouser. Bartolomeo le savait déjà, sa sœur lui ayant dit qu'ils partaient en Angleterre. Par contre, elle ignorait que, pour la première fois de sa vie, son frère ne souhaitait pas faire comme elle, aussi resta-t-elle pétrifiée quand il déclara qu'il ne les accompagnerait pas.

— Mais, Bartolomeo, tu as besoin de moi ! fit-elle comme une évidence.

— Ma chère sœur, cette aventure m'a ouvert les yeux, répondit-il. J'ai été battu, emprisonné, presque pendu et attaqué par des chiens féroces. Pourtant j'ai survécu. Je suis donc capable de vivre seul, car que pourrait-il m'arriver de pire ? Épouse le seigneur de Huntington et sois heureuse. Je t'ai trop longtemps empêchée de connaître le bonheur.

Elle ne sut que répondre, sinon pour lui demander :

— Vas-tu rentrer à Rome ?

— Non, ma sœur, sourit-il. Le seigneur Guilhem m'a proposé d'entrer à son service.

En effet, en chevauchant sur la route de Sallone, Guilhem avait parlé à Bartolomeo. Il savait combien le frère et la sœur étaient proches, mais il devinait aussi que le comte de Huntington n'avait guère envie de s'encombrer d'un beau-frère toujours à attendre que sa sœur lui dise ce qu'il devait faire. Or lui-même avait besoin d'un écuyer et d'un compère quand il jouait à la cour de Saint-Gilles. Même s'il paraissait peureux, Bartolomeo avait montré son courage et sa détermination. De plus le jeune Italien était fidèle et vigoureux, et surtout il possédait de véritables talents d'acrobate et d'imitateur. Guilhem savait qu'il ne trouverait jamais un meilleur serviteur.

Interloquée, Anna Maria considéra Guilhem avec une nouvelle attention, prenant conscience qu'elle ne connaissait pas vraiment cet homme qui lui prenait son frère. Il était généreux et en même temps impitoyable, il jouait de la musique aussi bien qu'elle, il chantait remarquablement juste, il était d'une force peu commune aux armes et... il était le seul à l'avoir percée à jour. Qui était-il vraiment ? Que deviendrait son frère avec un tel maître ? En la voyant ainsi désemparée, Guilhem devina ses interrogations et ses craintes.

— Peut-être est-il l'heure de la vérité, mes amis... Je devine que certains d'entre vous s'interrogent, se demandent même qui je suis... Je dois donc vous avouer que je ne vous ai pas tout dit...

Fer dressa une oreille attentive. Comme les autres, il avait décelé chez le troubadour une part obscure qu'il n'avait pu percer. Guilhem d'Ussel semblait n'avoir ni foi ni morale et pourtant sa loyauté était inébranlable. C'était un homme étrange, impossible à déchiffrer.

— Chevalier je suis, troubadour aussi. Je suis bien marseillais. J'ai bien été capitaine chez les seigneurs Mercadier et Cadoc. Sur tout cela, je ne vous ai pas menti. Mais je suis aussi un serviteur du comte de Toulouse, Raymond de Saint-Gilles. C'est lui qui m'a envoyé en Provence. Hugues des Baux lui avait assuré que le vicomte de Marseille était sur le point de lui vendre ses parts sur la ville et il lui demandait une alliance. Avant de décider, mon maître désirait savoir ce qu'il y avait de vrai dans cette entreprise.

Tandis qu'il poursuivait en expliquant les craintes du comte, cerné par de trop puissants voisins, Roncelin intervint, prenant pour la première fois la parole durant le souper :

— Raymond de Saint-Gilles ne sera peut-être pas content d'apprendre ce que vous avez fait à Hugues des Baux, s'il envisageait de s'allier avec lui.

— Peut-être. Mais je lui répondrai que si, à sept, dont une femme et un vieil homme, nous l'avons défait, c'est qu'il n'aurait jamais été un allié crédible. Je suis sûr que le comte comprendra.

Même Roncelin sourit.

— Pour aller en Aquitaine, il serait prudent que vous fassiez le chemin avec Guilhem si vous partez demain, suggéra Hugues de Fer à Locksley.

— Nous ne sommes pas pressés. Je veux toujours disposer de cinq ou six lances pour rejoindre Richard et j'engagerai des hommes d'armes à Marseille grâce à l'or que Guilhem m'a donné. D'ailleurs, n'avons-nous pas un travail à terminer là-bas ? Il reste à punir celui qui vous a vendu à Castillon.

— Il sera sage en effet de traverser le fief des Baussenques avec une forte troupe, même si Castillon est mort, reconnut Guilhem. Quant au félon, j'ai une lettre à vous montrer.

Il sortit de sa heuse le parchemin pris dans le dressoir de Hugues des Baux et le donna au viguier qui le lut deux fois avant de dire :

— Ainsi, c'était lui ! Je m'en doutais, mais comment a-t-il pu tomber si bas ? murmura Hugues de Fer.

Il donna le nom du traître et expliqua à ceux qui ne le connaissaient pas quelle place éminente il tenait à Marseille.

— Je saurai le châtier, poursuivit-il, mais ce ne peut être lui qui vous a demandé de me faire disparaître, noble Guilhem, puisqu'il savait que Castillon m'attendrait. Il y a donc deux félons dans cette ville.

— De quoi parlez-vous ? demanda Anna Maria.

Guilhem lui raconta comment un moine de Saint-Victor lui avait demandé de faire disparaître Hugues de Fer.

— ... Ce n'est pas tout, poursuivit-il. À peine ce moine était-il parti qu'on m'a attiré dans l'écurie de l'auberge où deux ribauds ont essayé de me tuer. Sans Robert, je ne serais pas ici.

— Ils voulaient vous voler ? intervint le vicomte Roncelin.

— Non, je suis bien trop pauvre. Ils travaillaient pour quelqu'un, j'en suis certain.

— Qui ? demandèrent-ils d'une seule voix.

— Je n'ai trouvé qu'une explication satisfaisante. Constance Mont Laurier m'avait proposé le mariage si je ramenais l'assassin de sa sœur. Cet homme n'a pas pu supporter que je puisse prendre la place qu'il briguait, sourit Guilhem.

— Un jaloux ? ironisa Locksley tandis qu'Anna Maria et Bartolomeo regardaient Guilhem, les yeux écarquillés de surprise.

Guilhem hocha la tête.

— Le mariage aura-t-il lieu, maintenant que Castillon est mort ? demanda Anna Maria, à la fois amusée et curieuse.

— Ce sera à Constance de décider, répliqua énigmatiquement Guilhem. Parlons plutôt de celui qui voulait votre disparition, seigneur viguier. Voici ce que je propose : rentrons dans Marseille sans vous et annonçons votre mort. Le moine viendra me voir à l'auberge pour chercher sa bague et nous le saisirons à ce moment-là.

— Quelle bague ? demanda Anna Maria qui aimait bien les bijoux.

— Il m'a laissé une bague en gage, pour me convaincre que je serais payé si je revenais sans le viguier.

En parlant, Guilhem détacha la bague attachée à son cou par une chaîne et la posa sur la table.

— Il m'a dit qu'elle valait cinq cents sous d'or, qu'en pensez-vous ?

Anna Maria se la fit passer par Robert de Locksley et l'examina.

— Je la reconnais, laissa-t-elle échapper au bout d'un instant.

— Vous l'avez déjà vue ? s'enquit Fer.

Anna Maria ne répondit pas tout de suite, réfléchissant aux conséquences de sa réponse.

— Je l'ai vue... Oui... Sans doute est-il temps pour moi aussi de dire la vérité, soupira-t-elle. D'ailleurs Robert et Guilhem la connaissent déjà. (Elle inspira profondément.) Mon frère et moi sommes venus à Marseille pour rencontrer le seigneur Roncelin.

Celui-ci considéra soudain l'Italienne avec attention.

— C'est notre saint pontife qui nous avait envoyés. Notre père était le cardinal Ubaldi, et Innocent III a pensé que nous ferions d'insoupçonnables messagers. J'avais une lettre, que j'ai détruite, pour le seigneur Roncelin. Rome lui proposait vingt mille sous contre ses droits sur la ville. Plus, même, s'il trouvait que c'était insuffisant.

— Pourquoi ne pas me l'avoir dit ? demanda Roncelin, sans cacher son mécontentement.

— J'ai jugé que mon frère et moi avions payé trop cher le fait d'être les envoyés du pape, noble vicomte. Je serais cependant venue tout vous avouer avant mon départ.

— Où avez-vous vu la bague ? demanda alors Fer avec impatience.

— Quand nous avons appris que le seigneur Roncelin avait disparu, nous sommes allés à l'évêché demander conseil au juge ecclésiastique, Michel de Castellaire. C'est le *camerarius* du pape qui nous avait conseillé de nous adresser à lui, car il avait la confiance du Saint-Père. Le juge nous a conseillés de partir avec le seigneur Fer pour délivrer le vicomte. C'est à cette occasion que j'ai vu cette bague sur la table de sa chambre.

— Moi qui ai toujours agi pour le bien de Marseille, je n'aurais jamais pensé faire du tort à tant de monde, remarqua Fer avec amertume.

Il ajouta après un silence.

— Je rencontrerai Michel de Castellaire en arrivant à Marseille.

Deux jours plus tard en début d'après-midi, Guilhem se rendit seul chez Constance Mont Laurier. Il l'aperçut sur l'esplanade où l'on faisait sécher les peaux, veillant à ce qu'on attache correctement des ballots sur le dos d'un âne.

Tandis qu'il approchait, en haubert et cervelière avec sa longue épée de taille à la selle de son palefroi, les ouvriers s'arrêtaient de travailler ou interrompaient leur conversation tant ils étaient surpris, car il ne venait jamais de chevalier dans le puant quartier des tanneries.

Constance resta pétrifiée quand elle le vit et les ouvriers qui l'entouraient s'éloignèrent.

— Que le Seigneur soit avec vous, Constance, dit-il.

— Qu'il vous garde aussi, seigneur chevalier. Vous êtes revenu depuis longtemps ?

— Je suis arrivé il y a moins d'une heure, et je suis venu aussitôt pour vous parler.

Une ombre fugitive brouilla les traits de la jeune femme.

— L'avez-vous trouvé ?

— Je l'ai trouvé, dit-il en plantant son regard dans le sien.

— L'avez-vous ramené ? s'enquit-elle, pleine d'espoir.

— Non, il est mort, mais sa mort a été pénible.

Un soupçon de déception traversa le visage de Constance.

— Étienne, occupe-toi du chargement et veille à ce que la barque soit chargée ce soir. Puis-je vous offrir l'hospitalité, chevalier ?

Il laissa son cheval à un ouvrier et la suivit dans sa maison.

— Je vois que vos affaires sont prospères, plaisanta-t-il.

Elle essuya ses mains au tablier qu'elle portait sur son bliaut.

— Je vendrais deux fois plus de peaux si on nous laissait en acheter à d'autres qu'aux bouchers de la ville. Mais je suppose que vous ne venez pas me voir pour parler de mon commerce.

Comme la dernière fois, des servantes travaillaient dans la grande pièce et elle le fit monter dans sa chambre par l'échelle. Comme la dernière fois, elle le conduisit au banc devant la fenêtre, en passant entre les ballots de peaux.

— C'est là que nous nous installions avec ma sœur quand nous avions à parler de la tannerie, expliqua-t-elle. Au milieu de ces monceaux de peaux tannées qui sont notre fortune et notre raison d'être. Nous étions seules, mais par la fenêtre nous pouvions surveiller les ouvriers dans la cour…

Elle s'assit et lui fit signe d'en faire autant. Son visage ne reflétait rien.

— ... Mais Madeleine n'est plus sur cette terre, et je n'ai plus personne avec qui parler, poursuivit-elle, le regard lointain.

Elle resta silencieuse un instant, puis lui prit les mains et lui ôta ses gants de cuir clouté.

— Je veux tout savoir.

— C'est une très longue histoire, dame Constance.

— Je veux l'entendre, et ensuite j'espère que vous me ferez l'honneur de rester à souper.

Il lui dit donc à peu près tout. Quelqu'un avait prévenu Castillon que le vicomte passerait la nuit à la tour de la Porte Galle avec une femme et sans escorte. Les Baussenques attendaient cette opportunité, car une fois prisonnier Roncelin n'aurait eu d'autre choix que de leur vendre ses parts de la vicomté contre sa liberté. Rostang de Castillon commandait la troupe des gens des Baux. C'est lui qui avait abusé de Madeleine pendant que le vicomte était maîtrisé. Mais celui qui avait averti les Baussenques de la présence de Roncelin voulait aussi se débarrasser de Hugues de Fer qui gênait ses desseins. Or le viguier était aussi un obstacle pour Hugues des Baux. Pour ces raisons, Castillon avait laissé un morceau de tissu à la comète dans la main de Madeleine. Le crime étant signé, tout devait ensuite être fait pour inciter Hugues de Fer à délivrer Roncelin. Il était tombé dans le piège, et arrivé aux Baux, il était attendu.

— ... Ou plus exactement, nous étions attendus...

— Qui pouvait en vouloir à notre viguier pour élaborer un plan si hideux ? Mais poursuivez plutôt, je vous questionnerai ensuite.

Il parla alors de ses compagnons, surtout de Nedjm Arslan qui connaissait le secret d'une poudre fabuleuse, puis il expliqua comment ils étaient entrés dans le nid d'aigle, et comment ils avaient été dénoncés.

— Savez-vous qui est le félon qui vous a livrés ?

— Oui, car il avait envoyé un message à Castillon lui annonçant notre arrivée, message que j'ai retrouvé et dont le viguier a reconnu l'écriture.

— Dites-moi son nom.

— Demain, il y aura réunion des consuls et Hugues de Fer le mettra en accusation. Je ne peux vous livrer son nom avant.

Elle parut accepter sa réponse et hocha la tête.

— Vous ne voulez pas savoir ce qu'il est advenu de Castillon ? lui demanda-t-il avec un sourire complice.

— Je n'osais le demander, répliqua-t-elle en lui serrant les mains.

— Le félon avait donc prévenu Castillon et Hugues des Baux de notre venue, mais il croyait que nous n'étions que trois…

Il raconta alors la capture de Hugues de Fer, puis comment lui-même avait failli être pendu et comment Robert de Locksley avait gagné Anna Maria lors d'une joute à l'arc. Enfin ce fut le récit de la dernière nuit, comment il était allé protéger Baralle qu'il croyait battue par son mari, et comment le garde du corps de Hugues des Baux avait massacré à coups de masse l'assassin de Madeleine.

— Comme vous le voyez, ce n'est pas moi qui ai châtié l'assassin de votre sœur, conclut-il.

— Il est mort, et mon cœur est joyeux, dit-elle, mais hélas ma vengeance n'est pas accomplie.

— Je suis venu vous voir pour une autre raison, Constance. Avant mon départ, on a tenté de me tuer. J'ai toutes les raisons de croire que c'est l'un de vos proches qui est jaloux de moi et j'ai besoin de vous pour l'identifier.

— Que dois-je faire ?

Chapitre 34

C'était la nuit, profonde et hostile. Ils étaient seuls dans la chambre éclairée par deux falots.

Viendrait-il ? Il devait venir ! se répétait-il. Il ne pouvait s'être trompé. S'ils ne venaient pas, quelle confiance aurait-elle envers lui ?

Nue, elle dormait dans son lit, après s'être donnée à lui. Revêtu de sa cotte de mailles, il était sur le banc qu'il avait repoussé contre le conduit de la cheminée, surveillant l'échelle, épée à portée de main.

L'aimait-elle ? Elle n'avait rien laissé paraître, et quand il lui avait dit qu'il repartirait, elle n'avait pas cherché à le retenir.

Il avait, croyait-il, éprouvé tous les maux de la vie. Il était revenu des Baux douloureusement meurtri, et cependant il ressentait quelque chose de plus cruel que tout ce qu'il avait éprouvé. Une passion inconnue d'une violence presque insupportable.

Il n'avait cessé de penser à elle depuis son départ, huit jours plus tôt, et s'il était revenu à Marseille, c'était plus pour la revoir que pour toute autre raison. Quelle dérision ! Comment lui, qui chantait l'amour et la passion depuis des années, et qui en connaissait toutes les embûches, pouvait-il être tombé dans les filets d'une femme au cœur de pierre ?

Accablé de désespoir, il se souvenait de ses paroles. Elle voulait écorcher vif celui qui avait causé la mort de sa sœur. En même temps, il tentait de se convaincre que ce n'était qu'une vaine menace, qu'elle ne pouvait être aussi féroce. Après le souper, ne lui avait-elle pas proposé de venir dans sa couche ? Mais peut-être avait-elle considéré cela comme une récompense pour avoir découvert l'assassin de sa sœur.

Pourrait-il être heureux avec une femme comme elle ? Pourrait-il oublier ce qu'il avait connu ? Pouvait-on révoquer le passé ?

Ces questions embrumaient son cerveau et le sommeil le gagnait quand la fenêtre vola en éclats.

Il ne s'y attendait pas, persuadé qu'ils arriveraient par la porte. Il fut instantanément debout. Déjà ils étaient deux, non trois, dans la pièce, porteurs de fauchards et d'épieux, décidés à l'embrocher ou à le tailler en quartiers. Il se jeta devant eux, épée en main, pour les empêcher d'arriver jusqu'au lit.

Le fracas la réveilla et elle se mit à hurler, tandis qu'il tranchait son plus proche assaillant d'un violent coup de taille. Les autres reculèrent et il parvint à sonner du cor attaché à son cou.

Mais de nouveaux assaillants arrivaient par la fenêtre. Combien étaient-ils ? Il ne pouvait plus les compter maintenant qu'il avait reculé dans l'ombre des ballots de peaux. La seule chose dont il était sûr est qu'ils étaient beaucoup trop nombreux pour lui.

Il y eut un bref répit pendant qu'ils se rassemblaient pour l'attaquer tous ensemble avec leurs guisarmes et leurs épieux. Il eut donc le temps de sonner à nouveau du cor, mais, sans doute furieux qu'il donne l'alerte, ils se jetèrent sur lui de tous côtés. Malgré sa cotte de mailles, il sentit une pointe lui taillader le bras et il fut contraint de reculer en faisant des moulinets. Mais ils se tenaient à distance et il ne heurtait que les hampes de leurs armes.

Enfin, il brisa un fauchard qui s'était trop rapproché et trancha le poignet de l'agresseur. L'homme hurla en voyant sa main tomber et ses compagnons s'arrêtèrent, épouvantés par le sang qui giclait et les cris d'effroi de leur compagnon.

— Qu'attendez-vous ? hurla une voix furieuse derrière eux.

Enfin leur chef était là ! Mais si on ne lui venait pas en aide, ce serait une amère satisfaction, se dit Guilhem.

Il porta encore le cor à sa bouche et sonna, ce qui provoqua un sursaut de pugnacité chez ses assaillants afin de le faire cesser. Il ne put que reculer.

Cette fois, ce fut Constance qui hurla. Même si le combat faisait rage et que Guilhem se battait comme un fauve, elle devinait qu'il ne pourrait tenir longtemps et qu'il lui arriverait ce qui était arrivé à sa sœur. Elle se recroquevilla au bout du lit, terrorisée et sanglotante.

Soudain, s'embrochant dans quelque objet, Guilhem perdit l'équilibre et tomba. Celui qui dirigeait ses agresseurs avait traîtreusement jeté une perche dans ses jambes. Les ribauds se jetèrent immédiatement sur lui pour le percer.

— Arrêtez ! Je veux voir à quoi ressemble celui qu'elle a préféré. Après elle sera à vous.

Constance reconnut la voix et en fut confondue. Lui ! C'était impossible !

Protégé par ses truands, l'homme s'approcha prudemment. Guilhem distingua une tête de furet qui lui était inconnue. Son rival était coiffé d'un chapeau plat et portait un long bliaut vert, serré à la taille par une large ceinture avec une aumônière. Entre ses mains, il égrenait les perles d'un chapelet d'ivoire à gros grains.

— Ainsi c'est vous que cette bagasse a choisi, fit-il en posant sur lui un regard indifférent. Vous n'aurez pas longtemps profité de votre succès.

— Qui êtes-vous ? interrogea Guilhem sans tenter de bouger, car la pointe d'un épieu était à quelques pouces de sa poitrine.

— Aurélien, c'est le syndic de notre corporation ! lança haineusement Constance.

Guilhem crut déceler un soupçon de mécontentement dans le visage impavide du syndic des tanneurs quand il se tourna lentement vers Constance qui avait tiré un drap pour couvrir sa nudité. L'attitude reptilienne de cet homme, cette sorte de torpeur venimeuse le firent frissonner. Avait-il couru tous ces dangers, livré tous ces combats pour que cet être froid le fasse clouer par un épieu et que Constance finisse violée comme sa sœur ? Il jeta des regards de détresse autour de lui, cherchant vainement un moyen de reprendre la lutte.

— Vous auriez dû accepter ma proposition, Constance, dit lentement Aurélien, les paupières mi-closes.

— Vous êtes un porc ! lui cracha-t-elle.

— Votre sœur aussi m'a dit ça. Et vous savez ce qui lui est arrivé. Mais réjouissez-vous, vous allez connaître les mêmes plaisirs ! fit-il un ton plus haut, comme s'il avait quand même été touché par l'injure.

Il se détourna d'elle, toujours en égrenant son chapelet.

— Le viguier sait que c'est vous ! lui lança Guilhem, vous feriez mieux de fuir tant que vous avez le temps.

— Hugues de Fer ne sait rien, répliqua Aurélien en secouant lentement la tête, et votre ami ne viendra pas à votre aide.

Il eut un sourire sans joie.

— Vous pensiez vraiment me tromper ? Garcine m'a prévenu qu'un de vos amis s'était fait engager par Aicart chez qui il logerait pour la nuit. J'ai donc pris mes précautions. Ce pauvre Aicart ne peut pas sortir de sa maison, pas plus que votre ami, et pour plus de sûreté, j'ai posté un arbalétrier qui abattra quiconque franchira sa porte.

— Vous êtes un démon ! déclara Guilhem après avoir respiré profondément. Mais je ne peux m'en prendre qu'à moi, car je vous ai sous-estimé.

— Je le crois, approuva le tanneur avec un sourire suffisant.

— Puisque c'est la fin pour moi, puis-je au moins savoir qui sont ces marauds ?

Aurélien se rengorgea légèrement.

— Je peux même vous faire la faveur de tout vous dire, puisque vous allez mourir. Tout a commencé quand, par charité chrétienne, j'ai acheté une peau de sanglier à un pauvre écorcheur qui mourait de faim.

Il désigna l'homme à l'épieu. Un être rabougri avec une barbe et une chevelure hirsutes. Guilhem remarqua surtout ses mains noueuses qui tenaient le manche serré. Il ne paraissait éprouver aucune émotion.

— Il se nomme Draguonet et gîte dans les bois, dans des huttes de branchages avec d'autres miséreux. Pendant longtemps, ils ont vécu de braconnage et de la vente des dépouilles des loups qu'ils tuaient. Cela jusqu'au jour où les bouchers se sont plaints de leur concurrence et que le viguier a interdit qu'on achète leurs peaux. J'ai été le seul à leur offrir un peu de compassion en continuant à commercer avec eux.

» Mais il y a quelques mois, Madeleine est venue se plaindre. Selon elle, je tannais bien plus de peaux que je n'en achetais aux bouchers. J'ai nié, mais j'ai prévenu Draguonet que je devais mettre fin à nos affaires. Cela signifiait la mort pour lui et ses amis. Évidemment, il y aurait eu un moyen de continuer à acheter des peaux si Madeleine avait été compréhensive. Aussi lui proposai-je de l'épouser, bien que je n'en éprouvasse aucun désir. Une fois unis, je lui aurais confié mon secret. Mais malgré tous les avantages qu'elle aurait eus avec moi, un homme d'expérience bien plus riche qu'elle, elle a refusé. Il ne restait donc qu'un moyen de sauver mes amis les écorcheurs : la faire disparaître. Je suggérais à Draguonet d'attaquer sa maison une nuit, mais il aurait fallu massacrer tout le monde et il refusa. Quant à la tuer ici, ou dans la rue, personne ne voulut s'en charger.

Une lueur de compréhension se fit jour dans l'esprit de Guilhem. Aurélien n'était pas seulement un homme jaloux...

— C'est alors que j'appris de Garcine, qui est ma maîtresse, que Madeleine rencontrait le vicomte à sa maison de la Porte Galle où il se rendait sans escorte. S'en débarrasser là-bas aurait été facile, mais Draguonet ne voulait pas s'attaquer au vicomte. Je désespérais donc de trouver un moyen jusqu'au jour où se tint un conseil de la ville durant lequel Hugues de Fer s'opposa une fois de plus à mon ami Ansaldi. Un peu plus tard, le procurateur, furieux et désespéré, me confia que la confrérie du Saint-Esprit ne pourrait jamais s'imposer à Marseille tant que le viguier serait là. Il en était très affecté, car cela aurait pour conséquence moins de soins pour les pauvres, pour les malades et pour les nécessiteux, ce qui mettrait indubitablement nos âmes en péril.

— Vous... C'est vous qui avez tramé tout ça ! gémit Constance qui venait de comprendre.

Aurélien la considéra d'un regard vide, en égrenant son chapelet.

— La confrérie était riche, poursuivit-il en se tournant vers Guilhem. Aussi je demandais au procurateur pourquoi il ne proposait pas à Roncelin de racheter sa part de la vicomté. Il serait ainsi le maître. Ansaldi me répondit qu'il avait approché le vicomte, mais que Roncelin lui avait répondu qu'il ne ferait jamais rien sans l'accord du viguier. Sans doute ayant besoin de s'épancher auprès d'un ami, le procurateur me raconta alors qu'en se rendant à Montpellier, il avait plusieurs fois logé chez Rostang de Castillon dont le frère voulait aussi racheter la part de Roncelin. Mais Hugues des Baux savait que c'était impossible, car le viguier ferait tout pour l'en empêcher. Ainsi, curieusement, Ansaldi et Hugues des Baux partageaient les mêmes appétits sur Marseille et la même animosité envers son viguier !

Le syndic des tanneurs s'adressa alors à Constance.

— Je songeais que Hugues des Baux pourrait facilement mettre la main sur Roncelin, quand il se trouvait à sa tour de la Porte Galle avec Madeleine. À cette occasion, nul doute que les soudards des Baux s'occuperaient définitivement de votre sœur et qu'ils feraient avec plaisir ce que Draguonet avait scrupule à exécuter.

Il eut un petit rire grinçant en remarquant les larmes de Constance.

— Une fois prisonnier, Roncelin aurait bien été contraint de vendre ses parts. Le procurateur trouva ma proposition judicieuse, sans s'inquiéter du sort de ceux qui seraient avec Roncelin. Mais il est vrai qu'ils ne comptaient guère ! C'est bien sûr par Garcine que je pus le prévenir suffisamment à l'avance de la prochaine rencontre entre les deux amants.

Ainsi Aurélien confirmait qu'Ansaldi était bien le félon qui les avait livrés. En même temps, Guilhem se maudissait d'avoir fait preuve d'orgueil en voulant confondre lui-même son rival. Un acte inutile puisque Hugues de Fer allait découvrir la vérité dans quelques heures en interrogeant Ansaldi. Par stupidité, il allait être la cause de la mort de la femme qu'il aimait. Sauf s'il pouvait encore faire parler Aurélien...

— Comment Ansaldi pouvait-il accepter un tel arrangement ? demanda-t-il. Une fois que Roncelin aurait vendu ses parts à Hugues des Baux, la confrérie n'aurait plus eu la moindre chance de les obtenir.

— Il y avait un accord secret que je n'ai pas cherché à connaître. Il restait tout de même un obstacle...

— Hugues de Fer, avança Guilhem.

— En effet, ce diable d'homme pouvait tout faire échouer.

— Il aurait surtout pu vous découvrir, remarqua Guilhem.

— Peut-être. Aussi je suggérais à Ansaldi un moyen de se débarrasser définitivement de lui. Si les ravisseurs de Roncelin laissaient sur place une trace les incriminant, cela inciterait le viguier à tenter de le délivrer. Hugues de Fer est tombé d'autant plus facilement dans ce piège que ses amis et les consuls lui ont demandé d'aller tirer Roncelin de sa prison, tant ils redoutaient sa disparition.

— En vérité, vous vouliez surtout que les Baussenques tuent ma sœur qui vous gênait. Vous saviez qu'ils ne laisseraient pas de témoins. C'était cela votre unique dessein ! cria Constance.

Aurélien l'ignora et demanda à Guilhem, sur un ton faussement affable, si ces explications lui suffisaient.

— Presque, maître Aurélien. Savez-vous que je vous admire ? Votre machination était incroyablement habile. Vous étiez débarrassé de Madeleine, de

Garcine si elle était restée, car les Baussenques l'auraient aussi tuée, et du viguier qui aurait pu découvrir votre rôle. Reste cette attaque dont j'ai été victime à l'auberge du Grand-Puits, c'était déjà vous ?

— Question inutile, puisque vous le savez ! Voyez-vous, j'avais demandé sa main à cette… bagasse, car je tenais vraiment à l'union de nos deux familles. Or, non seulement elle refusa, mais elle s'afficha avec vous, annonçant à Garcine que vous ramèneriez celui qui avait tué sa sœur et qu'elle vous épouserait pour vous récompenser ! Je décidais de la punir en vous faisant tuer, mais les deux écorcheurs de Draguonet se sont avérés incapables. Aussi, quand Garcine m'a dit que vous étiez de retour, et que vous alliez passer la nuit ici, j'ai décidé de recommencer, mais cette fois avec toute la bande d'écorcheurs. Certes, l'arrivée de l'Italien a éveillé mes soupçons, car je savais que vous étiez partis avec des jongleurs venant de Rome. J'ai donc pris mes précautions. Voilà pourquoi personne n'est venu à votre aide quand vous avez sonné du cor.

Il se tourna vers Constance :

— Vous auriez dû accepter, je n'aurais pas fait pire avec vous que ce que vous allez subir !

— Jamais ! cria-t-elle.

— Je crois que vous n'êtes pas son genre, Aurélien, persifla Guilhem qui venait d'entendre un claquement au rez-de-chaussée.

Brusquement en rage, le tanneur se raidit et se tourna vers Draguonet :

— Tue-le !

Chapitre 35

Guilhem avait expliqué à Constance que celui qui avait tenté de le faire assassiner était un rival. Si cet homme apprenait – et tout indiquait qu'il avait des espions chez les Mont Laurier – qu'il passait la nuit avec elle, il tenterait à nouveau de le faire disparaître.

Elle devrait donc annoncer à ses domestiques que Guilhem d'Ussel resterait dans sa chambre. Il lui avait cependant promis que ce ne serait qu'un leurre, qu'il resterait sur le banc à veiller. On sait qu'elle n'avait pas accepté et qu'elle lui avait proposé de partager sa couche.

Guilhem se doutait que le misérable ne viendrait pas seul. C'est là qu'intervenait Bartolomeo. Le jongleur s'était présenté dans la soirée sur la place des corroyeurs, racontant qu'il cherchait du travail, qu'il arrivait d'Italie en barque et qu'il connaissait bien le métier de tanneur appris à Pise. Prévenu par sa maîtresse, le contremaître des Mont Laurier l'avait aussitôt engagé.

Bartolomeo avait soupé avec toute la maisonnée. Guilhem avait fait semblant de ne pas le connaître, puis le jeune Italien était parti avec Aicart qui devait le loger.

La maison du contremaître était proche de celle de Constance. Étroite, elle ne possédait qu'une petite pièce en rez-de-chaussée ainsi qu'un grenier.

La nuit était à peine tombée quand un homme, solidement armé et porteur d'un grand arc, avait frappé à la porte d'Aicart qui l'avait vite fait entrer. C'était Robert de Locksley, car Guilhem n'avait jamais pensé que Bartolomeo serait un renfort suffisant si une bande armée attaquait la maison de Constance. En revanche, avec le Saxon, il était certain de venir aisément à bout de quelques truands.

Chez Aicart, personne n'avait dormi. Locksley avait donné un fléau d'armes et une courte épée à Bartolomeo. Le contremaître, prévenu qu'il aurait à se battre, avait préparé un de ses tranchoirs.

C'est au milieu de la nuit que le cor avait retenti. Ils s'étaient aussitôt précipités sur la porte qui s'ouvrait vers l'intérieur.

Celle-ci n'avait pas bougé, comme si elle était verrouillée. Ils l'avaient tirée de toutes leurs forces, sans succès. Finalement Aicart avait compris :

— Il y a un heurtoir de l'autre côté... Un anneau de fer forgé sur une tête de sanglier en bronze qui sert aussi de poignée. Quelqu'un a dû glisser une barre dans l'anneau. Si elle s'appuie sur les murs, à moins de la briser, on ne pourra pas ouvrir.

— La fenêtre ? proposa Bartolomeo.

Robert de Locksley la regarda, mais elle avait une épaisse grille de fer.

— Il y a une autre sortie ? s'enquit-il, terrifié par l'astuce de cet ennemi invisible qui les avait déjà immobilisés.

— Non, il n'y a que cette porte, répondit Aicart, désemparé.

— Il ne reste donc que le toit, il faut le démolir, décida Locksley en prenant la lanterne sur la table.

Ils montèrent par l'échelle. Aicart avait pris un gros marteau. Le grenier était envahi de peaux qui séchaient sur des cordes. Locksley examina la toiture, en planches mal dégrossies sur d'énormes poutres. Même avec une masse, ils n'en viendraient pas à bout rapidement.

— La lucarne ! s'exclama Bartolomeo en s'approchant d'une ouverture d'un pied de côté protégée par une peau de porc.

L'ouverture donnait sur la place des corroyeurs.

— Elle est trop étroite, personne ne peut passer par là.

— Je suis souple, je passerai ! affirma Bartolomeo. Il suffit de casser le dormant.

Il arracha la peau de porc, prit le marteau et commença à frapper, mais sans grand résultat.

— Vous vous y prenez mal, intervint Aicart en lui reprenant l'outil.

En s'installant confortablement devant la lucarne, le contremaître parvint à détacher peu à peu le bâti au fond de l'embrasure. Au bout de plusieurs coups, celui-ci commença à se détacher.

Locksley reprenait espoir quand le carreau d'arbalète pénétra dans l'épaule d'Aicart avec une telle violence qu'il le projeta en arrière. Le Saxon crut à une chute, et ce n'est que quand il vit le sang rougir la cotte du contremaître qu'il comprit.

— Pousse-toi, Bartolomeo, ils ont une arbalète ! cria-t-il.

En même temps, il tirait le serviteur de Constance qui venait de perdre connaissance. Le carreau était entré dans le muscle de son épaule et s'était planté sous la clavicule. Robert de Locksley attrapa à pleines mains la tige de fer et tira brusquement. Aicart hurla en reprenant conscience.

— Va arracher un morceau du drap de son lit, ordonna-t-il à Bartolomeo pendant qu'il pressait la plaie pour arrêter l'hémorragie. Sa chemise est trop sale pour que je le panse avec.

L'Italien s'exécuta et revint vite avec une bande de tissu. Locksley lui montra comment faire le pansement et le laissa terminer.

— Je descends. Quand tu auras fini, fais un mannequin avec des peaux et passe-le plusieurs fois devant le fenestron bien éclairé par la lanterne. Il faut que l'arbalétrier tire un nouveau carreau.

— Qu'allez-vous faire ?

Locksley ne répondit pas. Sur l'échelle, il entendit à nouveau le son du cor. Guilhem était toujours vivant.

En bas, dans le noir, il prit son arc, cinq flèches et ouvrit la fenêtre. Il savait qu'il serait invisible de l'arbalétrier.

Il observa la place presque totalement dans l'obscurité. D'où avait-il tiré ? À moins qu'il ne fût un excellent tireur, il devait être près, car une arbalète n'était guère précise. De surcroît, il n'y avait aucune raison pour qu'il se soit dissimulé puisqu'il savait qu'il ne risquait rien.

Il crut distinguer une ombre, puis entendit le claquement révélateur de la détente. Aussitôt, il tira sa volée de flèches dans la direction d'où venait le bruit. Le hurlement fut bref, mais révélateur. Il avait touché le tireur.

Il remonta dans le grenier, prit le marteau et finit rageusement de briser le dormant. Par précaution, Bartolomeo avait éteint la lanterne.

— Tu penses parvenir à passer ? demanda-t-il à l'Italien quand il eut fait basculer le cadre à l'extérieur.

— Oui.

— Tu devras sauter, c'est haut !

— Pas pour moi.

Bartolomeo ôta ses vêtements et s'engagea dans le trou. Il glissa d'abord la tête, puis, ayant enfilé le torse, il se retourna pour chercher une prise.

Pendant ce temps, Locksley interrogeait Aicart qui geignait doucement.

— Je vais chercher du secours, tiendrez-vous ?

— N'ayez pas de crainte pour moi, la douleur diminue. Sauvez seulement dame Constance, je vous en supplie.

Robert de Locksley le laissa et descendit. Bartolomeo avait retiré la barre, ouvert la porte et pris une épée. Ils partirent en courant chez Constance.

— J'ouvre et je tire, prévint Locksley. Tu achèveras les blessés.

Il appuya doucement sur le loquet pour ne faire aucun bruit et poussa lentement l'huis avec l'épaule. Une flèche était déjà empennée à son arc.

Il découvrit deux hommes avec des épieux, près des domestiques à genoux. La première flèche atteignit l'un des truands dans le dos. L'autre se retourna et reçut la seconde flèche dans l'oeil.

Ils s'écroulèrent. Déjà Bartolomeo était sur eux, épée haute pour leur trancher le col. Robert de Locksley mit un doigt sur sa bouche pour que personne ne parle. Une domestique désigna l'échelle. Le Saxon y courut en silence et commença à gravir les barreaux, une nouvelle flèche encochée, quelques autres en main.

C'est à cet instant qu'il entendit : « Tue-le ! » Ne pouvant plus attendre, il surgit dans la pièce, découvrit la scène et tira sur celui qui s'apprêtait à planter son épieu sur Guilhem.

Il avait tiré trop vite et le trait atteignit le truand à l'épaule. Immédiatement après, une seconde flèche se planta dans sa cuisse. Ensuite, Locksley tira calmement ses autres flèches sur les ribauds, les clouant tous sur les ballots de peaux.

À l'instant où Guilhem avait entendu le claquement de l'arc dans la pièce d'en bas, il avait compris que Locksley était enfin arrivé. Il roula sur lui-même, tandis que Draguonet enfonçait son épieu dans le plancher. Presque aussitôt, l'écorcheur s'écroula touché à l'épaule puis à la cuisse. En même temps, Guilhem saisit les jambes d'Aurélien et le fit tomber. Il lui martela alors le visage, lui brisant nez, pommettes et mâchoire.

— C'était juste, compère ! s'exclama Locksley en franchissant le dernier barreau de l'échelle.

Deux ou trois des écorcheurs avaient réussi à fuir, les autres agonisaient. Bartolomeo arriva à son tour, sa lame encore rouge, et les acheva.

— J'avais presque perdu espoir ! haleta Guilhem en se levant péniblement.

— Nous avons eu un contretemps, grimaça le Saxon. Me présenteras-tu à cette charmante dame ?

En même temps, Locksley faisait un pas vers Constance, toujours couverte de son drap, et s'inclinait devant elle.

— Constance Mont Laurier. Nous avons failli faire le grand voyage ensemble ! Constance, voici mon ami, le noble comte de Huntington.

— Dieu m'a exaucée ! balbutia-t-elle en éclatant en sanglots.

— Dieu ? ironisa Guilhem. Pour ma part j'avais deviné qu'il nous restait une chance quand Aurélien a parlé de mon ami. Il ignorait donc qu'ils étaient deux ! Voilà pourquoi je l'ai fait caqueter le plus longtemps possible, jusqu'à ce que j'entende le claquement de l'arc de Robert.

Il regarda Aurélien qui, le visage en sang, reprenait peu à peu conscience.

— Maintenant, ce pendard va nous raconter le reste.

— Est-ce nécessaire ? demanda évasivement Constance en se levant du lit.

Nue, ignorant les hommes qui la regardaient, elle enfila son bliaut avant de se diriger vers l'échelle qu'elle descendit.

Son comportement surprit Guilhem, mais il se dit qu'elle avait hâte de savoir si ses serviteurs n'avaient pas trop souffert de l'agression.

— Nous allons vous conduire chez le viguier, dit-il à Aurélien. Mais je crois qu'il aurait été préférable pour vous que mon ami vous tue.

Bartolomeo garrottait Aurélien quand Constance revint accompagnée d'Étienne et d'Aicart, le bras bandé, ainsi que de quelques ouvriers tanneurs qu'elle avait fait chercher.

Guilhem ne leur prêta pas attention. Il remarqua seulement le long couteau à écorcher qu'elle tenait.

— Nobles seigneurs, vous avez ma reconnaissance éternelle pour m'avoir sauvée et m'avoir livré celui qui est la cause des souffrances et de la mort de ma sœur. Maintenant, rentrez chez vous. J'ai un pénible travail à accomplir auquel il est inutile que vous assistiez.

En disant ces mots, elle planta son regard dans celui d'Aurélien. Lui aussi avait vu le couteau, il était tanneur et savait à quoi servait cette lame tranchante et effilée. De plus, il n'ignorait pas qu'elle avait annoncé autour d'elle qu'elle écorcherait vif le responsable de la mort de Madeleine.

Il lança un regard de terreur à Guilhem.

— Ne la laissez pas faire ! Au nom du Seigneur, je vous supplie de ne pas m'abandonner ! gargouilla-t-il avec sa bouche fracassée.

En plein désarroi, Guilhem considéra Constance. Dans la nuit, il avait fini par se convaincre qu'il pourrait l'épouser. Il venait de comprendre qu'il s'était aveuglé. Cette femme était aussi féroce qu'une lionne et n'éprouvait aucune pitié. Il s'était trompé en croyant pouvoir vivre avec elle.

Pour confirmer son jugement, elle lui lança un regard vide de toute humanité en lui disant brutalement :

— Aurélien est à moi. Il souffrira au centuple ce que j'ai ressenti. Seuls ses tourments pourront me guérir.

Elle se tourna vers ses hommes.

— Je voulais l'écorcher maintenant, mais je crois qu'il est préférable que tous les tanneurs y assistent. Emportez-le et attachez-le sur les perches, dans la cour. Je m'occuperai de lui demain matin. En attendant, jetez ceux-là par la fenêtre.

Elle avait désigné les écorcheurs cloués sur les peaux, dont deux gémissaient.

Que pouvaient-ils faire ? Se battre contre les tanneurs ? Tuer ou se faire tuer pour un être qui n'en valait pas la peine ? Guilhem fit signe à Robert qu'ils devaient se retirer. Bien que n'ayant pas entièrement compris ce qui se passait, le Saxon hocha du chef.

— Étienne, dit-il au contremaître, nous partons. Allez ouvrir l'écurie pour que je prenne mon cheval et préparez-moi une lanterne.

Comprenant qu'ils l'abandonnaient, Aurélien poussa un long hurlement de désespoir, tandis que Guilhem saluait froidement Constance d'un signe de tête, auquel elle ne répondit pas.

Locksley et Bartolomeo étaient venus à pied. En se rendant à l'écurie, Guilhem leur expliqua brièvement quel avait été le rôle d'Aurélien, et ce que Constance allait lui faire subir. Il leur avoua combien il était fâché contre lui-même. Fâché de ne pas avoir compris qu'Antoine Ansaldi avait un complice. Fâché de s'être trompé sur Constance, et surtout fâché d'avoir été trop sûr de lui. S'il avait laissé

Hugues de Fer agir, Aurélien aurait été pris durant le conseil des consuls et ne serait pas sur le point d'être écorché vif.

Le cheval sellé, ils s'apprêtaient à partir quand Constance arriva. Elle était seule. Guilhem laissa ses compagnons pour s'approcher d'elle. Ils sortirent dans la cour obscure.

— Tu peux rester, tu sais, lui dit-elle d'une voix rauque.

— C'est impossible.

— Pourquoi ?

— J'ai connu un homme envers qui j'avais une certaine estime. Il était loyal et bon compagnon, mais il était inutilement cruel, car il n'avait pas de cœur. Il te ressemblait et je l'ai fui. Voilà pourquoi.

— Aurélien a mérité son sort.

— Sans doute, mais j'attends plus d'humanité de ceux que j'aime.

Il se détourna et revint vers son cheval.

— Partons, dit-il à Locksley.

Il ne la vit plus quand ils traversèrent l'esplanade des tanneurs. Pleurait-elle, le regrettait-elle ? Il en doutait.

— Allons-nous à l'auberge ? demanda Locksley, qui ne s'intéressait pas au sort d'Aurélien.

— Non, je dois réparer mes erreurs. C'est au vicomte de juger les criminels de cette ville.

À la tour du viguier, ils eurent du mal à se faire ouvrir. Enfin le bayle et l'écuyer les firent entrer et Fer fut prévenu.

Moins d'une heure plus tard, alors que l'aube chassait la nuit, le viguier, accompagné de tous les hommes d'armes qu'il avait pu réunir, partit se faire remettre Aurélien.

Chapitre 36

La veille, tandis que Guilhem se rendait chez Constance, Hugues de Fer était à l'évêché avec Locksley et le vicomte Roncelin. Ils avaient été immédiatement reçus par l'évêque dans la salle verte.

Mgr Rainier les avait congratulés pour leur retour et leur réussite, puis le viguier avait fait un rapide récit de leur expédition. Après quoi, ils avaient demandé que l'on fasse venir le juge ecclésiastique.

L'entretien avait été bref. L'évêque Rainier était assis sur sa cathèdre. Le vicomte et le viguier étaient assis à leur place sur les bancs à hauts dossiers réservés aux dignitaires, lors des réunions de l'évêché. Locksley avait pris un siège éloigné.

Michel de Castellaire allait complimenter Roncelin de son retour quand celui-ci lui avait tendu une bague. Le juge l'avait reconnu et compris qu'ils savaient tout. Il ne s'était pourtant pas démonté.

— Oui, c'est moi qui ai donné cette bague au chevalier nommé Guilhem d'Ussel.

— … Qui devait me tuer, avait poursuivi Hugues de Fer d'une voix égale.

— Je ne le lui avais pas demandé, avait rétorqué le juge.

Le regard de l'évêque était passé de l'un à l'autre, interloqué, car il ne comprenait pas cet échange. Le viguier lui avait alors tout raconté.

— Vous avez osé ! avait tonné Rainier en se dressant, les yeux fulminant de colère.

Castellaire avait soutenu son regard un instant avant de baisser la tête.

— Je confesse ma faute, avait-il dit. Et je suis prêt à en payer le prix. Pour ma défense, je peux seulement dire que je l'ai fait pour l'Église.

— Pour l'Église ? Mais c'était folie ! La ville haute et la ville basse vivent en harmonie ! Que cherchiez-vous, sinon à prendre ma place ? s'était exclamé l'évêque, consterné.

— J'avais des ordres du Saint-Père, monseigneur. Je devais tout faire pour qu'un jour Rome entre en possession du port de Marseille. Or, depuis que je suis arrivé, j'ai deviné que le viguier s'opposerait toujours à nous. J'ai cru faire avancer la cause de l'Église.

— Vous vous êtes lourdement trompé. Hugues de Fer n'a jamais été l'adversaire de l'Église, avait affirmé l'évêque.

Castellaire avait alors murmuré d'une voix à peine audible :

— Quand le seigneur Hugues de Fer m'a contraint à lui remettre ce Perse démoniaque, j'ai compris qu'il n'hésiterait jamais à utiliser la force pour imposer sa volonté. Même si les deux Italiens parvenaient à remettre au noble Roncelin la lettre que notre Saint-Père leur avait remise, même si notre seigneur vicomte revenait libre à Marseille, Hugues de Fer n'accepterait jamais que la ville appartienne à Rome.

— En effet, avait approuvé Fer. Vous m'avez bien jugé. Mais peut-être y aurait-il eu d'autres solutions. Des compromis auraient été possibles. C'était à l'évêque de m'en parler. Heureusement pour vous, et pour moi, vous vous êtes adressé à l'homme le plus loyal que j'aie jamais connu.

— Comment saviez-vous que Guilhem partait aux Baux ? Nous ne l'avions dit à personne, avait alors demandé Robert de Locksley qui était jusqu'alors resté silencieux.

Le juge ecclésiastique s'était tourné vers lui sans laisser paraître qu'il le connaissait. Il avait tout de même marqué une hésitation avant de répondre.

— Après que le viguier est parti avec le Perse, j'ai fait surveiller sa maison par un moine. L'après-midi, deux chevaliers sont venus, m'avait-il dit, ainsi qu'un notaire. Quand ils sont sortis, il a suivi les chevaliers à leur auberge. Il a demandé leurs noms à un garçon d'écurie, et quand il a vu l'Anglais repartir – je suppose que c'est vous – il est venu me prévenir. Je savais que celui qui restait se nommait Guilhem d'Ussel.

Hugues de Fer avait consulté Roncelin du regard.

— Seigneur vicomte, c'est à vous de décider du châtiment de cet homme, avait-il dit.

Roncelin était apparu embarrassé. À son tour il avait regardé l'évêque, qui avait baissé les yeux, comme s'il lui laissait l'entière responsabilité de la décision qu'il prendrait, puis son regard était revenu vers Michel de Castellaire.

— Voici ma décision. Il n'y a pas eu crime et j'ai vu trop de sang durant ces jours écoulés. Vous quitterez la ville avant la tombée de la nuit, vous partirez à pied sans rien sinon une robe de bure et vous rentrerez à Rome demander votre pardon.

L'évêque s'était levé et avait ajouté :

— Si à la nuit vous êtes encore dans les murs de Marseille, vous serez saisi et pendu devant les Accoules.

Après cette sentence, Hugues de Fer avait informé les consuls du retour de leur vicomte et leur avait demandé de se réunir le lendemain au Tholoneum, à la première heure. Roncelin l'accompagnerait.

L'arrivée de Guilhem et de Robert de Locksley à la fin de la nuit perturba un peu ce qu'il avait préparé, mais cela lui donna l'avantage d'interroger Aurélien avant la réunion consulaire. Le syndic des tanneurs fut ensuite jeté au fond d'un cachot de la prison de la ville.

Le vicomte et le viguier vinrent séparément à l'ancien palais, Hugues de Fer étant accompagné de Robert de Locksley et de Guilhem d'Ussel.

Comme d'habitude, la sombre salle était éclairée par quelques torches de résine et on avait tendu le long des murs plusieurs bannières à la croix d'azur sur fond d'argent. Quatre consuls étaient présents. Ils savaient que l'expédition aux Baux de leur viguier avait réussi et s'en réjouissaient. Certains étaient cependant mortifiés de n'avoir pas cru en Hugues de Fer et d'avoir soutenu le remplacement de Roncelin par Adhémar.

Malgré l'absence de deux d'entre eux, chacun s'assit après que le vicomte eut pris place sur le haut siège qu'on avait dressé pour l'occasion, car sa présence à ces réunions était rare.

Le viguier allait prendre la parole quand le procurateur de l'hôpital du Saint-Esprit entra. Ansaldi portait la robe habituelle des membres de l'ordre. Même s'il essayait de paraître indifférent aux regards de Roncelin et Hugues de Fer, son visage osseux révélait son inquiétude.

Il avait appris la veille, avant les consuls, le retour de Roncelin et de Hugues de Fer. Il avait aussitôt fait chercher Aurélien, mais celui-ci lui avait affirmé ne rien savoir. Il avait envoyé quelques frères de l'hôpital interroger discrètement les gens de Fer et appris seulement que les jongleurs italiens logeaient dans la tour du viguier.

Ansaldi avait passé la nuit à méditer. Que s'était-il passé ? Avec la lettre envoyée à Rostang de Castillon, les Italiens et le chevalier qui les accompagnaient auraient dû être emprisonnés avec Hugues de Fer, ou subir un sort pire. Non seulement ce n'était pas arrivé, mais Roncelin était libre. Comme il était impensable que les Baussenques aient été vaincus par si peu d'adversaires, c'est qu'un accord avait été négocié entre eux. Quel genre d'accord ? Castillon avait-il livré son nom ?

S'il l'avait fait, il ne doutait pas de sa mort prochaine. Devait-il fuir ? Peut-être… Mais pour aller où ? Revenir à Montpellier et expliquer son rôle au grand maître du Saint-Esprit ? Il serait immédiatement jeté au fond d'un cachot ou exécuté. La honte retomberait sur sa famille.

Et surtout, ce serait stupide de fuir si personne ne savait rien ! Non seulement il reconnaîtrait ainsi sa culpabilité mais il perdrait des années d'effort. Après avoir longtemps prié, il avait choisi d'affronter son destin.

— Vous êtes en retard, noble procurateur, remarqua Hugues de Fer d'une voix égale.

— Un malade à voir au dernier moment, seigneur, je m'en excuse.

Il s'assit tout en remarquant, avec un pincement au cœur, l'absence d'Aurélien.

— Je ne suis pas le dernier, dit-il.

— Le syndic des tanneurs ne viendra pas, fit seulement Hugues de Fer qui poursuivit : Je vous ai réunis, honorables consuls, pour vous raconter comment nous avons libéré notre vicomte. Je suis venu avec deux de mes compagnons d'armes, le noble comte de Huntington (Robert de Locksley fit un signe de tête) et le chevalier Guilhem d'Ussel.

Nous sommes partis sept, l'un des nôtres est mort dans cette entreprise.

Roncelin se signa, imité par les consuls.

— Beaucoup de gens des Baux sont morts aussi, dont Rostang de Castillon…

Quelques murmures se firent entendre mais Fer les fit cesser d'un geste autoritaire.

— … Si je vous dis ceci, honorables consuls, c'est pour que vous sachiez que ce fut une rude entreprise qu'aucun de nous n'avait recherchée. Nous n'en sommes sortis vainqueurs qu'avec l'aide de Notre Seigneur Jésus. Notre vicomte, le seigneur Roncelin, a été enlevé contre son gré par Rostang de Castillon. On l'a forcé à abandonner ses droits sur la ville…

Il y eut une nouvelle vague de murmures, mais cette fois d'inquiétude. Ainsi Roncelin n'était plus vicomte ? Hugues des Baux était-il le nouveau vicomte ?

— Le preux Guilhem d'Ussel, ici présent, a pu reprendre cet acte extorqué et je l'ai détruit. Donc cette entreprise n'aura été que ruine. Il faut maintenant que vous sachiez, honorables consuls de la ville, que tout a été tramé et préparé par deux d'entre vous, qui sont cause du trépas de beaucoup d'innocents.

Cette fois ce ne furent plus des murmures, mais des exclamations d'étonnement et même quelques interjections de désaccord.

Seul Antoine Ansaldi ne dit rien, devinant qu'il était perdu.

— Les Baussenques ont enlevé notre vicomte pour le contraindre à renoncer à ses droits. Mais ils ont aussi laissé, volontairement, le tissu brodé de la comète pour que je sois certain qu'ils étaient les ravisseurs, car ils voulaient que je tente de délivrer mon seigneur. Des deux motifs de cet enlèvement, le second était aussi important que le premier, tant Hugues des Baux voulait m'écarter à jamais de son chemin.

» Mais il y avait une troisième intention à cette abjecte entreprise. La plus scélérate à mes yeux, car il s'agissait de faire assassiner Madeleine Mont Laurier par les soldats des Baux.

Les consuls écoutaient, stupéfaits.

— Notre vicomte enlevé, Madeleine assassinée, il ne restait plus qu'à me capturer. Pour y parvenir, Rostang de Castillon reçut un message de l'un de vous annonçant ma venue et celle de mes amis.

Des « Oh ! » et des « C'est impossible ! » retentirent. Guilhem observait qu'Ansaldi restait silencieux.

Hugues sortit de sa robe le parchemin et le remit à Vivaud qui le lut avant de regarder Ansaldi avec un mélange de dégoût et d'horreur. Puis il le passa à son voisin Raymond Sarraset. Le fabricant de savon, naturellement rougeaud de visage, devint écarlate de surprise en le parcourant.

— Je reconnais mon crime, intervint alors Ansaldi avec une sorte de hautaine indifférence. Je suis prêt à en recevoir le châtiment.

Pierre Barthélemy, le négociant en drap, le regarda sans comprendre, tandis que l'armateur Grégoire Ratoneau, qui avait déjà deviné, le considérait durement.

— C'est vous aussi qui aviez prévenu Hugues des Baux que notre vicomte serait à sa maison de la Porte Galle ? demanda-t-il.

— C'est moi.

— Qui vous avait informé ? s'enquit le viguier.

— Je ne suis pas un délateur, mais à quoi bon cette question, puisque vous le savez...

— En effet, c'est maître Aurélien, qui a essayé cette nuit même, avec quelques misérables, d'assassiner mon ami Guilhem et Constance Mont Laurier, comme il avait déjà tramé la perte de sa sœur.

— Pourquoi ? balbutia Vivaud, stupéfié par cette nouvelle révélation.

— Pour peu de chose en vérité, Madeleine avait découvert qu'Aurélien achetait des peaux aux écorcheurs, enfreignant ainsi les statuts de la confrérie et les lois de la ville. Pour cela, et aussi parce qu'elle refusait de l'épouser, il a manigancé son assassinat par Castillon. Antoine Ansaldi a laissé faire, parce que ça l'arrangeait.

Il y eut un nouveau brouhaha que Vivaud fit cesser d'un geste de la main.

— Antoine va s'expliquer, tout au moins je l'espère. Mais racontez-nous d'abord comment vous avez délivré notre vicomte, et comment vous avez déjoué… cette dénonciation.

Il désigna le document que lisait Ratoneau.

— Comme Guilhem d'Ussel est celui qui a conduit et réussi cette entreprise, je souhaite que ce soit lui qui vous le raconte. De plus, comme troubadour, il trouvera mieux que moi les mots justes pour vous narrer ce qui fut, bien malgré nous, une épopée, proposa le viguier avec une triste ironie.

À ces paroles, Guilhem laissa percer un sourire et d'une voix profonde expliqua qui il était et pourquoi il était venu à Marseille, ce qui ajouta à la surprise des consuls. Ensuite il narra comment il s'était fait passer pour un troubadour auprès des Baussenques, comment il avait été dénoncé, et comment il avait juré fidélité à Hugues des Baux pour éviter d'être jeté du haut des murailles du château. Un serment sans valeur à ses yeux. Après quoi il parla des prétentions de Castillon sur Anna Maria, la jongleuse qui les avait accompagnés. Il fit le récit de la joute et de la victoire de Robert de Locksley. Quand il décrivit la façon dont le comte de Huntington avait coupé en deux la flèche de Castillon, ce fut un nouveau brouhaha de stupéfaction teinté d'admiration.

Il dit aussi quelques mots de Baralle, restant muet sur son amour envers Roncelin, puis il raconta la terrible nuit où Castillon avait trouvé la mort, en expliquant qu'il empoisonnait son demi-frère depuis des semaines.

Après lui, ce fut Locksley qui prit la parole pour narrer son entrée dans le château par le souterrain, la délivrance de Hugues de Fer et leur fuite grâce à la poudre noire dont le Perse Nedjm Arslan avait emporté le secret dans la mort.

Enfin Hugues de Fer fit le récit du dernier combat sur la route de Sallone.

— Mes amis, nobles consuls, vous savez à peu près tout, conclut-il. Sans ces hommes et cette femme exceptionnels qui m'ont accompagné, sans Nedjm Arslan qui est mort pour nous sauver, Marseille serait désormais à Hugues des Baux, et plus exactement au procurateur de la confrérie du Saint-Esprit. Vous pouvez maintenant vous défendre, Ansaldi, si vous en êtes capable.

Le procurateur de la confrérie se leva, salua d'une profonde inclination de tête le vicomte Roncelin, puis Hugues de Fer.

— Deux fois dans l'année, je me rends à Montpellier pour le conseil de notre ordre, commença-t-il d'une voix assurée. Il y a quatre ans, surpris par le mauvais temps, moi et mes gens demandâmes l'hospitalité à Castillon. C'est ainsi que je fis connaissance du demi-frère de Hugues des Baux.

» Rostang souffrait de son origine. Sous les ordres de Hugues, il ne possédait même pas le château dans lequel il vivait. Je lui racontai ma vie, mes voyages en Orient et je lui décrivis la puissance de la confrérie, espérant qu'il nous rejoindrait. Mais

Rostang n'était pas attiré. Seule l'ambition le guidait. Il m'invita pourtant à faire halte à son château chaque fois que je me rendais à Montpellier ou que j'en revenais.

» Depuis longtemps, je songeais à négocier auprès de notre vicomte sa part de droits sur la ville, mais je savais que le viguier et plusieurs membres du conseil s'y opposeraient. Lors de mon dernier voyage, j'en parlai à Castillon qui me suggéra plutôt d'aider son frère à acheter les droits du seigneur Roncelin, qu'il me revendrait ensuite. Je me gaussai de lui, lui disant que Hugues des Baux ne me les revendrait jamais. C'est alors qu'il m'expliqua que son frère était très malade, mourant même. Il me promit, si nous faisions alliance, qu'il me céderait tout, après sa mort.

— Un nouveau crime à porter à votre charge. Décidément, père Ansaldi, plus on remue l'ordure dans cette histoire, plus elle pue, remarqua amèrement Vivaud.

— Je croyais vraiment que Hugues des Baux était malade, j'ignorais que Castillon l'empoisonnait, répliqua froidement Ansaldi en soutenant son regard. Ma part du contrat consistait seulement à trouver un moyen de convaincre notre vicomte de vendre ses droits à Hugues des Baux et à empêcher notre viguier de s'en mêler. C'est alors que j'appris d'Aurélien que Roncelin se rendait sans escorte à sa maison de Porte Galle, avec une femme. Par un des messagers qui portent les courriers de la confrérie à Montpellier, je prévins Castillon qu'il pourrait se saisir de lui afin de mieux négocier la vente de ses droits sur Marseille. Pour écarter le seigneur Hugues de Fer de l'entreprise, je suggérai aussi que le jour où les gens des Baux viendraient à la tour de la Porte Galle, ils laissent une preuve de leur passage. Connaissant Hugues de Fer, j'étais certain qu'il tenterait de se rendre aux Baux, soit pour négocier, soit pour délivrer le seigneur Roncelin.

» Je jure sur les Évangiles que je n'avais pas envisagé le viol et le meurtre de Madeleine, ajouta-t-il en se signant.

— D'autres l'avaient prévu pour vous, rétorqua Hugues de Fer avec mépris.

— La suite, vous la connaissez. J'ai incité notre viguier à délivrer notre vicomte en suggérant qu'Alice entre au couvent et qu'Adhémar devienne vicomte. Puis, dès que j'ai connu son départ, j'ai prévenu Castillon. Mais j'ignorais qu'ils étaient partis à sept.

Le silence retomba dans la pièce. Plusieurs des consuls étaient en pleine confusion. Ils avaient soutenu ce scélérat, et sans le savoir avaient couvert sa félonie.

Comme personne ne disait mot, Hugues de Fer reprit la parole.

— Cet homme est-il coupable et mérite-t-il la mort ? demanda-t-il.

Les uns après les autres les consuls opinèrent.

— Votre décision est juste, dit Ansaldi avec courage.

— Avec le seigneur Roncelin, nous avons déjà débattu de votre châtiment, décida Hugues de Fer. Un homme ne doit pas seulement être jugé sur les mauvaises actions qu'il a commises, mais aussi sur les bonnes. Vos crimes sont inexcusables et méritent un châtiment. Mais vous avez aussi sauvé des vies et des âmes, et soulagé bien des souffrances avec l'hôpital du Saint-Esprit.

» Il y a aussi la confrérie, ses chevaliers et ses servants qui ne doivent pas payer pour vos fautes. Il y a enfin votre famille qui serait déshonorée par votre exécution publique.

» Voici donc ce que j'ai décidé, en accord avec notre seigneur Roncelin. Vous réglerez vos affaires cet après-midi et partirez demain dans le premier navire pour l'Orient et la Palestine où vous prendrez la croix, comme simple servant. Vous partirez sans rien, laissant tous vos biens à l'hôpital. Vous ferez tout pour trouver la mort au service de Notre Seigneur et de la délivrance de son tombeau.

Le visage contracté, les larmes apparentes au bord des paupières, Ansaldi s'inclina.

La séance était terminée et le vicomte se retira. L'ancien procurateur partit à sa suite sans un mot ni un regard pour ses anciens compagnons.

Alors, les consuls se pressèrent auprès de Hugues et des deux chevaliers, pour en savoir plus. Ce n'est qu'au bout d'un moment que Vivaud put enfin prendre son ami à part :

— Hugues, je pense que tu l'as appris, mais ta galère est arrivée il y a deux jours, chargée de soie. Ton capitaine a fait de prodigieuses affaires et te ramène une fortune.

— Ma femme m'en a dit quelques mots, mais j'avoue ne pas avoir eu le temps d'aller voir, sourit le viguier.

— Rassure-toi, je me suis occupé de tout. Tes marchandises sont à l'abri dans mes entrepôts. Je viendrai cet après-midi te porter les documents et te remettre la somme que je te dois. Botin sera aussi heureux de te revoir, et Alice attend ta venue avec hâte !

Pour Hugues, c'était la fin d'une longue période d'angoisse et de malchance.

Chapitre 37

Le procès d'Aurélien et de Garcine, arrêtée entretemps, eut lieu trois jours plus tard. Guilhem et Robert de Locksley furent les principaux témoins à charge, mais les accusés ne nièrent pas leurs crimes. Ils subirent les supplices habituels pour leur faire avouer d'éventuels complices et furent pendus le lendemain devant les Accoules, après avoir eu les poignets tranchés.

Le surlendemain, comme leurs corps se balançaient encore au vent du large, Robert de Locksley et Guilhem d'Ussel quittèrent Marseille pour Toulouse avec vingt-cinq hommes d'armes que le comte de Huntington avait engagés à son service : cinq chevaliers revenant de Palestine, quatre écuyers, six sergents d'armes, six arbalétriers et quatre valets d'armes.

Constance Mont Laurier n'avait pas assisté au procès et Guilhem ne chercha pas à la revoir. Il pensa malgré tout à elle durant de nombreuses semaines, puis le temps fit son œuvre.

C'est un peu avant l'hiver, quelques mois avant une nouvelle aventure qui devait le conduire à Paris[1], que Guilhem reçut un courrier de Hugues de Fer, porté par un troubadour. À cette époque, il était

1. *Paris, 1199*, du même auteur, même éditeur.

seul à Toulouse avec Bartolomeo, Robert de Locksley ayant rejoint Richard avant de retourner en Angleterre où il s'était marié.

Dans cette longue missive, Hugues expliquait que son ami Ibn Rushd, gracié par le sultan de Marrakech, était rentré au Maroc. Il lui apprenait surtout un incident qui avait mis toute la ville en émoi.

Le jour du départ d'Antoine Ansaldi pour la Palestine, Grégoire Ratoneau avait aussi pris la mer. Quelques jours plus tard, sur les côtes d'Italie, il avait arraisonné la barque transportant l'ancien procurateur du Saint-Esprit. Les autres passagers du bateau, ainsi que l'équipage, n'avaient pas souffert de l'abordage, sauf un marin sarrasin tué par Ratoneau qui détestait les infidèles.

C'est peu après son retour à Marseille qu'on avait trouvé, dans les jardins de Saint-Victor, l'ancien procurateur écorché vif, attaché à un poteau de bois, sa peau suspendue en un seul morceau entre deux perches comme le faisaient les tanneurs. Ansaldi avait hurlé toute la nuit durant son supplice sans que personne ne l'entende.

Bien sûr, Hugues de Fer avait compris ce qui s'était passé, mais sans preuves et sans témoins, il n'avait pas cherché à en savoir plus. Un mois plus tard, Grégoire Ratoneau avait épousé Constance Mont Laurier.

La fin tragique d'Ansaldi et le mariage de Constance avaient laissé Guilhem submergé par un flot d'émotions contradictoires. Satisfait de ne pas avoir cédé au violent désir qu'il avait éprouvé de rester à Marseille, mais aussi horrifié par la conduite de celle qu'il avait aimée.

Certes, chez Mercadier, il avait assisté à pire, mais il ne parvenait pas à comprendre comment la beauté de la jeune femme dissimulait tant de férocité. Il en avait conclu que seul un égarement de son esprit, après la mort de sa sœur, avait pu provoquer cet état ; auquel cas Ansaldi avait bien mérité sa mort pour avoir transformé en animal sauvage une douce jeune fille.

Quelques semaines après le départ de Guilhem, Ibn Rushd avait eu la surprise de voir arriver un de ses disciples venant de Cordoue. Celui-ci lui avait annoncé qu'après l'avoir disgracié, banni et avoir fait brûler ses livres, le calife Al Mansour était revenu sur ses décisions et le rappelait près de lui.

Le médecin avait fait ses adieux à son ami Hugues de Fer et était rentré au Maroc. Il ne devait survivre que peu à son retour en faveur. Il mourut le 10 décembre 1198[1].

Le viguier Hugues de Fer continua de gouverner Marseille avec le vicomte Roncelin qui épousa la fille du roi d'Aragon. Pendant ce temps, Hugues des Baux, ayant échoué à devenir vicomte de Marseille, se fit élire consul d'Arles mais il ne parvint pas davantage à devenir le maître de cette ville. Il intrigua alors auprès de Rome pour contraindre Roncelin à rentrer dans son couvent afin de faire, de nouveau, valoir les droits de son épouse Baralle.

En 1207, ses manigances aboutirent. Innocent III condamna Roncelin pour apostasie. Le vicomte fut excommunié en 1209, ainsi que Hugues de Fer, complice selon le pontife. Comme ils n'en tenaient aucun compte, le pape jeta l'interdit sur Marseille.

C'était une punition d'une extrême gravité car plus aucun sacrement n'était célébré. Cette fois

1. Jeudi 9 de safar 3 de l'an de l'hégire 595.

repentant, Roncelin partit pour Rome demander son pardon. Le pape le lui accorda en échange d'une cession de ses biens à l'évêque de Marseille et à l'abbaye de Saint-Victor.

Les consuls marseillais scellèrent alors une alliance avec l'Église pour évincer le pouvoir féodal. Cette alliance se fit autour de Guillaume Vivaud, Hugues de Fer et la confrérie du Saint-Esprit. À partir de 1212, les recteurs du Saint-Esprit et Hugues de Fer rachetèrent, peu à peu, les parts de Roncelin, d'Adhémar, et d'Alice, qui avait épousé Raymond des Baux[1].

Quant au juif Botin, il continua à participer au financement du négoce de la ville dont il devait rester un des plus honorables habitants.

Après le retour de Guilhem, Raymond de Saint-Gilles, comte de Toulouse, rompit les négociations avec Hugues des Baux. Il se rapprocha de la maison de Barcelone et du roi d'Aragon, bien que ses ancêtres aient toujours agi à l'inverse. Au printemps de 1207, il conduisit même une guerre contre les seigneurs des Baux.

Pour y mettre fin, le légat du pape, Pierre de Castelnau, lui demanda de faire la paix avec les Baussenques et de consacrer ses forces à l'extermination des hérétiques cathares.

1. Voici un extrait de la traduction de l'un des actes de vente : *Au nom du Seigneur, l'an de l'incarnation 1213, le quatre des nones d'avril, que d'après le témoignage de cette écriture publique, il soit manifeste à tous présents et futurs, que moi, Raymond des Baux, vicomte et seigneur de Marseille, vends à titre de vente, livre et concède avec bonne foi et sans dol à toi, Hugues de Fer et aux tiens, à perpétuité, deux huitièmes des leides de Marseille, c'est-à-dire la quatrième partie de tous les leides de la cité vicomtale, que moi et ma femme, Aladacie (Alice)...*

Raymond refusa et Pierre de Castelnau, dans sa colère, l'excommunia, frappa ses terres d'interdit et écrivit au pape pour obtenir la confirmation de cette sentence. Ce devait être le début de la croisade contre les Albigeois.

Quant aux seigneurs des Baux, malgré de nombreuses et sanglantes tentatives[1], ils ne parvinrent jamais à devenir comtes de Provence. Il ne nous reste d'eux que leurs châteaux ruinés et cet ultime hommage :

Race d'aiglons, jamais vassale.
Qui, de la pointe de ses ailes,
Effleura la crête de toutes les hauteurs.

1. Voir : *L'Archiprêtre et la cité des tours*, du même auteur, aux éditions Le Masque.

Vrai ou faux ?

Ibn Rushd, plus connu en Occident sous le nom d'Averroès, est certainement le plus illustre des médecins et philosophes arabes du Moyen Âge. Né en 1126 à Cordoue, médecin, magistrat et réformateur de la justice musulmane, il devint conseiller et médecin du calife et consacra une partie de sa vie à l'étude et aux commentaires de l'œuvre d'Aristote. Tolérant dans son interprétation de la religion, il tenta de séparer la raison et la croyance, ce qui le fera condamner par les autorités religieuses musulmanes pour avoir déformé les préceptes de la foi. Exilé en 1195, il fuira et disparaîtra pendant une partie de l'année 1198. Était-il à Marseille, auprès d'Hugues de Fer ? Nul ne le sait ! Il sera finalement rappelé par le calife à Marrakech, où il mourra, réhabilité, à la fin de l'année 1198.

Alice est le prénom simplifié que nous avons retenu pour l'héritière de la vicomté par la branche aînée. Celle qui épousera Raymond des Baux était aussi nommée, à son époque, Adalasia, Alacassie, ou Adalasie.

Nous avons retenu le nom Hugues de Fer, et pas Hugues Fer, comme on le trouve parfois, suivant en cela la traduction des actes dans lesquels le viguier a été cité, telle cette phrase :

« Je m'engage envers toi Hugues de Fer et les tiens[1]. »

Si Hugues des Baux et Baralle ont existé, Rostang de Castillon et Monteil sont des personnages imaginaires. Pourtant, lors de travaux dans le village des Baux, il fut trouvé dans l'église Saint-Vincent les restes d'un homme de près de deux mètres cinquante ainsi qu'une énorme molaire.

Le pape Innocent III, qui avait interdit la lecture de la Bible au peuple, prêcha la quatrième croisade en 1199. Celle-ci n'arriva jamais en Palestine et se termina par la mise à sac de Constantinople. Quelques années plus tard, il fit prêcher une autre croisade, cette fois contre les cathares d'Albi et de Toulouse.

Guillaume Vivaud et plus tard son fils firent tant pour la ville de Marseille qu'on donna leur nom à une place.

Sur l'usage de la poudre à canon, on sait que les Maures d'Espagne l'utilisèrent dès 1200, pour lancer des pierres et des boulets de fer[2]. L'invention se propagea lentement, car la poudre ne fut connue en France qu'en 1338.

À part les églises et des noms de rue, il ne reste rien du Marseille du XIIe siècle. Pour la maison du viguier, je me suis inspiré du logis du viguier de Saint-Antonin-Noble-Val, dans le Tarn-et-Garonne.

1. Histoire analytique et chronologique des actes et des délibérations du corps et du conseil de la municipalité de Marseille.
2. Magasin encyclopédique, IV, année 1798, t. I, p. 333

Bibliographie

AMARGIER P., *Marseille au Moyen Âge*, éditions. La Thune, Marseille, 1996.

BORDONOVE G., *Philippe Auguste*, Pygmalion, 1983.

BOUDIN A., *Histoire de Marseille*, Martinon, 1852.

BOURRILLY V.-L., *Essai sur l'histoire politique de la commune de Marseille : des origines à la victoire de Charles d'Anjou (1264)*.

BRUNEL-LOBRICHON G., DUHAMEL-AMADO C., *La vie quotidienne au temps des troubadours*, Hachette Littératures, 1999.

CARVIN H., *Entre mer et colline*, éditions mairie des 15 e et 16e arrondissements.

COLLIN DE PLANCY J.-A.-S., *Godefroi de Bouillon, Chroniques et légendes du temps des deux premières croisades, 1095-1180*, Société des Beaux-arts, 1842.

DIEZ F., *La poésie des troubadours*, 1845.

DUMAS A., *Robin Hood le proscrit*, Michel Lévy frères, 1873.

DUPRAT E., *Essai sur les fortifications de Marseille pendant le haut Moyen Âge*, Mémoires de l'Institut historique de Provence.

FABRE A., *Histoire de Marseille*, M. Olive, 1829

GARRIGOU P., *Demeures médiévales*, Desclée de Brouwer, 1999.

MARTIN J., PLATEAU Y., FAUVIAUX B., *Les Baux de Provence*, Casterman, 2008.

MÉRY L., GUINDON F., *Histoire analytique et chronologique des actes et des délibérations du corps et du conseil de la municipalité de Marseille*, Feissat et Demonchy, 1847.

NOSTREDAME C. de, *L'histoire et chronique de Provence de Caesar de Nostradamus*, 1614.

Abbé PAULET, *Histoire des Baux et de Castillon*, 1902

POULLINET D., *Les Baux*, 1926.

POULLINET D., *Les Baux*, Macabet frères, 1947.

RAYNOUARD M., *Choix de poésies originales des troubadours*, Firmin Didot, 1816.

RENAN E., *Averroès et l'averroïsme : essai historique*, Michel Lévy Frères, 1861.

RUFFI L.-A. de, *Histoire de la ville de Marseille contenant tout ce qui s'y est passé de plus mémorable depuis sa fondation*, 1642.

RUFFI L.-A. de, *Histoire des comtes de Provence*.

SCOTT W., *Ivanhoé*.

SISMONDI J. C. L. S. de, Amédée Renée, *Histoire des Français*, Treuttel et Würtz, 1823.

VAUBLANC V. de, *La France au temps des croisades*, Techener, 1844.

Remerciements

Je remercie Jeannine Gréco qui accepte si volontiers de relire et de corriger le premier manuscrit de mes romans. Quant à mon épouse et à mes filles, elles restent mes plus sévères juges… sans oublier lectrices et lecteurs à qui rien n'échappe !

Aix, août 2009

Vous pouvez joindre l'auteur :
Aillon@laposte.net
http://www.grand-chatelet.net
http://louis-fronsac.site.voila.fr

Composition
NORD COMPO

Achevé d'imprimer en Espagne
par BLACKPRINT CPI
le 15 mars 2012.

1er dépôt légal dans la collection : avril 2010
EDITIONS J'AI LU
87, quai Panhard-et-Levassor, 75013 Paris

Diffusion France et étranger : Flammarion